Le prix de la sécurité

*

Menaces sur le lac

KAREN WHIDDON

Le prix de la sécurité

Traduction française de
CHRISTIANE COZZOLINO

BLACK ROSE

HARLEQUIN

Collection : BLACK ROSE

Titre original :
TEXAS RANCHER'S HIDDEN DANGER

HARPERCOLLINS FRANCE
83-85, boulevard Vincent-Auriol, 75646 PARIS CEDEX 13
Service Clients — www.harlequin.fr
ISBN 978-2-2804-9601-8 — ISSN 1950-2753

Composé et édité par HarperCollins France.
Imprimé en janvier 2024 par CPI Black Print (Barcelone)
en utilisant 100% d'électricité renouvelable.
Dépôt légal : février 2024.

FSC
www.fsc.org
MIXTE
Papier issu de sources responsables
FSC® C159065

Pour limiter l'empreinte environnementale de ses livres, HarperCollins France s'engage à n'utiliser que du papier fabriqué à partir de bois provenant de forêts gérées durablement et de manière responsable.

1

On dit que les blondes sont plus enclines à s'amuser que les autres, mais c'est faux, comme pouvait en témoigner Amelia Fergusson, qui avait été blonde toute sa vie et ne se souvenait même pas de la dernière fois où elle s'était amusée. Cela devait remonter à sa première année à l'université.

Certes, elle avait fait de brillantes études, exercé un métier passionnant et acheté un appartement dans une résidence de standing. Mais depuis qu'elle avait teint ses cheveux en roux cuivré, fourré quelques affaires dans un sac de voyage et pris la fuite, en abandonnant tout derrière elle, elle rigolait bien. Le fait de changer complètement de vie permettait parfois de voir les choses autrement.

Et dire qu'il y avait encore quinze jours, elle expliquait à ses patients qu'ils ne pouvaient pas fuir leurs problèmes ! Elle, elle l'avait fait. Mais dans son cas, c'était une question de vie ou de mort. Il lui arrivait parfois de regretter son appartement et sa patientèle, mais le plus souvent, elle prenait sa nouvelle vie comme elle venait.

Elle s'était établie à Getaway, dans l'ouest du Texas. Elle avait choisi cette ville parce que, sur la carte des États-Unis, c'était un point minuscule dans un État immense, mais elle s'était bien gardée de faire des recherches sur son ordinateur ou sur son téléphone, au cas où elle aurait été surveillée. Elle travaillait comme vendeuse dans un magasin du centre-ville dont la patronne, Serenity Rune, prétendait être médium. On y trouvait aussi bien des fleurs et des livres que toutes sortes d'articles ésotériques. C'était le genre de boutiques hétéroclites auquel Amelia n'aurait pas prêté attention avant. Mais le non-conformisme de sa patronne, personnage haut en couleur, et l'étrangeté du magasin étaient plutôt exaltants. Elle avait l'impression de s'affranchir de tout ce que l'existence avait de sinistre, et de plonger pour la première fois de sa vie dans l'irrationnel. Jamais elle n'aurait imaginé que larguer les amarres lui ferait autant de bien.

La psychothérapeute qu'elle était ne pouvait ignorer que ce constat suscitait de nombreuses questions d'ordre psychanalytique, mais pour l'instant, tout ce qui comptait à ses yeux, c'était d'être en vie et à l'abri du danger. Et de le rester.

Le petit carillon tintinnabula au-dessus de la porte de la boutique : un client venait d'entrer. Le contact avec la clientèle était ce qu'Amelia préférait dans son nouveau métier de vendeuse à temps partiel. En l'espace de quelques jours, elle avait rencontré toutes sortes de gens.

Regagnant dare-dare l'avant du magasin, elle fixa le nouveau venu et en resta comme deux ronds de flan. Elle n'avait jamais été attirée par les cow-boys, mais celui-ci aurait assurément pu la faire changer d'avis. Grand et élancé, doté de larges épaules et de bras musclés, l'homme portait un stetson bas sur le front, pas assez cependant pour cacher ses yeux noirs et brillants comme des fragments de mica.

Lorsqu'il la vit, il parut aussi surpris qu'elle.

— Où est Serenity ? demanda-t-il avec cet accent traînant typiquement texan.

Amelia retrouva miraculeusement l'usage de sa voix.

— Elle n'est pas là mais je la remplace. Je m'appelle Amelia. Que puis-je faire pour vous ? récita-t-elle d'une traite.

La bouffée de chaleur qui lui monta au visage lui fit craindre de couver quelque chose.

La prenant manifestement pour une cinglée, le séduisant cow-boy fit un pas vers la porte.

— Pas de problème. Je repasserai plus tard. Avez-vous la moindre idée de l'heure à laquelle Serenity sera de retour ?

Allez, secoue-toi, ma vieille ! Si tu veux garder ce boulot, c'est le moment de montrer que tu es une bonne vendeuse.

— Dites-moi ce que vous cherchez et je ferai tout pour vous satisfaire, promit-elle après avoir inspiré à fond.

Elle avait pris sa voix douce de thérapeute, celle qui ne manquait jamais de calmer les patients les plus stressés.

Baissant les yeux, l'homme se mit à se dandiner d'un pied sur l'autre, visiblement embarrassé.

— Merci, mais je vais attendre Serenity.

Sur cette fin de non-recevoir, il tourna les talons et sortit en vitesse. Amelia songea alors qu'il était peut-être venu pour une consultation de voyance ou quelque chose comme ça. Elle aurait pourtant juré que Serenity lui avait dit qu'elle ne consultait que sur rendez-vous.

Deux heures plus tard, après qu'Amelia eut aidé un autre client à trouver un ouvrage sur les pouvoirs de guérison des pierres, Serenity revint. Drapée dans un de ses innombrables caftans, qu'elle portait avec de longs pendants d'oreilles, une multitude de bracelets et des bottines à franges et talons hauts, elle entra en trombe dans le magasin. Se précipitant sur Amelia, elle la prit dans ses bras pour lui donner une franche accolade. Amelia s'y était un peu habituée mais au début, les embrassades de Serenity l'avaient pas mal déstabilisée.

— Comment ça s'est passé ? lui demanda sa patronne en la fixant droit dans les yeux. Quelque chose me dit qu'il y a eu un problème.

— Non, pas vraiment. Un homme est passé tout à l'heure mais il a refusé de me dire ce qu'il voulait. Il ne m'a pas non plus donné son nom. Il vous a réclamée.

— Un grand escogriffe aux allures de cow-boy portant un stetson ?

Les yeux de Serenity pétillèrent lorsque Amelia acquiesça.

— C'est Ted Sanders. Il vient de temps à autre pour bavarder.

Ce pauvre gars a bien à faire avec ses jumelles adolescentes à élever et son ranch à gérer.

— Des adolescentes ? Il paraît jeune pour avoir des filles de cet âge.

Cette remarque fit rire Serenity.

— Il doit approcher la quarantaine. Mais comme vous l'avez sûrement remarqué, il est plutôt bel homme, ce qui fait d'ailleurs de lui le célibataire le plus convoité de Getaway. Les femmes viennent de loin pour essayer de le séduire, mais il ne les regarde même pas. Alors si vous voulez tenter votre chance, libre à vous, mais sachez qu'il y a du monde au portillon.

— Ce n'est pas du tout mon intention, se défendit Amelia. Je n'ai vraiment pas la tête à ça en ce moment.

Repartir de zéro, après avoir tout quitté du jour au lendemain, monopolisait toute son énergie.

Sa réaction déclencha à nouveau le rire tonitruant de sa patronne.

— C'est exactement ce que dit Ted quand j'essaie de le convaincre d'accepter un rendez-vous galant. Étrange coïncidence, non ? Ted et vous avez sûrement des tas de choses en commun. Je le sens.

— Arrêtez de jouer les entremetteuses, Serenity. Vous perdez votre temps.

Amelia n'avait jamais eu la langue dans sa poche, et où qu'elle aille, ce n'était pas près de changer.

Secouant la tête, ce qui fit bringuebaler ses pendants d'oreilles, Serenity s'éloigna.

— Je ne joue pas les entremetteuses, lança-t-elle par-dessus son épaule. Je préfère laisser faire le destin.

Ne sachant pas trop quoi répondre, Amelia entreprit de revoir la disposition d'un étalage de jolis cristaux. L'ironie de la situation ne lui échappait pas. Elle qui ne croyait pas plus au destin et à la chance qu'aux prétendus pouvoirs des pierres et des cristaux, et qui prenait les médiums pour des charlatans, travaillait maintenant dans un magasin spécialisé dans les sciences occultes. Et le plus étonnant, c'était que, comme dans sa vie d'avant, elle prodiguait des conseils aux clients qui venaient chercher des réponses à leurs problèmes existentiels.

Elle avait fini sa journée, ce qui tombait bien car son estomac commençait à crier famine. Après avoir pris congé de Serenity, elle fila. Elle passa sans s'arrêter devant toutes les enseignes de restauration rapide de la Grand-Rue. Ce n'était pas l'envie qui lui manquait de s'offrir un hamburger et des frites mais son budget ultra-serré ne lui permettait pas de s'accorder ce petit plaisir plus d'une fois par semaine. Avec son salaire de vendeuse à temps partiel, elle ne roulait pas sur l'or. Même en surveillant ses dépenses, elle était obligée de puiser dans ses économies. Tôt ou tard, elle allait devoir se trouver un job mieux payé et à temps complet. Étant donné qu'elle ne pouvait pas poser sa plaque à Getaway – car cela attirerait l'attention sur elle et risquerait de la mettre en danger, elle n'avait eu d'autre choix que de changer de métier.

Quand elle était étudiante, elle avait été serveuse et même barmaid. Elle espérait se dégoter un boulot de ce genre, qui lui permettrait de louer un appartement et de quitter enfin ce motel miteux dont les tarifs, même à la semaine, étaient exorbitants. Elle épluchait régulièrement les petites annonces dans le journal, aussi bien les offres d'emploi que les offres de location, car dans le coin, on utilisait encore assez peu Internet. Mais jusque-là, elle n'était tombée que sur des emplois de chauffeur routier, d'ouvrier agricole ou de pilote d'avion d'épandage.

Amelia avait parlé de ses recherches à Serenity car elle ne voulait pas que sa patronne soit prise de court le jour où elle trouverait un emploi à temps complet. Comme elle s'y attendait, Serenity s'était montrée très compréhensive et lui avait même promis de l'informer si elle entendait parler de quelque chose, que ce soit pour le boulot ou pour l'appartement. Amelia lui savait gré de sa bienveillance et appréciait qu'elle ne pose pas de questions. Mais comme elle se disait médium, peut-être que Serenity n'ignorait rien de sa situation.

Consternée par le tour qu'avaient pris ses pensées, Amelia alla jeter un coup d'œil dans le réfrigérateur. Sa chambre disposant d'une kitchenette, elle décida, après moult hésitation, de s'ouvrir une boîte de macaronis au fromage, qu'elle accompagna de deux saucisses de Francfort pour l'apport en protéines. Cela n'avait rien de raffiné et n'était pas très équilibré mais aujourd'hui, elle avait besoin de quelque chose de réconfortant.

Après manger, elle chercha sur Internet s'il y avait du nouveau au sujet du Tueur de la cafétéria. Elle ne trouva rien. D'habitude, pas de nouvelles, bonnes nouvelles ! Sauf que là, en l'occurrence, elle espérait juste apprendre qu'il avait été arrêté et ramené à la prison d'où il s'était évadé quelques semaines plus tôt. Amelia trouvait inquiétant qu'on ne parle pas du tout de lui. Cela signifiait que l'homme faisait profil bas et veillait à ne pas se faire repérer.

Elle ne put s'empêcher de repenser à ce moment terrifiant pendant le procès où elle s'était avancée à la barre pour témoigner. Simon Barron, alias le Tueur de la cafétéria, avait planté son regard dans le sien et proféré une menace à voix basse. Au cas où elle n'aurait pas compris, il l'avait ensuite interpellée à voix haute. Il lui avait promis de finir le travail. *Tu ne t'en sortiras pas comme ça, Amelia Fergusson. Je te le garantis.*

Elle s'empressa de chasser ce souvenir déplaisant, qui lui avait donné des frissons. Il n'y avait plus de Dr Amelia Fergusson, psychologue de renom. Plus d'appartement avec vue dans une résidence de standing. Et plus de cheveux blonds. Elle avait même changé de patronyme. À la minute où elle avait appris que le prisonnier s'était évadé pendant son transfert vers le pénitencier dans lequel il était censé croupir jusqu'à la fin de ses jours, Amelia était passée en mode furtif.

Simon Barron la traquerait sans relâche, elle le savait. Il avait juré de se venger. Et comme jamais il ne lui pardonnerait d'avoir témoigné contre lui, il était évident qu'en restant, elle risquait sa vie. N'étant pas du genre à tergiverser, elle avait aussitôt pris ses cliques et ses claques.

Il y avait peu de chances qu'il vienne la chercher au fin fond du Texas, songea-t-elle en inspirant à fond pour calmer son anxiété. Elle se trouvait à des centaines de kilomètres du comté de Westchester, dans l'État de New York. Elle avait choisi de mettre le cap sur Getaway un peu par hasard, simplement parce qu'elle avait lu quelque part qu'il y avait eu dans cette ville un tueur en série. Celui-ci ayant été arrêté, il était extrêmement peu probable qu'il y en ait un autre, aussi était-elle quasi certaine d'y être en sécurité. Avant de partir, elle s'était débarrassée de ses cartes de crédit et de son téléphone portable. Ayant vidé ses comptes en banque, elle payait tout en espèces, désormais. Elle n'avait repris contact avec aucun de ses amis ou de ses clients, coupant net tout ce qui la rattachait à sa vie d'avant.

Amelia Fergusson avait pour ainsi dire disparu. Ici, elle se faisait appeler Amelia Smith. Ce n'était pas très original mais cette nouvelle identité lui convenait. Dès qu'elle avait vu l'annonce pour un emploi de vendeuse à temps partiel dans un magasin du centre-ville, elle avait postulé. Serenity l'avait reçue presque dans la foulée et engagée sur-le-champ, Amelia lui ayant fait bonne impression. Il avait ensuite fallu qu'Amelia convainque sa nouvelle patronne de ne pas la déclarer, ce qui n'avait posé aucun problème. Cela risquait d'être plus compliqué lorsqu'elle trouverait un appartement à louer, car on exigerait qu'elle ait un compte bancaire. Le moment venu, elle trouverait une solution pour échapper à cette obligation qui la rendrait vulnérable vis-à-vis de Simon.

Par chance, elle avait pu mettre de l'argent de côté sur un compte épargne qu'elle avait soldé avant de partir. Ses économies ne dureraient pas éternellement, cependant, même en dépensant avec parcimonie. Elle n'avait aucune idée du temps qu'il faudrait à la police pour retrouver le fugitif, aussi devait-elle prendre ses dispositions pour tenir jusque-là.

Refusant de se laisser envahir par des pensées négatives, Amelia enfila sa tenue de sport. Son abonnement dans une salle de musculation était la seule folie qu'elle ait faite depuis son arrivée à Getaway. Encore que *folie* soit un bien grand mot, puisqu'elle ne payait que dix dollars par mois. Contre toute attente, la salle n'était pas bondée, du moins aux heures où elle y allait. Elle s'y était fait une copine, Rayna Coombs, qui n'était rien de moins que le shérif de la ville.

Au début, Amelia avait été un peu réticente à nouer des liens avec un membre des forces de l'ordre. Mais elle n'avait rien à se reprocher et l'aide du shérif pourrait lui être utile si jamais les choses tournaient mal, ce qui était très improbable. Avec un peu de chance, Simon serait bientôt sous les verrous.

Une bonne séance de cardio allait à coup sûr lui remonter le moral.

Rayna n'étant pas là, Amelia se dirigea directement vers le tapis de course pour s'échauffer. Puis elle enchaîna avec une séance d'haltérophilie. Quand elle avait commencé à soulever des poids et des haltères, elle s'était sentie un peu gênée d'être la seule femme à pratiquer ce genre d'exercices mais à présent, elle s'en fichait.

Tout en s'entraînant, elle regardait la télévision accrochée au mur. Un gros titre défilait sur l'écran :

Le Tueur de la cafétéria publie une vidéo sur Facebook.

Amelia se figea. Elle reposa la paire d'haltères de huit kilos qu'elle avait dans les mains et s'approcha du téléviseur.

Elle déglutit lorsque le visage de Simon apparut à l'écran, en gros plan. Il riait, et en entendant ce rire haut perché et dissonant qui avait éveillé sa suspicion la première fois qu'elle l'avait reçu dans son cabinet, elle ne put réprimer un frisson.

— Je me suis lancé sur tes traces, ma jolie. Où que tu ailles, quoi que tu fasses, je te retrouverai et me vengerai. Je te promets une mort lente et mille tourments plus exquis les uns que les autres.

Pétrifiée, le cœur dans la gorge, elle tressaillit.

— Ce type est tellement imbu de sa personne, fit remarquer quelqu'un, derrière elle.

Sursautant, Amelia fit volte-face.

— Rayna ! Tu m'as fait une de ces peurs.

— C'est ce que je vois. Tu semblais totalement captivée par les déclarations de ce psychopathe.

Amelia s'efforça de se ressaisir et de donner le change. Étant flic, Rayna risquait de la reconnaître malgré son changement capillaire si son portrait était diffusé à la télévision.

— Je n'aime pas les tueurs en série, confia-t-elle. À qui s'adresse-t-il, à ton avis ?

— Une seule de ses victimes a réussi à s'enfuir et elle a témoigné contre lui, dit Rayna. C'était sa psychothérapeute, il me semble. Il a juré de se venger. Maintenant qu'il est en cavale, je suppose que le FBI a placé ce témoin sous la protection du Programme WITSEC.

Le FBI lui avait en effet proposé de mettre en place le protocole de protection des témoins. Amelia avait promis d'y réfléchir, mais craignant que Simon ne pirate le programme, elle avait préféré s'occuper elle-même de sa sécurité.

— Oui, probablement, dit-elle en reprenant ses haltères et en recommençant ses exercices. Je muscle le haut du corps, aujourd'hui. Et toi ?

Rayna jeta un coup d'œil à sa montre.

— Je vais juste faire un peu de cardio. J'ai rendez-vous avec Parker pour boire un verre dans une demi-heure.

Jeunes mariés, Rayna et Parker formaient un très joli couple.

— Pourquoi ne te joindrais-tu pas à nous ? continua Rayna. Sortir un peu te ferait le plus grand bien.

— Merci, mais pas ce soir.

Amelia déclina l'invitation sans la moindre hésitation. Non seulement elle ne voulait pas tenir la chandelle mais en plus, elle n'avait pas les moyens de se payer des cocktails.

— Je termine tranquillement ma séance et je rentre. Je vais regarder un film à la télé.

Rayna n'insista pas. Dès qu'elle tourna les talons pour se diriger vers le tapis de course, Amelia leva les yeux vers l'écran, mais il n'y était plus question du Tueur de la cafétéria. Elle craignit cependant que le regard perçant de Simon ne lui donne des cauchemars cette nuit-là.

Il y avait bien longtemps que Ted Sanders n'avait pas été aussi troublé par une femme. Avec sa chevelure flamboyante et ses beaux yeux bleus, Amelia lui avait vraiment tapé dans l'œil. Elle était ravissante et bien plus futée que les vendeuses que Serenity recrutait d'habitude. L'attirance qu'il avait immédiatement ressentie pour elle l'avait décontenancé. Et inquiété, aussi. Il se donnait un mal de chien pour tenir à distance les membres du Club de femmes célibataires de la paroisse, qui semblaient avoir toutes jeté son dévolu sur lui et qui le poursuivaient de leurs assiduités. À se demander si elles n'avaient pas lancé le concours de celle qui réussirait à lui mettre le grappin dessus. Il ne comptait plus le nombre de tartes aux pommes ou aux prunes et de gâteaux au yaourt qui avaient été déposés devant sa porte.

Comme il avait déjà bien assez à faire avec ses jumelles, Yolanda et Yvonne, qu'il élevait seul, et son ranch, qu'il s'efforçait de maintenir à flot, il veillait à ne pas laisser le moindre espoir à ses prétendantes. Son épouse était la dernière femme avec laquelle il soit sorti, et après son décès, il n'avait eu ni l'envie ni le temps de courtiser qui que ce soit.

Les années étaient passées plus vite qu'il ne l'aurait cru et aujourd'hui, à l'approche de la quarantaine, il se demandait s'il n'était pas trop tard pour refaire sa vie. Mais peu lui importait car il avait bien d'autres choses à penser.

Sauf que présentement, il était en train d'y penser. Sans doute à cause d'Amelia. *Comment une femme qu'il avait vue moins de deux minutes pouvait-elle autant le chambouler et lui faire désirer des choses dont il s'était très bien passé jusque-là ?* se demanda Ted, perplexe, en regagnant le ranch.

Bizarrement, il avait l'impression de l'avoir déjà vue. Son visage ne lui était pas inconnu. Mais en même temps, il était absolument certain de ne jamais l'avoir rencontrée avant tout à l'heure. Une femme comme elle, il s'en souviendrait.

Il s'était rendu au magasin pour demander conseil à Serenity, comme cela lui arrivait souvent maintenant que ses filles étaient lycéennes. Leur propension à faire des scènes pour un oui ou pour un non le stupéfiait et l'effrayait, même s'il s'efforçait bien sûr de ne pas le montrer. Comme disait Serenity, face à une adolescente, il était capital de rester droit dans ses bottes. Ted suivait ses conseils à la lettre.

C'est pourquoi il fit tout son possible pour garder son calme lorsqu'il découvrit, en rentrant chez lui, que la maison était remplie de fumée. Faisant preuve d'un sang-froid qui l'étonna lui-même, il gagna la cuisine au pas de course après avoir fait un saut à la buanderie pour y récupérer l'extincteur. Il appela les jumelles à plusieurs reprises mais n'obtint aucune réponse.

Une casserole avait été oubliée sur le feu. Ce qu'il y avait dedans avait brûlé, d'où la fumée noire et nauséabonde qui s'était répandue dans toute la maison. Il s'en était fallu de peu qu'un incendie ne se déclare. Ted était arrivé juste à temps.

Les jumelles ne s'étaient rendu compte de rien, apparemment. Ni l'une ni l'autre n'était en vue.

Il posa l'extincteur par terre, tourna le bouton de la cuisinière et porta la casserole brûlée dehors. Puis il ouvrit tout grand les fenêtres ainsi que la porte d'entrée, mit la hotte de la cuisine à fond et fit tourner le ventilateur de plafond dans la salle de séjour.

— Yolanda ! Yvonne ! Où êtes-vous, bon sang ! cria-t-il, passablement excédé par l'absence de réponse des jumelles.

Depuis quelque temps, il n'était pas rare qu'elles ne se donnent même pas la peine de répondre quand il les appelait.

Il fonça vers la chambre qu'elles partageaient, au bout du couloir. La porte était fermée, comme il fallait s'y attendre. Il frappa trois coups, bien fort, et entra sans attendre d'y être invité.

Assises sur leurs lits, leurs ordinateurs devant elles et leurs casques audio vissés sur les oreilles, les deux ados étaient si concentrées sur ce qu'elles regardaient et écoutaient qu'elles ne levèrent même pas les yeux lorsqu'il fit irruption dans leur chambre.

Ted pressa rageusement l'interrupteur pour éteindre la lumière. Puis il ralluma. Éteignit à nouveau. Et ralluma.

Il parvint enfin à attirer leur attention.

— Papa ! s'exclama Yolanda d'un ton réprobateur en enlevant son casque. Qu'est-ce que tu fabriques ?

Quant à Yvonne, elle n'eut aucune réaction.

— Attends, je vais lui envoyer un texto, proposa obligeamment Yolanda en pianotant des deux pouces sur l'écran de son smartphone.

Un signal sonore retentit. Yvonne jeta un coup d'œil à son téléphone, poussa un soupir démonstratif et retira de mauvaise grâce son casque audio.

— Quoi ?

— Qui a laissé une casserole sur le feu ? demanda Ted.

— Pas moi, répondit Yolanda.

Ted et elle fixèrent Yvonne, qui affronta leur regard sans ciller.

— Où est le problème ?

À deux doigts d'exploser, Ted compta jusqu'à trois et prit une grande inspiration.

— J'ai trouvé la maison tout enfumée. Avec la porte de votre chambre fermée, vous ne pouviez pas vous en apercevoir. Un peu plus, la casserole prenait feu. Elle aurait pu déclencher un incendie. Vous auriez pu mourir toutes les deux.

Yvonne leva les yeux au ciel.

— Pas la peine d'en faire un drame. Désolée d'avoir oublié la casserole. Ça te va comme ça ?

— Non, ça ne me va pas. Je veux que tu me promettes de faire plus attention à l'avenir.

Son téléphone sonna. Il faillit l'ignorer mais quand il vit que l'appel provenait du lycée, il répondit sans quitter ses filles des yeux.

Impassible, il écouta Mme Eisner, la proviseure adjointe du lycée, lui expliquer qu'Yvonne était odieuse avec ses professeurs et qu'elle était partie cet après-midi en plein milieu d'un cours pour aller à l'infirmerie, soi-disant parce qu'elle avait mal au ventre.

Lorsqu'il raccrocha, Ted avait un mal de tête de tous les diables. Il s'ouvrit une bière et s'attela à la préparation du dîner. Il avait essayé de mettre ses filles au fourneau à tour de rôle mais ça avait été une catastrophe. Il ne savait pas si elles avaient fait exprès de tout rater, ou si elles n'étaient vraiment pas douées pour la cuisine, mais il avait compris que désormais, il devrait s'occuper seul des repas.

Ce soir, il y avait au menu des spaghettis à la bolognaise et une salade verte agrémentée de croûtons à l'ail. Il prévint les filles par texto que le repas était prêt. Moins d'une minute plus tard, elles apparurent, leurs téléphones à la main, malgré la règle qu'il avait instituée, selon laquelle tout appareil électronique était interdit à table.

— Posez ça sur le buffet, ordonna-t-il d'un ton qui n'admettait aucune contestation.

Avec force soupirs, elles obéirent. Sans doute devait-il s'estimer heureux qu'elles aient renoncé récemment à leur maquillage gothique et opté pour un look plus naturel.

Ted savait qu'il ne devait pas compter sur elles pour lui faire la conversation. Pour leur arracher quelques mots, il devait en général les bombarder de questions. Mais ce soir, il n'avait pas la force de les tirer de leur mutisme.

Les jumelles ne le remarquèrent même pas, occupées qu'elles étaient à manger leurs spaghettis. Tandis que d'une main experte, Yolanda les enroulait autour de sa fourchette, Yvonne les coupait en morceaux. Ni l'une ni l'autre n'ayant pris de salade, Ted dut les rappeler à l'ordre. Elles ronchonnèrent mais se servirent chichement et recouvrirent leurs trois feuilles de laitue de sauce ranch.

La dernière bouchée avalée, les deux adolescentes se levèrent et attrapèrent leurs téléphones, prêtes à regagner leur chambre.

— Une minute, dit Ted. Avez-vous fait vos devoirs ?

Yolanda acquiesça mais Yvonne, mutique, fixait son téléphone d'un air blasé.

— Yolanda, tu peux y aller. Yvonne, rassieds-toi. J'ai à te parler.

Dès que sa sœur eut disparu, Yvonne s'affala sur une chaise sans lâcher son téléphone.

— Le lycée a appelé, dit Ted. Qu'est-ce qu'il t'a pris de partir en plein milieu d'un cours ?

Yvonne fondit en larmes. Ted fut pris d'un horrible doute : était-elle harcelée ?

Cela prit un certain temps mais il finit par lui faire cracher le morceau. Elle et deux de ses copines étaient amoureuses du même garçon. Mais quand celui-ci s'était mis à la snober, les deux copines en question lui avaient également tourné le dos. Ted la prit dans ses bras et tenta tant bien que mal de la consoler mais il se sentait maladroit et craignait de ne pas trouver les bons mots. Dans des moments comme celui-là, il regrettait qu'il n'y ait pas une femme à la maison à qui ses filles puissent demander conseil.

Après lui avoir fait promettre de faire ses devoirs, il la laissa rejoindre sa sœur et passa le reste de la soirée devant la télévision sans vraiment réussir à se détendre.

Le lendemain matin, il se leva aux aurores, comme d'habitude, car il devait nourrir le bétail et s'occuper du ranch avant d'emmener ses filles au lycée. Après avoir avalé une tasse de café noir, au saut du lit, il mit la table du petit déjeuner puis fila à la grange, où il prit quelques ballots de foin qu'il chargea dans son pick-up et convoya jusqu'à ses pâturages.

À son retour, il s'assura que les jumelles s'étaient levées, puis il prit une douche en vitesse. Les filles picoraient leurs céréales lorsqu'il les rejoignit à la table du petit déjeuner. Il leur fit prendre les sandwichs qu'il leur avait préparés la veille, conscient que s'il les laissait se débrouiller pour leur repas de midi, elles se contenteraient d'un paquet de chips et d'une pomme. Voyant que l'heure tournait, il les fit se presser. Elles refusaient de prendre le bus, sous prétexte qu'il faudrait qu'elles se lèvent dix minutes plus tôt, aussi devait-il les conduire au lycée, l'aller-retour lui prenant au bas mot une demi-heure chaque matin.

Il les déposa devant le portail de l'établissement. Les jumelles s'éjectèrent de leurs sièges en grommelant un vague au revoir. Il les regarda s'éloigner d'une démarche nonchalante puis redémarra en soupirant et rentra au ranch.

Son ouvrier agricole, Floyd, était en train de réparer une clôture endommagée par l'orage. Ted lui fit un brin de conversation avant d'aller à l'étable voir une vache malade.

La matinée passa si vite qu'il ne se rendit compte qu'il avait laissé passer l'heure du repas que lorsque son ventre se mit à gargouiller. Il fit un peu de toilette et grimpa dans son pick-up pour se rendre en ville. Après s'être offert un cheeseburger à emporter, il passa voir Serenity. Il savait que tôt ou tard, elle finirait par lui faire payer les consultations, mais il n'avait personne d'autre à qui parler. Serenity devait s'en douter et avoir pitié de lui.

Quoi qu'il en soit, il lui témoignait sa reconnaissance en lui apportant de temps à autre des petits cadeaux. Aujourd'hui, il lui avait acheté une tarte aux pommes. Lorsqu'il se gara, juste en face de la boutique, il se demanda si Amelia serait là. À cette pensée, il se sentit tout excité, comme un gosse sur le point de découvrir ses cadeaux de Noël.

Son paquet à la main, il poussa la porte du magasin, déclenchant le carillon.

— Ted ! Contente de vous voir ! claironna Serenity. Venez que je vous présente ma nouvelle vendeuse, Amelia.

Ted leva les yeux mais veilla à ne pas les poser sur la jolie rousse, qui se planquait derrière une étagère et semblait aussi gênée que lui.

— Nous avons fait connaissance, dit-il d'un ton aussi neutre que possible, en dépit des battements frénétiques de son cœur.

Interceptant le regard éloquent de Serenity, Amelia s'avança vers lui en souriant.

— Oui, en effet, mais je crains de ne pas avoir retenu votre nom.

— Ted, répondit-il en hésitant à enlever son stetson. Ted Sanders.

Sans se départir de son sourire, elle lui tendit la main. Abasourdi, il la lui serra, secrètement émerveillé par la douceur de sa peau et par les fragrances de pêche et de vanille qui émanaient d'elle.

— Enchantée, dit-elle avec cette pointe d'accent qu'il avait déjà remarquée la veille mais n'arrivait toujours pas à identifier.

Ce qui était sûr, en tout cas, c'était qu'elle n'était pas du coin.

Lorsqu'elle l'obligea doucement à lui lâcher la main, il s'aperçut avec consternation qu'il la lui avait serrée bien plus longtemps que nécessaire.

Serenity observait tranquillement la scène, mais rien n'échappait à son regard sagace.

— Est-ce que je peux vous parler ? lui demanda Ted en feignant une désinvolture qu'il était bien loin de ressentir. Ce ne sera pas long, je vous le promets.

Serenity acquiesça.

— Amelia, pouvez-vous garder la boutique pendant que je vais faire un tour avec M. Sanders ?

— Bien sûr, répondit la jeune femme en s'employant à arranger un étalage de fleurs.

Ted n'arrivait pas à détourner les yeux. Il avait à nouveau l'impression d'avoir déjà vu Amelia quelque part. Mais où ?

— Venez, dit Serenity en l'entraînant dehors.

Il lui emboîta le pas, traversant la rue derrière elle. Ted salua au passage le vieux Malone qui, son détecteur à métaux à la main, était en quête de trésors.

— Que se passe-t-il ? demanda Serenity. Votre aura est voilée.

Ted ignora la remarque au sujet de son aura.

— Je ne sais plus quoi faire, lâcha-t-il comme on se jette à l'eau. Les jumelles sont devenues ingérables. N'ayant pas les moyens d'embaucher un deuxième ouvrier agricole, je suis obligé de travailler dur si je veux garder le ranch. Mais comme je ne peux pas être partout à la fois, j'ai de plus en plus de mal à m'en sortir à la maison, entre les repas à préparer, les devoirs à surveiller et tout le reste.

— Pourquoi ne prenez-vous pas quelqu'un pour la cuisine, le ménage et l'aide aux devoirs ? Cela vous soulagerait, et pour les jumelles, une présence féminine serait sûrement bénéfique.

— Ce serait idéal, je vous l'accorde. Mais même à mi-temps, l'emploi d'une aide-ménagère est au-dessus de mes moyens.

— Si vous offrez le gîte et le couvert, le salaire sera moindre.

— C'est vrai, concéda-t-il à nouveau. Mais où voulez-vous que je la loge ?

— La pièce qui vous sert de bureau ferait très bien l'affaire. Celle que convoitaient les jumelles pour avoir chacune leur chambre. Il vous suffit d'en faire une chambre d'amis.

— Facile à dire, répliqua-t-il. J'entends déjà les récriminations de Yolanda et Yvonne. Sans compter que je ne sais pas où je vais trouver une aide-ménagère. Pas question de faire appel aux foldingues du Club de célibataires de la paroisse. Il me faut quelqu'un de sérieux.

— Je pense avoir ce qu'il vous faut, déclara Serenity en souriant. Il se trouve qu'Amelia a besoin d'un travail à temps plein et qu'en plus, elle cherche à se loger.

— Je ne suis pas sûr que ce soit une bonne idée.

— Pourquoi donc ? Elle n'est pas là depuis longtemps, c'est vrai, mais je peux vous garantir que c'est quelqu'un de bien. Et elle ne peut pas rester au motel éternellement.

Comme Ted gardait le silence, Serenity ajouta :

— Je vous laisse y réfléchir. Tenez-moi au courant.

— Je n'y manquerai pas, promit Ted.

Il allait passer voir le shérif pour lui demander son avis. Il savait pouvoir se fier au jugement de Rayna. Avant de laisser Amelia s'occuper de ses filles, il devait d'abord s'assurer qu'elle n'avait jamais eu de problèmes avec la justice.

2

— Vous voulez m'embaucher pour faire quoi, au juste ?

Scrutant le séduisant cow-boy, Amelia essayait de comprendre.

— J'ai un ranch en dehors de la ville, expliqua-t-il. Et des jumelles de quinze ans. Je cherche quelqu'un pour cuisiner, faire le ménage et s'occuper des filles. En plus du gîte et du couvert, je suis prêt à payer un petit salaire.

Son stetson dans les mains, il déglutit, sérieux comme un pape et beau à se damner.

Très tentée, Amelia jeta un coup d'œil en direction de sa patronne. Serenity lui adressa un sourire.

— Je vous ai recommandée.

— Mais je ne pourrai plus travailler ici, dit Amelia.

— Ce n'est pas grave, assura Serenity en posant une main sur son épaule. Ici, c'était un peu mort, de toute façon.

Amelia prit brusquement conscience que Serenity ne l'avait engagée que par bonté d'âme et pas du tout parce qu'elle avait besoin de quelqu'un. À l'origine, c'était pour un emploi de bureau que Serenity avait passé une petite annonce.

— Il faut que vous sachiez que j'ai parlé à Rayna, ajouta Ted. Je lui ai demandé de vérifier vos antécédents.

Le cœur d'Amelia manqua un battement. Heureusement, personne ne connaissait son vrai nom, sa date de naissance ni aucune autre information personnelle permettant la moindre recherche d'antécédents.

— Qu'est-ce qu'elle a dit ? demanda-t-elle.

— Elle a refusé, répondit Ted. Sous prétexte que c'est contraire à l'éthique de faire ce genre de choses sans votre consentement. Mais elle a ajouté qu'elle vous considère comme une amie.

Touchée, Amelia hocha la tête.

— Je vais réfléchir à votre offre, dit-elle. Puis-je vous donner ma réponse demain ?

— Oui, bien sûr, répondit aussitôt Ted avec un sourire.

Un sourire qui plissait le coin de ses yeux et le rendait irrésistible. Ted Sanders était vraiment canon, constata Amelia, sous le charme.

— Serenity a mon numéro de téléphone, l'informa-t-il, visiblement inconscient de l'effet qu'il produisait sur elle. Appelez-moi dès que vous aurez pris votre décision.

Enfonçant son chapeau sur sa tête, il tourna les talons et se dirigea vers la porte, mais à mi-chemin, il fit volte-face.

— J'ai vraiment besoin de quelqu'un. Je ne suis pas prêt cependant à engager n'importe qui. Il me faut quelqu'un de sérieux, de digne de confiance et de stable, qui ne parte pas au bout de quelques jours. Bien que pas toujours faciles, les ados sont fragiles. Mes filles sont tout pour moi, et rien ne m'importe plus que leur sécurité et leur bonheur.

Sur ce, il sortit de la boutique.

Amelia continua de fixer la porte plusieurs secondes après son départ. La psychothérapeute en elle était intriguée. La femme en fuite, solitaire et craintive, se sentait attirée par ce qu'il proposait : un toit, un travail, et la possibilité de faire partie d'une famille, même temporairement.

— Ce serait bien, tant pour vous que pour lui, déclara Serenity, comme si elle avait lu dans ses pensées.

Amelia poussa un soupir.

— Ne me dites pas que vous êtes en train d'essayer de vous insinuer dans ma tête.

— Comment ça ? Je pensais que vous ne croyiez pas en mes pouvoirs psychiques.

— Je n'y crois pas, en effet.

Serenity renifla et balaya cette assertion d'un revers de main.

— Il n'est pas nécessaire d'être extralucide pour voir que vous avez besoin l'un de l'autre, déclara-t-elle.

— Ne vous ai-je pas entendue dire que vous ne jouiez jamais les entremetteuses ? C'est pourtant ce que vous faites, là.

Serenity fronça les sourcils et prit un air indigné.

— Absolument pas. Quand je dis que vous avez besoin l'un de l'autre, c'est sans aucune arrière-pensée. Cet homme a beaucoup souffert. La dernière chose dont il a besoin, c'est d'avoir le cœur brisé.

Pourquoi diable Serenity la pensait-elle capable de briser le cœur de Ted Sanders ? se demanda Amelia, qui préféra s'abstenir de lui poser la question. Elle avait une décision à prendre et tenait à garder l'esprit clair, exempt de toute émotion parasite, même si son métier lui avait appris à compartimenter.

— Vous feriez bien de filer, suggéra Serenity.

Elle portait plusieurs bagues à chaque doigt, qui scintillaient quand elle bougeait les mains.

— Allez donc vous balader, prendre un peu l'air. Vous y verrez plus clair. Si vous décidez de ne pas accepter, vous aurez toujours du boulot ici.

La gorge nouée par l'émotion, Amelia remercia sa patronne. Puis elle attrapa son sac et sortit.

Dans une autre vie, avant d'être kidnappée par son propre patient et séquestrée pendant plusieurs jours, Amelia Fergusson, alias Smith, était plutôt quelqu'un de décidé. Elle ne tergiversait pas, habituée qu'elle était à peser rapidement le pour et le contre avant de prendre une décision. On la savait déterminée et quand elle se rendait compte qu'elle s'était trompée, elle changeait de cap aussi sec tout en réparant les dégâts.

Aujourd'hui, c'était à peine si elle se reconnaissait. Simon Barron lui avait fait prendre conscience de sa grande vulnérabilité. Certes, elle avait réussi à lui échapper, et son témoignage avait permis l'arrestation du tueur en série, mais Amelia savait qu'elle ne serait plus jamais la même.

Il n'était plus question pour elle d'emprunter à pied une rue déserte ou d'aller faire son jogging seule au lever du soleil.

Maintenant, elle regardait constamment par-dessus son épaule, sursautant au moindre bruit. Elle n'aimait pas la personne qu'elle était devenue mais comment aurait-elle pu revenir en arrière ?

Soudain, elle sut ce qu'elle allait faire. Elle allait accepter l'offre d'emploi de Ted et emménager au ranch. Il ne saurait jamais que sa gouvernante avait obtenu un doctorat de psychologie et ouvert à White Plains, dans l'État de New York, un cabinet qui ne désemplissait pas. Elle ferait en sorte qu'il ne l'apprenne pas. Ce qui l'embêtait, c'était que Ted tenait à embaucher quelqu'un qui reste un certain temps, or si Simon Barron la retrouvait, elle serait obligée de partir.

Elle avait toujours aimé s'occuper des autres. Et qui sait ? Peut-être qu'elle pourrait mettre à profit ses talents de psychothérapeute pour aider Ted et ses filles. Le salaire n'était pas mirobolant mais le gîte et le couvert étant inclus, elle pourrait mettre de l'argent de côté. Et puis, tant que Simon Barron était dans la nature, elle se sentirait bien plus en sécurité dans un ranch isolé, en pleine campagne.

En fait, même si elle ne croyait guère aux coïncidences et à la chance, cette offre d'emploi tombait pile au bon moment. Elle lui était forcément destinée et Amelia se dit qu'elle serait vraiment stupide de la refuser.

Elle n'était pas encore arrivée au bout du pâté de maisons qu'elle pivotait sur ses talons pour retourner à la boutique.

— Vous avez pris votre décision, dit Serenity posément, comme si elle avait toujours su qu'Amelia finirait par accepter.

— En effet, répondit Amelia en esquissant un petit sourire. Si vous m'assurez que c'est un honnête homme, je suis prête à accepter son offre.

Serenity la serra dans ses bras.

— Je suis contente pour vous, ma chérie. Faites-moi signe, si vous avez besoin de quoi que ce soit.

— Je ne vous remercierai jamais assez. J'espère pouvoir un jour vous rendre la pareille…

Serenity s'écarta avec un claquement de langue désapprobateur et en secouant la tête.

— Son numéro est écrit sur le bloc-notes qui se trouve à côté de la caisse.

Amelia sortit son téléphone et ajouta le numéro à sa liste de contacts. Puis, avant de changer d'avis, elle appela Ted pour lui faire connaître sa décision.

Lorsqu'il répondit, elle le sentit stressé. Il parut surpris quand elle lui annonça la nouvelle.

— Quand pouvez-vous commencer ? demanda-t-il. Il faut que je débarrasse votre future chambre.

— Demain ?

— Oui, très bien, mais pas avant que j'aie conduit les jumelles au lycée. Disons vers 8 h 30. Serenity vous donnera mon adresse. Avez-vous besoin d'un coup de main pour déménager vos affaires ?

Ses affaires tenaient dans deux sacs de voyage.

— Non, pas la peine. Merci quand même.

— Alors, à demain, dit Ted avant de mettre fin à la communication.

De bonne heure le lendemain matin, Amelia chargea toutes ses affaires dans sa voiture et rendit la clé de sa chambre à la réception du motel. Puis elle se rendit en ville et s'offrit un copieux petit déjeuner au Tumbleweed Café, où elle avait ses habitudes. Lorsqu'elle croisait des gens qui la saluaient en l'appelant par son prénom, cela lui faisait chaud au cœur, si bien qu'elle avait le sourire aux lèvres quand la serveuse lui apporta sa commande. Sachant que le trajet jusqu'au ranch ne lui prendrait pas plus d'une dizaine de minutes, elle n'avait aucune raison de se presser, aussi s'efforça-t-elle, malgré sa nervosité croissante, de déguster ses œufs au plat et ses pancakes. Elle se leva cependant avant d'avoir fini son assiette, paya et prit un café à emporter. Puis elle regagna sa voiture et se mit en route pour le ranch de Ted Sanders.

Après avoir quitté le centre-ville, elle se retrouva sur des routes gravillonnées. Le paysage plat de l'ouest du Texas chatoyait et le ciel bleu sans nuages semblait s'étendre à l'infini. L'immensité de cet État, associée à une densité de population très faible, la faisait se sentir libre. La nuit, le ciel d'un noir profond scintillait d'étoiles. Les levers et couchers de soleil étaient spectaculaires, une symphonie de roses et d'orangés, de rouges et de violets plus éclatante que ce qu'elle avait connu dans l'Est.

Sa vie à Getaway était très différente de celle qu'elle avait avant, mais Amelia s'y était vite accommodée. Il allait maintenant falloir qu'elle s'habitue à vivre dans un ranch, au milieu des bovins et des chevaux. Et qu'elle apprenne à s'occuper des filles de Ted, des jumelles de quinze ans qui n'étaient pas faciles aux dires de leur père. N'ayant aucune expérience en ce domaine, Amelia craignait de ne pas être à la hauteur.

Tout en réfléchissant à ce qui l'attendait, elle prit le temps d'admirer le paysage, ce qui ne l'empêcha pas d'arriver dix minutes en avance. Lorsqu'elle bifurqua en direction du ranch, elle découvrit au loin la vaste propriété en brique rouge, datant probablement des années 1960 mais soigneusement entretenue. Une allée cochère gravillonnée serpentait jusqu'au ranch, derrière lequel elle aperçut une immense grange rouge et des enclos à perte de vue. Tandis que dans l'un d'eux, un troupeau de bovins paissait, quelques chevaux se prélassaient à l'ombre des arbres dans un autre.

Il n'y avait pas de voiture dans l'allée, mais comme il n'était que 8 h 20, ce n'était pas très étonnant. Ted n'allait pas tarder à revenir du lycée. Et en effet, quelques instants plus tard, un nuage de poussière annonça son arrivée. Amelia sortit de sa voiture et regarda la grosse camionnette à plateau de Ted approcher. Gênée, elle attendit en se tordant nerveusement les mains que Ted se gare et descende de son véhicule.

Lorsqu'il sauta lestement à bas du pick-up, elle sentit son cœur s'emballer. C'était la troisième fois qu'elle le voyait, mais avant ce matin, elle n'avait pas été frappée par sa haute taille. Il portait le même stetson blanc que la veille, une chemise à carreaux et boutons-pressions et un jean Wrangler dont le bas des jambes était enfoncé dans des bottes à bout pointu et talons biseautés.

— Bonjour ! lança-t-elle, la gorge sèche.

— Soyez la bienvenue, répondit-il avant de lui offrir une poignée de main.

Le cœur battant de plus belle, Amelia lui serra la main. Il avait des mains de travailleur manuel, robustes et rêches. Mais contre toute attente, il ne lui broya pas les doigts, faisant au contraire preuve d'une surprenante douceur.

— Suivez-moi, dit-il de sa belle voix grave. Je vais vous montrer votre chambre. Avez-vous besoin d'aide pour sortir vos affaires du coffre de votre voiture ?

— Non, merci, ça ira.

Elle attrapa l'un après l'autre les deux sacs entassés sur la banquette arrière et les posa par terre.

Les pouces passés sous la boucle de son ceinturon, Ted la regarda faire d'un air étonné.

— C'est tout ce que vous avez ?

— Oui, tout est là, répondit-elle avec assurance. Je voyage léger.

— D'accord. Vous allez dormir dans ce qui était mon bureau. J'ai enlevé la plupart de mes affaires et installé un divan. Les draps ont été changés. Il y a une grande penderie. La commode, qui date de quand les jumelles étaient petites, est un peu défraîchie mais elle reste utilisable.

Il lui jeta un regard contrit et semblait sincèrement désolé de ne pas pouvoir lui offrir davantage.

— C'est parfait. Je n'ai pas besoin de plus, assura Amelia en soulevant l'un de ses sacs pour appuyer son propos.

— Par ici.

Elle le suivit à l'intérieur de la maison, dans laquelle flottaient des relents de cuir auxquels se mêlait une légère odeur de brûlé. Au milieu de la salle de séjour, trônait une selle Western posée sur son arçon en bois.

— C'est la nouvelle selle de Yolanda, expliqua-t-il. Je lui ai déjà dit que sa selle n'avait rien à faire au salon et qu'elle devait aller l'astiquer dans la grange, mais comme vous le voyez, la selle est toujours là.

Amelia hocha la tête bien que la présence de cette selle dans le salon ne lui parût pas si incongrue. Ted et ses filles vivaient dans un ranch, après tout.

Intriguée par l'odeur de brûlé, elle ne put s'empêcher de jeter un coup d'œil vers la cuisine lorsqu'ils passèrent devant. Ted dut la voir froncer le nez car il se figea et fit la grimace.

— L'une des jumelles a oublié une casserole sur le feu. Quand je suis rentré, il y avait de la fumée partout. J'ai tout ouvert en grand pour aérer mais l'odeur persiste.

— Ouah !

— Comme vous dites. Voilà, nous y sommes.

La chambre se trouvait au bout d'un petit couloir. Elle n'était pas bien grande mais il y avait l'essentiel : d'un côté, un lit en métal recouvert d'une couette, et de l'autre, une vieille commode blanche décorée d'autocollants divers et variés – cœurs, ballons, ours et licornes. Il n'y avait pas de miroir, pas de tableaux aux murs, et pas de rideaux à la fenêtre, protégée par des volets. Cette chambre avait tout de la cellule monacale. Ted l'avait prévenue mais elle ne s'attendait pas à un tel dépouillement. Elle décida cependant de faire contre mauvaise fortune bon cœur.

— C'est parfait, dit-elle. Je vous remercie.

— Si ça vous convient, tant mieux. Il y a un truc qu'il faut que je vous dise, continua Ted en se grattant la nuque. Les jumelles vont sûrement faire la tête. Elles dorment dans la même chambre et me tannent depuis un moment pour récupérer cette pièce dont j'avais fait mon bureau.

— Aïe ! Comment ont-elles réagi quand vous leur avez annoncé mon arrivée ?

Il détourna le regard, les mâchoires crispées.

— Je ne les ai pas encore mises au courant.

— Aïe, aïe, aïe ! Vous allez les mettre devant le fait accompli si je comprends bien ?

Elle avait un peu l'impression d'être jetée en pâture aux fauves.

— Oui, en gros, c'est ça. Désolé, dit-il avec un soupir las. J'ai eu pas mal de choses à gérer, récemment, et pour tout vous avouer, je n'ai pas voulu me trouver confronté à une nouvelle levée de boucliers. Je leur parlerai quand j'irai les chercher au lycée. Elles auront tout le trajet du retour pour digérer la nouvelle.

— Pensez-vous vraiment que ce sera suffisant ? demanda Amelia, qui regretta aussitôt sa question.

C'était la thérapeute en elle qui avait parlé. Elle devait faire plus attention et rester à sa place… de gouvernante.

— Je n'ai pas trop le choix, répondit Ted en haussant les épaules. Venez. Je vais vous faire visiter la maison avant de retourner à mes occupations.

Il lui montra la buanderie, la cuisine et le grand congélateur qui se trouvait dans le garage. Il avait pris soin de lister par écrit les tâches qu'il souhaitait lui confier. Il lui remit une copie du document.

— C'est vous qui établissez les menus et qui décidez de la fréquence des lessives. En ce qui concerne le ménage, je vous laisse également seule juge. Quelles que soient les règles que vous établissiez, une fois que vous les avez expliquées aux jumelles, j'aimerais que vous vous y teniez. Est-ce que cela vous semble faisable ?

Il voulait apporter à ses filles structure et stabilité.

— Tout à fait, assura-t-elle en souriant, toute nervosité envolée. Je suppose que vous serez là à tous les repas ?

— Au petit déjeuner et au dîner. À midi, si vous pouviez juste me faire un sandwich, ce serait parfait.

— Entendu.

— Je dois vous laisser, maintenant, dit Ted. J'ai du travail. Je repasse tout à l'heure, sur le coup de midi.

— D'accord. Je me charge de vous préparer quelque chose.

— Merci, c'est gentil.

Il sortit par la porte de derrière et, le nez collé à la fenêtre, elle le suivit des yeux, fascinée par sa démarche chaloupée.

Dès qu'il eut disparu, elle entreprit d'explorer la cuisine. Elle ouvrit les placards, remplis de provisions, et jeta un coup d'œil dans le réfrigérateur et le congélateur. Puis elle alla inspecter l'armoire-congélateur du garage, pleine de viande surgelée.

Qu'allait-elle bien pouvoir préparer pour le dîner ? Il fallait qu'elle trouve quelque chose qui plaise aux jumelles et qui rassasie leur cow-boy de père.

Pour ce soir, elle décongèlerait la viande au four à micro-ondes. Elle avait l'embarras du choix mais finit par opter pour un chili con carne pour le dîner, et des filets de poulet pour le lendemain.

Après avoir fait décongeler la viande hachée, elle la mit dans la mijoteuse électrique. Puis elle éplucha et coupa en petits cubes des patates douces – son ingrédient secret –, tailla en lanières des poivrons et hacha un gros oignon. Elle ouvrit une grosse boîte de haricots rouges et les versa dans la mijoteuse avec la viande et les autres légumes. Elle y ajouta des tomates en dés et des épices. Le chili faisant partie de ses recettes préférées, elle la connaissait par cœur.

Puis elle se lança dans la confection d'un *carrot cake* après avoir vérifié qu'elle avait tous les ingrédients sous la main. Pendant qu'il cuisait, elle nettoya la cuisine.

Elle consacra les deux heures suivantes au ménage, passant l'aspirateur et briquant les sanitaires. Lorsqu'elle eut terminé, la maison brillait comme un sou neuf. Amelia décida de faire une pause avant de s'occuper du déjeuner.

Une tasse de café à la main, elle alla s'asseoir dehors. Assez bizarrement, le travail physique l'avait revigorée. Ce job de gouvernante était peut-être en fin de compte exactement ce qu'il lui fallait.

Ted n'arrêtait pas de se demander s'il avait bien fait d'engager une femme qu'il ne connaissait ni d'Ève ni d'Adam. La présence d'Amelia sous son toit lui faisait bizarre. Mais il avait vraiment besoin de ses services, et il était soulagé de ne plus avoir à s'occuper de la cuisine et du ménage.

Accaparé par son travail, il finit par ne plus y penser.

Peu avant midi, Floyd vint le prévenir qu'il allait déjeuner en ville et lui proposer de l'accompagner.

— Non, je te remercie, mais j'ai prévu de rentrer manger à la maison. Une autre fois, peut-être.

Après le départ de son commis, Ted se dirigea vers la maison, en proie à un curieux mélange d'impatience et de curiosité. Il se réjouissait d'avoir de la compagnie pour déjeuner. Cela faisait des lustres que ça ne lui était pas arrivé.

En entrant dans la maison, une délicieuse odeur lui chatouilla les narines et lui mit l'eau à la bouche. Il adorait le chili. Surtout quand il était servi avec des chips de tortillas, de la crème aigre et du cheddar râpé.

— Salut, lança Amelia en levant la tête et en repoussant la mèche de cheveux qui lui tombait devant les yeux. Asseyez-vous. C'est prêt.

Ted s'avança vers l'évier pour se laver les mains.

— Ça sent drôlement bon, dit-il pour dissiper la gêne qu'il ressentait. Qu'est-ce que vous cuisinez ?

— Du chili. J'espère que les jumelles aiment ça.

— Elles adorent ça, et comme ça fait longtemps qu'on n'en a pas mangé, elles vont être ravies.

D'avoir du chili au dîner, cela ne faisait aucun doute. D'avoir Amelia au ranch, c'était beaucoup moins sûr, songea Ted en s'asseyant à table.

— Et pour midi, j'ai fait de la salade Caesar, annonça la jeune femme en posant deux assiettes sur la table. Ça vous va ?

Elle était ravissante avec ses cheveux auburn et ses yeux bleus. Et son air sérieux la rendait irrésistible. Sous le charme, Ted resta un instant sans voix.

— Je peux vous préparer autre chose, proposa Amelia, qui avait mal interprété son silence.

— Euh, non, pas la peine. J'aime beaucoup la salade Caesar. Pardon de ne pas avoir répondu à votre question mais j'avais la tête ailleurs.

Lorsqu'elle posa le saladier sur la table, il remarqua que ses mains tremblaient légèrement. Amelia était de toute évidence aussi mal à l'aise que lui.

— Asseyez-vous, je vous en prie. Tout cela est un peu nouveau, aussi bien pour vous que pour moi, mais nous allons finir par nous habituer l'un à l'autre.

— Oui, sûrement, dit-elle en lui décochant un sourire qui creusa dans ses joues d'adorables fossettes.

Ted en resta une fois de plus ébahi. Il avait la bouche sèche et l'esprit en déroute. Pour masquer son trouble, il attaqua sa salade avec appétit.

Perplexe, Amelia l'imita.

— C'est délicieux, assura-t-il. Vous semblez être un vrai cordon-bleu. Je me trompe ?

Elle sourit à nouveau.

— J'ai toujours aimé cuisiner, mais pour moi seule, je n'ai pas envie de passer du temps aux fourneaux. Je me réjouis de cuisiner pour vous et vos filles.

Le nez dans son assiette pour éviter de la regarder, et tenter d'échapper à l'attirance embarrassante qu'elle exerçait sur lui, Ted fit honneur à la salade Caesar.

Le silence était un peu gênant mais il appréciait qu'Amelia ne cherche pas à le combler en jacassant comme une pie.

— Cela vous ennuie d'allumer la télévision pour regarder le journal télévisé ? demanda-t-elle. J'aime bien me tenir informée de ce qui se passe dans le monde.

Ted se leva pour aller chercher la télécommande et allumer la télé. De la table de la cuisine, ils pouvaient la regarder sans problème car l'écran était très grand.

Ils tombèrent sur le bulletin météo. Tout en écoutant les prévisions pour les prochains jours, Ted se remit à manger, plus détendu qu'au début du repas. Le fait de regarder les nouvelles à la télé, assis à la table de sa cuisine, semblait tellement normal qu'il s'en voulut d'avoir autant stressé.

Le silence entre eux lui semblait à présent plus amical que gênant. Ils finirent de manger en même temps, ce qui le conforta dans l'idée qu'ils étaient en phase l'un avec l'autre.

La présentatrice du journal annonça que le tueur en série qui s'était échappé il y a quelque temps était toujours en cavale, et que la police craignait qu'il ait kidnappé le principal témoin à charge, une certaine Amelia Fergusson, psychologue, disparue sans laisser de traces. La caméra zooma sur le portrait de cette dernière, une blonde à lunettes à l'air sévère portant un tailleur strict de belle facture et des chaussures à talons plats. Cette femme, expliquait la présentatrice, était la seule victime du Tueur de la cafétéria à avoir réussi à s'enfuir.

Amelia se leva et commença à débarrasser. Elle semblait toute raide, à nouveau, et mal à l'aise, mais Ted songea que c'était peut-être juste un effet de son imagination.

— Je dois retourner au travail, dit-il en se levant à son tour. Je vais récupérer les filles au lycée à 15 h 30. Attendez-vous à les voir débarquer un peu avant 16 heures.

— Super ! dit-elle sans se retourner.

En la voyant passer les assiettes sous le robinet puis les disposer dans le lave-vaisselle, sans plus lui prêter la moindre attention, Ted comprit qu'il n'avait plus rien à faire là.

Amusé, il sortit et alla se remettre au travail.

Il ne vit pas passer le reste de l'après-midi, et quand l'alarme de sa montre lui rappela qu'il était temps d'aller chercher les jumelles, il fut content du travail accompli. D'habitude, à cette heure-là, il commençait à se creuser la cervelle pour savoir ce qu'il allait bien pouvoir préparer à manger. Et comme il courait toujours après le temps, il conduisait en général au-dessus de la limite de vitesse autorisée.

Mais aujourd'hui, c'était différent. Il se sentait vraiment soulagé de ne pas avoir à s'inquiéter du dîner. La seule tâche ingrate dont il allait devoir s'acquitter consistait à annoncer aux jumelles qu'il avait embauché une gouvernante qui vivrait désormais au ranch.

Il ne savait pas trop comment ses filles allaient prendre la nouvelle mais quelque chose lui disait que cela risquait de ne pas être évident. Il passa tout le trajet à tester diverses approches et finit par décider de tout simplement cracher le morceau.

3

Ted arriva en avance au lycée et put se garer juste en face du portail. Il attendit ensuite, assis dans son pick-up, la sortie des classes. Quelques secondes après la sonnerie, une foule de lycéens se déversa sur le trottoir. Il lui fallut une bonne minute pour repérer ses filles, qui sortaient toujours en même temps. Elles lorgnèrent le pick-up d'un air las, s'en approchèrent sans se presser et grimpèrent toutes les deux à l'arrière.

— Vous avez passé une bonne journée ? demanda Ted d'un ton volontairement enjoué.

— Oui, répondit Yolanda, qui s'était fait une queue-de-cheval.

Sa sœur, cachée derrière le rideau de ses cheveux bruns, ne se donna pas la peine de répondre.

Ted décida d'aller droit au but.

— Nous avons de la compagnie à la maison, lança-t-il tout à trac.

Cette déclaration suscita aussitôt l'intérêt des jumelles.

— La compagnie de qui ? demanda Yvonne.

— J'ai engagé une gouvernante pour faire la cuisine, le ménage et donner un coup de main. Elle s'appelle Amelia.

Il épia leur réaction dans le rétroviseur intérieur.

— Cette Amelia ne serait pas plutôt ta petite amie ? demanda Yolanda, suspicieuse.

Il se mit à rire.

— Comme si avec tout le travail que j'ai, je pouvais me

permettre d'avoir une petite amie ! J'ai vraiment besoin d'aide et me réjouis d'avoir trouvé cette solution, qui me semble idéale.

— Avec quoi allons-nous la payer, ta gouvernante ? s'inquiéta Yvonne. Nous sommes déjà ric-rac, comme tu n'arrêtes pas de le répéter.

Le moment était venu de leur annoncer ce qu'elles auraient probablement le plus de mal à digérer.

— Je me suis arrangé avec elle. Elle accepte un salaire modeste en échange du gîte et du couvert. Elle est logée et nourrie, si vous préférez.

— Logée et nourrie ?

— Oui. Amelia s'est installée dans mon bureau.

Deux cris indignés retentirent à l'arrière du véhicule.

— Mais c'était censé être ma chambre ! protesta Yolanda.

— Je n'ai jamais dit que j'étais d'accord.

— J'essayais encore de te convaincre, répliqua-t-elle.

— Désolé, mais désormais, ce sera la chambre d'Amelia.

Ils roulaient à présent sur la route gravillonnée qui menait au ranch.

— À quoi ressemble-t-elle, cette Amelia ? demanda Yvonne. J'imagine une petite bonne femme rondelette avec des cheveux blancs qui nous fera des cakes et des cookies.

— L'idée me plaît bien, dit Yolanda. Est-ce qu'elle ressemble à ça, papa ?

Il rit à nouveau.

— Vous serez fixées dans cinq minutes.

Une fois arrivées, les filles, contrairement à leur habitude, ne sautèrent pas à bas du pick-up pour se précipiter dans la maison sans plus se soucier de lui. Elles traînaient tellement qu'il les rattrapa et finit par les devancer.

Lorsqu'il ouvrit la porte, il remarqua tout de suite la bonne odeur de cookies qui s'échappait de la cuisine.

— Waouh ! s'exclama Yvonne à mi-voix. Ça sent fabuleusement bon.

Yolanda lui donna un coup de coude.

— Papa a peut-être bien fait, en fin de compte, murmura-t-elle.

Amelia sortit de la cuisine avec un plateau de cookies tout juste sortis du four dans les mains.

— Salut ! dit-elle en souriant. Je m'appelle Amelia.

En voyant sa chevelure flamboyante qui virevoltait sur ses épaules, et sa silhouette de pin-up, que mettait en valeur son jean délavé, les jumelles firent une drôle de tête.

— Vous êtes *Amelia* ? La gouvernante ? s'étonna Yolanda.

Sa sœur et elle se tournèrent d'un bloc vers Ted, qu'elles semblaient soupçonner de leur avoir menti.

— Oui, c'est moi, répondit Amelia, nullement décontenancée. Vous voulez un cookie ?

Gourmande comme elle l'était, Yolanda ne se fit pas prier et prit deux cookies. Yvonne l'imita. Puis, après avoir lancé à leur père un regard torve, elles filèrent dans leur chambre.

Yolanda se figea au moment de prendre le couloir et lança un vague merci par-dessus son épaule.

— Ça s'est plutôt bien passé, dit Amelia en exhalant un soupir. J'en ai peut-être fait un peu trop, non ?

— Vous avez été parfaite, assura Ted. Ce sont des ados ; il ne faut pas trop leur en demander. Elles m'en veulent de vous avoir attribué la chambre qu'elles convoitaient, mais ça leur passera.

— Espérons-le. À quelle heure avez-vous l'habitude de dîner ?

— Autour de 18 heures. Mais le chili sent tellement bon que je ne suis pas sûr de tenir jusque-là.

Amelia devint toute rouge.

— C'est une de mes recettes préférées. Je le sers toujours avec des chips de tortillas et du cheddar râpé. Et nous avons de la crème aigre, si quelqu'un en veut.

— Figurez-vous que c'est exactement comme ça que j'aime le chili, déclara Ted en riant.

Elle rit à son tour.

— C'est comme ça que l'aiment la plupart des gens, je suppose.

Interpellé par son rire, qui sonnait bizarrement, il l'observa pensivement. Il s'était promis de garder ses distances mais ne put s'empêcher de demander :

— D'où êtes-vous, Amelia ? J'ai du mal à situer votre accent. Ce n'est pas un accent du coin, en tout cas.

Elle ouvrit de grands yeux étonnés.

— Vous trouvez que j'ai un accent ?

— Oui. D'où ma question. D'où êtes-vous ?

Elle déglutit, comme si la réponse lui coûtait.

— Je suis originaire du New Jersey.

— Cela explique tout. Je vais vous laisser, maintenant. On se voit tout à l'heure, vers 18 heures.

Elle acquiesça d'un hochement de tête. La présence de cette femme dans sa cuisine lui faisait encore bizarre mais il ne doutait pas de très vite s'y habituer.

Après le départ de Ted, Amelia poussa un soupir de soulagement. Elle était tracassée depuis qu'elle avait entendu à la télé que la police soupçonnait Simon de l'avoir enlevée. Elle frémit rien que d'y penser. Peut-être aurait-elle dû plutôt se féliciter d'avoir réussi à disparaître sans laisser de traces.

Mais le fait que les autorités la croient à nouveau prisonnière de Simon la turlupina tout l'après-midi, si bien que malgré sa nervosité à l'idée d'être présentée aux jumelles, elle avait été contente de les voir débarquer. Dès qu'elle avait entendu la voiture dans l'allée, elle s'était dépêchée de disposer sur un plateau les cookies qu'elle venait de préparer.

Tenant à faire bonne impression aux deux lycéennes, elle en avait prévu de plusieurs sortes : aux pépites de chocolat, au beurre de cacahuète, aux raisins secs, à la vanille. Il y avait de quoi rassasier une classe entière.

Les filles étaient plus grandes que ce à quoi elle s'attendait, et vraiment ravissantes. Elles tenaient de leur père leurs cheveux bruns et leurs yeux marron foncé et avaient probablement hérité de leur mère leurs traits délicats. Amelia se demanda brièvement ce qui lui était arrivé et décida que ça ne la regardait pas.

Elle n'avait plus qu'à tuer le temps jusqu'au dîner.

Après avoir jeté un coup d'œil au chili, qui mijotait doucement, elle mit la table puis gagna sa chambre. Lorsqu'elle alluma son ordinateur, elle s'aperçut qu'elle avait oublié de demander à Ted le code Wi-Fi. Du coup, elle alla regarder la télévision dans la salle de séjour. À chaque fois qu'elle regardait les nouvelles, elle s'attendait à ce qu'on annonce l'arrestation du Tueur de la cafétéria. À un moment ou à un autre, la police le retrouverait, mais en attendant, il courait toujours et comme il avait juré de finir ce qu'il avait commencé, Amelia craignait de retomber entre ses griffes.

Aux infos régionales, il ne fut pas question du meurtrier et le journal national passerait lorsqu'ils seraient à table, aussi éteignit-elle la télévision avant de regagner la cuisine.

Les jumelles se présentèrent à 18 heures précises, conformément aux instructions de leur père, qui arriva une minute plus tard, les cheveux humides, venant apparemment de se doucher et de se changer. Troublée, Amelia sentit son imbécile de cœur s'emballer et sa respiration devenir soudain plus difficile. Par chance, les deux sœurs commencèrent à se quereller, ce qui obligea Ted à intervenir et permit à Amelia de se ressaisir.

— Je propose que chacun se serve directement dans la mijoteuse, dit-elle. J'ai posé à côté les chips de tortillas, le cheddar râpé et la crème aigre.

Les jumelles ne se le firent pas dire deux fois, se bousculant pour être la première à se servir.

— Doucement, il y en aura pour tout le monde, dit Ted. Ne vous comportez pas comme des sauvages. Que va penser Amelia ?

En gloussant, les deux ados jetèrent un regard en coin à Amelia, qui leur sourit. Puis elles se servirent de grosses assiettes de chili et s'assirent à table.

— À votre tour, dit Ted en invitant Amelia à se servir. Honneur aux dames.

Lorsqu'ils furent tous servis et assis à table, ils attaquèrent le chili.

— Délicieux, décréta Yolanda dès la première bouchée.

— Ouais, drôlement bon, renchérit Yvonne.

Ted fut le premier à avoir terminé et à aller se resservir.

En revenant s'asseoir, il décocha à Amelia un sourire qui la tourneboula.

— Vous êtes un vrai cordon-bleu, la complimenta-t-il.

Elle se sentit rougir jusqu'à la racine des cheveux.

— Merci.

Les jumelles les observaient avec curiosité.

— Où vous êtes-vous rencontrés ? demanda Yvonne.

— Chez Serenity, répondit Amelia. J'y ai travaillé à mi-temps pendant quelques semaines. Et c'est grâce à mon ancienne patronne que j'ai trouvé ce job.

Les deux sœurs échangèrent un regard de connivence.

— Vous ne sortez pas ensemble, alors ?

— Non, pas du tout ! répondirent en chœur Amelia et Ted.

Yvonne et Yolanda se consultèrent à nouveau du regard. Puis Yolanda haussa les épaules.

— Bon, on s'en fiche.

— Il y a un dessert, claironna Amelia pour faire diversion. Un *carrot cake* recouvert d'un glaçage à la crème.

— Miam-miam ! s'exclama Yolanda. Ça doit être divin.

Yvonne secoua la tête d'un air désapprobateur.

— Je passe mon tour, grommela-t-elle. J'ai déjà craqué pour les cookies. Si je mange aussi du gâteau, je vais faire exploser mon compteur de calories.

— Oublie un peu ton régime, railla Yolanda.

— Stop ! intima Ted. Yvonne, je m'octroie ta part, si tu n'en veux pas. Un grand merci à vous, Amelia, d'avoir pris le temps de préparer un dessert.

— Moi, je ne suis pas au régime, alors j'en veux bien, déclara Yolanda d'un air malicieux.

Yvonne marmonna quelque chose qui ressemblait à un juron, repoussa sa chaise et sortit de la pièce en furie.

Ébahis, ils ne dirent rien pendant quelques instants. Puis Ted secoua la tête et se passa une main dans les cheveux.

— Bon, eh bien, ça ne s'est pas trop mal passé.

Yolanda gloussa tandis qu'Amelia, ne sachant pas trop quoi dire, apportait le *carrot cake* sur la table. Elle l'avait bien réussi.

Avec son glaçage saupoudré de noix de pécan caramélisées, il était très appétissant.

— Il est magnifique, dit Ted.

— Merci.

Amelia coupa le gâteau et en servit une part à chacun. Bien qu'elle ne fût pas très portée sur les desserts, elle en mangea avec plaisir.

Si elle s'était écoutée, elle serait allée voir Yvonne et lui aurait demandé ce qui n'allait pas. Mais n'étant pas de la famille, Amelia préféra s'abstenir. Mieux valait sans doute qu'elle reste à sa place.

Lorsque tout le monde eut fini, elle se leva et débarrassa la table. Inexplicablement, elle était au bord des larmes.

— Ça va ? demanda Ted derrière elle tandis qu'elle s'affairait devant l'évier.

Elle sursauta légèrement.

— Très bien, assura-t-elle en plaquant un sourire sur ses lèvres. C'est juste que je n'ai pas l'habitude des adolescentes.

— Vous vous y ferez. Du moins je l'espère. Elles sont un peu lunatiques, à cet âge. Elles font la tête pour un rien et deux secondes plus tard, elles vous sautent au cou et vous couvrent de câlins.

— Papa, je te rappelle que je suis là, dit Yolanda. Aurais-tu l'obligeance de ne pas parler de moi en ma présence ?

Ted haussa les yeux au ciel et éclata de rire.

— Qu'est-ce que je vous disais ? dit-il en donnant un petit coup de coude à Amelia, qui pouffa aussi.

Pauvre de moi ! gémit-elle *in petto*. Pourquoi fallait-il que cet homme ait un tel sourire ? Et des yeux aussi rieurs ?

Ressaisis-toi, bon sang ! se morigéna-t-elle en finissant de mettre les assiettes dans le lave-vaisselle avant de se retourner vers Ted et sa fille.

— Est-ce que tu as besoin d'un coup de main pour tes devoirs ? demanda-t-elle à Yolanda, se souvenant que l'aide aux devoirs faisait partie de ses attributions telles que Ted les avait définies.

Yolanda la considéra avec des yeux étrécis.

— En dissertation, vous vous y connaissez ?

— Un peu, oui. Mais ne compte pas sur moi pour faire tout

le boulot à ta place. En revanche, je peux te donner des conseils, te relire et corriger tes fautes d'orthographe.

— Je devrais pouvoir m'en sortir seule, déclara l'adolescente en se levant.

Son téléphone bourdonna. Elle l'extirpa de sa poche.

— Il faut que j'y aille.

Après son départ, Amelia se tourna vers Ted.

— Je n'en reviens pas que ni l'une ni l'autre n'ait touché à son téléphone de tout le repas.

— Je suis très strict là-dessus. À table, pas de téléphone !

Impressionnée, Amelia hocha la tête.

— Si on n'a plus besoin de moi, je vais peut-être aller prendre l'air.

Ted la scruta, l'air grave.

— Est-ce que je peux vous accompagner ? Mais je ne voudrais pas m'imposer…

— Non, au contraire. En fait, j'aimerais beaucoup que vous me fassiez faire le tour du propriétaire.

Où qu'elle se trouvât, elle ne manquait jamais de visiter les lieux afin de repérer un moyen de prendre la fuite si jamais ça tournait mal pour elle. Si Ted l'accompagnait, cela lui faciliterait considérablement les choses.

Il lui décocha un sourire.

— Entendu. Avez-vous des bottes ?

Elle baissa les yeux sur ses baskets.

— Euh, non.

— Vous chaussez du combien ? Les jumelles peuvent sûrement vous en prêter.

— Mes baskets font peut-être l'affaire, non ?

— Vous risquez de les salir, prévint-il. Il y a pas mal de boue. Et qui dit bétail dit fumier.

— OK. Je chausse du 38.

— Suivez-moi. Allons jeter un coup d'œil dans le vestibule. Vous y trouverez peut-être votre bonheur.

Il y avait au moins une demi-douzaine de paires de bottes, dont certaines appartenaient de toute évidence à Ted. Plus petites, les autres étaient des bottes de femme. Ted chercha sous les semelles de ces dernières des indications de taille.

— Vous avez de la chance. Elles sont toutes en 38 ou 38 ½. Choisissez celles que vous préférez.

Bien qu'un peu gênée d'emprunter des bottes aux jumelles sans leur demander leur avis, Amelia jeta son dévolu sur la paire la plus basique. Elle se déchaussa, enfila les bottes et laissa ses baskets dans le vestibule.

— Prête ? demanda Ted. Allons-y avant qu'il fasse nuit.

Le soleil était sur le point de se coucher. En octobre, dans l'ouest du Texas, l'automne était très peu marqué. Les jours raccourcissaient mais les températures étaient plus agréables.

Ted la guida vers la grange qui surplombait la propriété.

— C'est là que vous mettez le bétail ? demanda Amelia, qui préférait savoir à quoi s'attendre avant de se retrouver nez à nez avec des bovins ou des chevaux.

— Seulement quand les bêtes sont malades et ont besoin de soins. Ou quand une jument est sur le point de pouliner. En dehors de ça, la grange sert surtout à stocker le foin. Il y a aussi une sellerie, ainsi que quelques box pour les chevaux.

Elle acquiesça. Assez plat, le terrain offrait peu d'endroits où se cacher. Simon ne viendrait sans doute pas la chercher ici mais depuis qu'il l'avait enlevée, elle savait qu'il valait mieux n'écarter aucune hypothèse, aussi improbable fût-elle.

— Et là, ça mène où ? demanda-t-elle en montrant le haut de la colline.

Il y avait quelques arbres rabougris. Pour se cacher, ce n'était pas l'idéal, mais en cas de besoin, ce serait toujours mieux que rien.

— On trouve là-haut deux remises et un abri pour les animaux. Dans tous les pâturages, il y a au moins un auvent pour que les chevaux ou le bétail puissent s'abriter en cas d'intempéries. Là, c'est une espèce de cabane à trois côtés.

— J'aimerais bien la voir, répliqua-t-elle aussitôt.

En cas de danger, elle ne se voyait pas crapahuter en haut de la colline, à moins d'être sûre d'y trouver refuge.

— D'accord, dit-il, visiblement intrigué par son brusque intérêt pour les pâturages et les abris. C'est par là.

Elle comprit vite, en marchant dans l'herbe, pourquoi il fallait avoir des bottes. Il y avait des pierres, et en plus des bouses et du crottin, plein de bestioles. À un moment, elle crut même voir une énorme tarentule toute poilue détaler dans l'herbe. Elle frissonna en imaginant l'araignée ramper sur son pied et remonter le long de sa jambe.

— Gare aux fourmis rouges, la mit en garde Ted en désignant une fourmilière. J'essaie de m'en débarrasser avant qu'elles deviennent trop grosses, mais celle-là a dû m'échapper. Je m'en occuperai demain. En attendant, évitez de la piétiner.

La fourmilière lui arrivait presque au genou. Amelia s'en approcha pour l'observer de plus près.

— Il n'y a pas de fourmis, fit-elle remarquer.

— Elles sont à l'intérieur. Tenez, regardez.

S'empara d'un bâton, il fourragea dans la fourmilière. Des centaines de minuscules fourmis rouges s'attroupèrent au bord du trou qu'il avait creusé.

— Waouh ! Elles n'ont pas l'air commode.

— Leur piqûre démange énormément, expliqua Ted en jetant son bâton et en s'écartant de la fourmilière. Un vrai calvaire !

Cette expression un peu désuète l'amusa. En plus d'avoir un accent assez marrant, les Texans utilisaient des expressions très imagées qu'elle trouvait vraiment sympas.

— Venez, dit Ted en reprenant l'ascension de la colline. Vous n'avez pas peur du bétail, j'espère ?

— Pourquoi cette question ? Vais-je me retrouver nez à nez avec un énorme taureau ?

Le sourire malicieux que lui décocha Ted la mit en émoi.

— Non, pas exactement. Vous verrez.

Amelia n'était pas trop inquiète : Ted n'allait pas mettre sa nouvelle gouvernante en danger.

Un troupeau de chevaux, le pelage luisant de santé, tourna la tête vers eux.

— Quoi qu'il arrive, ne courez pas ! recommanda Ted avec un petit sourire en coin.

Amelia se figea.

— Pourquoi ? Ils risquent de me courir après ?

— Non, je plaisante. Je vous fais marcher. Je suppose que vous n'avez pas l'habitude des chevaux et du bétail ?

— Non, en effet, admit-elle en haussant les épaules. Il n'empêche que je n'ai jamais entendu dire que les chevaux pouvaient vous courir après. Mais ici, au Texas, il faut s'attendre à tout.

Lorsqu'elle leva les yeux vers lui, elle surprit dans son regard un éclat étrange, si fugace qu'elle se demanda si elle n'avait pas rêvé.

— On redescend ? suggéra-t-il.

Jetant un coup d'œil autour d'elle, Amelia désigna deux grandes structures métalliques.

— Qu'est-ce que c'est ?

— Des hangars dans lesquels j'entrepose du matériel et du fourrage pour l'hiver.

Des hangars dans lesquels elle pourrait se cacher, au besoin...

— Ça vous ennuierait de me les montrer ?

— Pourquoi ? demanda Ted d'un air suspicieux.

— Comme ça. Tout ce qui concerne le ranch m'intéresse, alors je m'informe. Mais si ça vous embête, laissez tomber.

— Il vaut mieux rentrer, dit-il en consultant sa montre. La nuit va tomber. Si vous y tenez, nous reviendrons visiter les hangars une autre fois.

Amelia constata avec surprise que la lumière déclinait à vue d'œil. Il était effectivement grand temps de rentrer.

— Je vous suis. Essayez si possible d'éviter la fourmilière.

— Je ne vous promets rien, dit-il en riant. Venez, si on se dépêche, on y sera avant la nuit !

Après une courte hésitation, Amelia prit la main qu'il lui tendait.

— Vous êtes prête ?

Ses yeux foncés brillaient comme des fragments de mica.

Sans attendre sa réponse, il l'entraîna dans la pente, caracolant par-dessus les bouses, slalomant entre les pierres, courant à perdre haleine, s'amusant comme un fou. Ce diable d'homme lui plaisait de plus en plus. Sans aucune arrière-pensée. Si seulement elle pouvait s'en faire un ami. Juste un ami. Comme elle savait qu'avoir de bonnes relations avec son employeur rendait le travail plus agréable, elle se réjouissait de bien s'entendre avec Ted.

— Et voilà ! s'écria-t-il d'un ton triomphant lorsqu'ils arrivèrent en bas.

Dès qu'elle se fut stabilisée, il lui lâcha la main. Livrée à elle-même, elle se sentit un peu perdue et s'empressa de rentrer. Pour masquer son désarroi, elle se réfugia dans la cuisine et entreprit de se faire une tasse de thé.

— Vous voulez que je vous prépare quelque chose ? demanda-t-elle sans se retourner.

— Non, merci. Je vais boire une bière et regarder un peu la télé. Vous pouvez vous joindre à moi, si vous voulez.

— Peut-être plus tard. Merci de m'avoir fait visiter le ranch.

— Il n'y a pas de quoi.

Ted prit une bière dans le réfrigérateur et alla s'asseoir au salon. Elle entendit le petit pop que fit la canette quand il l'ouvrit puis quelques instants plus tard, le son de la télévision.

Elle avait très envie d'aller s'asseoir au salon pour regarder la télé en sa compagnie, mais elle avait déjà pris beaucoup trop de risques aujourd'hui. Elle ne pouvait pas se permettre de baisser sa garde davantage. Simon courait toujours. Tant qu'il n'aurait pas été arrêté, elle devait rester sur le qui-vive. Et se tenir prête à décamper à la moindre alerte.

4

À demi allongé dans son fauteuil, une bière bien fraîche à la main, Ted s'offrait un moment de détente devant une série télévisée. Après sa journée de travail, il avait été content de mettre les pieds sous la table et de déguster un délicieux chili.

Mais le clou de la journée avait été de faire visiter le ranch à Amelia. Il y avait des lustres qu'il n'avait pas autant ri. Il avait apprécié d'être en compagnie d'une femme qui n'attendait de lui rien d'autre qu'un chèque à la fin du mois. Une femme qui n'avait pas d'idées derrière la tête, qui ne cherchait pas à lui mettre le grappin dessus. Une femme qui en plus de cela était très agréable à regarder, ce qui ne gâchait rien, il fallait bien l'avouer. Ted espérait qu'Amelia et lui deviendraient amis et, plus important encore, que la jeune femme aurait une influence bénéfique sur ses filles.

Jusque-là, tout s'était bien passé. Les jumelles n'avaient pas trop mal pris l'irruption d'Amelia dans leur vie, et Ted était persuadé que les talents culinaires de cette dernière auraient vite raison des ultimes réticences de ses filles, qui avaient pendant des années dû se contenter de sa popote insipide. Lui, en tout cas, était ravi d'être débarrassé de la corvée de cuisine.

Le ranch l'accaparait du matin au soir et avec un seul ouvrier agricole, il était tout le temps débordé. En engageant une gouvernante pour le décharger des tâches domestiques, il espérait pouvoir sortir la tête de l'eau et souffler un peu.

Au bout d'un moment, Ted se rendit compte qu'il n'était pas

du tout attentif à ce qui se passait sur l'écran. Perdu dans ses pensées, il avait complètement zappé la série.

— Papa ? Est-ce que je peux te parler ? demanda Yolanda en déboulant dans la pièce.

Il prit la télécommande et coupa le son de la télévision.

— Je t'écoute, ma chérie. Que se passe-t-il ?

Assise sur le bord du canapé, l'adolescente tripotait ses longs cheveux bruns. Elle jeta un coup d'œil en direction de la cuisine. Par réflexe, il fit de même.

— Elle est partie ? demanda tout bas Yolanda.

— Elle est très probablement dans sa chambre. J'imagine que c'est d'elle que tu veux me parler ?

Yolanda acquiesça d'un hochement de tête.

En transformant son bureau en chambre pour Amelia, Ted savait qu'il s'attirerait les foudres des jumelles, aussi fourbit-il ses armes, prêt pour l'affrontement.

— On vous a vus partir faire un tour, murmura Yolanda d'un ton de conspiratrice. Yvonne pense que vous êtes allés flirter dans la grange et qu'Amelia est ta petite amie, contrairement à ce que tu prétends.

Partagé entre la consternation et le fou rire, Ted secoua la tête.

— Yvonne se trompe. Amelia voulait visiter le ranch. Il n'y a strictement rien entre elle et moi. Je l'ai engagée comme gouvernante parce que je ne m'en sortais plus tout seul.

— Mais pourquoi loge-t-elle ici ? Tu l'as installée dans ton ancien bureau sans même nous consulter.

Il choisit soigneusement ses mots.

— J'ai pensé qu'en étant sur place, elle pourrait nous rendre plus de services. Entre le ménage, la cuisine, la lessive et l'aide aux devoirs, Amelia ne va pas chômer. D'autre part, en lui offrant le gîte et le couvert, je peux la payer moins. Je n'ai pas les moyens de lui verser un vrai salaire.

— Je vois, dit Yolanda, le visage grave. Elle n'est donc pas ici parce qu'elle ambitionne de devenir la future Mme Sanders ?

— Non, pas du tout. Elle est là pour nous faciliter la vie. Tout va bien se passer, tu verras.

— Je l'espère.

Bondissant sur ses pieds, Yolanda se dirigea vers la cuisine.

— Je me demande s'il reste des cookies.

— Il en reste sûrement. Prends-en deux ou trois pour ta sœur.

Lorsque sa fille eut fait le plein de cookies et regagné sa chambre, Ted s'allongea dans son fauteuil et remonta le son de la télévision. Une heure plus tard, c'est l'esprit tranquille qu'il partit se coucher. Il y avait longtemps qu'il ne s'était pas senti aussi serein et détendu.

Les jours suivants, une confortable routine s'installa. Le matin au réveil, il appréciait de boire une tasse de café fraîchement préparé et après sa douche, de trouver le petit déjeuner servi sur la table.

À midi, il avait droit à une bonne soupe maison ou à une salade composée. Comme Amelia prévoyait large, Floyd prit l'habitude de déjeuner avec eux.

Pour lui faire gagner du temps, et lui éviter de s'interrompre en plein travail, Amelia proposa de conduire les jumelles au lycée et d'aller les chercher. Un peu hésitant au départ, Ted finit par accepter. Lorsqu'il en informa ses filles, elles ne trouvèrent rien à y redire.

C'était surtout le soir, à l'heure du dîner, que Ted se félicitait d'avoir engagé Amelia. Le cordon-bleu qu'elle était n'aurait probablement aucun mal à se trouver un mari. Elle leur mitonnait de bons petits plats, sains et variés, et mettait parfois Yolanda et Yvonne à contribution, comme le soir où elle avait fait des pizzas.

Lorsqu'il se rendit en ville pour faire des courses, Ted ne manqua pas de passer remercier Serenity.

— Je suis contente de savoir que ça marche bien entre vous. Je savais que vous étiez faits l'un pour l'autre !

— En tant qu'employeur/employé, vous voulez dire ? demanda Ted, déconcerté par la réaction de son interlocutrice.

— Oui, naturellement, dit-elle en lui tapotant le bras, ce qui fit cliqueter la demi-douzaine de bracelets qui ornaient son poignet. Et avec les jumelles, ça va mieux ?

— Oui, tout va bien pour l'instant, mais je ne sais pas combien de temps ça va durer. Je suis moins stressé, en tout cas, et Amelia est un vrai cordon-bleu.

Serenity lui décocha un sourire énigmatique.

— Voilà qui fait plaisir à entendre.

Pour ne pas ressortir du magasin les mains vides, Ted décida d'acheter des fleurs pour ses filles.

— Je vais prendre deux petits bouquets, dit-il. Absolument identiques, pour que ça ne fasse pas d'histoires.

— Je comprends.

Ted se demanda si Serenity avait des enfants. Elle ne parlait jamais de sa vie privée et il n'osait pas la questionner. Tout ce qu'il savait, c'était qu'elle avait débarqué un jour à Getaway et acheté une boutique dans le centre-ville, exerçant le métier de fleuriste tout en tirant les cartes et prédisant l'avenir. Au fil des années, elle s'était diversifiée et mise à vendre aussi des livres et des objets ésotériques. Malgré deux récessions, elle avait réussi à maintenir le cap et à se faire accepter, en dépit de ses excentricités, par la population pourtant très conformiste de Getaway. On la considérait maintenant comme une autochtone. Dans ces contrées, il n'y avait pas de plus beau compliment.

Serenity se mit en devoir de lui composer deux jolis bouquets très colorés, assemblant avec goût des marguerites et des chrysanthèmes au milieu desquels elle piqua une rose jaune. Elle lui indiqua un prix dérisoire, aussi lui donna-t-il quelques dollars de plus en guise de pourboire.

Au moment de récupérer les bouquets, il se demanda soudain s'il devait aussi en prendre un pour Amelia. Il décida de demander son avis à Serenity.

— Ne devrais-je pas lui offrir quelque chose à elle aussi ?

Serenity le regarda pensivement.

— À vous de voir. Si vous pensez que ça lui ferait plaisir...

Il haussa les épaules.

— Je n'en sais rien.

Dans la vitrine réfrigérée, il repéra un petit bouquet composé de fleurs blanches et roses, essentiellement des œillets et des chrysanthèmes.

— Combien coûte le petit bouquet, là-bas ? Il me semble qu'il plairait à Amelia.

Haussant les sourcils, Serenity alla chercher le bouquet.

— Cadeau de la maison, dit-elle en le lui tendant.

— Non, il n'y a pas de raison, protesta Ted en sortant son portefeuille. Combien vous dois-je ?

— Je vous explique, dit Serenity. Une fois par semaine, un client qui souhaite garder l'anonymat achète un bouquet qu'il me charge de composer en suivant ses instructions et d'exposer ensuite dans la vitrine. Quand un autre client se dit intéressé par le bouquet, je le lui offre. Je venais de finir celui-là quand vous êtes entré. Il faut croire qu'il vous était destiné. Tenez, prenez-le et fichez-moi le camp.

— J'accepte mais à condition que vous me laissiez payer le prochain bouquet offert.

Serenity éclata de rire.

— Marché conclu. Quelles fleurs choisissez-vous ?

— Je vous fais confiance, répondit Ted en posant près de la caisse deux billets de vingt dollars. Merci encore. Pour tout.

Un sourire radieux illumina le visage de la commerçante.

— Je vais chercher un carton. Ce sera plus pratique pour transporter les bouquets jusqu'à votre pick-up.

Pendant le trajet de retour, Ted se demanda ce que diraient ses filles quand elles verraient qu'il offrait des fleurs à Amelia. Mais dans le fond, il s'en fichait un peu. Il avait bien le droit de lui témoigner sa gratitude, après tout ce qu'elle avait fait pour eux au cours des dix derniers jours.

Lorsqu'il rentra chez lui, son carton de fleurs dans les bras, il entendit des rires dans la cuisine. Les jumelles étaient avec Amelia. Il essaya de se faufiler discrètement dans le couloir menant aux chambres car il voulait leur faire la surprise, mais Yvonne l'aperçut du coin de l'œil.

— Des fleurs ! s'exclama-t-elle, tout excitée.

Sa sœur tourna la tête dans sa direction.

— Papa !

Du coup, il entra dans la cuisine et posa le carton sur la table en humant la bonne odeur qui flottait dans l'air.

— Ça sent drôlement bon. Qu'est-ce que c'est ?

Ses filles étaient trop occupées à lorgner les bouquets pour répondre.

— Du poulet chasseur, l'informa Amelia, tout sourire.

— Je vous ai apporté quelque chose, dit-il en sortant du carton les deux bouquets colorés. Il y en a un pour Yolanda et un pour Yvonne.

— Waouh ! Ils sont magnifiques, s'extasia Yolanda.

Moins expansive, Yvonne se contenta de le remercier.

Puis, comme il s'y attendait, les deux sœurs reportèrent leur attention sur le troisième bouquet.

— Et celui-là est pour vous, Amelia, continua Ted. En remerciement pour tout le travail que vous faites ici.

Ouvrant des yeux comme des soucoupes, les jumelles le regardèrent sans rien dire tendre son bouquet à Amelia.

— Il ne fallait pas, protesta celle-ci en se penchant pour sentir les fleurs. Mais c'est vraiment gentil à vous. Merci beaucoup.

Elle posa le bouquet sur le plan de travail. En la voyant rouge comme un coquelicot et visiblement mal à l'aise, Ted commença à regretter son geste.

Un silence pour le moins embarrassant se fit dans la cuisine.

— Je vais prendre une douche et me changer, annonça-t-il. Je reviens tout de suite.

Il marqua une pause devant la porte de sa chambre et tendit l'oreille, mais les rires et les conversations qu'il avait entendus en arrivant s'étaient bel et bien tus. Quelques instants plus tard, le claquement de la porte de la chambre des jumelles le conforta dans l'idée qu'il aurait mieux fait de ne rien offrir à Amelia.

À table, ce soir-là, ses filles desserrèrent à peine les dents. Elles firent cependant honneur au poulet chasseur. N'étant pas porté sur le bavardage, Ted apprécia ce silence inhabituel.

Ce qui semblait ne pas être le cas d'Amelia, qui n'arrêtait pas de leur jeter des regards par en dessous.

Les fleurs avaient disparu. Il supposa que Yolanda, Yvonne et Amelia les avaient apportées dans leurs chambres. Mais le malaise persistant, Ted s'en voulut de ne pas avoir deviné que le troisième bouquet sèmerait la discorde, et se jura de veiller à l'avenir à ménager la susceptibilité des unes et des autres.

Amelia avait bien compris que les jumelles n'avaient pas digéré que leur père lui offre des fleurs. Son geste partait d'une bonne intention. C'était pour qu'elle ne se sente pas exclue qu'il avait acheté un troisième bouquet. Amelia aurait bien voulu trouver les mots pour le remercier pour cette délicate attention et ramener les filles à de meilleurs sentiments à son égard. Mais rien de ce qui lui vint à l'esprit ne lui parut convenir. Elle ne se voyait pas protester pendant des heures ou faire tout un cinéma.

Elle préféra donc ne rien dire et se contenta de régaler tout le monde avec sa recette de poulet chasseur.

Ted et ses filles mangèrent comme d'habitude avec appétit, mais l'ambiance à table, ce soir-là, était plutôt morose, et lorsque Amelia sortit du réfrigérateur le tiramisu acheté chez le pâtissier, personne n'avait plus faim pour le dessert. Ted s'empressa de gagner le séjour et de s'installer devant la télé et Yvonne fila dans sa chambre. Seule Yolanda resta à table, ayant manifestement beaucoup de mal à résister à la tentation.

— J'ai bien envie de le goûter, dit Amelia en souriant. Tu veux que je t'en coupe une petite tranche ?

Se mordillant la lèvre inférieure, Yolanda finit par accepter.

— À la bonne heure ! s'exclama Amelia. J'aurais eu des scrupules à en manger si j'avais été la seule à en prendre.

L'adolescente se dérida légèrement.

— Voilà pour toi ! dit Amelia en posant devant elle une part de tiramisu. J'espère qu'il est bon. J'aurais pu le faire moi-même mais ça m'aurait demandé beaucoup de travail.

La bouche pleine, Yolanda hocha la tête. Lorsqu'elle eut avalé, elle scruta Amelia.

— Vous adorez cuisiner, on dirait ?

— En effet. Je voulais faire une école de cuisine après mon bac mais ma mère m'en a dissuadée, alors je me suis inscrite en fac de psychologie.

Il y avait des années qu'elle n'avait pas parlé de ça. Elle n'était pas devenue psychothérapeute par vocation mais parce que sa mère l'avait décidé. Contre toute attente, elle avait découvert qu'elle excellait dans ce métier. Quant à la cuisine, elle ne s'y était plus consacrée qu'à ses moments perdus, quand il y avait du monde qui venait dîner à la maison.

— Vous feriez un très bon chef, déclara Yolanda. Tout ce que vous nous avez préparé jusque-là était vraiment délicieux.

Touchée, Amelia la remercia.

Après avoir apporté son assiette dans l'évier, Yolanda se rassit à table, l'air grave.

— Pour les fleurs, commença-t-elle d'un ton un peu hésitant, si papa vous les a offertes, c'est juste parce qu'il ne voulait pas que vous vous sentiez exclue. Il en a acheté pour nous et a dû penser que ce serait sympa d'en prendre aussi pour vous.

— C'est exactement comme ça que je vois les choses. J'avais vraiment peur que ta sœur et toi vous imaginiez je ne sais quoi.

— Je ne sais pas ce qu'en pense Yvonne, mais moi, en tout cas, je suis contente qu'on soit sur la même longueur d'onde.

— Il y a quand même quelque chose qui me chiffonne, confia Amelia. Ton père doit être très embêté. Il croyait bien faire, le pauvre. Yvonne et toi devriez peut-être aller lui parler.

— Oui, vous avez raison, admit l'adolescente après quelques secondes de réflexion. Nous lui devons des excuses. Je vais le voir.

Après le départ de Yolanda, Amelia finit de ranger la cuisine et dressa la table du petit déjeuner. Puis elle gagna sa chambre. Elle avait acheté un petit poste de télévision, qu'elle avait hâte de mettre en service. Elle s'était également procuré une antenne pour ne pas avoir à demander à Ted ses accès au câble ou au satellite.

Il lui fallut batailler un petit moment mais elle finit par réussir à faire fonctionner le téléviseur. Fière de son exploit, elle choisit une chaîne locale et la mit en sourdine tandis qu'elle ouvrait son ordinateur et se connectait à Internet.

Elle chercha s'il y avait du nouveau au sujet de Simon. Les derniers articles dataient d'un jour ou deux. Le Tueur de la cafétéria s'étant évaporé dans la nature, on ne s'intéressait plus guère à lui. Amelia ne savait pas si elle devait s'en réjouir et, dans le doute, préférait rester sur ses gardes.

Pensive, elle se dirigea vers la salle de bains, au bout du couloir pour se brosser les dents et faire un brin de toilette. Puis, de retour dans sa chambre, elle se mit en pyjama et se glissa dans le lit pour regarder la télé, le dos calé contre deux oreillers.

Le lendemain matin, elle se leva à 5 heures tapantes pour aller à la salle de sport rejoindre Rayna qui, comme elle, était assez motivée pour suivre un programme de remise en forme musculaire au saut du lit.

Lorsque Amelia arriva à la salle, Rayna était en train de s'échauffer sur un tapis de course. Il n'y avait quasiment personne à cette heure matinale : seulement deux hommes, l'un aux haltères, l'autre au rameur.

— Bonjour ! lança Amelia à la cantonade en sautant sur le tapis voisin de celui sur lequel Rayna s'échauffait.

— Salut, répondit celle-ci, visiblement mal réveillée. Se lever à 5 heures, c'est génial quand on en parle, mais ça l'est déjà moins quand le réveil sonne et qu'il faut s'extirper du lit !

— Moi, ça ne me dérange pas. J'ai toujours été du matin.

— Oh ! regarde ! s'exclama Rayna, les yeux rivés sur la télévision accrochée au mur, en face d'elles. On parle du Tueur de la cafétéria aux infos.

Amelia fut tentée de demander à son amie de changer de chaîne mais elle ne voulait pas éveiller ses soupçons. Elle opta pour une approche plus désinvolte.

— Ces reportages sur les tueurs en série me fichent les jetons.

— Ah bon ? Moi, ils me fascinent. Surtout depuis que j'ai participé à l'arrestation de l'un d'eux, ici même, à Gateway.

En lançant Rayna sur ce sujet, Amelia espérait détourner son attention. Si quelqu'un était susceptible de reconnaître en elle la victime de Simon, c'était Rayna, qui était shérif.

Rayna se mit à lui raconter toute l'histoire. Amelia l'avait déjà entendue mais pas de la bouche de son amie. Le mari de Rayna s'était un jour présenté au bureau du shérif parce que la sœur de son pote avait disparu et que les recherches avaient été abandonnées.

— C'est comme ça que nous nous sommes rencontrés, expliqua Rayna. Un vrai coup de foudre, mais j'ai essayé de faire comme si de rien n'était. L'enquête a été rouverte et on a découvert que la fille en question n'était pas la seule victime.

— Je sais, admit Amelia en évitant de regarder l'écran de télévision. Elle a été retrouvée vivante, n'est-ce pas ?

— Oui, et son ravisseur a commis une erreur. L'une des lycéennes qu'il a tenté d'enlever a réussi à s'échapper, ce qui a entraîné sa chute. Tout s'est bien terminé puisque nous l'avons arrêté et que nous nous sommes mariés.

La présentatrice du journal était en train de rappeler les faits aux téléspectateurs, montrant le tribunal dans lequel Amelia avait témoigné. D'une minute à l'autre, son portrait allait apparaître à l'écran.

— Et si on passait aux choses sérieuses ? proposa-t-elle d'un ton enjoué en arrêtant le tapis de course.

— Allons-y.

La suivant aux haltères, Rayna sortit son téléphone et se connecta au Wi-Fi de la salle de sport.

— As-tu jeté un coup d'œil à la vidéo ?

— Oui, hier soir. Il me semble qu'aujourd'hui, on travaille le bas du corps. Ça ne paraît pas très compliqué. On enchaîne les squats, les soulevés de terre, les extensions de jambes, les torsions de hanches et les fentes stationnaires.

— Quelle mémoire ! s'exclama Rayna en la regardant d'un air intrigué. Tu as l'air de bien connaître les exercices ? Je suppose que tu les as déjà pratiqués ?

— En effet.

Après avoir échappé à Simon, Amelia avait tenu à suivre un

entraînement physique rigoureux de manière à développer sa puissance musculaire.

Pendant que Rayna regardait la vidéo sur son téléphone, Amelia ouvrit son calepin. Elle tenait une espèce de journal dans lequel elle notait scrupuleusement les exercices qu'elle avait faits, le nombre de séries et le poids des haltères qu'elle avait soulevés. C'étaient ces notes qui lui permettaient de s'améliorer la fois suivante.

Face à face, elles commencèrent les exercices. Rayna les enchaîna en gardant les yeux rivés sur l'écran de télévision.

— Fin de la première série, annonça Amelia en déclenchant le chronomètre de sa montre connectée. On remet ça dans une minute.

— Regarde ! s'écria soudain Rayna. C'est toi, là !

Amelia sentit son sang se figer dans ses veines. Sur l'écran, son portrait apparaissait en gros plan, et malgré les changements capillaires et les lunettes, elle était facilement reconnaissable. Et pour ne rien arranger, son nom était mentionné sous la photo : Amelia Fergusson. En le voyant, elle se prit à regretter de n'avoir pas fait un petit effort d'imagination pour le changer plus radicalement.

Rayna se pencha vers elle, l'air soucieux.

— Tu ne serais pas en fuite, par hasard ?

Amelia n'eut d'autre choix que de lui dire toute la vérité.

— N'en parle à personne, surtout. J'ai pris moult précautions ; personne ne sait que je vis ici. Mais tant que ce cinglé est en cavale, je suis en danger. Il est à mes trousses.

— Je ne dirai rien, promit Rayna en serrant brièvement Amelia contre elle. Je pense que c'est une bonne chose que je sois au courant, étant donné que je suis shérif. Si ce salopard vient te chercher des noises ici, il aura affaire à moi !

— Merci d'avance, mais si j'apprends un jour qu'il sait où je me cache, je n'attendrai pas qu'il débarque : je mettrai les voiles illico presto pour ne faire courir aucun risque à Ted Sanders et à ses filles. J'irai me planquer ailleurs ; c'est le seul moyen que j'ai de lui échapper. Fuir, toujours fuir, je déteste ça, confia Amelia en soupirant, mais je n'ai pas le choix.

— On finira par l'attraper, assura Rayna. D'après ce que j'ai entendu aux infos, il n'a été signalé nulle part, ce qui signifie qu'il a probablement un complice. Qui, à ton avis ?

— Je n'en ai pas la moindre idée. J'étais sa psychothérapeute avant qu'il m'enlève. Il prétendait n'avoir ni famille ni amis. Et c'était là-dessus qu'on travaillait pendant les séances, sur le moyen de se faire des amis.

— Il faut croire qu'il a réussi à s'en faire. Je vais essayer d'enquêter en douce.

Amelia saisit le bras de son amie.

— Non, surtout pas ! Imagine qu'il ait un complice dans la police. Je ne peux pas prendre ce risque. Promets-le-moi, insista Amelia. Promets-moi que tu feras comme si cette conversation n'avait jamais eu lieu. Pour toi, je suis toujours Amelia Smith. Une femme sans importance.

Rayna la dévisagea un instant sans rien dire.

— D'accord. Je n'enquêterai pas et ne chercherai pas à me renseigner. Mais il faut que tu saches ceci : tu n'es pas sans importance. Tu fais maintenant partie de mes administrés et tu es mon amie. Cela fait de toi quelqu'un d'important. Ne l'oublie jamais.

Amelia se sentit soudain moins oppressée.

— Je ne l'oublierai pas, Rayna. Merci d'avoir accepté de ne rien dire à personne.

— Tu sais, avec tout le tapage médiatique qu'on fait autour de cette affaire, quelqu'un d'autre finira tôt ou tard par te reconnaître. Qu'est-ce que tu feras, à ce moment-là ?

— Je n'en sais rien. À part nier farouchement, je n'ai pas vraiment de plan. On verra bien quand ça arrivera. Si ça arrive.

— D'accord, dit Rayna en hochant la tête. Finissons cet entraînement. Mais rappelle-toi que tu n'es pas seule. Je serai toujours là pour toi.

5

Écoutant d'une oreille distraite les voix douces de Yolanda et Amelia qui discutaient dans la cuisine, Ted fut envahi par un sentiment de paix. La mayonnaise prenait entre ses filles et Amelia. Une fois de plus, il avait bien fait d'écouter Serenity. Il ne croyait pas à ses pouvoirs paranormaux mais il devait bien reconnaître qu'elle lui avait toujours donné de bons conseils. Grâce à elle, il avait trouvé la présence féminine dont ses filles avaient besoin. Il ne doutait pas qu'à la longue, Yvonne, plus rétive que sa sœur, finirait elle aussi par se laisser apprivoiser.

Yolanda apparut et se planta devant lui.

— Que se passe-t-il, ma chérie ? demanda-t-il en la voyant se balancer d'un pied sur l'autre.

— Je voulais te demander pardon, papa. Tes fleurs m'ont vraiment fait plaisir et à Yvonne aussi. C'est super gentil d'avoir pensé à nous.

S'extirpant de son fauteuil, il prit l'adolescente dans ses bras.

— Merci. Si j'en ai offert à Amelia, c'est juste...

— Pour qu'elle ne se sente pas exclue, oui, je sais. Et Amelia, avec qui j'en ai parlé hier, l'a bien compris aussi. Quant à Yvonne, ne t'inquiète pas : je vais le lui expliquer.

— Je ne sais pas ce que je ferais sans toi, ma puce, dit-il en l'embrassant sur la joue.

Elle s'esquiva en gloussant puis fila dans sa chambre après l'avoir gratifié d'un sourire.

Ted alla se chercher une bière dans le réfrigérateur. En

reprenant place dans son fauteuil, lui qui ne s'était jamais senti seul jusque-là se prit à espérer qu'Amelia vienne lui tenir compagnie.

Juste à ce moment-là, comme un fait exprès, son téléphone sonna. Lorsqu'il vit s'afficher sur l'écran le nom de l'appelant, Camille Winter, il jura entre ses dents. Bibliothécaire, Camille était une des bigotes du Club de célibataires de la paroisse. Elle le poursuivait de ses assiduités depuis qu'il avait eu la riche idée d'aller boire un verre avec elle, deux ans plus tôt.

Telle qu'il la connaissait, il savait que s'il ne répondait pas, elle insisterait, quitte à le rappeler toutes les cinq minutes. En soupirant, il prit l'appel.

— Allô ?

— Bonsoir, Ted, c'est Camille. Comment vas-tu ?

Son ton mielleux lui tapant sur les nerfs, il dut se faire violence pour ne pas l'envoyer promener.

— Bien, je te remercie. Que puis-je faire pour toi, Camille ? demanda-t-il franco, histoire d'abréger la conversation.

Il savait que son interlocutrice interpréterait la moindre amabilité de sa part comme un signe de l'intérêt qu'il lui portait en secret.

— Je ne tombe pas au bon moment, on dirait, mais je vais être brève. Il y a un bruit qui court en ville, alors j'ai pensé qu'il fallait que je t'appelle pour tirer les choses au clair.

Camille prit une grande inspiration tremblotante.

— Ted, il paraît que tu t'es mis avec une femme originaire du Nord. Une rouquine, à ce qu'on dit.

Ted soupira intérieurement.

— Tu parles d'Amelia ? Elle vit au ranch, en effet, répondit-il sans donner plus de détails.

Camille poussa un gémissement déchirant.

— Tu voulais autre chose ? demanda-t-il, espérant malgré tout mettre rapidement fin à cette conversation embarrassante.

— Il faut absolument que je fasse sa connaissance. Cette femme n'est pas n'importe qui pour avoir réussi à conquérir l'insaisissable Ted Sanders. Je vais réunir quelques paroissiennes et l'inviter à se joindre à nous pour un repas à la bonne franquette.

Le moment était venu de mettre le holà. Ted ne voulait surtout pas jeter Amelia en pâture à ces mégères.

— Amelia n'est pas ma petite amie. C'est ma gouvernante.

Cet aveu fut accueilli par un long silence. Puis le rire de Camille retentit, dissonant. Ted éloigna le téléphone de son oreille.

— Je comprends mieux, bredouilla-t-elle gaiement. Tout s'explique. Bonne fin de soirée, Ted. À bientôt.

Quelle enquiquineuse ! songea Ted en rempochant son téléphone. Elle avait toujours été collante, mais quand il la rembarrait, en général elle n'insistait pas. Avec un peu de chance, elle et ses copines laisseraient Amelia tranquille.

Il changea de chaîne et tomba sur la fin d'un reportage consacré au Tueur de la cafétéria. La police recherchait activement une femme qui était la seule victime du psychopathe à avoir réussi à s'enfuir. Il éteignit la télévision en soupirant. Ce fait divers lui rappelait la paranoïa dans laquelle Getaway avait sombré, quelques années plus tôt, lorsqu'une lycéenne avait brusquement disparu. Les hommes s'étaient retrouvés sur le parking du motel, prêts à en découdre avec celui qu'ils pensaient tous être le meurtrier.

Ils se trompaient. Lourdement. Il s'en était fallu de peu qu'ils ne lynchent le futur mari de Rayna. En y repensant, Ted se rendait compte que la peur et les préjugés les avaient poussés à faire n'importe quoi.

Il se leva de son fauteuil et alla poser la télécommande à côté de la télévision.

— Il n'y a rien de bien à la télé ?

La voix douce d'Amelia le fit sursauter. En pyjama à carreaux et pantoufles, elle se tenait dans l'encadrement de la porte du salon, si adorable et si sexy qu'il en resta coi.

Lorsqu'il se rendit compte qu'elle le dévisageait, dans l'attente d'une réponse, il essaya de se ressaisir.

— Les... euh, tueurs en série commencent à me gaver. Mais si vous voulez regarder quelque chose, je rallume.

— Non, pas la peine. Je me suis acheté un petit téléviseur, hier. Comme ça, je n'ai pas besoin de vous déranger.

— Oh ! mais vous ne me dérangez pas du tout, protesta Ted. En fait, j'aime bien avoir de la compagnie.

Il eut l'impression qu'elle rougissait.

— Où sont les jumelles ? demanda-t-elle.

— Dans leur chambre. Ce serait trop la honte pour elles de passer la soirée avec leur père.

Elle sourit.

— Ne vous moquez pas, dit-elle. Vous ne valiez sûrement pas mieux au même âge.

Il poussa un soupir, regarda le canapé et se jeta à l'eau.

— Et si on s'asseyait ? Je vous laisse choisir le programme.

Joignant le geste à la parole, il prit place à un bout du canapé. Après une courte hésitation, Amelia vint s'asseoir aussi, à mi-chemin entre lui et l'autre extrémité du canapé.

Il lui tendit la télécommande.

— À vous les manettes ! Mais par pitié, épargnez-nous les tueurs en série !

— D'accord.

En la voyant frissonner, il regretta de ne pas avoir fait du feu dans la cheminée.

— Vous avez froid ? demanda-t-il en désignant un plaid plié sur le dossier du canapé. Prenez la couverture, si vous voulez.

— Non, ça va, assura-t-elle en posant la télécommande à côté d'elle. Et si nous bavardions, plutôt ?

— Volontiers.

Il la scruta, se demandant comment il était possible qu'elle ne se rende pas compte de l'effet qu'elle produisait sur lui. La plupart des jolies femmes étaient conscientes de leur charme.

— Je ne voudrais pas être indiscrète, dit-elle doucement, mais puis-je vous demander ce qui est arrivé à la mère des jumelles ?

— Elle a décidé un jour qu'elle n'était pas faite pour tout ça, expliqua-t-il en esquissant un geste en direction de la chambre de ses filles. La vie de couple, la maternité. Alors elle est partie. Les jumelles avaient six mois.

La surprise qu'il lut sur son visage lui rappela ce qu'il avait ressenti ce jour-là, quand il était rentré à midi et avait trouvé les deux petites qui braillaient dans leurs berceaux. Elles étaient trempées et affamées. Leur mère avait disparu.

Elle lui avait laissé un mot. Elle n'était pas faite pour ça, expliquait-elle. C'était trop dur. Elle ne les aimait pas assez pour s'imposer ça et préférait partir avant de leur faire du mal.

Il avait entendu parler de la dépression post-partum et supposa que Lorelei avait craqué dans un moment de découragement. Il s'était juré de la retrouver et de la faire soigner. Mais il devait d'abord s'occuper des bébés.

Après avoir changé et nourri ses filles, il avait téléphoné à Serenity, la seule personne qu'il pouvait se permettre d'appeler à l'aide. Elle était venue sur-le-champ et il avait pu partir chercher sa femme.

Tandis qu'il relatait les faits à Amelia, il devina à son air qu'elle avait deviné la suite.

— Je suis arrivé trop tard, dit-il laconiquement.

La découverte du corps sans vie de sa femme l'avait dévasté. Il n'avait tenu le coup que pour ses filles, qui avaient plus que jamais besoin de lui.

— C'est terrible, dit Amelia en posant une main sur son bras. Je suis désolée.

Il eut un haussement d'épaules résigné.

— C'est de l'histoire ancienne. J'ai tourné la page. Les jumelles ne se souviennent même plus d'elle.

— Elles sont au courant ? demanda-t-elle, pleine de sollicitude.

— Elles savent que leur mère est morte quand elles étaient bébés mais elles ignorent de quoi. Je le leur dirai peut-être un jour. Ou pas. Je ne suis pas sûr que ce soit dans leur intérêt de le savoir.

— Vous verrez le moment venu. Mais il me semble que la vérité, quelle qu'elle soit, est toujours bonne à dire.

— Sauf si elle leur brise le cœur et les consume.

L'ombre d'un sourire joua sur les lèvres de la jeune femme.

— Vous marquez un point.

L'espace d'un instant troublant, il crut qu'elle allait l'embrasser. Il en eut soudain terriblement envie, brûlant de sentir ses lèvres sur les siennes.

Mais elle prit la télécommande et alluma la télévision. Il réprima tant bien que mal sa déception, blâmant intérieurement sa stupidité pendant qu'elle consultait le guide des programmes sur l'écran.

Elle opta pour un film policier qui venait de commencer, un de ces drames mouvementés qui se passent dans un hôpital quelque part dans le Nord. Elle fut très vite captivée par l'histoire. Elle avait les yeux rivés sur l'écran, tandis que lui se révélait incapable de détacher les siens de son profil. Si elle s'en aperçut, elle ne le montra pas.

Il aurait dû être contrarié par cette attirance irrépressible qu'elle exerçait sur lui et qui ne relevait apparemment pas du simple désir sexuel. Ted avait l'impression d'avoir à nouveau vingt ans, en proie à un maelström d'émotions qu'il n'aurait jamais pensé ressentir à nouveau. Il y avait si longtemps qu'il n'avait pas éprouvé de désir qu'il en était venu à penser qu'en partant, Lorelei avait emporté avec elle sa capacité d'aimer.

Il ne s'agissait pas vraiment d'amour, dans le cas présent. Il connaissait à peine Amelia, même si elle ne lui était pas totalement étrangère sans qu'il sache très bien pourquoi. S'il s'intéressait à elle, c'était sans doute parce que depuis qu'il était veuf, elle était la première femme à vivre sous son toit et à partager sa vie.

Il était urgent qu'il se mette à la considérer comme une employée. Il l'avait engagée comme gouvernante et ne voulait pas risquer de la perdre. Grâce à elle, à son aide précieuse pour le ménage et la cuisine, il commençait à voir enfin le bout du tunnel. Ce n'était pas le moment de tout gâcher. D'autant plus que les jumelles s'étaient elles aussi mises à apprécier Amelia.

Il ne lui restait donc plus qu'à tenir la bride serrée à sa libido.

Amelia se plaisait beaucoup au ranch. Le travail n'était pas trop fatigant et les jumelles s'étaient habituées à sa présence et recherchaient même parfois sa compagnie. Ted se montrait avec elle toujours très courtois et respectueux. Tous trois appréciaient sa cuisine et tout ce qu'elle faisait dans la maison. Elle se sentait... indispensable pour la première fois de sa vie.

Mais elle savait que cette embellie ne durerait pas. Parce qu'avec tout ce battage médiatique autour du Tueur de la cafétéria, on n'allait pas tarder à découvrir sa véritable identité. Rayna avait été la première à la reconnaître. Les autres ne tarderaient pas. Amelia avait remarqué que Ted la fixait souvent, comme s'il se demandait où il avait bien pu la voir avant.

N'eût été le manque de temps et de moyens, elle aurait cherché à modifier davantage son apparence. Elle aurait peut-être eu recours à la chirurgie esthétique, au lieu de se contenter de se teindre les cheveux et de remplacer ses lunettes par des lentilles de contact. Mais elle avait été prise de court. Quand elle avait appris que Simon s'était évadé, elle avait eu juste le temps de rassembler quelques affaires et de vider son compte en banque. Elle savait que maintenant qu'il était libre, Simon s'empresserait de mettre à exécution la menace qu'il avait proférée contre elle au tribunal. Il avait juré qu'elle le lui paierait.

Consciente du danger, elle n'avait eu d'autre choix que de partir, aussi vite et aussi loin que possible.

Mais cela faisait plusieurs semaines, et Simon n'avait toujours pas été arrêté. Amelia restait sur ses gardes, même si le temps passait, inexorablement. Elle essayait de se construire une nouvelle vie, de devenir quelqu'un d'autre, et espérait que Getaway était le bon endroit pour disparaître.

Lorsqu'il serait au courant, elle pensait que Ted refuserait qu'elle reste au ranch car il craindrait pour la sécurité de ses filles. Chez elle, à White Plains, beaucoup de gens l'avaient traitée comme une pestiférée après le drame, comme si le fait d'avoir été kidnappée par un tueur en série l'avait rendue infréquentable. Ted ne réagirait pas comme ça bien sûr, mais sans doute estimerait-il que sa présence chez lui, si jamais Simon la retrouvait, risquait de mettre ses filles en danger.

Elle ne pouvait lui donner tort. Il allait de soi que si elle apprenait un jour que Simon était dans le coin, elle prendrait la poudre d'escampette.

Mais elle espérait de tout cœur que cela n'arriverait pas. Elle aurait trop de mal à quitter le ranch. Si seulement Simon pouvait se faire arrêter, elle soufflerait enfin. Elle n'était plus très sûre d'avoir envie un jour de retourner dans le Nord, mais tant que toute cette histoire ne serait pas réglée, elle s'abstiendrait de décider quoi que ce soit.

Toute cette histoire... Ces trois mots englobaient tant de choses.

Bien qu'elle s'efforçât de ne pas penser aux épreuves qu'elle avait traversées, oublier n'était pas facile. En général, elle y arrivait sans trop de mal pendant la journée car elle était occupée, mais la nuit, cela devenait plus compliqué. Elle rêvait souvent de Simon, y compris de lui quand il était un de ses patients. Un homme dépressif, souffrant de solitude et d'une mauvaise estime de soi. À aucun moment elle n'avait soupçonné que sous son apparence terne se cachait un psychopathe. Il n'avait rien laissé transparaître. Strictement rien. À tel point que quand elle était revenue à elle et avait découvert qu'elle avait les mains et les pieds attachés et que Simon était penché sur elle, elle n'en avait pas cru ses yeux.

— Il doit y avoir une erreur, avait-elle dit, complètement éberluée. Détachez-moi, Simon. Je vous en prie.

Il l'avait toisée avec mépris.

— Je vous déteste ! Vous vous croyez tellement supérieure à moi. Vous ne valez pas mieux que les autres.

C'étaient ces mots et le ton haineux avec lequel il les avait prononcés qui avaient déclenché les premiers signaux d'alerte.

— Je ne comprends pas.

Elle avait l'esprit embrumé à cause de la drogue qu'il lui avait injectée.

— J'avais espéré qu'au cours de nos séances, semaine après semaine, vous verriez au-delà du bla-bla qui je suis vraiment.

Mais vous en avez été infichue ! Je voulais tisser un lien avec vous, avait-il expliqué d'une voix non plus hargneuse mais sirupeuse et beaucoup plus dangereuse.

Un violent frisson avait remonté le long de sa colonne vertébrale lorsqu'elle avait compris qu'elle était mal barrée.

Plus tard, elle avait appris qu'il tuait ses victimes au cours des premières quarante-huit heures. Pour une raison inconnue, il avait épargné Amelia. Pendant deux semaines, il s'était amusé à la torturer et à l'humilier, jouissant du pouvoir qu'il avait sur elle. Et elle, pendant tout ce temps, n'avait eu de cesse de gagner sa confiance. Lorsqu'il s'était mis à lui raconter les nombreux exploits du Tueur de la cafétéria, elle avait feint l'admiration. Elle voulait vivre, coûte que coûte, et espérait qu'à un moment ou à un autre, elle parviendrait à s'enfuir.

Le souffle court, Amelia se réveilla en sursaut et se redressa, s'éjectant du lit comme s'il s'agissait d'un instrument de torture médiéval. Elle n'en était pas encore au point d'avoir peur de s'endormir, mais si les cauchemars persistaient, cela finirait par arriver. Elle avait souvent reçu en consultation des patients qui souffraient de terreurs nocturnes, mais les conseils qu'elle leur prodiguait restaient sans effet sur elle. Il allait sans doute falloir qu'elle se fasse aider.

Trop énervée pour espérer retrouver le sommeil, elle décida de faire un saut à la cuisine car elle avait un petit creux, puis de revenir grignoter dans sa chambre en regardant la télé.

Allumant sa lampe de chevet, elle se glissa sans bruit hors de sa chambre et se dirigea vers la cuisine. Par chance, la nuit, Ted laissait toujours la lumière de la hotte allumée.

Elle sortit du réfrigérateur du jambon et du fromage ainsi que de la mayonnaise, puis en fredonnant, elle commença à se confectionner un sandwich. Lorsqu'elle eut terminé, elle se retourna pour remettre au froid ce qui restait.

— Tout va bien ? demanda Ted d'une voix ensommeillée.

Elle se figea.

— J'espère que je ne vous ai pas réveillé.

— Non, assura-t-il en passant la main dans ses cheveux en bataille. Je ne sais pas ce qui m'a tiré du sommeil.

Il portait un bas de pyjama en flanelle sur lequel au saut du lit, il avait dû enfiler un T-shirt.

Comme elle avait encore le jambon et le fromage dans les mains, Amelia lui demanda s'il voulait qu'elle lui fasse un sandwich. Son rire grave et sexy lui donna la chair de poule.

— Bonne idée, dit-il en s'asseyant à la table de la cuisine.

Pendant qu'elle s'affairait à la préparation d'un deuxième sandwich, elle sentait le regard de Ted, rivé sur son dos. Consciente d'être nue sous son pyjama, elle frissonna tandis qu'une étrange excitation faisait durcir la pointe de ses seins et palpiter la partie la plus intime de son anatomie.

La tête ailleurs, elle réussit malgré tout à confectionner le sandwich. Puis elle prit deux assiettes et posa les sandwichs dessus. Renonçant à aller manger le sien dans sa chambre, elle s'assit en face de Ted.

— Bon appétit ! lança-t-elle avec un sourire.

Il n'en manquait pas, apparemment. Ils mangèrent en silence, concentrés sur leurs sandwichs dans lesquels ils mordaient à belles dents. Il était 2 heures du matin mais ce tête-à-tête insolite, qui induisait entre eux une certaine intimité puisqu'ils étaient tous deux en pyjama, n'avait rien d'embarrassant. Amelia, qui n'arrêtait pas de lancer des regards furtifs à Ted, s'enhardit même à lui essuyer une coulure de mayonnaise sur le menton.

Elle le trouvait incroyablement sexy et ne pouvait détacher les yeux de sa bouche gourmande. Effrayée par la tournure qu'avaient prise ses pensées, elle se leva d'un bond.

— Je vais laver les assiettes en vitesse pour que nous puissions aller nous recoucher.

Elle s'affaira devant l'évier pendant quelques minutes, le temps de se remettre les idées en place. Lorsqu'elle se retourna, elle vit que Ted s'était levé aussi. Dans la semi-pénombre, il lui semblait encore plus grand. Sa haute silhouette transfigurait l'espace.

— Merci pour le sandwich. J'espère que vous arriverez à vous rendormir.

La bouche sèche, elle hocha la tête.

— Vous allez retrouver votre chemin, dans le noir ?

— Sans problème, assura-t-elle en faisant deux pas dans le couloir, plongé dans l'obscurité.

Elle marqua une pause pour laisser à ses yeux le temps de s'habituer. Puis elle avança précautionneusement, devinant Ted juste derrière elle.

Lorsqu'elle arriva devant la porte de sa chambre, en se retournant pour lui dire bonne nuit, elle le fit trébucher. Il s'agrippa à son épaule et faillit la faire tomber. Accrochés l'un à l'autre, ils parvinrent cependant à ne pas perdre l'équilibre.

— Pardon, marmonna-t-elle en s'écartant.

Deux secondes plus tard, agissant sur un coup de tête, mue par un désir profond, presque viscéral, elle l'attrapa à nouveau et l'attira contre elle. De son visage, elle ne discernait que les creux et les ombres. Malgré cela, ou peut-être à cause de cela, elle leva la tête et l'embrassa.

Dès que ses lèvres entrèrent en contact avec celles de Ted, leurs corps s'embrasèrent. Il prit possession de sa bouche comme d'une place forte trop longtemps convoitée et combla la distance qui les séparait, de manière qu'elle puisse se plaquer contre lui. Éperdue, elle s'abandonna tout entière aux sensations que lui procuraient ce baiser torride et les bras de Ted autour d'elles. C'était encore mieux que ce qu'elle avait imaginé.

Juste au moment où elle se rendit compte qu'elle était sur le point de perdre le contrôle, la lumière du couloir s'alluma.

Ils se séparèrent précipitamment, comme deux gamins pris en faute. Au bout du couloir, Yvonne, tout habillée et tenant ses chaussures à la main, rentrait en douce d'une virée nocturne.

— Qu'est-ce que… ? dirent en même temps Ted et sa fille.

Amelia les regarda tour à tour avant de se retrancher prudemment dans sa chambre. Elle referma vite sa porte, ce qui, elle le savait, ne l'empêcherait pas d'entendre, bien qu'elle n'en eût pas très envie.

— Où étais-tu ? demanda Ted, en s'efforçant manifestement de ne pas élever la voix malgré sa colère.

— J'étais sortie. Pourquoi embrassais-tu Amelia dans le noir ? Vous couchez ensemble ?

Derrière la porte de sa chambre, Amelia fit la grimace.

— Cela ne te regarde pas. Mais non, nous ne couchons pas ensemble, si tu veux le savoir.

— Il n'empêche que tu nous as menti, grommela Yvonne.

— Primo, je ne vous ai pas menti, et secundo, n'espère pas qu'en changeant de sujet, tu vas t'en tirer comme ça. Où étais-tu et pourquoi rentres-tu à plus de 2 heures de matin un jour de semaine ?

Yvonne ne répondit pas.

— J'attends, insista Ted.

— Je suis sortie avec des amis.

— Quels amis ?

— Pourquoi tiens-tu tellement à le savoir ? Qu'est-ce que ça change ?

— Leurs parents ignorent peut-être qu'ils étaient dehors à une heure aussi indue. Je vais devoir les appeler pour leur poser la question. Tu vas donc me donner leurs noms. Immédiatement.

Tandis qu'Yvonne gardait obstinément le silence, Amelia retenait son souffle.

— Non.

Ce refus catégorique d'obtempérer fut suivi d'un silence encore plus inquiétant. Amelia se demandait comment allait réagir Ted.

— Va te coucher, ordonna-t-il à sa fille. Nous reparlerons de tout ça demain matin.

Chacun regagna ses pénates et le calme revint sur la maison. L'envie de regarder la télévision lui étant passée, Amelia se glissa dans son lit et éteignit la lumière. Elle ne pouvait retarder indéfiniment le moment de se rendormir.

Lorsque son alarme retentit moins de quatre heures plus tard, elle eut du mal à se lever. Mais elle avait réussi à dormir, ce qui était une bonne chose. Et autre point positif, après s'être recouchée, elle n'avait pas fait de cauchemars. La journée commençait donc sous les meilleurs auspices.

Après une douche rapide, elle gagna la cuisine et commença à préparer le café et à confectionner des pancakes. Ted tenait à ce que chaque matin, même en semaine, toute la famille se retrouve à la table du petit déjeuner, aussi Amelia s'arrangeait-elle pour que tout soit prêt à 7 heures précises.

Lorsque Ted et ses filles arrivèrent, la table était mise, le jus d'orange servi, et les pancakes empilés dans une assiette et prêts à être dégustés avec du beurre et du sirop d'érable.

Les jumelles s'assirent en silence sans lui décocher le moindre regard. Ted, qui l'avait saluée d'un bonjour enjoué en entrant dans la cuisine, parut contrarié mais ne fit aucun commentaire. Amelia décida donc de ne rien dire non plus et se concentra sur la préparation d'une deuxième fournée de pancakes.

Mais quand Amelia les posa sur la table, les jumelles déclarèrent qu'elles n'avaient plus faim.

— Est-ce que tu peux nous conduire au lycée un peu plus tôt ? demanda Yolanda à son père pendant que sa sœur allait récupérer leurs sacs à dos.

— Je n'ai pas fini, répondit-il entre deux bouchées. Et Amelia n'a même pas commencé.

— Mais il faut qu'on y soit plus tôt, insista Yolanda. Mlle Pierce va distribuer les exposés. Les meilleurs sujets partent vite. À condition d'être parmi les premiers, on peut lui en proposer un.

— C'est vrai, papa, renchérit Yvonne. J'en ai trouvé un qui est génial et je ne voudrais pas qu'on me le pique.

— Je comprends, dit Ted en vidant d'un trait sa tasse de café. Yvonne, nous n'avons pas encore discuté de ce qui s'est passé hier soir mais ne pense pas que j'ai oublié. Nous en parlerons après l'école. C'est moi qui viendrai vous chercher.

— D'accord, marmonna Yolanda en jetant un coup d'œil plein de mépris à Amelia. À ce propos, je n'ai rien à voir avec la virée nocturne d'Yvonne. Je ne me suis même pas rendu compte qu'elle était partie. Je dormais profondément.

Yvonne tira la langue à sa sœur.

— Allons-y, dit Ted en les poussant dehors.

Amelia l'entendit démarrer. Les pneus de son pick-up crissèrent sur le gravier de l'allée.

Pensive, elle s'assit à table pour manger ses pancakes. Cela ne servait à rien de se flageller, elle le savait, mais elle n'en regrettait pas moins d'avoir embrassé Ted. Elle aurait mieux fait de continuer d'ignorer l'attirance qui existait entre eux.

Le fait de lui présenter des excuses aggraverait-il encore son cas ? Ne devrait-elle pas plutôt faire comme si rien ne s'était passé, et laisser les choses s'arranger toutes seules ?

Avec le temps, tout le monde finirait par oublier. Alors à moins que Ted ou les jumelles ne le mettent sur le tapis, elle considérerait que l'incident était clos et elle reprendrait son petit train-train quotidien, quitte à improviser au fur et à mesure, même si cela ne lui ressemblait pas. Amelia Fergusson n'agissait jamais sur un coup de tête et ne laissait rien au hasard. Son emploi du temps était planifié avec soin, heure par heure. Amelia Smith, elle, avait l'impression de tout faire au petit bonheur la chance.

6

Au volant de son pick-up, Ted observait discrètement ses filles dans son rétroviseur intérieur. Elles s'étaient toutes les deux assises à l'arrière mais tandis que Yolanda regardait quelque chose sur son téléphone, Yvonne semblait comme d'habitude avoir du mal à tenir en place. Cette difficulté qu'elle avait à canaliser son attention avait fait craindre à Ted une addiction au cannabis. Il la sentait fragile et savait qu'il devait la surveiller de près. Et dire qu'elle n'avait que quinze ans ! Il n'était pas au bout de ses peines. Il allait falloir régler l'épisode de la veille. Yvonne ne semblait pas s'être rendu compte que son acte de rébellion aurait pu la mettre en danger.

Il prit une grande inspiration. Autant percer l'abcès tout de suite.

— Yvonne, pourquoi es-tu sortie en cachette, hier soir ?

Pinçant les lèvres, elle lui lança un regard noir dans le rétroviseur.

— Je te l'ai dit ; je suis allée retrouver des amis.

— *Des* amis ? Ou juste un ? insista-t-il.

Elle leva les yeux au ciel, visiblement exaspérée.

— Mais qu'est-ce que tu vas chercher ? s'emporta-t-elle.

— N'empêche que si c'était Chad Carpenter, tu ne serais pas contre, fit remarquer Yolanda.

Yvonne devint toute rouge.

— Oui, bon, OK. Mais ce n'était pas lui. J'ai juste retrouvé une bande de copains.

— Quels copains ?

— Tu ne les connais pas, répondit-elle sèchement.

Une alarme retentit dans la tête de Ted. Jusque-là, les jumelles avaient toujours eu les mêmes amis.

— Ce sont de *nouveaux* copains ? demanda-t-il en essayant d'avoir l'air désinvolte.

Pas de réponse.

— Yvonne ? Je te parle. Pose ce téléphone et réponds à ma question. Ces copains que tu as retrouvés hier soir sont-ils de nouveaux amis ?

— Peut-être.

Yolanda elle-même semblait désapprouver le ton agressif de sa sœur.

— Ce ne sont pas les miens, en tout cas, souligna-t-elle, ce qui lui valut un regard courroucé d'Yvonne. Quand je les croise, au lycée, ils m'ignorent. Je suppose que je ne suis pas assez cool.

De plus en plus inquiet, Ted se demanda ce qui rendait quelqu'un cool, aujourd'hui. Quand il avait l'âge des jumelles, c'étaient les athlètes et les pom-pom girls qu'on trouvait cool. Il y avait aussi ceux qui fumaient ou qui se droguaient. Les autres, dont il faisait partie, étaient à peu près invisibles. Ce qui lui allait très bien.

À sa connaissance, Yvonne n'entrait dans aucune de ces catégories. Mais peut-être ne savait-il pas tout…

Le lycée n'était plus très loin. Ted fut tenté de s'arrêter sur le bas-côté de la route pour poursuivre la discussion. Il jugea cependant que ce serait contre-productif. Les jumelles ayant insisté pour arriver en avance, il n'en tirerait rien de plus.

Pas question pour autant de laisser tomber. Yvonne était sortie sans son autorisation et rentrée à une heure indue. Il aurait pu lui arriver n'importe quoi…

— J'ai une dernière question, dit-il. Ils se droguent, tes copains ?

— Papa ! protestèrent en chœur les deux sœurs. Tu ne sais vraiment plus quoi inventer.

— Réponds à ma question, Yvonne. Tu te conduis bizarrement

depuis quelque temps. Si tu fumes des joints, tu ferais mieux de me le dire.

— Je ne fume pas. Tu racontes n'importe quoi !

Sa voix se brisa et il comprit qu'elle était sur le point de fondre en larmes. Dès qu'ils furent devant le lycée, sans même lui laisser le temps de se garer, Yvonne sortit précipitamment de la voiture.

Se retournant vers son autre fille, Ted demanda :

— Qu'est-ce qui lui prend ?

— Je n'en sais rien.

Yolanda haussa les épaules. Elle feignait la nonchalance mais au ton de sa voix, Ted comprit qu'elle en avait gros sur la patate.

— Au lycée, elle fait comme si elle ne me connaissait pas. Elle a laissé tomber notre bande de copains et traîne avec d'autres gens qu'elle trouve plus intéressants et qu'elle admire. Je suis clairement de trop quand elle est avec ses nouveaux potes. Voilà. C'est tout ce que je peux te dire.

Il était triste pour Yolanda.

— Merci, ma chérie. Je suis désolé de ce qui t'arrive.

— Ne t'inquiète pas pour moi, répliqua-t-elle. C'est Yvonne qui a des problèmes, pas moi.

Sur ce, elle sauta à son tour au bas du pick-up et fila.

Ted la regarda s'éloigner en soupirant. Il avait beau essayer de se raisonner, il n'arrivait pas à se débarrasser de l'angoisse qui l'oppressait depuis deux ans. Qu'est-ce que ce serait quand elles auraient l'âge de conduire ? Il n'osait même pas l'imaginer.

Un coup de klaxon, derrière lui, lui fit comprendre qu'il gênait et ne pouvait pas rester là.

Ted démarra et rentra au ranch. Il essaierait de prendre Yvonne en tête à tête, ce soir, et de tirer les choses au clair. Et d'ici là, il devait réfléchir à ce qu'il allait dire à Amelia. Car il allait bien falloir parler aussi de ce qui s'était passé entre eux, la nuit dernière.

Il ignorait ce qui avait pris à Amelia de l'embrasser. D'autant plus que jusque-là, ils avaient tous deux veillé à garder leurs distances.

Dans la mesure où il ne pouvait rien y avoir entre eux, le plus simple aurait été d'oublier purement et simplement ce moment d'égarement. N'eût été l'irruption de sa fille, qui les avait surpris en pleine action, c'était probablement ce qu'ils auraient fait. Mais sachant Yvonne déjà un peu perturbée, il n'était pas question de passer ce baiser sous silence.

Ted devait parler à Amelia et s'assurer qu'ils étaient bien sur la même longueur d'onde. Ils n'étaient plus des gamins. S'ils abordaient le problème de front, ils pourraient probablement le régler sans que ça fasse trop d'histoires. Après tout, Amelia n'était pas Camille. Elle ne lui courait pas après. C'était le job de gouvernante qui l'avait attirée au ranch.

Il se gara et respira à fond avant d'entrer dans la maison. Dès qu'il franchit le seuil de la cuisine, Amelia se tourna vers lui en essuyant ses mains sur son jean.

— Je veux que vous sachiez que je suis désolée, lança-t-elle d'une traite. Ce baiser a été une erreur. Cela n'aurait jamais dû arriver. Je vous promets que cela ne se reproduira plus.

— Ouf !

Il enleva son stetson et se passa une main dans les cheveux.

— Je suis d'accord. Ça a été une erreur. Pouvons-nous faire comme si cela ne s'était jamais produit ?

— Oui, bien sûr. Pour nous, ça ne pose pas de problème. Mais Yvonne nous a vus nous embrasser et en a fait tout un pataquès. Et maintenant, je suis sûre que Yolanda pense la même chose qu'elle. Je vais leur parler. Si elles me posent des questions, je serai honnête avec elles. J'ai agi sur un coup de tête. J'étais à moitié endormie et il faisait noir.

Ne sachant pas trop quoi dire, il hocha la tête et alla se servir une tasse de café. Il avait envie de lui demander pourquoi elle l'avait embrassé, mais il redoutait d'entendre la réponse.

— En fait, continua-t-elle, je pense que *nous* devrions leur parler. Et leur présenter un front uni de manière à couper court à d'éventuelles spéculations.

Il supposa que par « spéculations », elle entendait le fait

qu'elle et lui couchent ou non ensemble. À cette pensée, un petit frisson d'excitation le parcourut.

Il était temps de changer de sujet.

— Je me fais du souci pour Yvonne, dit-il d'un ton hésitant.

En dehors de Serenity, il ne parlait jamais de ses filles à qui que ce soit. Mais Amelia était là quand Yvonne était rentrée en douce en pleine nuit.

— Il y a de quoi. Quelque chose ne tourne pas rond, apparemment. C'est peut-être juste une crise de rébellion, comme on en fait souvent à l'adolescence, mais ça peut aussi être quelque chose de plus grave. A-t-elle des problèmes au lycée ?

— En fait, oui. Elle s'est éloignée de sa sœur et de leur bande de copains et fréquente un tout nouveau cercle d'amis, mais je crains qu'ils n'aient pas une très bonne influence sur elle. Elle s'est mise à sécher les cours. Je suppose que ce comportement erratique est un effet de sa quête d'identité mais je suis vraiment inquiet. Je ne sais pas quoi faire.

Sans le quitter des yeux, elle commença à tendre la main vers lui puis se ravisa.

— Vous devriez peut-être prendre rendez-vous avec le conseiller d'orientation du lycée. Quand vous lui aurez fait part de vos inquiétudes, vous irez chercher Yvonne de manière à pouvoir discuter tous les trois de ce qui se passe.

Il se redressa sur sa chaise.

— C'est une excellente idée, dit-il. J'ai parlé au proviseur adjoint et à quelques professeurs, mais personne ne m'a suggéré de consulter un conseiller d'orientation.

Amelia haussa les épaules.

— C'est par là qu'il faut commencer. Yvonne pourrait même consulter à l'extérieur de l'établissement.

Il acquiesça, n'osant pas lui dire qu'une consultation en ville n'était probablement pas dans ses moyens. Il finit son café, la remercia et se dirigea vers la grange, où il avait du travail.

Après le départ de Ted, Amelia resta quelques instants assise à table, sa tasse de café à la main. Le hasard faisait parfois bien les choses, songea-t-elle. Elle n'aurait jamais imaginé, en arrivant au ranch, que ses compétences de psychothérapeute seraient mises à contribution. Ted s'efforçait d'être un bon père. Son dévouement était touchant.

Elle avait prévu d'aller faire un saut au supermarché. Ted lui avait donné deux cents dollars en espèces pour les courses mais il lui avait recommandé de se montrer économe. Comme elle était partisane des listes, elle établit les menus des deux prochaines semaines et fit la liste de tout ce qu'il lui fallait.

Elle était sur le point de terminer lorsque son téléphone sonna. C'était Rayna. Amelia prit l'appel en souriant, certaine que son amie allait lui proposer une séance de remise en forme à la salle de sport.

— Il y a du nouveau, annonça Rayna sans préambule. On a retrouvé le Tueur de la cafétéria.

Amelia se figea, en proie à une brusque montée d'adrénaline.

— Où ça ?

— En Floride. Une femme a déclaré avoir été victime d'une tentative de kidnapping à la sortie d'un supermarché. Elle a réussi à s'enfuir. Il n'y a rien sur les caméras de vidéo- surveillance qui puisse confirmer ses dires, mais elle affirme avoir reconnu le Tueur de la cafétéria.

— Ce n'est pas son mode opératoire, rétorqua Amelia. Il n'agresse pas ses victimes en pleine rue. Il est plutôt du genre à les repérer dans un bar et à les baratiner. Et ça, le FBI l'a bien compris.

— En ce cas, cette femme essaie juste d'attirer l'attention sur elle.

— C'est probable, hélas. J'espère que le Tueur va se décider à sortir du bois. Le fait qu'il se soit évaporé dans la nature n'a rien de rassurant. Il peut réapparaître n'importe où et n'importe quand. Ici ? Demain ? Impossible de le savoir.

— D'après ce que j'ai lu sur les tueurs en série, dit Rayna, ils sont incapables de résister très longtemps à leurs pulsions. Il y a fort à parier que ce type tuera à nouveau. Je suppose que le FBI est aux aguets et n'attend que ça.

Amelia en était malade de penser que Simon risquait de faire une autre victime.

— Je n'attends qu'une chose : qu'on l'arrête, dit-elle. Qu'on le mette en taule et qu'on le laisse croupir au fond d'une cellule jusqu'à la fin de sa vie. C'est tout ce qu'il mérite.

— Je suis d'accord. Si j'ai du neuf, je te tiens au courant.

— Merci pour ton aide. Dis-moi, Rayna, tu ne vas pas à la pêche aux infos, j'espère ? Je ne veux pas que tu fasses quoi que ce soit qui puisse attirer son attention.

— Non, je te rassure. Je t'ai promis de ne pas enquêter sur lui et j'ai l'intention de tenir ma promesse. C'est à la télé, aux infos de 7 heures, que j'ai vu ce que je viens de te raconter.

Elles bavardèrent pendant quelques instants de la fête d'Halloween, qui approchait. Rayna essayait de confectionner un déguisement à sa fille Lauren.

— Elle veut se déguiser en astronaute, expliqua Rayna non sans fierté. Je crois que je vais plutôt le lui acheter, son costume. Le mien ne ressemble à rien.

— Prends-le en photo dès que tu l'auras fini. Je te dirai ce que j'en pense. Ted vient juste d'arriver ; il faut que je te laisse.

Ted entra avec ses filles, qu'il fit asseoir dans la cuisine.

— Vous aviez raison, Amelia, dit-il avec un petit sourire navré. Il faut qu'on parle de ce qui s'est passé.

Tandis que, visiblement gênée, Yvonne fixait ses mains, qu'elle avait croisées sur la table, Yolanda observait Amelia, guettant sa réaction.

Prise de court, Amelia dut improviser, mais elle s'en tint à la vérité pure et simple.

— Laissez-moi d'abord vous présenter mes excuses, les filles, commença-t-elle. Il était tard, j'étais fatiguée, et pour tout vous dire, je n'avais pas trop le moral. J'ai embrassé votre père. Je sais que je n'aurais pas dû, mais ce qui est fait est fait. Je lui ai promis, et je vous le promets à vous aussi, que cela ne se reproduira plus.

— Pourquoi ? demanda Yvonne en se décidant à lever la tête. Pourquoi l'avez-vous embrassé s'il n'y a rien entre vous ?

Amelia haussa les épaules, comme si ça n'avait pas vraiment d'importance.

— Je ne sais pas ce qui m'a pris. Je suppose que ça vous est déjà arrivé, à vous aussi, de faire quelque chose sur un coup de tête et de le regretter par la suite.

— À moi, oui, marmonna Yvonne. Je peux m'en aller, maintenant ?

— Non, attends une minute, ordonna Ted. Amelia présente les choses comme si tout était sa faute. Or j'ai ma part de responsabilité dans ce qui s'est passé dans le couloir, la nuit dernière. En fait, nous nous sommes rentrés dedans et du coup, nous nous sommes embrassés. C'est aussi bête que ça. Mais comme l'a souligné Amelia, ça ne se reproduira pas. Cela étant, le problème n'est pas là. Yvonne, que faisais-tu dehors en pleine nuit ? Où es-tu allée ? Qu'est-ce que tu as fabriqué jusqu'à 2 heures du matin ?

— Je te l'ai déjà dit. Je traînais avec mes copains. On a fait un tour en voiture et on a écouté de la musique et discuté.

Si c'était vrai, il n'y avait pas de quoi fouetter un chat. Mais Yvonne n'avait que quinze ans. C'était un jour de semaine. Et elle n'avait jamais exprimé le moindre regret d'avoir désobéi.

— Je vais devoir te priver de sortie, déclara Ted d'un ton sévère. Pendant deux semaines. Et je te confisque ton téléphone et ta tablette. Voilà ce qu'il en coûte de ne pas respecter les règles. Je te rappelle, à toutes fins utiles, que tu ne dois pas sortir les jours de semaine, que quand tu sors le week-end, tu dois rentrer au plus tard à minuit, et que tu dois me demander mon autorisation. Est-ce clair ?

— C'est injuste ! protesta Yvonne. Tu n'as pas le droit.

— Je te rappelle aussi que tu n'as que quinze ans, alors tu me donnes ton téléphone sans faire d'histoires, dit Ted en tendant la main.

L'espace d'un redoutable instant, Amelia crut que l'adolescente allait refuser. Mais d'un geste brusque, Yvonne envoya son téléphone valdinguer sur la table et repoussa sa chaise si violemment qu'elle tomba par terre.

— Je te déteste ! grommela-t-elle avant de partir en courant.

Ted la suivit des yeux, ébahi.

— Comment a-t-elle pu dire une chose pareille ?

— Tu y es peut-être allé un peu fort, fit remarquer Yolanda. La priver de sortie, je veux bien, mais lui confisquer son téléphone ? Et pendant deux semaines, en plus de ça. La plupart de nos profs nous envoient les devoirs sur nos téléphones, et on s'en sert aussi quand on travaille à plusieurs, par exemple pour les exposés.

Visiblement contrarié, Ted poussa un gros soupir.

— En ce cas, je vais peut-être le lui rendre. Merci pour ces précisions, Yolanda.

L'adolescente hocha la tête et alla rejoindre sa sœur.

— Me voilà bien embêté, confia-t-il à Amelia en secouant la tête. En lui confisquant son téléphone, je voulais marquer le coup, lui montrer qu'elle avait vraiment dépassé les bornes.

Hésitant à s'en mêler, Amelia se contenta de lui suggérer d'autres idées de punition.

— Il semble bien qu'elle ait besoin de son téléphone non seulement pour ses devoirs, mais aussi parce que sans lui, elle risque de se sentir encore plus isolée. Vous pourriez peut-être plutôt lui assigner un travail d'intérêt général. Lui faire faire du bénévolat en faveur des plus démunis. Ça l'occupera et lui évitera de faire des bêtises. En plus, elle prendra peut-être conscience du fait qu'elle n'est pas trop à plaindre.

Ted la dévisagea, intrigué. Ses mâchoires étaient moins crispées.

— Voilà encore une excellente idée, dit-il. Merci. Je vais me doucher et me changer avant de passer à table. Appelez quand c'est prêt.

Amelia avait préparé des *enchiladas* au poulet. Il ne lui restait plus qu'à les passer au four et à réchauffer le riz et les haricots noirs qui les accompagnaient.

— D'accord, dit-elle. À tout à l'heure.

Lorsqu'un peu plus tard, ils débarquèrent pour dîner, toute la maison embaumait les épices et la sauce tomate.

— On mange mexicain, ce soir ? demanda Yolanda, folle de joie. J'adore !

Yvonne ne manifesta pas autant d'enthousiasme mais elle semblait se demander ce qu'Amelia avait bien pu préparer.

— *Enchiladas* au poulet, au fromage et à la crème aigre, avec du riz et des haricots, annonça Amelia en ouvrant la porte du four pour sortir le plat.

Ses *enchiladas* eurent beaucoup de succès. Au moment de débarrasser la table, Amelia eut la bonne surprise de voir Yolanda se lever spontanément pour lui donner un coup de main. À elles deux, elles chargèrent le lave-vaisselle en un clin d'œil. Yvonne ne leva pas le petit doigt et garda les yeux rivés sur son téléphone, tandis que Ted triait le courrier.

— Comment ça s'est passé, aujourd'hui, au lycée ? demanda-t-il lorsque Yolanda eut fini de débarrasser.

— Nous avons pu avoir les sujets d'exposé que nous voulions ! Je suis tellement contente.

Elle exultait, à tel point que sa sœur, d'habitude si morose, leva les yeux et sourit en acquiesçant.

— Est-ce que ce ne serait pas un peu grâce à moi ? la taquina Ted. Je te rappelle qu'à votre demande, je vous ai conduites au lycée un peu plus tôt, ce matin.

— Merci, papa, dit Yolanda. Merci à vous aussi, Amelia. Vos *enchiladas* sont délicieuses.

Ravie, Amelia lui sourit.

— Quel sujet as-tu choisi ? demanda-t-elle.

— Je vais parler des femmes qui dirigent des ranchs et qui s'en sortent très bien. C'est un sujet qui me parle, puisque c'est ce que j'envisage de faire, plus tard.

Amelia vit le visage de Ted s'illuminer.

— Et toi, Yvonne ? demanda Amelia. Tu vas travailler sur quoi ?

Elle craignit un instant qu'Yvonne ne daigne pas répondre, mais l'adolescente finit par lever le nez. Un petit sourire aux lèvres, elle fixa Amelia droit dans les yeux.

— Sur les tueurs en série. Je vais me concentrer sur les plus récents, comme le Tueur de la cafétéria.

Amelia eut du mal à cacher sa stupeur.

— Pourquoi ? bredouilla-t-elle. Ce sont de véritables monstres. Qu'est-ce que tu leur trouves de si intéressant ?

Mais Yvonne avait dit tout ce qu'elle avait à dire. Amelia ne put rien en tirer de plus.

— C'était le sujet que tout le monde voulait, expliqua Yolanda. Depuis qu'on en a eu un à Gateway, beaucoup de gens sont fascinés par les tueurs en série. Il faut reconnaître que le Tueur de la cafétéria ne manque pas d'intérêt. Non seulement il a réussi à s'évader, mais depuis huit semaines, personne ne sait où il est passé.

— Neuf semaines, rectifia machinalement Amelia. Il est malin, je te l'accorde. N'empêche que c'est un dangereux criminel, un vrai pervers. Je ne comprends pas qu'on puisse s'intéresser à ce genre d'individus qui est le mal incarné.

Yolanda et Ted la dévisageaient, probablement intrigués par sa fougue.

— Mets-toi à la place de ses malheureuses victimes, continua-t-elle. Imagine le calvaire qu'elles ont dû endurer.

Amelia sentait qu'il était grand temps qu'elle la ferme si elle ne voulait pas finir par se trahir. Mais elle trouvait scandaleux qu'une lycéenne de seconde fasse un exposé sur Simon Barron. Qu'elle ait l'air d'admirer, en plus !

Yvonne, qui semblait s'être désintéressée de la conversation, releva brusquement la tête. Ses yeux brillaient d'un éclat étrange, comme si elle *savait*.

— C'est ce qui fait tout l'intérêt de ce sujet, argua-t-elle. Je ne vais pas me contenter d'étudier son mode opératoire. J'ai l'intention de me pencher sur les aspects psychologiques de ses pulsions meurtrières.

À ces mots, Amelia frissonna. *Parlons-en, des aspects psychologiques de ses pulsions !* Elle l'avait reçu en consultation pendant des semaines et n'avait rien vu venir. Simon cachait bien son jeu. Jamais elle ne l'aurait cru capable d'être le monstre sadique qu'il s'était révélé être par la suite.

— Tu n'es pas au bout de tes peines, déclara-t-elle d'un ton qu'elle voulut désinvolte. Je ne pense pas que ton tueur en série se soit jamais confié sur ses motivations.

— Lui, non, peut-être pas, répliqua Yvonne. Mais d'autres l'ont fait. Je me baserai sur les similitudes pour tirer mes propres conclusions.

Haussant les sourcils, Ted hocha la tête.

— Quoi qu'il en soit, tu as l'air de t'investir dans cet exposé. Il y avait longtemps que je ne t'avais pas vue aussi intéressée par quelque chose.

Yvonne eut un petit sourire.

— J'ai décroché le gros lot avec ce sujet, dit-elle.

Amelia ne savait plus quoi dire. Comment diable Ted pouvait-il approuver le choix d'un tel sujet ? Cela la dépassait. Peut-être que ce n'était pas si grave et que c'était elle qui dramatisait. Après tout, ni Ted ni ses filles n'avaient la moindre idée de ce que ça faisait d'avoir été séquestrée par un psychopathe.

Elle inspira à fond et plaqua un sourire sur ses lèvres.

— Quelqu'un a encore une petite place pour le dessert ?

Plus tard, après que les jumelles eurent regagné leur chambre, Ted l'aida à finir de débarrasser la table.

— Ça va ? demanda-t-il. Vous aviez l'air contrariée par le sujet qu'Yvonne a choisi pour son exposé.

— Vous trouvez normal de glorifier un tueur en série ?

— Elle n'a pas dit qu'elle l'admirait ou lui trouvait des excuses. Elle cherche juste à savoir ce qui peut pousser des gens comme lui à commettre de telles atrocités.

Présenté comme ça, passait encore, songea Amelia. *Mais l'ironie de la situation ne lui avait pas échappé.*

— Mais si cela vous inquiète, continua Ted, vous pouvez peut-être l'aider dans ses recherches et veiller à ce qu'elle reste dans les clous.

Cette suggestion la fit frémir, mais elle parvint à donner le change et à acquiescer.

— Oui, pourquoi pas ? murmura-t-elle en rangeant les assiettes à dessert dans le lave-vaisselle. Encore faut-il qu'elle veuille bien me parler.

Ted pressa doucement son épaule.

— Ne vous en faites pas ; elle va s'amadouer. Faites comme si de rien n'était et laissez-la venir à vous.

Levant les yeux vers lui, elle lui décocha un sourire.

— Vous parlez en connaissance de cause, on dirait ?

— Et comment !

7

Le lendemain matin, après avoir déposé les jumelles au lycée, Ted décida de s'arrêter au Tumbleweed pour boire un café et se mettre au courant des derniers ragots. Il vivait un peu comme un ours depuis qu'il avait embauché Amelia, et il n'aimait pas beaucoup ça. À cause de son métier, qui le retenait toute la journée au ranch, il ne voyait pas grand monde. Il veillait cependant à avoir régulièrement des contacts avec ses voisins. Et en dehors des fêtes locales, qui les réunissaient tous, le Tumbleweed était de loin le meilleur endroit pour les côtoyer.

Comme d'habitude, le bar-restaurant était bondé. Les tables étaient presque toutes occupées. Il se rabattit sur un des tabourets libres, autour du bar. En s'approchant, il repéra le shérif, assise seule à une extrémité du comptoir. Il aimait bien Rayna, qu'on voyait maintenant rarement sans son nouveau mari, Parker, un motard à la stature impressionnante qui était fou d'elle. Elle était également très amoureuse. La petite sœur du meilleur ami de Parker avait été l'une des deux seules victimes de leur tueur en série à s'en être sortie vivante, l'autre étant une adolescente qui fréquentait le même lycée que Yolanda et Yvonne.

— Bonjour ! lança Ted en s'asseyant sur le tabouret voisin de celui de Rayna. Parker n'est pas là ?

— Non, il devait assister à une cérémonie à l'université. J'aurais bien aimé l'accompagner mais comme nous sommes en effectif réduit, cette semaine, je ne peux pas m'absenter.

La serveuse prit sa commande. Ted se contenta d'un café noir car il avait pris un copieux petit déjeuner avant de partir.

— Vous ne mangez pas ? demanda Rayna, étonnée.

— J'ai déjà pris mon petit déjeuner. Amelia est un vrai cordon-bleu.

Rayna le gratifia d'un grand sourire.

— Je suis contente que vous l'appréciiez. Je l'aime beaucoup, vous savez.

— Moi aussi. C'est quelqu'un de bien.

— Je confirme, dit Rayna avant de lever une main, les yeux soudain rivés sur l'écran de télévision, accroché au mur.

C'était l'heure du journal. Ted leva les yeux à son tour. Il était question du Tueur de la cafétéria. Dans la salle, les conversations avaient brusquement cessé. Les gens s'étaient tus pour écouter les nouvelles.

— Rien de nouveau, déclara Rayna au bout de quelques instants. À se demander si le type n'est pas mort. Il n'a pas pu disparaître comme ça. Même s'il a un complice, ce qui semble être le cas, il est invraisemblable que personne ne l'ait aperçu, après tout ce temps.

Ted fit la grimace.

— J'ai du mal à comprendre qu'on se passionne pour ce type.

— Comment cela ? demanda Rayna en fronçant les sourcils.

Il haussa les épaules.

— Regardez les gens dans la salle. Ils sont tous scotchés à l'écran. Et Yvonne va faire un exposé sur lui. Il paraît que presque tous ses camarades de classe voulaient faire cet exposé, mais elle les a coiffés au poteau.

— Waouh ! Et Amelia, qu'en dit-elle ? Les tueurs en série, ce n'est pas trop son truc.

Cette remarque le laissa un instant perplexe puis il se souvint que Rayna et Amelia se voyaient à la salle de sport.

— Elle n'était pas contente, répondit-il. Elle ne comprend pas l'engouement que quelqu'un d'aussi malfaisant suscite.

— Amelia n'a pas tort. Les gens s'intéressent parfois plus au criminel, et à son modus operandi, qu'aux victimes. Les tueurs en série n'éprouvent pas de remords. Ils se gaussent des souffrances qu'ils ont infligées. J'espère que votre fille saura faire la part des choses quand elle préparera son exposé.

— Je m'en assurerai, promit Ted. Et d'ailleurs, si vous êtes d'accord, elle pourrait vous interviewer. Ce serait bien qu'elle ait le point de vue d'un officier de police, non ?

— Bonne idée. Qu'elle m'appelle quand elle sera prête.

Alors qu'on venait de lui servir son omelette, Rayna reçut un appel sur sa radio.

Avec un soupir, elle pressa le bouton pour répondre.

— Que se passe-t-il ?

La voix d'un de ses adjoints tonna dans la radio.

— Il y a un problème.

Rayna jeta un coup d'œil autour d'elle. Tandis qu'une partie des clients ne se gênait pas pour suivre la conversation, d'autres faisaient mine de ne pas écouter.

— Je préfère qu'on en parle au téléphone, dit-elle à son adjoint. Je te rappelle dans deux minutes.

Elle mangea quelques bouchées de son omelette et but une gorgée de café avant de passer son coup de fil.

Elle écouta son adjoint lui exposer le problème et soupira à nouveau.

— Je finis mon omelette et j'arrive, dit-elle.

Ted hésita à la questionner. Mais telle qu'il la connaissait, Rayna le lui dirait carrément si elle ne voulait pas lui répondre.

— Qu'est-ce qui ne va pas ? demanda-t-il.

— Je n'ai pas très bien compris, mais j'ai l'impression que ça peut attendre que je finisse de manger.

Se penchant vers Ted, Rayna ajouta sur le ton de la confidence :

— Donella fait encore des siennes.

L'année précédente, Donella Abernathy avait réussi à échapper au tueur en série de Getaway. C'était grâce au témoignage de la lycéenne que Rayna avait pu arrêter le psychopathe. Depuis, Donella était très populaire, tant auprès des jeunes de son âge qu'auprès des adultes. Elle avait été élue reine de beauté et avait son propre char au défilé du 4 Juillet. Elle jouissait d'une célébrité totalement inédite pour une fille de cet âge à Gateway.

Mais elle souffrait de terreurs nocturnes et de stress post-traumatique. N'ayant soi-disant ni le temps ni l'argent pour la faire suivre par un psychologue, ses parents l'envoyaient consulter le pasteur de leur paroisse. Bien intentionné mais incompétent en la matière, le pasteur, fanatique sur les bords, avait fini par conclure que Donella était possédée. Il avait organisé une sorte d'exorcisme auquel l'adolescente avait refusé de se soumettre, malgré l'insistance de ses parents. Depuis, elle était perçue comme une ado rebelle et ingérable. Personne ne savait quoi faire pour l'aider.

— Je suis désolé pour elle, dit Ted. Elle venait au ranch jouer avec les jumelles, quand elles étaient petites. J'espère que ses parents vont se décider à faire quelque chose.

— Moi aussi. Cette gamine file un mauvais coton et finira en prison, si elle n'est pas rapidement prise en charge.

Repoussant son assiette vide, Rayna ramassa sa note et se dirigea vers la caisse pour régler.

— Prenez soin de vous, Ted. À bientôt.

Quelques minutes plus tard, Ted s'en alla aussi. Il avait une course à faire à la coopérative agricole et il voulait passer dire un petit bonjour à Serenity. Il avait quartier libre, ce matin, car Floyd travaillait dans la prairie. Il réparait la clôture.

Lorsqu'il eut chargé dans son pick-up les marchandises qu'il avait commandées, il fila chez Serenity, qui n'avait toujours pas remplacé Amelia. Il n'était pas sûr qu'elle ait vraiment besoin de quelqu'un. C'étaient les fleurs qui lui rapportaient le plus et elle avait un chauffeur à temps partiel pour les livraisons. Quand elle avait besoin de se libérer, elle pouvait toujours prendre une intérimaire.

— Ted, quelle bonne surprise ! s'exclama-t-elle lorsqu'il entra dans la boutique. Tout le monde va bien, au ranch ?

— Oui, merci, répondit-il, surpris de constater que Serenity semblait considérer qu'Amelia faisait partie de la famille.

À cette pensée, son cœur se serra, ce qui le conforta dans sa résolution de faire très attention à ne pas trop s'attacher à elle.

— En fait, ça ne va pas si bien que ça, confia-t-il finalement.

Il raconta à Serenity ce qui s'était passé la veille au soir et lui parla également de l'exposé d'Yvonne.

Serenity l'écouta avec attention, sans jamais l'interrompre.

— Il est clair que vous vous faites beaucoup de souci pour cette gamine, dit-elle après un long silence.

Comme d'habitude, elle allait droit à l'essentiel, laissant de côté pour l'instant l'incident du baiser, qu'elle devait juger sans importance.

— En effet, admit-il sans détour. Elle n'a que quinze ans. Et bien que sa sœur et elle soient des jumelles monozygotes, elles ne se ressemblent absolument pas. On dirait qu'Yvonne cherche constamment à se démarquer Yolanda.

— Ça n'a rien de surprenant. Elle essaie de se construire en tant qu'individu.

— Je comprends, et je conçois que ce ne soit pas facile. Mon rôle est de l'accompagner dans cette quête d'identité et de veiller à ce qu'il ne lui arrive rien. J'essaie juste de la protéger.

— Elle s'entend bien avec Amelia ?

— Depuis qu'elle nous a surpris en train de nous embrasser, elle lui en veut terriblement. Mais avec le temps, ça devrait finir par s'arranger. Amelia et moi leur avons expliqué, à elle et à sa sœur, que ce baiser était une erreur imputable à l'heure tardive et à la fatigue, et que ça ne se reproduirait plus. Je ne suis pas sûr qu'elles nous aient crus.

Le regardant droit dans les yeux, Serenity demanda :

— Comment pouvez-vous affirmer que ça ne se reproduira plus ? Arrêtez de vous raconter des histoires, Ted. Il y a dans votre entourage au moins une demi-douzaine de femmes qui rêveraient de vous embrasser, et ce genre de rapprochements involontaires ne s'est jamais produit avec aucune d'entre elles. Il y a une raison à cela. Et cette raison fait que vous ne pouvez pas être sûr à 100 % de ne pas embrasser à nouveau Amelia.

Il se passa nerveusement la main dans les cheveux.

— Je ne vais pas vous mentir : Amelia me plaît beaucoup, c'est vrai. Mais j'ai plus besoin d'une gouvernante que d'une petite amie. Et elle est venue au ranch pour travailler, pas pour partager mon lit. Il est donc exclu que j'aie une aventure avec elle.

— Je le savais ! s'exclama Serenity en lui tapant dans le dos. Vous êtes un homme d'honneur, Ted.

Il la gratifia d'un petit sourire.

— Je crois que j'ai l'art de me compliquer la vie, dit-il en soupirant.

— Ça va aller. Il faut juste que vous écoutiez votre cœur.

Pendant tout le trajet de retour, le conseil de Serenity tourna en boucle dans sa tête comme un de ces refrains entraînants qu'on n'arrive pas à se sortir de l'esprit. Il devait « écouter son cœur », soit, mais il n'était pas sûr de savoir ce qu'elle entendait par là. Et puis, depuis maintenant de nombreuses années, son cœur ne battait plus que pour ses filles, qu'il s'appliquait à protéger et à rendre heureuses.

Amelia avait réveillé en lui des sentiments enfouis au plus profond. Des sentiments qu'il n'était peut-être pas prêt à assumer pour l'instant.

De retour au ranch, il déchargea ses courses et alla voir où en était Floyd. Comme il était déjà plus de midi, les deux hommes revinrent ensemble à la maison pour déjeuner. Amelia avait mis la table et préparé une salade de pommes de terre au thon, mais contrairement à d'habitude, elle ne mangea pas avec eux. Apparemment, elle avait à faire à la buanderie.

Ted faillit se relever pour aller la chercher, mais Floyd s'étant servi, il décida finalement de rester à table. Amelia essayait de toute évidence de prendre ses distances, il l'avait bien compris. N'empêche que ça le contrariait.

Elle revint une quinzaine de minutes plus tard.

— Vous avez assez mangé, ou vous voulez autre chose ? demanda-t-elle d'un ton enjoué.

— Pour moi, ça ira, répondit Floyd. Merci. C'était très bon.

Il consulta sa montre.

— J'ai juste le temps d'aller faire une petite sieste dans mon pick-up. On se retrouve à la grange à 13 heures, patron.

Ted acquiesça.

— Entendu. Bonne sieste !

Après le départ de son ouvrier agricole, Ted hésita à partir à son tour. Amelia lui tournait le dos. Elle transférait dans une assiette le reste de la salade de pommes de terre.

— Vous avez déjeuné ? demanda-t-il.

— Non, pas encore. J'attends l'heure de ma pause, répliqua-t-elle sans se retourner.

C'était une manière de lui rappeler qu'elle était son employée. Vexé, Ted se leva.

— J'y vais. Bon appétit !

Elle lui fit face et commença à se justifier.

— J'essaie de trouver ma place. Manger avec vous et Floyd est trop…

Elle fit un geste de la main, comme si le mot lui échappait.

— Trop quoi ? demanda-t-il sèchement. Floyd aussi travaille pour moi, et ça ne l'empêche pas de manger avec moi.

— Oui, mais Floyd ne vous a pas embrassé.

— C'est donc ça qui vous tracasse ? Je pensais que d'un commun accord, nous avions décidé d'oublier ce baiser, que c'était une erreur qui ne se reproduirait pas.

Elle le scruta longuement et finit par hocher la tête.

— Vous avez raison. Je ferais sans doute mieux de ne plus y penser, dit-elle.

Un coin de sa bouche charnue se souleva, esquissant un vague sourire.

Une folle envie de l'embrasser s'empara de lui. Abasourdi par la force de ce désir, et par sa propre inconséquence, il baissa les yeux.

— J'aimerais juste revenir à notre relation d'avant, confia-t-il.

— Moi aussi.

Elle se mit à piocher à grands coups de fourchette dans la salade de pommes de terre. Il la regarda manger, fasciné par son appétit et sa gourmandise.

Qu'est-ce qui lui arrivait, bon sang ? La gorge sèche comme du papier de verre, il déglutit à grand-peine. Il fit mine de regarder l'heure sur sa montre et constata avec soulagement qu'il était presque 13 heures, et qu'il était temps qu'il retourne au boulot.

— Il faut que j'y aille, dit-il sans cacher son manque d'enthousiasme. À tout à l'heure.

— J'ai l'intention de passer au supermarché, tout à l'heure, au retour du lycée. Vous avez besoin de quelque chose ?

De vous, avait-il envie de répondre. *J'ai besoin de vous*. Mais il n'en fit rien, bien sûr. Il sortit de la cuisine en traînant les pieds, content malgré tout d'avoir quelque chose à faire et de pouvoir ainsi s'occuper l'esprit.

Ted s'était comporté bizarrement, songea Amelia, mais elle ne pouvait pas lui en vouloir après le cirque qu'elle avait fait pour ne pas manger avec lui, à midi. Floyd n'avait rien remarqué, apparemment, et c'était tant mieux car Ted n'avait sans doute pas envie que les gens se mettent à colporter des ragots sur elle et lui.

Elle ne savait pas ce qui lui avait pris de refuser de s'asseoir à table avec eux. Si elle avait ressenti le besoin de prendre ses distances, c'était probablement parce qu'elle n'avait pas arrêté de penser à Ted toute la matinée. Elle l'avait regardé partir avec les jumelles. Sachant qu'il avait prévu de s'arrêter en ville avant de rentrer, elle avait été tentée de lui demander de l'emmener avec lui. Mais elle n'avait pas osé.

Après son départ, résignée à s'adonner à sa routine qui consistait à jouer les fées du logis, elle s'était lancée dans les tâches ménagères, sauf qu'aujourd'hui, elle avait la tête ailleurs. Elle était obsédée par ce baiser et par ce qu'elle avait ressenti quand elle avait plaqué son corps contre celui de Ted.

Elle avait bien essayé de se ressaisir et d'arrêter de rêvasser, mais sans résultat, si bien que lorsque Ted et Floyd étaient arrivés, elle était tout émoustillée. Craignant que Ted ne s'en aperçoive, elle avait filé se réfugier dans la buanderie.

Ce n'était manifestement pas un bon plan.

Ted avait raison : tout devait redevenir comme avant. Elle aimait son boulot et s'entendait bien avec Ted et ses filles. Il ne fallait pas tout gâcher.

Elle passa les deux heures suivantes à nettoyer la maison et à préparer le dîner. Pour une fois, elle ne songea même pas à allumer la télé et à se demander si Simon était sorti du bois.

Puis elle monta dans sa voiture pour aller au lycée. Les jumelles s'étaient habituées à ce que ce soit elle qui aille les chercher. Ces trajets avaient d'ailleurs contribué à les rapprocher. Amelia s'arrêta en face du portail et attendit la sortie. Les deux sœurs apparurent, chacune avec sa bande de copains, et s'acheminèrent nonchalamment vers la voiture.

Avec leurs tenues branchées, les amis d'Yvonne se démarquaient très nettement de ceux de Yolanda, qui avaient des allures de bons élèves, certains trimbalant même des instruments de musique.

Yolanda s'assit sur le siège passager avec un grand sourire. Yvonne se glissa sur la banquette arrière, les épaules rentrées et la tête baissée, comme si elle cherchait à passer inaperçue.

— Comment ça s'est passé, aujourd'hui ? demanda Amelia en démarrant.

— Super bien, répondit Yolanda. Jeremy Jenkins m'a invitée au bal de la fête des Moissons.

— C'est chouette. Je suppose que tu as dit oui ?

— Jeremy Jenkins est un pauvre type, déclara Yvonne d'un ton sans appel. Pour rien au monde je ne voudrais qu'on me voie avec lui.

— Il n'y a pas de danger qu'on te voie avec lui puisqu'il ne t'a pas invitée, répliqua Yolanda.

Occupée à rédiger un texto sur son téléphone, Yvonne ne releva pas.

Amelia chercha vainement à capter son regard dans le rétroviseur intérieur.

— Et pour toi, Yvonne, ça s'est passé comment ? demanda-t-elle d'un ton enjoué. Est-ce que tu vas aller au bal de la fête des Moissons ?

Pas de réponse.

Partagée entre l'agacement et l'humiliation, Amelia faillit s'arrêter sur le bas-côté de la route pour s'expliquer avec l'adolescente. Mais d'une part ce n'était pas à elle de faire la morale à cette sale gosse, et de l'autre, elle ne voulait surtout pas risquer de la braquer davantage. Aussi préféra-t-elle laisser tomber.

Heureusement, avec son bavardage incessant, Yolanda lui remonta un peu moral. Pensant qu'à un moment ou à un autre, Yvonne arrêterait de lui faire la tête, Amelia préférait ne rien dire à Ted, qui avait déjà bien assez de soucis comme ça.

Après le repas, ce soir-là, les jumelles, assises à la table de la cuisine, travaillèrent sur leurs exposés, pendant qu'Amelia finissait de ranger.

— Tu veux jeter un coup d'œil à ce que j'ai fait ? proposa soudain Yolanda.

Amelia, qui ne demandait pas mieux, se retourna vers l'adolescente.

— Volontiers, répondit-elle en souriant.

Peut-être Yvonne lui soumettrait-elle aussi son travail. Pas rancunière pour deux sous, Amelia y jetterait un coup d'œil, en gage de réconciliation.

Yolanda s'était lancée dans la réalisation d'un diorama illustrant au fil du temps le travail des femmes dans l'agriculture et l'élevage. Amelia trouva cela très intéressant, Yolanda s'étant de toute évidence bien documentée. Elle s'empressa de la féliciter.

Dans son coin, concentrée sur son propre travail, Yvonne ne pipait mot. Bien qu'Amelia n'eût aucune envie de se pencher sur son exposé, elle se sentit obligée de s'intéresser à ce qu'elle faisait. Si Yvonne daignait en parler, bien sûr.

— Et toi, Yvonne, tu en es où ? Tout se passe bien ?

— Qu'est-ce que ça peut te faire ? Tu trouves mon sujet complètement crétin, de toute façon.

— Je n'ai jamais dit ça ! protesta Amelia. Je ne raffole pas des tueurs en série, mais c'est mon droit, tout comme c'est le tien de faire un exposé sur eux.

Yvonne la dévisagea d'un air circonspect.

— Tu veux voir ce que j'ai fait ? finit-elle par proposer.

— Bien sûr, répondit Amelia d'un ton qu'elle voulut enthousiaste.

Elle examina soigneusement le panneau sur lequel Yvonne avait commencé à agrafer divers articles découpés dans des journaux et des magazines. En scrutant le visage de Simon, avec son sourire suffisant et son air malfaisant, Amelia prit grand soin de cacher son aversion.

Jusque-là, Yvonne n'était pas tombée sur des photos sur lesquelles Amelia apparaissait. Mais cela finirait bien par arriver. L'adolescente remarquerait sûrement la ressemblance. Que se passerait-il, à ce moment-là ? Amelia ne se faisait guère d'illusions : Ted et ses filles lui reprocheraient de ne pas leur avoir dit la vérité.

Et une fois qu'Yvonne aurait découvert le pot aux roses, la nouvelle se répandrait comme une traînée de poudre. Tout le monde saurait bientôt que la victime qui avait témoigné contre le Tueur de la cafétéria vivait à Getaway, au ranch de Ted Sanders.

Tôt ou tard, les médias s'empareraient à leur tour de la nouvelle. Combien de temps faudrait-il à Simon pour retrouver sa trace ?

Sa simple présence dans cette ville, dans ce ranch, mettait en danger la vie des jumelles. Et celle de leur père.

Sans rien laisser deviner de ses sombres pensées, Amelia s'extasia sur le travail d'Yvonne et la félicita chaleureusement avant de se retirer dans sa chambre.

Elle s'assit sur son lit et s'obligea à inspirer à fond plusieurs fois pour se calmer. N'était-elle pas en train de se faire un film ? De paniquer pour rien ? Peut-être, mais elle ne voulait pas faire prendre le moindre risque à cette famille, qui l'avait si gentiment accueillie et qui lui faisait confiance.

Il n'y avait pas trente-six solutions, songea-t-elle. Il fallait qu'elle s'en aille. Elle n'avait pas le choix.

Le cœur lourd, elle rassembla ses affaires et boucla ses sacs. Puis elle alla voir Ted pour lui donner sa démission.

Il n'était ni dans sa chambre ni dans la salle de séjour.

— Où est votre père ? demanda-t-elle aux jumelles, qui n'avaient pas bougé de la cuisine. J'ai quelque chose d'important à lui dire.

— Il est parti chez le voisin, qui l'a appelé parce qu'un de ses veaux est malade, expliqua obligeamment Yolanda.

Amelia regagna sa chambre. Ses bagages étaient posés sur le lit. Elle n'était pas du genre à faire n'importe quoi, à agir sur un coup de tête. Mais la peur qui s'était emparée d'elle l'emportait sur la raison.

Pour autant, il était hors de question pour elle de partir comme une voleuse sans avoir parlé à Ted. Sauf qu'il exigerait d'avoir une explication, qu'en aucun cas elle ne pouvait lui donner. Moins il en savait et mieux cela valait pour lui et pour ses filles. L'idéal serait que tous trois se mettent à la détester et ne veuillent plus rien avoir à faire avec elle.

Filer à l'anglaise lui coûtait, cependant. La mort dans l'âme, elle rédigea un petit mot à l'attention de Ted et alla le poser bien en vue sur la commode de sa chambre.

Puis elle chargea ses sacs dans le coffre de sa voiture. Elle faillit retourner dire au revoir aux jumelles mais faute d'avoir une explication plausible à leur donner pour justifier son départ précipité, elle se ravisa et se mit en route pour le motel.

Pendant le trajet, elle appela Serenity et lui demanda si le poste de vendeuse était toujours vacant. La fleuriste eut l'air surprise mais ne lui posa aucune question et se montra prête à la reprendre dès le lendemain matin.

Comme le motel était loin d'être plein, Amelia choisit une chambre à l'étage, tout au bout, de manière à pouvoir surveiller l'entrée et le parking.

Elle transporta ses affaires dans la chambre et s'assit sur le lit. Jamais elle ne s'était sentie aussi seule de sa vie.

Il n'était que 20 heures mais elle se glissa entre les draps et, couchée en chien de fusil, essaya de dormir.

Elle avait dû s'assoupir parce que lorsque son téléphone sonna une heure plus tard, elle se demanda où elle était. Il lui fallut quelques instants pour recouvrer ses esprits.

Elle reconnut le numéro de Ted et décida de ne pas répondre. Qu'aurait-elle pu lui dire de plus que ce qu'elle avait écrit dans le mot qu'elle lui avait laissé ? Et puis, elle risquait d'éclater en sanglots au téléphone.

Mieux valait faire la morte.

Quitter le ranch avait été un véritable crève-cœur. Il lui avait été bien plus facile de partir de White Plains, car rien de ce qu'elle avait laissé là-bas ne lui manquait vraiment. Pendant les quelques semaines qu'elle avait passées au ranch, elle avait noué des liens avec Ted et ses filles. Les quitter du jour au lendemain se révélait bien plus dur que prévu. Mais s'il leur arrivait quelque chose, jamais elle ne se le pardonnerait.

Peut-être aurait-il mieux valu qu'elle s'en aille pour de bon. Si elle n'était plus en sécurité à Getaway, elle pouvait partir plus loin. Au Texas, les bleds perdus au milieu de nulle part étaient légion. Mais elle se plaisait bien ici et elle avait un travail à temps partiel. À quoi bon bouger ?

Croiser Ted chez Serenity serait peut-être un peu gênant, mais elle y arriverait. Il fallait juste qu'elle trouve une bonne raison pour justifier sa démission. Sinon, elle n'aurait plus qu'à lui dire la vérité.

8

Le petit mot d'Amelia lui fit l'effet d'un coup de poing dans le ventre. Elle avait filé à l'anglaise, sans dire au revoir. Sans la moindre explication.

Le mot à la main, Ted regagna la cuisine, sonné.

— Avez-vous vu Amelia ? demanda-t-il à ses filles, qui préparaient leurs exposés.

— Elle doit être dans sa chambre, répondit Yolanda. Elle était là tout à l'heure et a voulu savoir où nous en étions.

— Ouais, ajouta Yvonne. Et cette fois, elle n'a pas dénigré mon sujet. Elle a même été assez cool.

Venant d'Yvonne, c'était un très beau compliment. Les jumelles ne s'étant pas rendu compte qu'Amelia était partie, Ted en conclut que la jeune femme ne leur avait pas dit au revoir à elles non plus. Elle les aimait bien, pourtant. Quelle mouche avait bien pu la piquer ?

Puisque les filles n'étaient pas au courant, il y avait peut-être encore moyen d'arranger les choses.

Ted consulta sa montre – il était 22 heures.

— Il va falloir songer à aller vous coucher, dit-il. Il faut que je sorte. Je serai de retour dans une demi-heure.

Les jumelles échangèrent un regard entendu.

— Tu vas voir ta petite amie ? le taquina Yolanda.

Secouant la tête, il attrapa les clés de son pick-up et fila.

Il prit la direction du seul et unique motel de la ville. Il repéra sans mal la voiture d'Amelia car le parking était quasi vide. Il se gara juste à côté et plutôt que de passer par l'accueil, où on refuserait probablement de le renseigner, il préféra aller frapper directement à la porte de la chambre la plus proche de la place de parking occupée par la voiture d'Amelia.

Pas de réponse. Il frappa aux deux portes contiguës, de part et d'autre. Sans plus de succès. Levant la tête, il vit de la lumière dans la chambre juste au-dessus. Il monta à l'étage.

La porte étant munie d'un judas, il recula un peu pour qu'Amelia puisse le voir. Puis il prit une grande inspiration et frappa trois petits coups secs.

Amelia entrouvrit la porte.

— Ted ? Qu'est-ce que vous faites là ?

— Ce serait plutôt à moi de vous poser la question. Je peux entrer ?

Elle s'écarta machinalement.

Il y avait des années qu'il n'avait pas mis les pieds au Landshark Motel, mais depuis l'époque où lui et ses copains y avaient fêté l'obtention de leur baccalauréat, les chambres n'avaient pas changé. Avec leur moquette vert amande, leurs couvre-lits chenille, et leurs natures mortes accrochées au mur, elles étaient restées dans leur jus.

— Je vous écoute, dit Amelia.

Il sortit de sa poche le mot qu'elle lui avait laissé.

— Je suis venu vous demander des explications.

Elle détourna les yeux.

— J'ai pensé qu'il valait mieux que je parte. Je n'ai pas vraiment trouvé ma place. Il est clair que les jumelles préféreraient que j'habite ailleurs.

— C'est à cause de ce baiser ?

Il fit un pas vers elle, brûlant de lui relever le menton pour l'obliger à le regarder. Jugeant plus raisonnable de ne pas la toucher, il serra les poings pour s'en empêcher.

Elle s'assit au bout du lit en soupirant.

— Ce baiser n'a rien arrangé mais ce n'est pas pour ça que je suis partie.

— Pourquoi, alors ? J'ai le droit de le savoir, vous ne pensez pas ?

— Quelle importance ? Vous finirez bien par trouver une autre gouvernante.

Il s'assit sur le lit à côté d'elle.

— Comme s'il ne s'agissait que de ça ! répliqua-t-il. Je vous considère comme une amie, Amelia. Et il en est de même pour les filles. Entre nous, ça fonctionnait plutôt bien. Quand je vous ai proposé le poste, je vous ai dit que les jumelles avaient besoin de quelqu'un de stable. Je n'aurais jamais imaginé que vous nous lâcheriez comme ça.

— Je suis désolée, marmonna-t-elle en levant vers lui un regard fébrile qui l'électrisa.

Se penchant l'un vers l'autre, ils tombèrent enlacés sur le lit moelleux. Leurs bouches se rejoignirent et leurs souffles se mêlèrent. Cette fois, ni l'un ni l'autre ne s'écarta.

Sous son pyjama en flanelle, Amelia était nue.

— Je ne pense pas que ce soit... une très bonne idée, protesta-t-il mollement d'une voix rauque.

— Alors ne pensez pas, suggéra-t-elle avant de l'embrasser voracement.

Leurs vêtements volèrent aux quatre coins de la pièce.

— J'en ai très envie, déclara-t-elle avant même qu'il eût posé la question.

Lorsqu'il sortit un préservatif de son portefeuille, ses mains tremblaient tellement qu'il ne fut pas fichu de le retirer de son emballage.

— Laisse-moi faire, murmura-t-elle avec un rire de gorge.

Elle déchira l'emballage avec ses dents, prit le préservatif et le lui enfila en un tournemain.

— Moi aussi j'en ai envie, dit-il, de manière totalement superflue.

— Laisse-moi faire, répéta Amelia en le chevauchant.

À cheval sur lui, elle s'abaissa avec une lenteur torturante, jusqu'à ce qu'il soit totalement enfoui en elle, dans sa chaleur soyeuse.

Ils restèrent immobiles, savourant l'instant, l'afflux de sensations, le plaisir intense de l'intimité.

Elle commença à bouger, son corps souple l'enveloppant de douceur et de chaleur. Il gémit, cambra le dos pour l'inciter à intensifier ses mouvements de va-et-vient. Un sourire apparut sur ses lèvres charnues, lui donnant un air à la fois sensuel et farouche. Terriblement sexy.

Ted sentit son cœur se gonfler, déborder de tendresse et de gratitude. Jamais il n'avait ressenti une telle excitation. Au prix d'un gigantesque effort de volonté, il parvint cependant à se retenir jusqu'à ce qu'il perçoive chez sa compagne les premiers spasmes de l'orgasme. Lorsqu'elle se raidit, il s'abandonna enfin, et ils jouirent en même temps.

Aucune femme avant Amelia ne lui avait fait un tel effet. À la fois impatients et prévenants, pleins de fougue et de douceur, leurs corps enfiévrés s'étaient parfaitement accordés.

Quand leurs cœurs eurent retrouvé un rythme normal, quand ils cessèrent de souffler comme des phoques asthmatiques, ils restèrent simplement dans les bras l'un de l'autre. Mesurant la chance qu'il avait d'avoir rencontré Amelia, Ted était aux anges. Il n'avait aucune envie qu'elle s'en aille. Elle et lui avaient besoin de temps pour voir où pouvait les mener cette relation.

Se soulevant sur un coude, il plongea son regard dans le sien.

— Tu reviens au ranch ? demanda-t-il.

— Non, je ne pense pas.

Sa réponse le laissa sans voix. Il était tellement sûr qu'elle accepterait. Il avait dû se méprendre sur la nature de leur relation.

— Pourquoi ? demanda-t-il après s'être raclé la gorge.

Elle se leva en entraînant le drap avec elle et se mit à rassembler ses vêtements, éparpillés sur le lit et la moquette. Puis elle lui tourna le dos et se rhabilla.

Une fois prête, elle lui fit face.

— J'ai quelque chose à te dire, Ted. Quand tu sauras, tu comprendras pourquoi je ne peux pas retourner au ranch.

Il fronça les sourcils, intrigué. En l'espace de quelques secondes, une demi-douzaine de scénarios plus improbables les uns que les autres lui traversèrent l'esprit. Mais ce qu'elle lui raconta dépassait tout ce qu'il avait pu imaginer.

— J'ai témoigné contre le Tueur de la cafétéria. Je suis une de ses victimes, la seule qui ait réussi à s'enfuir. Maintenant qu'il est en cavale et qu'il s'est lancé à mes trousses, je me rends compte que ma présence au ranch vous met en danger, les filles et toi. C'est pourquoi il vaut mieux que je reste ici. S'il me trouve, il n'y aura pas de victimes collatérales.

Il lui fallut un petit moment pour assimiler ce qu'elle venait de lui dire.

— Je sais maintenant pourquoi j'avais l'impression de t'avoir déjà vue. Ton portrait a été diffusé dans les médias. Tu étais blonde et tu portais des lunettes, mais on te reconnaît quand même, à la réflexion.

L'air piteux, elle opina.

— Oui, mais en dehors de toi et de Rayna, personne n'est au courant. Il faut absolument que tu gardes le secret.

— Rayna est au courant ? demanda-t-il, éberlué.

— Oui. Tu dois rentrer, maintenant, Ted.

— Mais je...

— Je n'ai pas envie d'en parler. Tu voulais une explication, tu en as une. Tes filles ont besoin de toi. Ni toi ni moi ne voulons les mettre en danger. Va-t'en, maintenant.

Le cœur lourd, il se rhabilla en vitesse et partit. Mais au lieu de rentrer chez lui, il se rendit chez Rayna. Étant donné l'heure, il décida que s'il n'y avait pas de lumière chez elle, il ne s'arrêterait pas.

Rayna était assise sur la plus haute marche de son perron. Lorsqu'il se gara devant chez elle, elle lui fit signe.

Ted coupa le contact. Puis il sortit de son pick-up.

— Que se passe-t-il ? demanda Rayna lorsqu'il l'eut rejointe sur le perron de sa maison. Il me semble qu'il est un peu tard pour une simple visite de courtoisie.

— Amelia est partie, dit-il tout à trac sans même chercher à dissimuler son désarroi. Je n'étais pas au ranch mais elle m'a laissé un mot.

Rayna le dévisagea.

— A-t-elle donné la raison ?

— Pas dans le mot. Elle l'a fait plus tard, quand je suis allé la trouver au Landshark. D'après ce qu'elle m'a dit, vous êtes la seule autre personne à être au courant.

L'air grave, Rayna acquiesça.

— Elle sait que tôt ou tard, quelqu'un d'autre la reconnaîtra. On pourrait penser qu'elle est complètement parano, mais les nouvelles vont vite dans cette ville. Or le tueur en série qui la traque bénéficie de nombreux appuis, si on en juge par la facilité avec laquelle il a disparu et réussi à passer à travers les mailles du filet. S'il apprend qu'Amelia se terre à Getaway, elle est en danger de mort. Elle en est tout à fait consciente.

— Elle a dit qu'elle ne voulait pas nous mettre en danger, les filles et moi.

— C'est pour cela qu'elle est partie.

— Vous croyez ? demanda Ted d'une voix sans timbre. Ça se passait pourtant bien. Je ne sais pas comment les jumelles vont réagir.

— Dites-leur la vérité, conseilla Rayna. Sinon, elles ne comprendront pas.

— J'ai juré à Amelia de ne rien dire à personne. Vous savez, je ne la connais pas depuis longtemps mais je me mets à sa place. À la moindre alerte, elle prendra la fuite.

— Normal, dit Rayna en soupirant. J'ai l'impression que vous avez des sentiments pour elle. Je me trompe ?

À quoi bon nier ?

— Amelia me plaît beaucoup, admit-il après une courte hésitation. Mais comment faire ? Vous avez une idée ?

— Il faut patienter. Je ne vois que ça. On va bien finir par l'attraper, ce cinglé. Je l'espère sincèrement, parce qu'après ce qui lui est arrivé, Amelia mérite d'être heureuse.

Lorsque Ted arriva chez lui, ses filles étaient couchées. Il passa les voir dans leur chambre, soulagé de les trouver endormies dans leurs lits jumeaux.

Puis il fit le tour de la maison et vérifia que tout était bien fermé partout. Pour la première fois de sa vie, il envisagea d'installer une alarme. Ainsi que des détecteurs d'ouverture sur les portes et les fenêtres pour parer toute intrusion.

Fort de cette pensée qui calma un peu ses angoisses, il finit par aller se coucher. Il ne s'était jamais senti aussi seul depuis que la mère des jumelles était partie.

Après le départ de Ted, Amelia s'offrit une bonne crise de larmes. Le visage enfoui dans son oreiller, elle éclata en sanglots et pleura toutes les larmes de son corps. Depuis son kidnapping, elle restait fragile, à tel point qu'il lui arrivait de regretter que Simon ne l'ait pas tuée.

Son essence maléfique cesserait-elle un jour d'affecter sa vie ? Ted Sanders lui plaisait beaucoup et, avec le temps, peut-être aurait-elle même fini par l'aimer. Elle avait adoré faire l'amour avec lui. Jamais aucun homme ne lui avait donné autant de plaisir. Encore tout endolori, son corps en redemandait, tant l'expérience avait été agréable, mais son âme était à vif. Il avait ses deux filles à protéger, soit, mais au fond d'elle-même, elle avait espéré qu'il chercherait à la convaincre de repartir au ranch avec lui. Mais comment lui en vouloir de penser à sa famille avant tout ?

Mais pourquoi avait-elle couché avec lui et mis son cœur en danger, sachant qu'elle ne pouvait rien espérer de plus qu'une aventure sans lendemain ? Force était d'admettre qu'elle en avait envie depuis le début. Et maintenant qu'elle avait craqué, elle souffrait de devoir le quitter. Le quitter non seulement lui mais aussi ses adorables jumelles au caractère bien trempé. En l'espace de quelques semaines, c'était fou comme elle s'était attachée à elles.

Voilà pourquoi elle pleurait comme une Madeleine, accablée par un sentiment de perte irréparable. Jamais elle ne s'était sentie aussi abattue, pas même quand elle avait tout quitté à White Plains.

Soudain, il lui vint à l'esprit qu'à aucun moment Ted ne s'était engagé à garder pour lui ce qu'elle lui avait confié. S'il en parlait aux jumelles, tout le lycée serait très vite au courant, et ce serait ensuite toute la ville qui apprendrait la nouvelle.

Frémissant à cette pensée, elle envoya un SMS à Ted.

Garde pour toi ce que je t'ai dit. Je t'ai demandé de ne pas en parler mais tu n'as pas répondu. Si la vérité doit éclater, je préfère que ce soit le plus tard possible.

Quelques instants plus tard, elle reçut un SMS dans lequel il avait juste écrit :

OK.

Par habitude, elle alluma la télévision. On ne parlait plus du Tueur de la cafétéria aux infos. Ne sachant pas si elle devait s'en réjouir ou s'inquiéter, Amelia elle fit une rapide recherche sur Internet avec son téléphone. Simon Barron était toujours en cavale. Mais sans nouvelles de lui, les médias allaient vite se lasser. C'était probablement ce qu'espérait le tueur en série. Il serait bien plus libre de ses mouvements quand il risquerait moins d'être reconnu par le grand public.

En proie à un nouvel accès de panique, Amelia fut tentée de ficher le camp sur-le-champ. Puis elle se raisonna : Simon ne sachant pas où la trouver, il n'y avait pas péril en la demeure et elle pouvait essayer de dormir un peu.

Le lendemain matin, elle se réveilla fatiguée, les yeux gonflés d'avoir trop pleuré et pas assez dormi. Après une douche rapide, elle se fit un café qu'elle trouva imbuvable.

Comme elle avait le temps, elle s'arrêta au Tumbleweed pour boire un vrai café et manger quelque chose. Le bar-restaurant était plein, comme d'habitude. Elle se dirigea vers le comptoir et s'assit sur un tabouret, en veillant à ne pas tourner le dos à la porte.

La serveuse lui servit un café et lui donna la carte pour qu'elle fasse son choix.

— Ça alors ! Je ne m'attendais pas à tomber sur toi, dit une voix familière.

Levant les yeux, Amelia vit Yolanda, qui la toisait d'un air sévère.

— Yolanda ? Qu'est-ce que tu fais là ? Tu n'as pas cours, ce matin ?

— Papa nous a annoncé que tu étais partie, dit Yolanda en pointant le menton vers la table où Ted et Yvonne étaient assis. Yvonne est persuadée que c'est sa faute. Papa a proposé de nous conduire au motel pour qu'on s'explique. Sur le chemin, on s'est arrêtés pour prendre des cafés et des muffins à emporter, mais quand on t'a vue, assise au comptoir, on a pensé qu'on pouvait tout aussi bien discuter ici.

Amelia jeta un coup d'œil en direction de Ted, qui l'observait, l'air grave. En face de lui, Yvonne, la tête baissée, avait comme d'habitude les yeux rivés sur l'écran de son téléphone. Amelia se rendit compte qu'ils lui manquaient déjà terriblement, tous les trois.

— Tu viens à notre table ? On voudrait te parler.

Amelia hocha la tête et prévint la serveuse qu'elle allait finalement s'installer dans un box. Puis elle suivit Yolanda, qui s'assit à côté de Ted, lui laissant la place à côté d'Yvonne.

— Bonjour ! lança-t-elle, affichant une désinvolture qu'elle était très loin de ressentir car son cœur battait à tout rompre.

— Je n'en reviens pas que tu sois partie sans nous le dire, déclara Yvonne sans détour. On ne compte pas plus que ça, pour toi ?

— Bien sûr que si. C'est juste que… que j'ai paniqué.

— Pourquoi ? demandèrent les jumelles, à l'unisson.

Amelia déglutit, de plus en plus mal à l'aise. Elle était sur des charbons ardents et Ted ne levait pas le petit doigt pour la tirer de là. Elle ne pouvait pas lui en vouloir, cependant. C'était à elle, et à elle seule, de décider de dire ou non la vérité.

— Je ne voulais pas semer la zizanie entre vous et votre père, dit-elle finalement.

Ce n'était pas la première raison, mais ce n'était pas non plus un mensonge.

— Tout ça, c'est à cause de moi, se lamenta Yvonne en écrasant une larme sur sa joue.

Amelia l'attira contre elle.

— Non, pas du tout. C'est bien plus compliqué que ça, crois-moi.

Sortant de son silence, Ted demanda :

— Si compliqué que ça ? Nous avons vraiment besoin de toi, Amelia. Reviens. Nous te le demandons instamment.

Les jumelles guettaient sa réaction, fixant sur elle leurs regards pleins d'espoir.

— Je vais y réfléchir, répondit-elle.

La serveuse arriva pour prendre la commande. Et la tirer d'embarras.

Les filles optèrent pour des pancakes, Ted et Amelia pour des omelettes. Au-dessus du bar, la télévision était allumée sur une chaîne d'infos en continu. Tout en mangeant, Amelia gardait un œil sur l'écran. Le Tueur de la cafétéria n'avait décidément plus la cote.

Ted insista pour payer la totalité de l'addition. Amelia le remercia puis regarda sa montre. Elle devait partir ; Serenity l'attendait. Mais elle promit à Ted et à ses filles de leur donner une réponse avant la fin de la journée. Elle serra les jumelles dans ses bras et, après une courte hésitation, fit de même avec Ted. Lorsqu'elle regagna sa voiture, elle sentit leurs regards dans son dos. Elle avait le cœur gros et dut se retenir pour ne pas se retourner et courir vers eux.

Elle arriva au magasin dix minutes avant l'ouverture. Ayant repéré la Volkswagen de Serenity garée à l'arrière, elle s'arrêta un peu plus loin et entra par la porte de derrière.

— Bonjour ! claironna Serenity. Je n'ai pas des masses de travail pour vous aujourd'hui, mais comme Thanksgiving approche, j'ai pensé que vous pourriez installer sur un présentoir tous les livres susceptibles de rendre les lecteurs reconnaissants.

Amelia acquiesça. Regardant sa patronne, elle décida de verbaliser ce qu'elle soupçonnait depuis son tout premier jour de travail au magasin.

— Vous n'avez pas vraiment besoin d'une vendeuse, n'est-ce pas ?

Serenity haussa les épaules.

— J'aime tendre la main à mon prochain. Ne vous en faites

pas, mon petit. Vous pouvez rester ici aussi longtemps que nécessaire.

— Merci du fond du cœur.

Un peu honteuse de profiter de la grandeur d'âme de Serenity, à qui elle mentait depuis le début, Amelia se mit au travail, déterminée à bien faire, histoire de remercier sa patronne.

Après avoir longuement hésité, elle sélectionna une vingtaine d'ouvrages.

Lorsqu'elle eut fini de les disposer sur le présentoir, elle leva les yeux et vit que Serenity la fixait, le regard vide, la bouche béante. Elle prit peur. Sa patronne était-elle en train de faire un AVC ? Souffrait-elle d'épilepsie ?

— Est-ce que ça va ? demanda-t-elle.

Serenity cligna des paupières et revint à elle.

— Vous ne serez pas heureuse tant que vous laisserez ce gros nuage planer au-dessus de votre tête, psalmodia-t-elle. Il assombrit vos pensées et vous gâche la vie.

Abasourdie, Amelia gardait le silence. Elle savait que Serenity prétendait être une grande médium.

— Pardon, mon petit. Je suis parfois obligée de transmettre les messages des esprits avec lesquels je suis en communication.

Sur ce, elle s'éloigna en faisant virevolter autour d'elle les plis de son caftan.

Amelia avait l'estomac noué et la tête bourdonnante. Serenity avait sans doute raison. Elle devait se débarrasser de ce nuage noir. Dans l'immédiat, elle n'avait rien à craindre. Si le Tueur la retrouvait, il serait toujours temps pour elle d'agir en conséquence. Mais en attendant, elle avait bien mérité de s'accorder un peu de bon temps.

Forte de cette pensée, elle appela Ted.

— J'ai décidé de revenir au ranch, annonça-t-elle tout de go. Dès cet après-midi, si ça te va ?

— Oui, bien sûr. Les jumelles vont être ravies. Je leur annoncerai tout à l'heure, quand j'irai les chercher au lycée.

— Et si j'y allais ? proposa Amelia comme on se jette à l'eau.

— Je pense que ça leur ferait drôlement plaisir. Merci, Amelia. Nous ne te laisserons pas tomber, sois-en sûre.

Sur cette promesse, il raccrocha.

Amelia respira soudain beaucoup plus librement. Le cœur léger, elle alla voir Serenity pour la mettre au courant.

Plus tard, les visages rayonnants des jumelles lorsqu'elles l'aperçurent, garée devant le lycée, achevèrent de lui faire oublier ses malheurs. Yolanda se précipita vers la voiture et sauta comme d'habitude sur le siège passager. Yvonne prit son temps mais elle souriait aussi quand elle se glissa sur la banquette arrière.

— Tu es de retour ? demanda l'adolescente. Pour de bon ?

— Affirmatif, répondit Amelia, la larme à l'œil. Quoi de neuf, les filles ?

— On s'est vues ce matin, je te rappelle, fit remarquer Yvonne d'un ton traînant.

Amelia et Yolanda éclatèrent de rire.

— Papa est au courant ? demanda Yolanda. Je suppose que oui puisque c'est toi qui es venue nous chercher, mais...

— Oui, bien sûr qu'il est au courant. Je suis vraiment désolée. Je m'en veux d'avoir paniqué comme ça. Et d'être partie comme une voleuse. C'était idiot.

— Complètement idiot, en effet, grommela Yvonne. Mais n'en parlons plus. Tu vas pouvoir m'aider à finir mon exposé sur le Tueur de la cafétéria, du coup.

Amelia tressaillit.

— Avec plaisir. C'est pour quand ?

— Demain, répondirent en chœur les jumelles.

— Moi, j'ai fini, dit Yolanda. Mais j'aimerais bien que tu y jettes un coup d'œil. J'ai pu oublier quelque chose.

— Pas de problème.

Un sentiment de bien-être envahit Amelia tandis qu'elle ramenait les jumelles au ranch. Les familles d'accueil dans lesquelles elle avait grandi changeaient souvent, aussi n'avait-elle jamais vraiment pu nouer avec elles des liens étroits.

Il ne fallait surtout pas qu'elle s'attache trop à Ted et à ses filles, songea-t-elle, la mort dans l'âme.

Lorsqu'elle se gara devant le ranch, les filles l'attendirent et entrèrent en même temps qu'elle.

Avant de partir les chercher, elle avait fait décongeler des steaks hachés. Ce soir, au menu, ce serait hamburgers pour tout le monde.

Lorsque Ted rentra, un peu plus tard, il sourit en la voyant occupée à préparer le repas.

— Tu nous as manqué, hier soir, dit-il en guise de bienvenue.

À table, ce soir-là, Yvonne fit l'effort de participer à la conversation et avoua qu'elle aussi avait un cavalier pour le bal de la fête des Moissons. Mais elle refusa de dire qui. Ted se réfréna et ne la pressa pas de questions. Visiblement soucieux de ne pas la brusquer, il préféra brider sa curiosité.

Le téléphone sonna juste au moment où Amelia commençait à débarrasser pour que les filles puissent se mettre à leurs exposés. Tout le monde se figea, en alerte, comme si ce coup de fil allait forcément leur annoncer une mauvaise nouvelle. Qui diable pouvait appeler sur le fixe ?

Ted alla répondre. Amelia le vit changer de couleur.

— Merci de m'avoir prévenu, dit-il à mi-voix.

Lorsqu'il leva les yeux vers elle, Amelia frissonna.

— Qu'est-ce qui se passe ? demanda-t-elle, le cœur battant.

Les jumelles étaient suspendues aux lèvres de leur père.

— C'était Rayna. Donella Abernathy n'est pas rentrée du lycée. Ses parents sont fous d'inquiétude.

— Oh mon Dieu ! s'exclama Yvonne, les yeux agrandis d'effroi. Le Tueur de la cafétéria est dans le coin.

9

Ted fixait sa fille, conscient que ce qu'elle venait de dire devait mettre Amelia dans tous ses états.

— Ne tirons pas de conclusions hâtives, dit-il. On sait tous que Donella a pas mal de problèmes depuis son enlèvement. Il est probable qu'elle ait disparu volontairement.

— J'espère qu'elle ne fera pas de bêtise, intervint Yolanda. Elle souffre d'une dépression sévère, à ce qu'on dit.

— Elle ne va pas bien du tout, renchérit Yvonne. Sa meilleure amie, Heather, traîne souvent avec nous. Elle se fait beaucoup de souci pour Donella.

Elle haussa les épaules et fit la grimace.

— Désolée, mais je crois que cet exposé m'a un peu fait flipper. Il faut dire que ce mec, Simon – le Tueur de la cafétéria, fiche vraiment les jetons.

Amelia se raidit mais ce fut sa seule réaction en entendant le nom de son tortionnaire. Ted fut tenté de passer son bras autour de ses épaules pour la réconforter mais il se retint.

— Les tueurs en série fichent les jetons à tout le monde, déclara-t-elle. J'espère de tout cœur qu'on va retrouver cette fille. Peut-être qu'après, il serait bon que je lui parle.

— Pourquoi ? demandèrent d'une seule voix Yvonne et Yolanda en la dévisageant. Tu ne la connais même pas.

Ted vit Amelia se mordre la lèvre.

— Pour rien, répondit-elle très vite. J'aime bien aider les gens à résoudre leurs problèmes.

Les jumelles opinèrent, au grand soulagement d'Amelia.

— Rayna connaît son métier, affirma Ted. Elle va retrouver Donella.

— N'empêche que l'autre fois, elle ne l'a pas retrouvée. Il a fallu que Donella s'enfuie, je te rappelle.

Comment pourrait-il oublier ? Le kidnapping de l'adolescente avait marqué tous les esprits. Tout comme Amelia, Donella avait eu de la chance. Si elle n'avait pas réussi à fausser compagnie à son ravisseur, celui-ci, qui s'était révélé être le fils de la célèbre chroniqueuse Myrna Maples, n'aurait peut-être jamais été arrêté.

— J'ai lu toute l'histoire sur Internet, dit Amelia. C'est très flippant, surtout dans une aussi petite ville.

— C'est à cause de ce fait divers que Getaway figure maintenant sur les cartes, expliqua Ted. On se serait bien passés de ce genre de publicités.

— Je comprends, dit Amelia. Je n'aurais jamais entendu parler de Getaway s'il n'y avait pas eu cette histoire.

En la voyant déglutir à plusieurs reprises, Ted se demanda si elle craignait que le Tueur de la cafétéria ne finisse lui aussi par découvrir Getaway. Mais même si cela devait arriver, il n'avait aucune raison de penser qu'elle se cachait là. Amelia pourrait se trouver à peu près n'importe où. De préférence là où elle avait de la famille ou des amis. C'était sans doute là que Simon irait la chercher en premier.

— Si ça se trouve, le Tueur de la cafétéria est mort, pensa-t-il tout haut. Depuis son évasion, il s'est littéralement volatilisé. S'il était encore de ce monde, il est probable qu'il tuerait à nouveau, non ?

— Peut-être, répondit Amelia sans conviction. Peut-être qu'il continue de tuer mais qu'on n'en sait rien. S'il choisit ses victimes avec soin, ça n'a rien d'impossible. Les camées, les prostituées, toutes ces femmes qui vivent en marge de la société et qui peuvent disparaître sans que personne ne s'en aperçoive, sont des proies idéales pour les tueurs en série.

— Tu penses que le Tueur de la cafétéria est à Getaway ? demanda Yolanda d'une voix blanche.

— Non, répondirent en chœur Ted et Amelia.

— Il s'est évadé lors de son transfert dans un pénitencier de l'État de New York, à l'autre bout du pays, rappela Amelia. Il n'a aucune raison de venir ici, au fin fond du Texas.

Il avait une très bonne raison de faire le voyage, et Amelia et Ted le savaient. Simon rappliquerait s'il apprenait qu'Amelia vivait à Getaway, mais comme personne, en dehors de Rayna, Ted et Amelia, n'était au courant, il n'y avait quasiment aucun risque que ça arrive.

Quasiment aucun.

Ted annonça qu'il allait regarder la télé pour se changer les idées. Ce Tueur de la cafétéria commençait à lui sortir par les yeux. Il imaginait sans mal ce que ça devait être pour Amelia.

Il s'installa dans son fauteuil devant sa série préférée. Amelia et les jumelles finirent par aller se coucher. Lorsque le journal télévisé commença, Ted décida d'y aller aussi. Il avait la télécommande dans la main, prêt à éteindre, quand un flash info dans le bas de l'écran retint son attention. « La police de La Nouvelle-Orléans pense que le Tueur de la cafétéria pourrait être l'auteur d'une série de meurtres. »

Le cœur battant, Ted mit en pause et partit chercher Amelia.

La porte de sa chambre était fermée mais il y avait de la lumière. Elle était apparemment en train de regarder un film. Il frappa doucement pour ne pas réveiller les jumelles.

— Ted ? Que se passe-t-il ? demanda la jeune femme.

— On parle de Simon aux infos. Viens voir.

Elle retint son souffle, une main sur la gorge.

— On l'a arrêté ?

— Non, pas encore. Mais il semblerait qu'il ait refait surface.

Sans réfléchir, Ted lui tendit la main. Elle la prit sans la moindre hésitation.

De retour dans la salle de séjour, il relança le journal. Amelia écouta la présentatrice développer le flash info. Lorsque celle-ci aborda un autre sujet, Ted éteignit la télé. Comme sortant d'une espèce de transe, Amelia s'aperçut alors qu'elle avait toujours sa main dans la sienne. Elle se dégagea.

— Ils se basent uniquement sur le mode opératoire pour supposer qu'il s'agit de Simon, dit-elle. C'est un peu léger. Personne ne l'a vu et il n'a pas signé ses meurtres. On a peut-être affaire à un imitateur.

— C'est possible. Mais étant donné que la Louisiane est plus proche du Texas que New York, j'ai pensé qu'il valait mieux que tu sois au courant.

— Merci. J'irai en parler à Rayna demain, si elle a un peu de temps à m'accorder. Bonne nuit, Ted.

Une folle envie de l'embrasser s'empara de lui, envie qu'il eut évidemment la sagesse de réprimer. Il se contenta de hocher la tête et de la suivre des yeux lorsqu'elle tourna les talons. Il attendit qu'elle ait refermé la porte de sa chambre pour gagner la sienne.

Le lendemain matin, après une nuit agitée, Ted tituba jusqu'à la cuisine. Il venait de se servir une tasse de café lorsque Yvonne entra en trombe. Elle était toute pâle et avait de petits yeux. Étonné de la voir debout avant sa sœur, alors que d'habitude il avait toutes les peines du monde à la faire sortir du lit, Ted se précipita vers elle pour toucher son front et s'assurer qu'elle n'avait pas de fièvre.

— Ça va ? demanda-t-il.

— Non. Justin, un de mes copains, vient de m'envoyer un SMS. Les parents d'Heather ont appelé les siens. Heather a disparu aussi.

— Elle est peut-être allée chercher Donella, dit Ted, qui se voulait rassurant. Elle a dû sortir en douce pendant que ses parents dormaient.

Comme toi, faillit-il ajouter. Il ne dit rien mais Yvonne capta le message 5 sur 5.

— Ce n'est pas son genre, répliqua-t-elle d'un ton cassant. C'est une fille sérieuse. Elle travaille bien en classe, et au basketball, elle assure. Jusqu'ici, elle n'a jamais séché le moindre cours, alors je ne vois pas pourquoi elle se mettrait tout à coup à le faire. Si elle n'est pas au lycée aujourd'hui...

— Pas de panique, coupa Ted. Imaginer le pire n'est jamais très productif.

— Que se passe-t-il ? demanda Amelia en entrant dans la cuisine. Quelque chose ne va pas ?

Yvonne la mit au courant. Lorsqu'elle se tut, Amelia s'approcha d'elle et la prit dans ses bras. Ted fut surpris de constater que l'adolescente, d'habitude si distante, se laissait faire sans broncher.

Débarquant à son tour, Yolanda observa la scène d'un air dubitatif.

— On peut savoir ce qui se passe ?

— Heather a disparu, répondit Yvonne en se tournant vers sa sœur. D'abord Donella, et maintenant Heather. C'est super flippant.

— Comme elles sont vraiment potes, Heather doit savoir où se trouve Donella, déclara Yolanda. Il y a des chances pour qu'elle soit partie à sa recherche.

— Mais elle ne répond pas au téléphone. Ni aux SMS. Toute la bande a essayé de la joindre. Sans succès. D'où notre inquiétude, expliqua Yvonne, des sanglots dans la voix.

— Peut-être qu'elle a perdu son téléphone, suggéra Yolanda sans conviction.

— En tout cas, cela n'a rien à voir avec le Tueur de la cafétéria, assura Amelia. La police de La Nouvelle-Orléans semble avoir retrouvé sa trace et lui impute une nouvelle série de meurtres.

— Quoi ? s'exclama Yvonne. On l'a retrouvé ?

— Pas exactement.

Amelia répéta ce qu'elle avait entendu aux infos.

— Il faut que je retouche mon exposé, dit Yvonne. Le problème, c'est que je suis censée le rendre aujourd'hui.

— Ne change rien. Ce ne sont pour l'instant que des suppositions. Si tu y tiens, tu peux ajouter une petite note.

Après avoir rassuré ses filles du mieux qu'il le put, Ted les renvoya dans leur chambre pour finir de se préparer. Scrutant Amelia, il se demanda si elle avait aussi peu dormi que lui, et s'il devait la rassurer elle aussi. Comme si elle avait lu dans ses pensées, elle secoua la tête en signe de dénégation et commença à préparer le petit déjeuner.

Ted se sentit reconnaissant de tout ce qu'elle faisait pour eux et se promit de ne plus jamais considérer sa présence comme allant de soi.

Lorsqu'il eut déposé ses filles au lycée, il prit soin de s'arrêter au Tumbleweed sur le chemin du retour. Pour savoir ce qui se passait en ville, c'était l'endroit idéal. Si Donella et Heather étaient revenues, il l'apprendrait tout de suite.

Il venait de s'asseoir au comptoir et de commander un café lorsque deux autres éleveurs l'invitèrent à leur table. Les deux hommes avaient des filles de l'âge des jumelles. Lorsqu'un tueur en série avait sévi à Getaway, ils avaient joué un rôle majeur dans l'organisation de la chasse à l'homme lancée contre le présumé coupable – Parker, qui était maintenant le mari de Rayna. Quand ils avaient compris qu'ils s'étaient fourvoyés, ils avaient tous présenté leurs excuses à Parker. Ted espérait qu'ils avaient tiré des leçons de cette erreur. En tout cas, lui l'avait fait.

Attrapant sa tasse de café, il fit signe à la serveuse pour lui indiquer qu'il changeait de place. Puis il suivit les deux hommes et se glissa sur la banquette, à côté d'un gars que tout le monde appelait Buddy.

— Bonjour, dit Ted. Il y a du nouveau au sujet des lycéennes qui ont disparu ?

— Rien pour le moment, répondit J.R., le front plissé. Heather Peeks est une copine de ma fille, qui est folle d'inquiétude, elle aussi.

— Les parents tiennent le coup ?

— Rayna est allée les voir, répondit Buddy. Je les plains sincèrement. Si Allena disparaissait, je ne sais pas ce que je ferais. J'en suis malade rien que d'y penser.

La serveuse apporta leurs commandes à Buddy et J.R., qui attaquèrent avec entrain leur petit déjeuner. Ted eut l'impression, en épiant les conversations des autres clients, qu'on ne parlait autour d'eux que des adolescentes disparues.

— J'espère de tout cœur que Donella et Heather ont fugué.

— Ouais, dit Buddy, qui n'avait fait qu'une bouchée de ses œufs brouillés. On ne va pas avoir un tueur en série à Getaway tous les quatre matins.

— Sauf si c'est un imitateur, fit remarquer J.R. J'ai vu une émission sur ces tordus qui admirent de grands criminels et qui se mettent à faire pareil qu'eux.

— Pour être tordus, ils le sont ! dit une voix acariâtre.

Deux vieilles commères s'étaient arrêtées à leur table.

— Pour nous, il n'y a pas de doute. Les deux gamines sont tombées sur un pervers. Il y a même des gens qui pensent que c'est un coup du Tueur de la cafétéria.

— D'après ce qu'ils ont dit aux infos, il serait à La Nouvelle-Orléans, rétorqua Ted. Ce n'est pas la porte à côté.

— Sans compter qu'on se demande bien ce qu'il viendrait fiche à Getaway, ajouta Buddy, la bouche pleine.

Mais les deux commères avaient déjà passé leur chemin et discutaient avec d'autres clients, un peu plus loin.

Au bout d'un moment, la conversation dévia sur d'autres sujets mais Ted sentit confusément que si Donella et Heather n'étaient pas retrouvées rapidement, les choses risquaient à nouveau de dégénérer.

Après avoir laissé de l'argent sur la table pour son café, Ted s'achemina vers la sortie. Il se dirigeait vers son pick-up lorsque Rayna l'interpella.

— Content de vous voir, shérif. Vous êtes en toutes circonstances la voix de la raison.

À en juger par son sourire, il devina que Rayna appréciait le compliment.

— Oh ! allez, Ted. Ne me dites pas que vous croyez tout ce qu'on raconte.

— Non, ce n'est pas trop mon genre, comme vous le savez, mais ayant deux adolescentes à la maison, je ne peux que m'inquiéter.

— Ne vous en faites pas, Ted, dit-elle en lui pressant l'épaule. Nous faisons le maximum pour retrouver ces jeunes filles. Nous avons localisé leurs téléphones et...

La sonnerie de son téléphone les interrompit.

— Il faut que je prenne l'appel. Je vous demande juste une minute. Ne partez pas.

Elle répondit. Ted la vit se décomposer tandis qu'elle écoutait son interlocuteur.

— Merci, dit-elle avant de couper la communication et de lever les yeux vers Ted. La piste des téléphones ne donne rien, malheureusement.

Dès que Ted eut franchi le seuil de la cuisine, Amelia se douta que quelque chose ne tournait pas rond. Il avait les mâchoires crispées et la mine sombre. Lorsqu'elle lui demanda ce qui n'allait pas, il la dévisagea sans rien dire. Puis il retira sa veste et prit une chaise.

— Aucune nouvelle des deux disparues, lâcha-t-il enfin. Rayna a localisé leurs téléphones mais il se trouve qu'elles les ont laissés chez une copine, ce qui amène Rayna à penser qu'elles ont fugué.

— Les jeunes ne se séparent jamais de leurs téléphones, contra Amelia. Et je ne suis pas sûre qu'ils sachent qu'ils peuvent être localisés.

— C'est aussi mon avis. Je suis passé au Tumbleweed tout à l'heure et j'ai constaté que les rumeurs allaient bon train. Il y a des gens qui pensent que les filles sont parties avec leurs petits copains, et d'autres qui sont convaincus qu'elles ont été enlevées.

Amelia hocha pensivement la tête.

— Au moins, ils ne soupçonnent pas le Tueur de la cafétéria d'être dans le coin, dit-elle en ne pouvant réprimer un frisson.

— Détrompe-toi. Certaines personnes n'excluent pas cette possibilité.

Ted allait ajouter quelque chose mais son téléphone sonna. Il l'extirpa de sa poche et blêmit lorsqu'il regarda l'écran.

— C'est le lycée. Yvonne a encore dû faire des siennes.

Il prit l'appel, écouta puis raccrocha sans prononcer un mot.

— C'est un message automatique, dit-il d'une voix éraillée.

Le lycée est en confinement. Il y aurait un tireur actif dans l'établissement.

Amelia sentit son estomac se nouer. La main sur la bouche, elle se mit à la place des élèves et des enseignants, qui devaient être morts de peur.

— Je suis tenté de contacter les jumelles pour savoir comment elles vont, dit Ted. Mais je ne voudrais pas qu'à cause de ces textos, elles se fassent repérer. Je crois que je vais plutôt aller au lycée. Les autres parents vont sans doute avoir la même réaction que moi.

— Si tu y vas, je t'accompagne.

Ted semblait hésitant.

— Le message nous demandait instamment de ne pas y aller. Mais les parents qui l'ont reçu doivent déjà être en route. Il est possible que Rayna ait fait installer un barrage routier. On verra bien. Allons-y !

Comme Ted l'avait supputé, une voiture était garée en travers de la route conduisant au lycée. D'autres véhicules étaient stationnés de part et d'autre de la chaussée et un attroupement s'était formé sur une pelouse qui donnait sur le lycée et sur le parking.

— Rejoignons-les, suggéra Ted en se garant derrière un pick-up de la même marque que le sien.

Il serrait le volant si fort que ses doigts avaient blanchi au niveau des jointures. Et lorsqu'il ouvrit sa portière, Amelia remarqua que ses mains tremblaient.

Sans rien laisser paraître de la peur qu'elle ressentait, elle descendit de voiture. Elle avait souvent vu aux infos des reportages sur des tueries de masse dans des établissements scolaires et redoutait d'entendre des coups de feu, d'apprendre qu'il y avait des victimes, de voir les yeux rougis des parents, leur air catastrophé. Elle s'efforça de ne pas y penser et de ne pas imaginer le pire. Avec un peu de chance, tout finirait dans les embrassades et les cris de joie.

Elle se tenait un peu en retrait lorsque Ted et elle rejoignirent le groupe de parents. Quelques femmes lui jetèrent des regards intrigués mais la majorité des personnes présentes avaient les yeux rivés sur le lycée et les voitures de police garées devant, leurs gyrophares allumés. Une ambulance et un camion de pompiers attendaient également, prêts à intervenir. Certains parents fixaient leurs téléphones, soit parce qu'ils cherchaient à joindre leurs enfants, soit parce qu'ils attendaient de leurs nouvelles.

— Est-ce que quelqu'un a des nouvelles de l'intérieur ? demanda un père d'élève.

— Ma fille m'a envoyé un SMS, dit une femme. Juste pour me dire qu'elle allait bien mais qu'elle se cachait. J'ai préféré de ne pas répondre.

D'autres parents exprimèrent des inquiétudes similaires. Comme Ted, ils n'avaient pas voulu se risquer à envoyer un texto, conscients qu'un simple bip pouvait alerter le tireur.

Amelia plaignait sincèrement tous ces parents anxieux.

Quelques personnes se détachèrent du groupe et commencèrent à s'approcher du lycée.

— Mesdames et messieurs, je vous demande de rester à l'écart, dit le shérif adjoint. Pour votre sécurité et celle de vos enfants.

— Je veux m'assurer que ma fille n'a rien, cria un grand échalas. Vous ne pouvez pas m'en empêcher.

— J.R., dit Ted en s'approchant de l'homme. Le shérif adjoint a raison. Si nous entrons, Rayna et son équipe seront débordés. Il faut les laisser se concentrer sur l'arrestation du tireur et la protection de nos enfants.

Il prit J.R. par le bras et le ramena vers le groupe.

— Regardez ! cria quelqu'un. Ils sortent !

Rayna apparut, escortée de deux de ses adjoints qui encadraient un jeune garçon à qui ils avaient passé les menottes. L'un des adjoints avait dans les mains un fusil de chasse. Rayna fit entrer le prévenu dans sa voiture et démarra.

Lorsqu'elle arriva à l'endroit où un véhicule de police bloquait la route, elle descendit et s'approcha du groupe de parents.

— L'incident est clos, annonça-t-elle. Il n'y a ni morts ni blessés. Le tireur a été arrêté. Le lycée va sortir sous peu du confinement et envoyer à tous les parents des SMS et des e-mails. Je vous souhaite une bonne journée.

Des questions commencèrent à fuser mais Rayna remonta dans sa voiture et fila.

— Regardez ! cria quelqu'un. Les élèves sortent.

Un flot d'élèves et d'enseignants se déversa des portes grandes ouvertes du lycée. Les parents se mirent aussitôt à courir vers eux ou vers leurs voitures.

— Allons-y, dit Ted, choisissant manifestement de partir à pied.

Amelia avait du mal à le suivre mais elle comprenait sa hâte à retrouver ses filles.

Devant le lycée, c'était la pagaille. Élèves, enseignants et parents couraient dans tous les sens. Les rires et les pleurs se mêlaient aux cris des parents qui n'avaient pas encore retrouvé leurs enfants et appelaient leurs prénoms.

Amelia sentit son cœur bondir dans sa poitrine lorsqu'elle aperçut Yolanda, qui avançait dans leur direction en regardant à droite et à gauche, comme si elle cherchait quelqu'un. Quand elle repéra son père, un grand sourire éclaira son visage tandis qu'elle déboulait vers lui.

— Papa !

Ted serra sa fille dans ses bras.

— Je suis si content que tu n'aies rien, dit-il, visiblement ému. Où est ta sœur ?

— Je n'en sais rien, répondit Yolanda en continuant de scruter la foule. Je n'ai pas vu non plus sa bande de copains.

Amelia posa une main sur le bras de Ted, qui venait de changer de tête.

— Rayna a dit qu'il n'y avait ni morts ni blessés, lui rappela-t-elle. Yvonne est sûrement dans le coin.

Mais ils eurent beau regarder autour d'eux, Yvonne n'était pas là. Ted semblait de plus en plus nerveux.

— Je vais voir à l'intérieur, annonça-t-il soudain. Je reviens tout de suite.

— Attends, dit Yolanda en l'attrapant par le bras. Je viens avec toi.

— Je vous accompagne, décréta Amelia.

Marchant à contre-courant de la foule, ils entrèrent tous les trois dans l'établissement.

— La voilà ! s'exclama Yolanda en la montrant du doigt. Elle est avec ses copains.

Yolande était au milieu d'un groupe d'élèves formant un cercle. Un des garçons, grand, brun, d'allure sportive, parlait avec volubilité.

Comme ils s'approchaient, Yvonne leva les yeux. En voyant son air paniqué, Amelia se demanda ce qu'elle et ses copains étaient en train de comploter.

— Il y a mon père, prévint Yvonne.

Les adolescents s'écartèrent vite les uns des autres.

— Que se passe-t-il ? demanda Ted en arrivant près d'eux. Pourquoi restez-vous là alors que vos parents vous attendent dehors ? Vous feriez mieux d'aller les rejoindre.

Comme une volée de moineaux, les ados s'égaillèrent. La plupart avaient l'air contrit, mais deux d'entre eux, dont le grand qui jouait les orateurs un instant plus tôt, s'éloignèrent d'un pas nonchalant, un sourire narquois sur les lèvres.

Les larmes aux yeux, Yvonne regarda son père.

— Tu m'as fichu la honte.

Amelia et Ted échangèrent un regard. Yolanda elle-même semblait stupéfaite.

— Après ce qui vient de se passer, c'est tout ce que tu trouves à dire ? demanda-t-elle d'un ton cassant. Ça a été la panique générale et toi, tu es là à t'inquiéter de ce que tes potes vont penser de toi. Non, mais tu t'entends ?

— Et toi, tu t'entends ? répliqua Yvonne en singeant sa sœur. Personne n'a été blessé. Aucun coup de feu n'a été tiré. Tout va bien. Pas la peine d'en faire toute une montagne.

— Allons-y, dit Ted, les mâchoires crispées.

Le nez en l'air, Yvonne s'achemina vers la porte. Atterrée, Amelia lui emboîta le pas. Ted et Yolanda étaient juste derrière.

Le trajet jusqu'au ranch se fit dans un silence de plomb. Insouciante, Yvonne fredonnait tout bas en regardant par la fenêtre. Yolanda gigotait sur son siège mais ne disait rien. Au volant, Ted semblait perdu dans ses pensées. À en juger par la tension qui émanait de lui, Amelia songea qu'Yvonne allait se faire remonter les bretelles.

Il venait de se garer dans l'allée lorsque son téléphone sonna. Après avoir coupé le moteur, il jeta un coup d'œil à l'écran.

— C'est Rayna, dit-il. Les filles, allez m'attendre à l'intérieur. J'arrive dans deux minutes.

Les jumelles obéirent sans un mot. Amelia ouvrit sa portière pour descendre de la voiture à son tour mais Ted lui prit le bras.

— Reste, dit-il.

Puis il prit la communication. Rayna fut très brève. Après avoir écouté ce qu'elle avait à lui dire, Ted lui promit d'arriver tout de suite.

— Rayna convoque tous les parents de la bande de copains d'Yvonne, dit-il, d'une voix qui trahissait son inquiétude.

— Pour quelle raison ? demanda Amelia.

— Je n'en ai aucune idée mais je le saurai bientôt. En attendant, j'ai deux mots à dire aux filles. Peut-être qu'Yvonne pourra éclairer ma lanterne.

— En ce cas, je vais te laisser seul avec elles, proposa Amelia tandis qu'ils entraient dans la maison. Je dois lancer une machine.

Il se retourna vers elle.

— Non, viens. J'apprécierais que tu m'épaules. J'ai de plus en plus de mal avec Yvonne.

Assises à la table de la cuisine, les jumelles attendaient sagement. Yolanda semblait un peu à cran, subissant sans doute le contrecoup de ce qui s'était passé au lycée. Yvonne, en revanche, avait l'air amorphe. Seule sa jambe qui n'arrêtait pas de bouger trahissait une certaine nervosité.

Ted tira une chaise et s'assit dessus à califourchon.

— J'ai eu la peur de ma vie, confia-t-il de but en blanc. Et j'imagine que c'est la même chose pour vous. Est-ce que l'une d'entre vous a vu le tireur ?

— Pas moi, répondit Yolanda. Je ne sais même pas qui c'est.

Tête baissée, Yvonne faisait mine de dessiner sur la table. Elle se contenta de secouer la tête.

— Yvonne ? insista Ted. Sais-tu pourquoi le shérif veut voir les parents de tous les élèves qui font partie de ta bande ?

À ces mots, elle releva la tête d'un coup.

— N'importe quoi ! grommela-t-elle. Nous n'avons rien à voir avec tout ça.

Consultant sa montre, Ted soupira.

— Je vais devoir y aller. Je verrai bien de quoi il retourne, mais si je découvre que tu mens, Yvonne, je...

— Je ne mens pas ! protesta l'adolescente, au bord des larmes. Je n'ai rien fait de mal, papa. Tu peux me croire.

Se radoucissant, Ted serra l'une après l'autre les jumelles dans ses bras.

— Je te crois, assura-t-il. Je vous aime, les filles. Je vous laisse avec Amelia. À tout à l'heure.

10

Lorsque Ted arriva au bureau du shérif, il resta un long moment assis dans son pick-up à respirer à fond pour essayer de calmer son cœur de père surmené.

Puis il descendit de voiture et se décida à entrer. Les autres parents étaient déjà là. Il en reconnut quelques-uns, qu'il avait vus au lycée un peu plus tôt. Il connaissait la plupart des autres depuis longtemps, au moins de vue.

Ils patientaient dans la salle d'attente en bavardant les uns avec les autres. Tous semblaient aussi inquiets que lui et tous se demandaient ce que le shérif leur voulait.

Un des adjoints s'avança vers eux.

— Si vous voulez bien me suivre dans la salle de conférences, Rayna sera à vous dans une minute.

— Elle veut nous parler de ce qui s'est passé au lycée ? demanda une mère d'élève.

— Vous le saurez bientôt. Je laisse Rayna vous expliquer de quoi il s'agit.

Ils suivirent docilement l'adjoint. Ted se rendit compte que l'homme qui se trouvait à côté de lui était le père de Donella.

— Asseyez-vous, suggéra l'adjoint lorsqu'ils furent tous dans la salle de conférences. Rayna arrive tout de suite.

Ted prit place à une extrémité de la grande table, non loin de la porte. Lorsque Rayna entra, il croisa son regard. Elle inclina légèrement la tête à son attention mais ne sourit pas.

Le silence se fit lorsqu'elle se posta devant eux pour prendre la parole.

— Comme vous le savez tous, nous avons eu un incident au lycée ce matin. L'établissement publiera bientôt un communiqué officiel, mais je vous ai convoqués parce que le garçon que nous avons placé en détention – dont nous préférons taire le nom pour l'instant – prétend que vos enfants font partie d'une bande qui serait d'après lui impliquée dans la disparition de Donella Abernathy et Heather Peeks.

Tout le monde se mit à parler en même temps. Sous le choc, Ted resta coi. Il avait hâte que le calme revienne pour que Rayna puisse leur fournir quelques explications. Quand ils comprirent que le brouhaha empêchait le shérif de parler, les autres parents finirent par se taire.

Rayna les gratifia d'un hochement de tête.

— Aujourd'hui, à 10 h 03, notre central a reçu un appel signalant la présence au lycée d'un adolescent armé d'un fusil de chasse. L'établissement a été aussitôt placé en confinement. Le garçon a emmené un groupe d'élèves – vos enfants – dans une classe vide et les a apparemment pris en otage.

— Quoi ? s'exclama Ted tout haut.

Yvonne avait prétendu ne rien savoir de l'incident. Il songea avec effroi qu'il n'était pas au bout de ses surprises.

En tout cas, il ne fut pas le seul à réagir. D'autres personnes poussèrent des exclamations de surprise et une femme feignit même de se trouver mal.

À nouveau, Rayna attendit qu'ils se taisent.

— Apparemment, ce garçon savait où se réunissait cette bande. Il s'est servi de son arme pour obliger toute la bande à entrer dans une classe vide. Et là, il a demandé à vos enfants de lui dire où se trouvaient Donella et Heather, les menaçant de tirer s'ils refusaient de parler.

Elle leva la main, anticipant le retour du brouhaha.

— Aucun coup de feu n'a été tiré. Lorsque je suis entrée dans la classe, arme au poing, il a immédiatement obéi à mes ordres et posé son fusil par terre.

— Comment s'appelle-t-il ? demanda un des parents.

— Je ne suis pas autorisée à divulguer son nom, répondit Rayna. C'est un mineur et il est accusé d'un crime fédéral.

— Alors dites-moi ce que nous fichons là, s'énerva un père d'élève. Vous ne croyez quand même pas que nos enfants ont quelque chose à voir avec la disparition de ces deux filles ?

Le père de Donella se leva.

— Je vous en supplie, demandez à vos enfants s'ils savent quelque chose. Je suis très inquiet pour ma fille. Les parents d'Heather le sont aussi. Si ni eux ni ma femme ne sont présents à cette réunion, c'est parce qu'ils sont en train de battre la campagne à la recherche des deux filles.

Ted pensa à Yvonne, si réticente à parler de ses nouveaux copains, et au fait qu'elle lui avait menti quand il lui avait demandé ce qui s'était passé au lycée. Il se leva, désireux de savoir si d'autres parents avaient vécu la même chose.

— Je ne sais pas quand s'est constituée cette bande, dit-il, mais ce qui est certain, c'est que ma fille n'en fait pas partie depuis longtemps. J'ai remarqué qu'elle n'aimait pas parler de ses nouveaux copains et qu'elle n'a invité aucun d'eux à la maison. Je ne sais même pas comment ils s'appellent. Qu'en est-il pour vous ?

Les parents se regardèrent les uns les autres. Ils semblaient mal à l'aise.

— Où voulez-vous en venir ? demanda Anita Watters, une petite brune trapue avec qui Ted était allé à l'école, bien qu'elle et lui n'aient jamais été dans la même classe. Êtes-vous en train d'accuser nos enfants ? Si c'est le cas, dites-le !

— Je n'accuse personne, répliqua Ted sans se départir de son calme. Je m'inquiète pour ma fille, comme vous tous devez probablement vous inquiéter pour vos propres enfants. Vous, en particulier, continua Ted en regardant le père de Donella. En collaborant, peut-être arriverions-nous à comprendre ce qui se passe.

Joe et Marcine Turner repoussèrent leurs chaises et se levèrent.

— Ça suffit comme ça ! C'est du délire total, lança Joe.

— Veuillez vous rasseoir immédiatement, ordonna Rayna d'un ton tranchant. Je n'ai pas terminé.

Elle attendit que le couple ait obtempéré pour continuer.

— Je vous ai fait venir non pas pour accuser vos enfants de quoi que ce soit, mais pour vous demander de leur parler. Sondez-les pour essayer de leur faire dire ce qu'ils savent, si toutefois ils savent quelque chose. La moindre info pourrait nous aider à localiser les deux adolescentes disparues. Je compte sur vous. Merci d'être venus.

Puis, la tête haute, Rayna quitta la pièce.

À peine eut-elle refermé la porte derrière elle que les langues se délièrent. Lorsque les parents commencèrent à s'invectiver les uns les autres, Ted se leva et s'en alla.

Pendant le trajet de retour, il se prépara mentalement à une altercation avec Yvonne. Il avait appris très tôt aux jumelles à toujours dire la vérité. Pour déroger à cette règle, il fallait qu'Yvonne ait vraiment quelque chose à cacher.

Lorsqu'il s'engagea dans l'allée, il prit son téléphone pour l'appeler. Sans surprise, il tomba sur sa boîte vocale. Il tenta alors de joindre Yolanda qui, elle, répondit immédiatement.

— Peux-tu demander à ta sœur de sortir ? Je voudrais l'emmener faire un tour en voiture.

— Tout de suite, papa.

Ted attendit dix bonnes minutes. Ne voyant pas Yvonne venir, il en conclut qu'elle avait décidé de lui tenir tête. Furieux, il s'apprêtait à descendre de son pick-up lorsque, enfin, elle sortit en traînant des pieds. Évitant soigneusement son regard, elle grimpa sur le siège passager.

Il enclencha la marche arrière, recula dans l'allée et prit vers le sud, à l'opposé de la ville. Il y avait des kilomètres et des kilomètres de petites routes de campagne sur lesquelles son père l'avait souvent emmené faire un tour quand il estimait que son fils avait besoin de réfléchir.

— Je reviens juste d'une réunion avec le shérif.

Yvonne continuait de tambouriner du bout des doigts sur la portière passager et faisait comme si elle n'avait pas entendu.

— Pourquoi as-tu menti ? demanda-t-il, la voix brisée. Ce n'est pas comme ça que je t'ai élevée, il me semble.

Elle ne pipait mot, mais à présent, au moins, elle l'écoutait.

— Rayna a convoqué tous les parents de ta nouvelle bande de copains, continua-t-il. Il paraît que le garçon au fusil vous a tous pris en otage.

— Il ne faut pas exagérer ! protesta Yvonne. Ce n'est pas du tout ce qui s'est passé.

— Ah bon ? Il vous a pourtant obligés à entrer dans une salle de classe en vous menaçant avec son fusil. Non ?

Yvonne haussa les épaules.

— Pourquoi fais-tu comme si c'était sans importance ? demanda Ted. Tu as prétendu ne rien avoir à faire là-dedans.

— Je n'ai jamais dit ça. J'ai dit qu'il n'y avait ni morts ni blessés – ce qui fait que c'est effectivement sans importance.

— Arrête de jouer sur les mots, dit-il sèchement. J'ai aussi appris – toujours par Rayna – pourquoi ce garçon s'en est pris à toi et à tes copains, que j'aime de moins en moins.

— Comment peux-tu dire ça alors que tu ne les connais même pas ?

— Justement, répliqua-t-il. Ce garçon qui vous a menacés avec son fusil de chasse, toi et tes merveilleux copains, et qui a obligé le lycée à se mettre en confinement, eh bien d'après le shérif, ce garçon vous soupçonne d'avoir quelque chose à voir avec la disparition de Donella et Heather. Peux-tu m'expliquer pourquoi ?

Elle le fixa d'un air bravache et secoua la tête, faisant virevolter ses longs cheveux noirs.

— Je n'en sais rien. Donella et Heather sont des copines à nous, papa. Pourquoi chercherions-nous à leur faire du mal ?

— À toi de me le dire. Et pourquoi parles-tu de *leur faire du mal* ?

— C'est ce que Keith a dit, répondit Yvonne, qui était maintenant au bord des larmes. Il a dit qu'il pensait qu'on leur avait fait du mal. C'est n'importe quoi. Je parie que Donella et Heather sont parties pour Dallas. Elles n'arrêtaient pas d'en parler. Heather voulait aider Donella à remonter la pente.

Ne surtout pas la brusquer, se rappela Ted.

— C'est une hypothèse intéressante, dit-il. Si ce n'est qu'elles ont disparu avec un jour d'écart. Donella d'abord, puis Heather. Comment expliques-tu ça ?

Yvonne ouvrit la bouche. Puis la referma.

Ted décida que cela suffisait comme ça. Il s'arrêta sur le bas-côté de la route et se tourna vers sa fille.

— Tu vas me dire la vérité, maintenant. Qu'est-ce que tu sais au sujet de ces disparitions ? Qu'est-il arrivé à ces filles ?

— Aucune idée, répondit-elle.

— Et tes amis, ils le savent ? insista Ted. Keith va être inculpé, et s'il est majeur, il risque d'aller en prison. À moins qu'il n'ait de graves problèmes mentaux, il n'a pas lancé des accusations gratuites.

— Je ne sais pas, dit Yvonne en reniflant. Tout ce que je peux te dire, c'est que je n'ai rien fait de mal.

— Depuis quelque temps, je ne te reconnais plus. Tu as changé. Et pas en bien. Tu sèches les cours, tu te fais mal voir de tes professeurs, et comme si cela ne suffisait pas, te voilà maintenant embringuée dans une nouvelle bande qui n'a manifestement pas une très bonne influence sur toi.

Se séchant les yeux d'un revers de main, elle secoua la tête.

— Je n'ai rien fait de mal, répéta-t-elle.

Ted déboucla sa ceinture de sécurité et la prit dans ses bras.

— Je me fais du souci pour toi, Yvonne. Ce matin, tous les parents des élèves du lycée ont eu la peur de leur vie quand ils ont appris qu'il y avait un tireur dans l'établissement. Tu aurais pu être tuée. Tes copains aussi.

— C'est vrai aussi pour Yolanda, fit remarquer Yvonne. Pourquoi tu ne lui dis rien, à elle ?

— Yolanda n'a rien à voir là-dedans et tu le sais très bien. Tes nouveaux copains, je veux les rencontrer. Pas dans un mois. Dans les jours qui viennent. Je veux que tu les invites à la maison.

Elle ouvrit de grands yeux effarés.

— Impossible, dit-elle. Je risque de passer pour une pauvre fille. Mes potes sont vraiment cool. Si je me mets à faire ce genre de trucs, ils vont me laisser tomber.

— Ce ne serait sans doute pas une mauvaise chose.

— Tu es en train de fiche ma vie en l'air, sanglota Yvonne.

Ted soupira et reprit le volant. Un peu plus loin, il fit demi-tour et rentra au ranch.

Amelia se demandait pourquoi Ted avait tenu à parler à Yvonne en tête à tête. Ce qu'il avait lui dire devait être fichtrement important. Il se souviendrait longtemps de cette journée, après toutes ces émotions, songea-t-elle, inquiète pour Yvonne et pleine de compassion pour Ted. Une pensée en entraînant une autre, elle s'imagina soudain en train de le réconforter, la nuit prochaine, leurs corps nus enlacés sous les draps. Cette vision lui coupa les jambes.

Qu'est-ce qui lui prenait ? Avait-elle perdu la tête ?

Pour se remettre les idées en place, elle entreprit de faire un grand ménage. Quand elle s'activait dans la maison, quand elle frottait, astiquait, récurait, elle pensait un peu moins à Ted, qui l'attirait comme un aimant, et à ses filles, à qui elle s'était déjà bien trop attachée. En l'espace de quelques semaines, cette famille était quasiment devenue la sienne. Pour elle qui voulait rester libre de ses mouvements, ce constat avait quelque chose d'effrayant. Mais elle leur avait déjà fait le coup de partir. Elle ne pouvait pas les planter à nouveau.

À moins que Simon ne débarque à Getaway, elle resterait au ranch, coûte que coûte. Si seulement elle arrivait à faire abstraction de cette fichue attirance pour Ted... Depuis qu'ils avaient fait l'amour, elle avait tout le temps envie de lui.

Mais le pire, c'était qu'elle s'était rendu compte, à force de le côtoyer et de voir quel père aimant et dévoué il était, que ce qu'elle ressentait pour lui transcendait le simple désir physique.

Elle gardait cependant les pieds sur terre et se doutait que ses sentiments n'étaient probablement pas partagés. Si elle n'y prenait garde, cela risquait de mal finir pour elle. Or avec Simon à ses trousses, et tout ce que cela impliquait, elle n'avait vraiment pas besoin d'un chagrin d'amour.

Après avoir nettoyé à fond les sanitaires et la cuisine, puis passé l'aspirateur dans la salle de séjour, Amelia décida qu'elle avait bien mérité une tasse de thé.

Yolanda, qui s'était retranchée dans sa chambre, de peur d'être mise à contribution, refit son apparition.

— Papa et Yvonne ne sont toujours pas rentrés ? demanda-t-elle en s'affalant sur une chaise, en face d'Amelia. Je suis curieuse de savoir ce qu'il avait à lui dire. Il avait l'air drôlement furax quand il m'a demandé d'aller la chercher.

— Je me demande moi aussi ce qui a bien pu se passer.

— La bonne nouvelle, c'est que nous n'avons pas cours lundi.

— Comment ça ?

— Il y a des élèves qui sont allés raconter des trucs et du coup, la plupart des parents veulent garder leurs enfants à la maison lundi. Le proviseur a envoyé une circulaire à tout le monde pour prévenir qu'il n'y aurait pas classe ce jour-là.

Amelia scruta l'adolescente.

— Comment vis-tu tout ça ? La présence d'un tireur dans le lycée, ça a dû te fiche la trouille, non ?

— Bof ! répondit Yolanda en haussant les épaules. En fait, on ne s'est pas vraiment rendu compte. J'ai conscience que c'est une chance que personne n'ait été blessé, mais ce n'est qu'au moment où le confinement a été annoncé qu'on a appris ce qui se passait. En fait, le plus flippant, ce sont les bruits qui ont couru juste après. J'ai carrément dû couper mon téléphone.

Elle n'avait que quinze ans, songea Amelia, qui avait perçu la fêlure dans la voix de l'adolescente.

— Viens ici, dit-elle en lui tenant les bras.

Yolanda ne se fit pas prier.

— J'avais bien besoin d'un câlin, confia-t-elle, sa tête blottie contre l'épaule d'Amelia. Comment le savais-tu ?

Amelia caressa ses longs cheveux bruns.

— Après avoir vécu un truc pareil, tout le monde a besoin d'un câlin, répondit-elle.

— Et Yvonne ? demanda Yolanda en se reculant. Je pense qu'elle aussi a besoin d'un câlin, mais ça m'étonnerait beaucoup que papa pense à lui en faire un.

— Je lui en ferai un, moi.

— Super. Ils sont de retour ; j'entends la voiture. Je ne sais pas si je dois filer dans ma chambre ou rester ici.

— Fais comme tu veux. Mais ta sœur a peut-être besoin de toi.

Yolanda acquiesça, tandis qu'Amelia se demandait elle aussi si elle devait s'éclipser ou ne pas bouger.

Dès qu'ils entrèrent, Amelia remarqua qu'ils faisaient tous deux des têtes d'enterrement.

— Ça n'a pas l'air d'aller, Yvonne, dit-elle.

Ce simple constat déstabilisa l'adolescente, qui se mit à pleurer. Amelia s'empressa de la prendre dans ses bras pour la consoler. Elle croisa le regard de Ted par-dessus l'épaule d'Yvonne. Il avait l'air abattu. Yolanda se rua sur lui et l'entoura de ses bras.

À cet instant précis, Amelia éprouva une si grande joie qu'elle espéra ne jamais avoir à partir. En venant vivre au ranch, à aucun moment elle ne s'était attendue à ressentir un tel sentiment d'appartenance, un amour aussi profond pour cette famille.

Le téléphone de Ted sonna alors que l'émotion dans la pièce était palpable. Il voulut l'éteindre, mais la magie du moment était rompue : Yolanda avait reculé et Yvonne s'était écartée d'Amelia.

— Et si nous allions dîner dehors, ce soir ? proposa-t-il. Des pizzas, ça vous dirait ?

Amelia se félicita de ne rien avoir préparé pour le dîner.

— Je suis partante, lança Yolanda.

— Et toi, Yvonne, ça te dit ? demanda Ted.

Elle renifla et se sécha les yeux du dos de la main.

— Oui, pourquoi pas ?

Ted se tourna ensuite vers Amelia.

— Et toi ? C'est un buffet à volonté.

— Cela me semble être une excellente idée. Je serais ravie de sortir un peu.

Il hocha la tête d'un air appréciateur lorsqu'il s'aperçut que la maison brillait comme un sou neuf.

— Tu as fait du bon boulot, la félicita-t-il.

— Au moins, tu ne pourras pas dire que je suis payée à ne rien faire ! Tu vas t'occuper du ranch, maintenant ?

Le visage grave, il secoua la tête en signe de dénégation.

— Pas aujourd'hui. J'ai envie de rester à la maison, avec vous trois.

Ce *vous trois* la remplit d'aise. Elle le gratifia d'un sourire.

En fin d'après-midi, ils allèrent tous se changer en vue de leur petite sortie. Lorsque les jumelles reparurent vêtues de leurs jeans préférés et de leurs plus beaux sweat-shirts, Amelia se sentit toute fière. Mais Ted manquait à l'appel.

Quand, enfin, il les rejoignit, elle en resta bouche bée. Avec sa chemise à manches longues, ses bottes flambant neuves et son stetson à la main, il aurait pu jouer les cow-boys dans une publicité pour le dernier modèle de pick-up.

Il ne parut pas remarquer le moment de flottement que suscita chez elle son apparition. Quant aux filles, elles avaient toutes les deux les yeux rivés sur leurs téléphones, ce qui pour une fois arrangea bien Amelia.

On aurait dit que ce soir-là, toute la ville avait décidé de dîner dehors. Les parkings des restaurants devant lesquels ils passèrent étaient tous pleins et celui du Pizza Perfect ne faisait pas exception. Par chance, une place se libéra juste devant eux.

Une fois à l'intérieur, ils s'insérèrent dans la queue.

— Je me charge de nous trouver une table, proposa obligeamment Yolanda, en s'élançant à travers la salle bondée.

Ted paya le droit d'accès au buffet et on leur donna de grands verres en plastique. Yvonne, qui semblait avoir l'habitude, s'empara de deux plateaux et de deux assiettes.

— Je sais ce qu'elle aime, expliqua-t-elle à Amelia.

Il y avait des lustres qu'Amelia n'avait pas mangé dans un restaurant de pizzas à volonté. Ne sachant pas quoi choisir, elle décida d'en goûter plusieurs.

Dès qu'ils furent tous assis à table, ils se mirent à manger en essayant d'ignorer le bourdonnement des conversations autour d'eux. Conversations dans lesquelles revenaient souvent les mots *lycée* et *tireur*.

— Chut ! intima soudain quelqu'un.

Cette sommation au silence fut répétée de table en table et bientôt, toute la salle se tut.

— Montez le son ! lança un autre convive en désignant l'écran de télévision géant accroché au mur du fond. Le shérif donne une conférence de presse.

En effet, Rayna se tenait dans une salle remplie de journalistes. Tous les grands médias semblaient s'être donné rendez-vous. Elle s'exprimait avec l'aisance et l'assurance de quelqu'un qui a l'habitude de parler en public. Ce qui était son cas depuis qu'un tueur en série, un an plus tôt, avait mis Getaway sur le devant de la scène.

Plusieurs journalistes semblaient déterminer à revenir sur ce fait divers et ne cessaient de l'interrompre. Rayna finit par lever la main.

— Je vous prie de bien vouloir me laisser finir. J'essaierai ensuite de répondre à vos questions.

Elle exposa les événements qui s'étaient déroulés au lycée au cours de la matinée.

— Le suspect est en garde à vue, précisa-t-elle pour conclure. Il n'y a ni morts ni blessés. Je vais maintenant répondre à vos questions.

— Qu'en est-il de la disparition des deux lycéennes ? demanda une grande brune aux cheveux courts. Est-il vrai que Getaway pourrait avoir un deuxième tueur en série ?

— Nous n'avons aucune preuve pour étayer cette hypothèse, répliqua Rayna. Nous recherchons activement ces jeunes filles. Il est possible qu'elles aient fugué, tout simplement.

— Et le Tueur de la cafétéria ? Nous avons interrogé plusieurs habitants qui pensent qu'il pourrait être à l'origine de ces disparitions.

Amelia se raidit, les yeux rivés sur l'écran.

— Là encore, rien ne nous laisse penser que le Tueur de la

cafétéria est descendu dans l'ouest du Texas, déclara Rayna. Aux dernières nouvelles, il serait à La Nouvelle-Orléans.

Il y eut ensuite quelques questions au sujet de l'incident survenu au lycée puis Rayna mit fin à la conférence de presse.

Dans la pizzeria, ce fut à nouveau le chahut, tout le monde se mettant à parler en même temps.

Les jumelles semblaient perturbées par ce qu'elles venaient d'entendre. Amelia croisa le regard de Ted, assis en face d'elle. Haussant les épaules, il se leva pour aller se resservir, n'ayant visiblement pas remarqué le changement d'humeur chez ses filles.

— Ça va ? s'enquit Amelia.

Elles hochèrent toutes les deux la tête mais Yvonne détourna les yeux.

— Comme je regrette d'avoir fait mon exposé sur le Tueur de la cafétéria, déclara-t-elle d'un ton plein de rancœur.

— Pourquoi ? demanda Amelia en reposant sa dernière part de pizza. Tu n'as pas eu une bonne note ?

— Nous n'avons pas encore eu nos notes. Mais tous mes copains sont complètement obnubilés par lui. Je leur ai répété ce que tu m'avais dit, que c'était vraiment un sale type, un pervers, un monstre, mais ils s'en moquent.

Au bord des larmes, à nouveau, elle se tamponna les yeux avec sa serviette en papier.

— Au lycée, tout le monde est fan de lui, expliqua Yolanda. C'est super malsain.

Amelia en était malade de penser que ce dépravé de Simon ait autant de succès auprès des jeunes.

Ted revint avec une assiette remplie de parts de pizzas sucrées.

— À votre tour ! dit-il à ses filles avec un sourire qui s'adressait aussi à Amelia.

Les jumelles se levèrent et filèrent se chercher un dessert.

— Elles adorent la pizza pomme-caramel, dit-il. Tu devrais essayer.

— J'ai perdu l'appétit.

Elle lui rapporta la conversation qu'elle venait d'avoir avec les jumelles.

— Pourquoi un tueur en série fascine-t-il autant les adolescents ? demanda-t-elle.

— Aucune idée. Peut-être que quand Donella et Heather réapparaîtront, tout redeviendra normal.

Normal. Amelia aurait tant voulu reprendre une vie qui le soit.

Mais qu'est-ce qu'elle considérait comme normal, désormais ? Elle n'envisageait pas un seul instant de retourner à White Plains, dans l'État de New York, et d'y retrouver son cabinet et son appartement branché. Ici, à Getaway, il n'y avait à sa connaissance ni psychologue ni rien de ce genre. En dehors du curé de la paroisse, les gens n'avaient personne à qui parler de leurs problèmes et devaient faire des kilomètres pour aller consulter à Abilene ou peut-être même Midland-Odessa. Sans doute y avait-il là une place à prendre, songea Amelia, qui se voyait déjà ouvrir un cabinet à Getaway.

Perdue dans ses pensées, elle cligna des paupières lorsqu'elle se rendit compte que Ted la dévisageait.

— Est-ce que ça va ? Tu avais l'air ailleurs, dit-il.

Elle le rassura d'un sourire.

— Tout compte fait, je crois que je vais me laisser tenter par une part de pizza sucrée.

Amelia essaya de faire bonne figure jusqu'au bout mais le cœur n'y était plus. Comme une épée de Damoclès suspendue au-dessus de sa tête, elle sentait l'ombre de Simon qui planait sur elle et accaparait toutes ses pensées.

Dès qu'ils furent de retour au ranch, les jumelles filèrent dans leur chambre. Au lieu de s'installer comme d'habitude devant la télévision, Ted expliqua qu'il devait aller s'occuper d'une jument que Floyd avait isolée dans un des box de la grange parce qu'elle avait de l'eczéma.

— J'ai une pommade spéciale pour ça. Il faut que je lui en mette sur la jambe. Tu veux m'accompagner ?

— Volontiers. Après toutes ces pizzas, bouger un peu ne me fera pas de mal.

Ils se mirent en route, marchant côte à côte en silence. Le clair de lune les dispensait de toute autre source de lumière.

Une fois à la grange, Ted pressa un commutateur et alluma une sorte de réverbère.

Respirant dans la nuit l'odeur des champs, du foin et des chevaux, Amelia se détendit enfin. Elle allait le dire à Ted lorsque celui-ci l'attira à lui et posa ses lèvres sur les siennes.

11

Ted n'avait pas voulu l'embrasser, mais sans qu'il sache trop pourquoi, son profil nimbé de lumière l'avait bouleversé.

Dès que sa bouche se fut emparée de la sienne, un brasier s'alluma en eux, si intense que Ted referma instinctivement ses bras autour d'elle.

Elle lui rendit son baiser avec une telle fougue qu'il devina qu'elle en avait autant envie que lui. Agrippés l'un à l'autre, ils s'embrassèrent longtemps, passionnément, jusqu'à en perdre le souffle. Lorsque leurs lèvres se désunirent, Amelia ne le lâcha pas, comme si prise de vertige, elle craignait de ne pas pouvoir tenir debout.

— J'ai envie de toi, murmura-t-elle. Je sais que nous avions décidé de ne plus...

— Chut.

Il l'embrassa à nouveau pour la faire taire. Il la désirait tellement qu'il en tremblait. La grange, le foin... Il s'imagina en train de batifoler avec Amelia en haut dans le fenil, nus et...

Comme si elle avait lu dans ses pensées, elle tempéra ses ardeurs.

— Non, pas ici, dit-elle en montrant juste en face la maison et ses fenêtres éclairées. Il est peu probable que les jumelles viennent te chercher ici, mais la journée a été bien assez éprouvante. Il ne manquerait plus qu'elles nous surprennent en pleine action.

— Cela me coûte de l'admettre mais tu as raison. Viens t'asseoir, dit-il.

Il lui approcha une botte de paille. Il avait besoin de s'éloigner d'elle, le temps de recouvrer ses esprits.

— Attends-moi là pendant que je m'occupe de la jument.

Elle opina mais se leva et le suivit jusqu'au box pour le regarder soigner la jument. Il se concentra sur sa tâche. Ces gestes familiers et l'odeur entêtante de la pommade eurent vite raison de son excitation.

Lorsqu'il eut terminé, il demanda :

— Tu veux qu'on rentre ou tu préfères qu'on reste un peu ici pour parler ?

Retournant s'asseoir sur la botte de paille, elle lui fit signe de la rejoindre.

— Juste pour parler, précisa-t-elle en lui décochant un sourire mutin.

Elle était belle à se damner. Il la désirait comme il n'avait jamais désiré aucune femme. Se retenant de lui sauter dessus, il s'assit à côté d'elle, espérant secrètement que son érection passerait inaperçue.

— Ces disparitions m'inquiètent, confia-t-elle à brûle-pourpoint. Au bout de quarante-huit heures sans nouvelles, la police considère en général que c'est mauvais signe.

Comme changement de sujet, c'était plutôt radical. Il fallut à Ted plusieurs secondes pour chasser ses pensées lubriques et se concentrer sur ce qu'Amelia venait de dire.

— Oui, je sais. C'est d'autant plus mauvais signe que depuis quelque temps, Donella a une fâcheuse tendance à s'attirer des ennuis. Je trouve vraiment dommage que ses parents ne l'aient pas fait suivre par un psy.

— Moi aussi. Malheureusement, beaucoup d'adolescents sont dans le même cas. Ils lancent des appels à l'aide que leurs parents ignorent par négligence ou parce qu'ils ont honte que leur enfant ait des problèmes psychologiques. C'est quelque chose que j'ai souvent constaté dans mon propre cabinet. Quand ils se décident à consulter, le môme est parfois irrécupérable.

— Tu recevais beaucoup d'adolescents en consultation ?

Elle acquiesça d'un hochement de tête.

— À White Plains, ils constituaient l'essentiel de ma clientèle. Si j'ai pris Simon, c'est uniquement parce qu'il connaissait les parents de l'un de mes patients.

White Plains. À l'autre bout du pays. Ted se demanda si elle retournerait là-bas quand Simon serait à nouveau sous les verrous. À cette pensée, il sentit son cœur se serrer douloureusement.

— Est-ce que ça te manque ? demanda-t-il, sans savoir s'il parlait de White Plains ou de son cabinet.

— Un peu. Je suis vraiment faite pour ce métier. Tu sais, continua-t-elle après une courte hésitation, j'ai pensé qu'une fois que toute cette histoire avec Simon serait terminée, je pourrais peut-être ouvrir un cabinet ici, à Getaway.

Elle envisageait de rester ? C'était trop beau pour être vrai.

— Un bon psychothérapeute, c'est ce qui nous manque, ici. Les gens doivent faire des kilomètres pour aller consulter.

Elle hocha la tête en signe d'assentiment. Ne voulant pas lui mettre la pression, il préféra changer de sujet.

— Tu n'en as pas marre d'entendre parler du Tueur de la cafétéria ? demanda-t-il en glissant une mèche folle derrière son oreille.

— Il n'y a pas vraiment moyen de faire autrement. Où que j'aille, on parle de lui. Je suis étonnée de ne pas avoir été reconnue par plus de monde.

— Le procès est loin ; les gens l'ont oublié. Ils sont focalisés sur les meurtres perpétrés à La Nouvelle-Orléans et sur le fait que le Tueur demeure invisible.

— Quoi qu'il en soit, il n'est pas à Getaway. Sinon, on le saurait. Le bruit courrait qu'un inconnu demande après moi.

— Comment ça ? Tu n'as pas pris un autre nom ?

— J'ai changé de patronyme mais pas de prénom. Des « Amelia », il y en a plein.

— Ce n'est pas si courant que ça. Tu es la seule Amelia que je connaisse.

Elle jura entre ses dents.

— N'empêche que si quelqu'un en ville s'était enquis d'une Amelia, on te l'aurait sûrement dit, non ? demanda-t-elle.

— Je pense, oui, puisque tout le monde sait que tu habites au ranch.

— J'espère que les autorités vont se dépêcher de l'arrêter, confia-t-elle en soupirant. J'ai l'impression que ma vie est en suspens et j'ai de plus en plus de mal à le supporter.

Il prit soudain conscience que les jumelles et lui n'étaient peut-être pour elle qu'un jalon. Même si elle décidait de rester à Getaway, cela ne signifiait pas pour autant qu'elle les voudrait dans sa vie, lui et ses filles. Mais avec tout ce qui se passait ces jours-ci, ce n'était vraiment pas le moment de la mettre au pied du mur.

Se relevant d'un bond, il lui tendit la main pour l'aider à se relever.

— Allons faire quelques pas, proposa-t-il. Avec ce clair de lune, on y voit presque comme en plein jour.

Ils sortirent de la grange. Au passage, Ted éteignit le réverbère.

— C'est vrai que le clair de lune est incroyable, dit-elle.

La tenant par la main, il l'emmena sur un chemin qui longeait la grange et s'enfonçait dans une de ses prairies.

— Trop d'espace découvert, murmura-t-elle. Et pas assez d'endroits où se cacher.

Surpris, il s'arrêta :

— Pardon ? Tu peux répéter ?

Elle lui décocha un petit sourire contrit.

— Depuis que je fuis Simon, c'est un réflexe, expliqua-t-elle. J'évalue machinalement la situation et repère toutes les issues. C'est ce que j'ai fait la première fois que tu m'as amenée ici.

Il se souvint qu'elle avait insisté pour monter jusqu'en haut. Maintenant, il savait pourquoi.

— Ça ne doit pas être marrant, dit-il.

— Je confirme. Mais il faut que je me tienne prête, au cas où il me retrouverait. Pour avoir une chance de lui échapper, je dois étudier le terrain.

— Viens ici.

Il la prit dans ses bras et la serra très fort contre lui.

— Tu sais que je serai toujours là pour toi, n'est-ce pas ?

D'abord, elle ne répondit pas. Puis elle hocha la tête.

— Je te remercie.

— Et sache que tu peux compter aussi sur Rayna et Serenity, pour ne citer qu'elles. Tu as des amis, crois-moi, et ici, les amis comptent autant que la famille.

Lorsqu'elle le regarda, des larmes brillaient dans ses yeux.

— Ces mots me font chaud au cœur, murmura-t-elle.

Il ne put s'empêcher de l'embrasser à nouveau. Un baiser langoureux, sensuel, grisant. Le genre de baiser qui vous conduit tout droit au lit.

À regret, il s'écarta.

— Allumeur ! lança-t-elle sur le ton de la plaisanterie.

— Si ça ne tenait qu'à moi, on irait jusqu'au bout, se défendit-il. Mais soyons raisonnables et rentrons. Il commence à faire frisquet. Une boisson chaude nous fera du bien.

— Un grog, tu veux dire ? Ou un chocolat viennois ?

Elle s'amusa tout le long du chemin à énumérer des boissons chaudes. Il y en avait dont il n'avait jamais entendu parler. Cela les fit beaucoup rire.

Lorsqu'ils arrivèrent, il ouvrit la porte et s'effaça pour la laisser passer.

— Papa ?

Yvonne les attendait dans la cuisine, l'air préoccupé.

Ted se précipita vers elle.

— Que se passe-t-il ? Qu'est-ce qui ne pas ?

— J'ai eu des nouvelles de Donella, dit-elle d'une voix tremblante. Enfin, je pense que c'était elle, mais ses textos provenaient d'un numéro de téléphone inconnu.

Des alarmes se déclenchèrent dans la tête de Ted, qui tendit la main.

— Tu permets ?

Pour une fois, elle lui donna son téléphone sans rechigner.

Ne t'inquiète pas, tout va bien. Il se passe énormément de choses et je ne sais plus trop où j'en suis. Dis aux autres que je vais bien. Donella.

Après avoir lu le SMS à voix haute, Ted fronça les sourcils.

— Nous devons appeler Rayna.

Yvonne acquiesça.

— Je n'ai pas encore prévenu les autres, dit-elle. Je peux les appeler ?

— Attendons de voir ce que dit Rayna.

Dix minutes plus tard, le shérif était là. Après avoir pris connaissance du SMS de Donella, Rayna scruta Yvonne.

— As-tu essayé de rappeler ce numéro ? demanda-t-elle.

— De la rappeler, vous voulez dire ? Pour lui parler ?

— Oui, évidemment. Ne me dis pas que vous, les jeunes, ne vous appelez pas.

Yvonne haussa les épaules.

— On préfère s'envoyer des SMS. Ou communiquer via les réseaux sociaux comme Kik ou Holla. Il y en a aussi qui utilisent Lipsi.

— C'est quoi, tout ça ? demanda Ted en se grattant la tête.

— Ce sont des applications, expliqua Rayna. Comme Snapchat et Instagram.

Yvonne acquiesça.

— Oui, plus ou moins. C'est pourquoi j'ai trouvé bizarre qu'elle m'envoie des SMS. D'autant plus qu'elle et moi ne sommes pas particulièrement proches et que ça fait deux semaines qu'elle est partie.

— Je vais rappeler. On verra bien, dit Rayna. Si Donella répondait, quel soulagement ce serait.

Elle tomba sur la boîte vocale et eut droit au message standard. « La personne que vous essayez de joindre n'est pas disponible pour le moment. Veuillez laisser un message après le bip. »

— Je ne vois pas du tout Donella faire ce genre de choses, déclara Yvonne, de plus en plus soucieuse. Pensez-vous que la personne qui m'a envoyé le SMS pourrait être celle qui la retient prisonnière ?

Rayna hocha la tête.

— C'est fort possible. Dans l'immédiat, je vais remettre ce téléphone au FBI et laisser leurs analystes s'en occuper. Yvonne, ajouta Rayna d'un ton solennel, il va falloir observer la plus grande prudence.

— Comment ça ? demanda Ted, alerté par son ton autant que par sa mise en garde.

Rayna planta son regard dans le sien.

— Je crains qu'on ne cible votre fille, dit-elle. Il est très peu probable que l'auteur du SMS soit Donella. C'est pourquoi je vous demande à tous de garder le silence à ce sujet.

— Je ne peux même pas en parler à mes amis ? demanda Yvonne, incrédule.

— Non. Pas pour l'instant. Je suis désolée.

Lorgnant son téléphone, Yvonne soupira.

— Quand pourrais-je récupérer mon téléphone ?

— Je ne sais pas, répondit Rayna en faisant la grimace. Mais je vais leur dire de se dépêcher, d'accord ?

— Non, pas d'accord. Je ne me sépare jamais de mon téléphone. J'en ai besoin tout le temps : pour le lycée et pour rester en contact avec mes amis.

— Je vais essayer de te procurer un autre téléphone, promit Ted, impressionné par sa maturité. Je le ferai inclure dans notre forfait. Mais tu devras communiquer ton nouveau numéro à tous tes contacts. Ça te va ?

— Puis-je avoir le dernier iPhone ? Yolanda en sera verte de jalousie.

Amelia éclata de rire. Rayna sourit.

— On verra, répondit Ted. Mais n'y compte pas trop étant donné que c'est un téléphone provisoire.

Déçue, Yvonne fit la moue.

— Je vais dans ma chambre si vous avez besoin de moi.

Elle quitta la pièce en boudant.

— Ah, les jeunes ! dirent de concert Ted et Amelia en échangeant un regard complice qui n'échappa pas à Rayna.

— Écoutez, dit le shérif, je ne sais pas trop quoi penser de tout ça, mais cela m'étonnerait que ce soit Donella qui ait envoyé ce SMS à Yvonne.

Elle marqua une pause et soupira avant de continuer :

— Mais allez savoir ! Il est possible qu'elle veuille informer tout le monde qu'elle va bien.

— Je doute qu'elle aille bien, dit Ted, vu que cela fait plus de deux semaines qu'elle est partie.

Rayna soupira à nouveau.

— Impossible à dire. Nous ne savons même pas si elle est partie de son plein gré ou non. Ses parents ne veulent plus coopérer avec nous, ce qui nous laisse penser qu'il y a peut-être anguille sous roche.

Ted n'en croyait pas ses oreilles.

— Ne me dites pas que vous les soupçonnez d'avoir quelque chose à voir avec la disparition de Donella ?

— Tout est possible dans un scénario comme celui-ci, dit Rayna en s'apprêtant à partir. Si vous apprenez quelque chose, tenez-moi au courant. Et pour le téléphone d'Yvonne, je vous appellerai pour que vous passiez le récupérer.

Ted la raccompagna jusqu'à sa voiture.

— Si j'ai un conseil à vous donner, Ted, dit-elle en montant dans sa voiture, c'est de garder Yvonne à l'œil. Tiraillée entre sa famille et ses copains, elle ne sait plus très bien à qui va sa loyauté.

Sur ces paroles glaçantes, Rayna démarra.

Le SMS arriva au moment où Amelia s'apprêtait à se coucher, peu de temps après le départ de Rayna. La soirée s'était merveilleusement bien passée jusqu'à ce qu'au retour de leur promenade au clair de lune, Ted et elle découvrent qu'Yvonne avait reçu un SMS d'un numéro inconnu.

La seconde mauvaise surprise avait été d'apprendre que les parents de Donella avaient cessé de coopérer avec la police. Ce n'était pas très bon signe car cela pouvait laisser penser qu'ils avaient fait du mal à leur fille.

Amelia en était là de ses pensées quand un signal sonore lui indiqua la réception d'un texto sur son téléphone. Le numéro qui s'affichait sur l'écran ne figurait pas dans ses contacts.

J'ai besoin de votre aide. Je m'appelle Donella Abernathy. Je vous ai reconnue à la télé et je sais que vous êtes psychologue. Acceptez-vous de me parler ? Retrouvez-moi au bout de votre allée. Je vous attends.

À la lecture de ce SMS, tous ses signaux d'alerte retentirent à pleine puissance. Qui était l'auteur de ce message ? Donella ou un imposteur ? Le cœur battant, elle demanda :

Où avez-vous eu mon numéro ?

Je l'ai vu sur le téléphone d'Yvonne.

Un peu bizarre mais pas impossible. Amelia n'était cependant pas convaincue d'avoir réellement affaire à Donella. Elle ne voyait vraiment pas pourquoi son correspondant se ferait passer pour Donella, mais si c'était le cas, c'était de toute évidence pour la piéger.

Aidez-moi, je vous en prie. Je ne sais plus quoi faire. J'ai écrit à Yvonne que tout allait bien mais ce n'est pas vrai. Je suis au bout du rouleau et je ne peux pas rentrer chez moi.

Ces mots ne pouvaient que faire réagir la thérapeute qu'elle était. Et ça, Simon le savait. Un grand froid l'envahit. Et si c'était un piège qu'il lui tendait en se servant d'une autre de ses victimes pour l'attirer ? Ce cinglé en était parfaitement capable. Elle espérait se tromper mais d'un autre côté, s'il l'avait retrouvée, même si tous ses instincts l'incitaient à fuir, elle était plus que prête à en finir avec lui. D'une manière ou d'une autre.

Elle récupéra le petit coffre en métal qu'elle avait caché sous son lit et composa la combinaison à quatre chiffres qui en commandait l'ouverture. Puis elle récupéra son .38 Spécial. En arrivant au Texas, la première chose qu'elle avait faite avait été de s'acheter un pistolet et d'apprendre à tirer. Elle n'était pas allée cependant jusqu'à obtenir son permis de port d'arme dissimulée car elle craignait que les formalités n'attirent l'attention sur elle.

Après avoir vérifié que l'arme était chargée, elle fixa le holster à son épaule et enfila par-dessus une veste légère.

Elle hésita à aller chercher Ted pour assurer ses arrières. Le problème, c'était que si elle tombait sur Donella, elle savait par expérience que celle-ci refuserait sans doute de parler devant quelqu'un qu'elle connaissait. Le simple fait que l'adolescente se soit adressée à elle, qu'elle n'avait jamais vue, en disait long. Amelia avait l'habitude de gérer ce genre de situations. Il fallait qu'elle y aille seule.

En priant pour que ce soit bien Donella. Mais en dehors de Simon, elle ne voyait vraiment pas qui pourrait s'en prendre à elle. Et à Yvonne, encore moins.

Maintenant, si Donella était, comme elle l'écrivait, au bout du rouleau, il était parfaitement plausible qu'elle contacte deux personnes à qui elle pensait pouvoir se fier.

Ou alors Amelia se faisait balader en beauté.

N'étant pas du genre à laisser ses doutes prendre le dessus, elle s'empara de son téléphone et répondit :

J'arrive.

Puis elle sortit de sa chambre sans bruit et longea le couloir à pas de loup. Arrivée devant la porte d'entrée, elle se figea, en proie à de nouvelles hésitations. Si l'auteur des SMS était bien Donella, qu'était devenue Heather ?

Mieux valait prévenir Ted, décida-t-elle finalement en revenant sur ses pas. Il attendrait là et n'interviendrait qu'en cas de besoin. La porte de sa chambre était fermée mais un rai de lumière filtrait par en dessous.

Elle frappa deux petits coups discrets afin de ne pas réveiller les jumelles. Au bout de ce qui lui sembla être une éternité, il entrouvrit la porte. Les cheveux en bataille, les yeux pleins de sommeil, il eut l'air surpris de la voir.

— Amelia ? Que se passe-t-il ?

Entrant d'autorité dans sa chambre, elle lui fit signe de refermer la porte avant de le mettre brièvement au courant de la situation. Elle venait juste de finir lorsqu'un autre SMS arriva.

Où êtes-vous ?

Elle répondit aussi sec :

Un petit instant.

Complètement réveillé, Ted secoua la tête.

— C'est un piège, n'y va pas, dit-il. Je suis sûr que Rayna serait de mon avis.

— Je ne sais pas quoi en penser, admit-elle. Mais à supposer que ce soit bien Donella, elle a besoin de moi. Je ne peux pas la laisser tomber.

— Et si c'est Simon ? Imagine qu'il ait enlevé les deux adolescentes et qu'il se serve d'elles pour t'appâter.

Amelia souleva un pan de sa veste pour lui montrer son pistolet.

— J'ai de quoi me défendre.

— Tu veux que je vienne avec toi ?

Sans attendre sa réponse, il se dirigea vers sa penderie, l'ouvrit et sortit son propre pistolet du coffre dans lequel il était entreposé.

— Qu'est-ce que tu fais ? demanda-t-elle, comme si ce n'était pas évident.

— On n'est jamais trop prudent. Tu es prête ?

— Oui, mais je préfère y aller seule. Si c'est Donella et qu'elle te voie, elle prendra peur et filera. Soit tu attends à l'intérieur, soit tu sors par-derrière.

Ted jura entre ses dents.

— En ce cas, je sors par-derrière, je fais le tour et je me planque sur le côté de la maison. Va retrouver Donella mais ne t'éloigne pas, compris ? Sinon, je ne pourrai pas te protéger.

— D'accord. On fait comme ça.

— Si ce n'est pas Donella ou si quelque chose ne tourne pas rond, rentre immédiatement dans la maison et ferme la porte à clé.

— D'accord, répéta Amelia, le cœur battant comme un tambour.

Ted l'attira à lui et l'embrassa sur les lèvres.

— Laisse-moi le temps de faire le tour de la maison.

Opinant, elle se dirigea vers la porte. Son téléphone bipa à nouveau.

Si vous ne venez pas, je m'en vais.

Amelia s'empressa de répondre.

Je suis là. Près de la porte d'entrée.

Puis elle prit une grande inspiration, ouvrit la porte et sortit.

Une jeune fille attendait un peu plus loin, sous le chêne.

— Donella ? demanda Amelia en la rejoignant.

Grâce au clair de lune, elle put s'assurer que l'adolescente était seule. Comme elle s'approchait, elle lut sur son visage l'indécision et le regret.

— Oui, répondit la jeune fille d'une petite voix.

— Et si on rentrait ? suggéra Amelia. On serait mieux pour parler.

— Je suis vraiment désolée, murmura Donella, au bord des larmes. Mais je ne pouvais pas faire autrement.

Un grand escogriffe à peine plus vieux qu'elle jaillit de derrière le chêne. Il avait un pistolet et le pointait sur la tête de Donella.

— Suivez-moi ou je tire, dit-il d'un ton péremptoire.

Amelia se figea.

— Qu'est-ce que vous me voulez ? demanda-t-elle sans se démonter.

Ce garçon travaillait-il pour Simon ?

— Personne ne bouge ! ordonna Ted en surgissant à son tour, arme au poing. Qu'est-ce que c'est que ce cirque ?

Donella se mit à pleurer.

— C'est eux qui m'ont obligée, bredouilla-t-elle. Heather est malade. Il faut qu'elle voie un médecin mais ils...

— La ferme, Donella ! Ou je te fais exploser le caisson.

— Qu'est-ce que vous voulez ? demanda Amelia d'une voix qu'elle voulut ferme et posée.

— Vous, répondit-il. Vous devez venir avec nous.

— Pourquoi ? C'est Simon qui vous envoie ?

Le canon de son arme toujours collé à la tempe de Donella, le garçon lui jeta un regard noir.

— Quel Simon ?

— Le Tueur de la cafétéria. Êtes-vous sous ses ordres ?

— Ils aimeraient bien, intervint Donella. Ils veulent...

— La ferme, je t'ai dit ! hurla le garçon. Tu veux que je tire, c'est ça ? Et vous, continua-t-il en s'adressant à Amelia, vous voulez sa mort ? Et celle de sa copine ?

Amelia échangea un coup d'œil avec Ted.

— Nous sommes dans une impasse, on dirait, fit-elle remarquer calmement. Ted t'abattra si tu touches à un seul cheveu de cette jeune fille. Et je ne te suivrai pas. Alors ? Tu fais quoi, maintenant ?

À en juger par son air ahuri, le garçon ne s'attendait pas à ce qu'elle refuse d'obtempérer. Il semblait être à deux doigts de vomir.

La porte d'entrée s'ouvrit et Yvonne apparut sur le seuil. En découvrant la scène, elle ouvrit de grands yeux.

— Jacob ? Qu'est-ce que tu fais là ?

— Yvonne, rentre immédiatement ! ordonna Ted. Appelle la police et demande à Rayna de rappliquer fissa.

Yvonne ne bougea pas d'un poil.

— Mais Jacob, je le connais, protesta-t-elle. C'est un de mes copains.

Puis elle vit le pistolet et la fille qu'il tenait en joue.

— Donella ? dit-elle en s'avançant vers eux. C'est toi qui m'as envoyé un SMS ?

Bien que Ted n'ait pas quitté le garçon des yeux ou abaissé son arme, le dénommé Jacob semblait très à l'aise. Un instant plus tard, un deuxième garçon apparut et attrapa Yvonne, à qui il colla un pistolet sur la nuque.

— Et maintenant ? lança-t-il d'un ton de défi. Si vous ne venez pas, Amelia, nous emmenons Yvonne.

— Lâchez ma fille ! ordonna Ted.

— Je vous suis, déclara Amelia. Où est votre voiture ?

Jacob commença à reculer. Il tenait toujours Donella.

— La camionnette noire, dit-il. Montez dedans.

Amelia s'exécuta. Ils avaient laissé tourner le moteur.

Puis elle regarda, horrifiée, l'autre garçon tirer Yvonne vers la camionnette.

— C'est elle ou moi, protesta-t-elle. Laissez-la partir.

Jacob la poussa sans ménagement dans le véhicule avant de faire monter Donella. Puis il se mit au volant et passa la première.

— Grouille-toi ! cria-t-il à son copain.

Lorsque celui-ci grimpa dans la camionnette, il envoya valdinguer Yvonne, qui tomba sur le dos au moment où Jacob écrasait la pédale d'accélérateur. La camionnette n'ayant pas de fenêtre à l'arrière, Amelia ne vit pas grand-chose. Elle aperçut Ted qui courait vers sa fille pour l'aider à se relever. Puis la camionnette prit un virage serré à droite et Amelia fut projetée sur Donella, qui pleurait toutes les larmes de son corps.

12

Après s'être assuré qu'Yvonne n'avait rien de cassé, Ted fonça vers son pick-up, avant de regagner la maison dare-dare quand il s'aperçut qu'il n'avait pas de clé. Lorsqu'il ressortit, la camionnette avait disparu.

Il allait se lancer à sa poursuite mais Yvonne le stoppa dans son élan.

— Regarde ! Ils t'ont lacéré tes pneus.

Il se retint de jurer et de hurler quand il comprit qu'Yvonne était au bord de la crise de nerfs.

— Tout est ma faute, se lamenta l'adolescente. Et moi qui pensais m'être fait de nouveaux copains !

Tout en serrant dans ses bras sa fille éplorée, Ted appela Rayna sur sa ligne personnelle. Il était encore sous le choc et ses doigts tremblaient. En quelques mots, il lui expliqua ce qui s'était passé.

— Ne bougez pas. J'arrive tout de suite.

Il s'assit sur les marches du perron, un bras autour des épaules d'Yvonne, inconsolable, et attendit l'arrivée du shérif.

Moins de cinq minutes plus tard, des phares brillèrent au bout de l'allée.

Rayna s'éjecta de sa voiture de patrouille et les rejoignit en deux enjambées.

— Rentrons ! ordonna-t-elle en jetant des regards inquiets autour d'eux, comme si elle s'attendait à voir surgir une horde de malfaiteurs prêts à leur sauter à la gorge.

Lorsqu'ils furent dans la cuisine, elle se retourna vers la porte, à moitié rassurée.

— Les médias ont été prévenus, dit-elle, le visage sombre. Sans doute par ce Jacob. Il essaie de faire croire que son coup d'éclat a un rapport avec le Tueur de la cafétéria.

— Comment ça ? demanda Ted. Dans quel but ?

— Je n'en sais rien, mais au bureau, les appels affluent. Ce qui signifie que Jacob, ou qui que ce soit, a rancardé différents médias, locaux et nationaux. Je vais devoir préparer un communiqué. En attendant, inutile de vous dire qu'Amelia est en très mauvaise posture.

— Parce qu'ils risquent de lui faire du mal ? demanda Yvonne, les yeux pleins de larmes.

— Non. Ils ne lui feront rien, répondit Rayna. Ils l'ont enlevée pour une tout autre raison. Ils essaient juste d'attirer l'attention de quelqu'un.

Polarisé sur le fait qu'Amelia avait été enlevée par deux jeunes voyous armés, Ted mit quelques secondes à comprendre qui était le *quelqu'un* dont parlait Rayna.

— Et merde ! Quand le portrait d'Amelia fera la une de tous les journaux, Simon saura où elle se trouve.

— Exactement, dit Rayna.

— Que se passe-t-il ? demanda Yolanda depuis le seuil de la cuisine en les regardant tour à tour.

Après s'être séché les yeux et mouché, Yvonne la mit au courant.

— Si j'ai bien compris, Donella va bien, Heather est très malade et Jacob aurait quelque chose à voir avec leur disparition. Et il vient de kidnapper Amelia. C'est bien ça ?

— Exactement, acquiesça Ted.

— Pourquoi Jacob s'en prend-il à Amelia ? demanda Yvonne. Et qui est Simon ?

À peine eut-elle posé la question qu'elle en devina la réponse.

— Pas Simon le Tueur de la cafétéria ?

Ted acquiesça d'un hochement de tête.

— Amelia a été la seule de ses victimes à réussir à s'enfuir. Elle a témoigné contre lui.

— Et Simon a juré de le lui faire payer, ajouta Rayna. Jusqu'ici, Amelia a réussi à lui échapper. Mais quand les médias vont relater son enlèvement, il saura qu'elle est ici.

— Oh là là ! s'exclama Yolanda. Je savais bien que son visage me disait quelque chose.

— Oui, dit Rayna avec un petit sourire crispé. Je trouve bizarre qu'il n'y ait pas plus de gens qui l'aient reconnue. C'était ce qu'elle redoutait le plus : être démasquée. Et maintenant, à cause de ces crétins, Simon va savoir où elle est.

— Amelia vivait dans la crainte qu'il ne la retrouve, dit Ted.

— Il faut faire quelque chose, déclara Yvonne. Jacob est complètement obsédé par le Tueur de la cafétéria, mais je ne comprends pas pourquoi il va aussi loin. D'autant plus qu'à une époque, Donella et lui étaient ensemble.

— Un de mes adjoints va aller chercher ses parents, dit Rayna. J'espère qu'ils auront une idée de l'endroit où Jacob a pu cacher ses deux camarades.

— Jacob est un de tes nouveaux potes, non ? demanda Yolanda.

— Il fait partie de la bande, répondit Yvonne. Il avait l'air sympa. Jamais je n'aurais pensé qu'il ferait un truc pareil.

— Qui était l'autre type ? demanda Ted.

— Lincoln Frazier, le meilleur ami de Jacob. Quand ils ont su que j'allais faire un exposé sur le Tueur de la cafétéria, ils l'ont très mal pris. Ils ont même proposé de me payer pour que je leur refile l'exposé. J'ai d'abord cru à une plaisanterie mais ils étaient tout ce qu'il y a de plus sérieux.

Rayna regarda son téléphone, qui venait de biper.

— Il faut que j'y aille. Fermez les portes à double tour et restez à l'intérieur. Dès que j'en sais plus, je vous appelle.

Après son départ, Ted verrouilla la porte d'entrée et la porte de derrière. Puis, malgré l'heure tardive, il appela Floyd, à qui il laissa un message. Il voulait que le lendemain matin à la première heure, Floyd le conduise en ville pour qu'il puisse faire changer ses pneus.

Lorsqu'il eut terminé, il se mit à marcher de long en large comme un fauve en cage, incapable de rester en place. Il ne supportait pas de savoir Amelia en danger et de ne rien pouvoir faire pour lui venir en aide. Les jumelles l'observaient en silence. Il comprit à leurs grands yeux effarés qu'elles avaient besoin d'être rassurées, aussi finit-il par s'asseoir sur le canapé et par leur faire signe de venir près de lui.

Après avoir échangé un regard, elles vinrent s'asseoir à côté de lui, l'une à sa droite et l'autre à sa gauche.

— Parle-moi de ces garçons, Yvonne, dit-il au bout de quelques minutes. Dis-moi tout ce que tu sais à leur sujet. Il faut qu'on retrouve Amelia avant qu'il ne lui arrive malheur.

Elle hocha la tête.

— J'ai l'impression qu'ils ne se rendent pas compte que ce Simon est un monstre. Si Amelia n'avait pas attiré mon attention sur ce qu'il avait fait endurer à ses victimes, sur son sadisme et sa cruauté, je ne l'aurais peut-être pas compris non plus. Au début, l'exposé était un peu comme un jeu vidéo – avec de l'action et du suspense. C'était plutôt marrant.

— *Marrant* ? répéta Ted, incrédule.

— Ça ne semblait pas réel, expliqua Yvonne en haussant les épaules. Et pour Jacob et Lincoln, ça ne l'est toujours pas. Je parie qu'il ne leur est même pas venu à l'esprit que Simon pourrait vouloir leur faire la peau, à eux aussi.

Yolanda poussa un cri.

— Je n'y avais pas pensé non plus. Mais on sait que le Tueur ne laisse aucune chance à ses victimes. À part Amelia, elles sont toutes mortes.

Savoir qu'Amelia risquait de retomber entre les griffes du psychopathe était un véritable supplice pour Ted. Il serait devenu fou s'il n'avait pas su qu'elle était armée.

— Tu t'inquiètes pour elle, n'est-ce pas ? demanda Yolanda.

— Oui, admit-il sans détour. Je me demande où ils ont bien pu l'emmener.

— Je ne pense pas qu'ils lui fassent du mal, dit Yolanda.

— Moi non plus, déclara Yvonne. Ce qui m'inquiète, c'est ce qui se passera s'ils arrivent à attirer l'attention du Tueur.

Ted pensa à toutes les précautions qu'Amelia avait prises

pour échapper au psychopathe, à ses itinéraires de délestage en cas de fuite précipitée, et aussi à ses baisers passionnés. Il ne supportait pas l'idée qu'il puisse lui arriver quelque chose.

— Tu tiens à elle, affirma Yolanda, toujours aussi perspicace.

Il acquiesça.

— Pas vous ? demanda-t-il.

À nouveau, les jumelles se consultèrent du regard.

— Si, nous aussi, répondirent-elles d'une seule voix en se blottissant contre lui.

Soudain, Yvonne bondit sur ses pieds.

— Mais j'y pense ! s'exclama-t-elle. Je crois savoir où se trouve leur planque. Lincoln et Jacob parlaient toujours de monter un club-house dans le cabanon de chasse que loue à l'année la famille de Lincoln. À part pendant la saison de chasse, le cabanon est vide.

— La chasse sera bientôt ouverte, fit remarquer Ted.

— Pas avant quelques jours. Je suis sûre que c'est là qu'ils ont emmené Amelia et les filles.

— On peut toujours aller voir, dit Ted. Tu sais où se trouve ce cabanon ?

L'enthousiasme d'Yvonne retomba comme un soufflé.

— Tout ce que je peux dire, c'est qu'il n'est pas très loin. Mais il suffit que Rayna questionne les parents de Lincoln.

Ted s'empressa d'appeler Rayna.

— Les parents des deux garçons m'attendent dans mon bureau. Je vais leur parler mais je dois d'abord briefer le FBI.

— Le FBI ?

— Oui. Dès que le bruit a couru qu'un kidnapping avait eu lieu, un agent fédéral avec qui j'ai déjà eu l'occasion de travailler m'a contactée. Quand les deux agents qui ont été dépêchés ici pour nous donner un coup de main découvriront qui est réellement Amelia, ils n'ont pas fini de me bombarder de questions.

Ted jura.

— J'espère qu'elle va bien.

— Ne vous inquiétez pas. Ces petits voyous ne lui feront aucun mal. Ils vont se servir d'elle comme appât. C'est Simon

Barron qui les intéresse, pas Amelia. Dès que j'ai l'adresse de ce cabanon de chasse, je passe vous chercher et on y va.

— Je vous attends. Prévenez-moi quand vous serez en route.

— D'accord. À tout à l'heure.

Pour tuer le temps, Ted décida de se documenter sur Simon Barron.

— Yvonne ? Est-ce que je peux voir ton exposé sur le Tueur de la cafétéria ?

— Je vais te chercher mon brouillon, dit-elle en filant dans sa chambre.

Elle revint avec un classeur d'une dizaine de pages.

— Tiens. Tout est là-dedans, dit-elle en le lui tendant.

— Merci.

Ted s'absorba aussitôt dans le récit des méfaits du tueur. Yvonne avait fait du bon boulot, ce qui lui vaudrait sans aucun doute une très bonne note. Elle s'était bien documentée, piochant ses infos dans différents types de médias : presse écrite, télévision, Internet. Aux dires de tous, Simon Barron était un homme charmant bien qu'assez quelconque, le genre d'hommes qui pouvait facilement passer inaperçu. Ni beau ni laid, passe-partout. Ted pensa que la plupart des gens qui l'avaient rencontré seraient incapables de le décrire.

Comme beaucoup de tueurs en série, enfant, Simon s'était amusé à écraser des insectes. Puis il s'en était pris à des animaux un peu plus gros, qu'il prenait plaisir à torturer. Jusqu'à ce qu'un jour, au collège, on le surprenne en train de malmener un élève plus jeune.

Au fil des années, il avait perfectionné sa technique. Il choisissait ses victimes parmi les étudiantes studieuses et introverties, qui avaient tendance à se cacher derrière leurs livres et leurs ordinateurs. Il se débrouillait pour devenir leur meilleur ami. Avec son physique quelconque et sa bonhomie, il n'avait aucun mal à gagner leur confiance. Il avait rencontré la plupart d'entre elles à la cafétéria – d'où son surnom. Il prenait le temps de les apprivoiser en bavardant avec elle de choses et d'autres et en travaillant à leurs côtés. Il veillait à garder ses distances afin de ne pas les effaroucher. Lorsqu'il se décidait à passer à la vitesse supérieure, elles ne se doutaient absolument pas de ce qui les attendait.

À la lecture des sévices que ces malheureuses avaient subis, Ted sentit son cœur se soulever. Bien qu'Yvonne ne les eût pas décrits dans les moindres détails, on imaginait très bien le tableau.

Contrairement à ses autres victimes, il n'avait pas rencontré Amelia Fergusson à la cafétéria. Amelia était sa psychothérapeute, à qui il confiait ses secrets les plus intimes et les plus inavouables.

Ted fut surpris qu'Yvonne n'ait pas fait le rapprochement entre cette Amelia et la *leur*.

Fidèle à sa bonne vieille méthode, Simon avait cherché à s'attirer la sympathie d'Amelia. Le piège s'était alors refermé sur elle.

Ted interrompit sa lecture, pas très sûr d'avoir envie de savoir ce que Simon avait fait à Amelia.

— Tu peux continuer, papa, dit Yvonne, qui lisait par-dessus son épaule. Elle s'est enfuie avant qu'il puisse vraiment lui faire du mal.

— Tant mieux.

Les dernières pages ne lui apprirent rien qu'il ne savait déjà. Amélia avait témoigné. Simon avait été condamné à la prison à perpétuité mais il s'était évadé. Au tribunal, lorsque le verdict avait été rendu, il avait juré de se venger. Yvonne avait conclu son exposé en disant qu'il ne s'agissait probablement pas de menaces en l'air et que maintenant qu'il était en cavale, Amelia Fergusson avait du souci à se faire.

Son téléphone sonna. C'était Rayna.

— Nous avons l'adresse. Nous nous y rendons tout de suite. Attendez-nous devant chez vous ; nous vous prendrons au passage. À tout de suite.

Yolanda et Yvonne le regardaient d'un air anxieux, comme si elles s'attendaient à une mauvaise nouvelle.

— Rayna passe me prendre. On va essayer de retrouver Amelia. Ne bougez pas d'ici. Est-ce que c'est compris ?

Elles opinèrent.

— Je peux venir ? demanda Yvonne. Tout cela est un peu ma faute, dans le fond.

— Tu n'y es pour rien, ma puce. Tu ne pouvais pas deviner que ces garçons feraient une chose pareille. Il est hors de question que tu viennes. Rayna fait déjà une entorse au règlement en m'emmenant avec elle. Mais je te promets de vous appeler pour vous tenir au courant. D'accord ?

À sa mine boudeuse, il comprit qu'elle était déçue.

— Oui, d'accord, répondit Yolanda en donnant un coup de coude à sa sœur. Ramène-nous Amelia. C'est tout ce qu'on te demande.

Se penchant vers l'avant, Amelia scrutait la route à travers le parebrise, à la recherche d'un panneau qui lui permettrait de se repérer, mais en dehors des phares des autres automobilistes, elle ne voyait pas grand-chose.

Donella s'était arrêtée de pleurer mais restait prostrée dans son coin.

— Pourquoi faites-vous ça ? demanda Amelia.

Au lieu de répondre, Jacob monta le son de la radio. De la musique discordante se mit à beugler dans l'habitacle de la camionnette. Donella se ratatina un peu plus sur la banquette.

Ils finirent par sortir de l'autoroute pour s'engager un peu plus loin sur un chemin de terre. Jacob conduisait vite malgré l'état de la chaussée, pleine de bosses et de nids-de-poule. À l'arrière de la camionnette, Amelia et Donella étaient secouées comme des pruniers. Comme il n'y avait pas d'éclairage urbain, il faisait nuit noire.

— Ralentis, dit l'autre garçon en mettant la musique moins fort. Il va falloir prendre à droite bientôt.

Se penchant vers Donella, Amelia demanda tout bas :

— Où nous emmènent-ils ?

Donella releva la tête.

— Dans le cabanon de chasse des parents de Lincoln,

répondit-elle en désignant du menton le garçon assis sur le siège passager. La saison de chasse ne commençant pas avant le 3 novembre, ils ont le cabanon pour eux tout seuls.

Le 3 novembre, c'était bientôt. Quel que soit leur plan, les deux voyous videraient les lieux avant cette date.

— Heather et toi êtes là depuis le début ?

— Ouais. Les premiers jours, c'était sympa. Puis Heather est tombée malade. Son état a empiré mais Jacob et Lincoln ont refusé de l'emmener chez le médecin. Elle a de plus en plus de mal à respirer. Je pense qu'il faut qu'elle aille aux urgences.

— Les garçons sont en permanence avec vous ?

— Non, pas la nuit.

— Qu'est-ce que vous complotez dans notre dos, toutes les deux ? demanda Lincoln en se retournant.

— Rien, marmonna Donella.

La camionnette s'arrêta enfin devant une cabane en bois très rustique, avec un toit en tôle ondulée. Voyant qu'il y avait de la lumière à l'intérieur, Amelia en déduisit que la cabane était branchée au réseau électrique.

— Bienvenue dans votre nouvelle maison, Amelia, dit Jacob avec un sourire en coin exaspérant. Venez. Vous saurez peut-être quoi faire pour soulager Heather. Elle ne va pas très bien.

— Pas très bien ? s'indigna Donella. Elle doit consulter un médecin de toute urgence.

— Pas question ! répliqua Jacob. Tout le monde est au courant de votre disparition. Si elle refait surface, les gens vont commencer à se poser des questions.

— C'est possible, mais ils vont s'en poser de toute façon maintenant que vous avez kidnappé Amelia sous les yeux du père d'Yvonne !

Lincoln ne releva pas. Ouvrant la portière, il leur fit signe de descendre.

À l'intérieur, la cabane était propre et bien rangée. Il y avait du parquet et les murs étaient lambrissés. Un poêle à bois trônait au milieu. Sur le plan de travail de la kitchenette s'entassaient des sacs, des boîtes et des assiettes en carton.

— Où est Heather ? demanda Amelia.

— Dans la chambre.

Donella la prit par le bras et l'emmena dans la pièce d'à-côté. Un lit double occupait presque tout l'espace. Une forme se dessinait sous les couvertures. Totalement immobile.

Donella alluma la lumière et un court instant, Amelia se demanda, horrifiée, si Heather respirait encore. Puis une quinte de toux secoua l'adolescente, qui s'assit dans le lit pour ne pas s'étouffer. Sa respiration était rauque et sifflante.

Amelia toucha son front.

— Elle est brûlante de fièvre.

— Qu'est-ce qu'elle a, d'après vous ? demanda Donella.

— Sans doute une pneumonie, murmura Amelia. Il faut l'emmener à l'hôpital.

Visiblement épuisée, Heather ferma les yeux et s'enfouit à nouveau sous les couvertures.

— Je lui ai donné des antibiotiques, dit Lincoln, qui les avait rejointes dans la chambre. Ma mère en avait dans son armoire à pharmacie.

Amelia tiqua.

— Quoi, comme antibiotiques ?

Il haussa les épaules.

— En tout cas, ils n'ont pas fait effet. Je pense même que depuis qu'elle les a pris, son état s'est aggravé.

— Lincoln ! appela Jacob. Amène Amelia ici ! C'est l'heure de la photo.

Lincoln la prit par le bras et la ramena dans la pièce principale. Puis il lui tendit un journal.

— Tenez ça devant vous et mettez-vous contre le mur.

Son smartphone à la main, Jacob s'apprêtait à la prendre en photo.

— Vous ne mesurez pas la portée de vos actes, dit-elle aux deux adolescents. Simon est un dangereux psychopathe.

— C'est un vrai boss, déclara Jacob avec une telle ferveur dans la voix qu'elle ne put réprimer un frisson. Nous sommes impatients de recevoir notre récompense.

— Quelle récompense ? railla Amelia. Il est probable qu'il vous torturera et vous tuera tous les deux. Sans raison, juste pour le plaisir. Avez-vous la moindre idée des sévices qu'il a fait subir à ses victimes avant de les achever ?

Jacob parut déstabilisé mais très vite, il se ressaisit et regarda sa montre.

— On ne vous croit pas, dit-il.

Amelia cherchait à gagner du temps.

— Quelle heure est-il ? Vous n'allez pas envoyer la photo aux médias à 2 heures du matin. C'est n'importe quoi.

— Au contraire, répliqua Jacob. Si on veut qu'elle fasse la une demain matin, c'est maintenant qu'il faut l'envoyer.

— Réfléchissez, supplia Amelia en désespoir de cause.

— Prenez ce journal et mettez-vous contre le mur ! ordonna Lincoln. On ne va pas y passer la nuit.

— Et si je refuse ?

Amelia avait toujours son pistolet, caché sous sa veste.

Lincoln jeta le journal par terre avec rage et attrapa Donella par le bras si brutalement qu'elle poussa un cri de douleur.

— En ce cas, elle va morfler.

Sous les yeux épouvantés d'Amelia, il tordit le bras de sa camarade, qui se mit à hurler.

— Je n'hésiterai pas à l'abattre, dit-il en agitant son pistolet.

Amelia fut tentée de dégainer son arme mais l'éclat inquiétant qui brillait dans les yeux de Lincoln l'en dissuada. Il n'attendait peut-être que ça. Une bonne fusillade. Lincoln était probablement aussi cinglé que Simon. Pas étonnant qu'il l'admire, songea-t-elle.

Jacob ramassa le journal et le lui tendit.

— Faites ce qu'on vous dit.

Elle obéit de mauvaise grâce.

— Si Heather meurt, dit-elle entre ses dents serrées, vous serez accusé d'homicide involontaire.

— Elle ne mourra pas, répliqua-t-il en prenant plusieurs photos d'Amelia. Je la connais depuis le CE1. Elle attrape toujours la crève à cette époque de l'année.

— Peut-être, mais elle allait chez le médecin et elle prenait des médicaments, fit remarquer Donella d'un ton cinglant. On ne peut pas la laisser comme ça. Elle a de plus en plus de mal à respirer.

Jacob faisait défiler les photos sur son téléphone.

— Parfait, exulta-t-il. Dans une minute, tous les médias seront en possession de ces clichés. Ils vont se régaler.

Le cœur d'Amelia manqua un battement.

— Qu'ont-ils à faire de ma photo ?

Sa question le fit rire.

— Depuis que vous avez disparu, les gens se demandent ce qui vous est arrivé. Maintenant ils sauront. Je vois déjà les gros titres. Tueur de la cafétéria : le témoin disparu refait surface.

— On pourrait faire croire que c'est le Tueur qui l'a attrapée, suggéra Lincoln. L'impact n'en serait que plus grand.

— Bien vu, dit Jacob. Je m'en occupe tout de suite.

S'écartant de Lincoln, qui ne chercha pas à la retenir, Donella dévisagea Jacob comme si elle pensait qu'il avait perdu la raison.

— J'espère que tu sais que la police peut tracer ton téléphone, dit-elle.

— Non, impossible. C'est un téléphone jetable, acheté à Walmart.

— Bien vu, railla-t-elle. Je vais voir comment va Heather.

— Si vous avez fini, dit Amelia, j'y vais aussi.

Jacob leva à peine les yeux de son smartphone.

— OK.

Dans la chambre, Donella s'assit sur le bord du lit.

— Quand vont-ils se décider à ficher le camp ? demanda Amelia à voix basse en s'asseyant à côté d'elle.

Bâillant à s'en décrocher la mâchoire, Donella s'allongea à côté de Heather, qui ne réagit pas.

— Ils ne devraient pas tarder, répondit-elle.

— Pourquoi n'es-tu pas partie ? Tu aurais pu.

Donella baissa la tête.

— Parce qu'on trouvait ça cool, au début, et qu'on voulait se faire bien voir. Mais j'aimerais bien rentrer, maintenant.

Soulagée, Amelia tapota l'épaule de Donella.

— J'espère qu'ils vont s'en aller et que nous pourrons filer.

— Je trouve bizarre qu'ils soient encore là. Je parie qu'ils ont peur de vous laisser seule ici avec nous.

Ils n'étaient pas idiots et devaient bien se douter qu'Amelia tenterait de s'enfuir. Mais sans doute s'attendaient-ils aussi à ce que, tôt ou tard, la police leur tombe dessus. Ce qui vaudrait largement mieux pour eux que si Simon arrivait le premier.

Avec un peu de chance, Rayna serait là avant.

À pas de loup, Amelia alla jeter un coup d'œil dans la pièce principale. Les deux garçons s'étaient endormis sur le canapé. Lincoln avait gardé son arme sur ses genoux.

Elle envisagea de la lui subtiliser mais c'était trop risqué. Il ne dormait peut-être qu'à moitié. Elle pouvait aussi se glisser derrière lui et lui enfoncer le canon de son propre pistolet dans la nuque. Sauf que si Jacob était armé, il risquait de tirer sur les filles.

Un crissement de pneus sur le gravier mit brusquement fin à ses interrogations. Des phares illuminèrent brièvement la façade du cabanon. Rayna ? songea Amelia, le cœur battant.

Les deux garçons commencèrent à se réveiller.

— C'était quoi ce… marmonna Jacob.

Il n'eut pas le temps de finir sa phrase. La porte d'entrée fut enfoncée d'un coup d'épaule.

— FBI et bureau du shérif. Les mains en l'air ! ordonna Rayna en entrant, sa collègue du FBI sur ses talons, toutes deux armées.

Par réflexe, Lincoln saisit son pistolet.

— Pose ça tout de suite, dit Amelia. Tu ne vas tout de même pas tirer sur le shérif !

— Lincoln ? appela une voix féminine de l'extérieur. Qu'est-ce qui te prend ? Sors immédiatement !

Le garçon devint blanc comme un linge.

— C'est ma mère, bredouilla-t-il. Qu'est-ce qu'elle fait là ?

— Tes parents sont là tous les deux, mon garçon, expliqua Rayna sans cesser de le tenir en joue. Allez, baisse ton arme.

Pétrifié, il ne bougea pas d'un pouce.

— Baisse ton arme, bon sang ! aboya Rayna. Ou je tire.

Lincoln obéit. Pendant que Rayna lui passait les menottes, un adjoint s'occupait de Jacob. Dès que les deux garçons eurent été neutralisés, des urgentistes entrèrent pour prendre en charge Heather. Amelia se jeta dans les bras de Ted, qui la serra contre lui à l'étouffer.

— Tu n'as plus rien à craindre, murmura-t-il.

Elle ne demandait qu'à le croire.

13

Rayna et les urgentistes voulant absolument qu'elle se fasse examiner, Amelia avait fini par accepter de se rendre à l'hôpital, où Ted l'accompagna.

Il était presque 4 heures du matin. Les jumelles devaient dormir, aussi se contenta-t-il de leur envoyer des SMS. Ni l'une ni l'autre ne répondit, ce qui le conforta dans l'idée qu'elles dormaient.

— J'ai appelé tes parents, dit Rayna en se tournant vers Donella. Ils vont te retrouver à l'hôpital.

— Je ne veux pas les voir, déclara l'adolescente en détachant chaque mot pour que le message soit bien clair. Ils sont à côté de la plaque. Ils veulent me faire exorciser.

Ted et Rayna échangèrent un regard.

— Ah oui ? dit Rayna d'un ton qu'elle voulut désinvolte. Quel âge as-tu ?

— Dix-sept ans. J'en aurai dix-huit dans cinq mois.

— Tu as l'âge d'être consultée pour tout ce qui touche à ta santé. Je me charge d'en informer tes parents.

— Il faut qu'elle voie un psy, intervint Amelia. Après tout ce qu'elle a subi, elle en a grand besoin.

— Mes parents ne veulent pas en entendre parler. Ils sont persuadés que ça ne servirait à rien, expliqua Donella.

— Viens avec moi, dit Rayna en lui tendant la main. Allons d'abord nous assurer que tout va bien. Nous reparlerons de tout ça après. Viens aussi, ajouta-t-elle à l'attention d'Amelia.

— Pas la peine. J'attends ici avec Ted.

Rayna secoua la tête pour marquer sa désapprobation mais elle n'insista pas.

— Nous ferions mieux de nous asseoir, suggéra Ted dès qu'ils furent seuls.

Amelia se laissa tomber sur la première chaise qu'ils rencontrèrent dans le hall d'accueil de l'hôpital.

— Tu es sûre que ça va ? demanda-t-il, inquiet.

— Oui, je suis juste un peu secouée. Après ce qui s'est passé, je vais être obligée de partir. Dès que possible.

À ces mots, il sentit ses entrailles se nouer.

— Voyons ce qu'en pense Rayna. Elle pourra peut-être empêcher la diffusion des photos.

Amelia ne réagissant pas, il prit sa main dans la sienne. Elle entremêla ses doigts aux siens et posa sa tête sur son épaule. Il était le plus heureux des hommes.

Quelques minutes plus tard, Rayna reparut. Seule.

— J'ai une bonne et une mauvaise nouvelle, annonça-t-elle. Laquelle voulez-vous en premier ?

— La bonne, répondit Amelia en se carrant sur sa chaise.

— Donella va bien. Elle est juste un peu déshydratée. Heather va passer quelques jours à l'hôpital. Elle a une pneumonie mais comme elle est jeune et en bonne santé par ailleurs, elle guérira vite.

— Quel soulagement ! dit Amelia. Elle semblait si mal en point. J'ai eu vraiment peur.

Ted serra ses doigts plus fort, n'osant pas la prendre dans ses bras pour la réconforter.

— Au tour de la mauvaise nouvelle, maintenant, dit Rayna en les fixant tour à tour, son regard s'attardant un instant sur leurs doigts entrelacés. Les médias se sont déjà emparés de l'affaire. Il est trop tard pour empêcher la diffusion des photos.

— Simon va savoir où je me trouve, dit Amelia d'une voix blanche.

— Nous sommes là, dit Rayna, se voulant rassurante. Le FBI

va missionner deux agents qui seront exclusivement chargés de ta protection.

Amelia acquiesça mais à son air lointain, Ted comprit qu'elle était déjà en train d'échafauder un plan pour échapper au Tueur.

Quelqu'un appela Rayna par son nom, attirant son attention.

— Je reviens tout de suite, dit-elle avant d'aller rejoindre la personne qui l'avait interpellée.

— Partir n'est pas une solution, dit Ted à Amelia sans grande conviction.

Il ne s'était jamais trouvé dans ce genre de situations et si l'une de ses filles était à la place d'Amelia, il ne savait vraiment pas ce qu'il ferait. Sans doute serait-il tenté de les faire monter dans sa voiture et de partir le plus loin possible…

— Ah bon ? lança Amelia d'un ton acerbe qui disait combien elle était à cran. J'étais justement en train de penser que je n'aurai même pas le temps d'aller récupérer mes affaires. Il va falloir que je me contente des vêtements que je porte et de mon sac à main. C'est ce qu'on appelle un départ précipité.

Se rapprochant, il la prit dans ses bras. Au bout de quelques secondes, elle se dégagea et plongea son regard dans le sien.

— Ni le shérif ni le FBI ne pourront me protéger une fois que Simon saura où me trouver. Je dois partir ; je n'ai pas le choix. Je ne veux pas risquer de mettre en danger qui que ce soit.

Ted allait protester mais il repensa à l'exposé d'Yvonne et hocha la tête.

— J'espère que cette fois, ils abattront ce salopard, dit-il.

— Moi aussi. Si ça ne t'ennuie pas de me conduire à ma voiture, je partirai dans la foulée.

— Elle est restée au ranch. Tant qu'à retourner là-bas, autant entrer prendre tes affaires.

— Simon est sans doute déjà en route. Malgré la distance, il sera vite là.

La résignation qu'il lut dans ses yeux lui brisa le cœur.

— Et si nous te cachions quelque part ? Pas besoin que ce soit très loin, surtout si nous faisons croire que tu es partie. Nous pourrions envoyer Simon dans la mauvaise direction.

Soudain beaucoup moins pressée de s'en aller, Amelia l'écoutait avec attention.

— Ça se tente. J'en ai tellement marre de fuir ce cinglé.

Rayna revint. Les regardant tour à tour, elle demanda :

— Que se passe-t-il ?

— Ted a un plan, expliqua Amelia. Un plan très malin. Mais je veux aller encore plus loin. Tendons un piège à Simon.

Épouvanté, Ted commença à protester, mais devant la détermination d'Amelia, il comprit qu'il perdait son temps.

Rayna, cependant, ne semblait pas convaincue.

— C'est trop risqué, déclara-t-elle. Tu es une simple citoyenne, pas un flic. Pas question de te laisser devenir une victime sacrificielle.

Se levant, Amelia glissa une mèche rebelle derrière son oreille.

— Je sais tirer, dit-elle. En plus, je suis plutôt douée.

Se tournant légèrement, elle montra à Rayna le pistolet qu'elle cachait sous sa veste.

— Ne te méprends pas, continua-t-elle. J'ai peur. Simon me terrifie. Mais il me traquera jour et nuit et ne me laissera jamais aucun répit. Tu me vois passer le reste de ma vie à fuir ?

Rayna secoua lentement la tête.

— Laisse-moi aller demander à mes deux collègues du FBI ce qu'ils en pensent.

— Attends, dit Amelia. Moins il y aura de gens au courant, mieux ce sera. Si tu veux, je fais ça seule. Comme ça, s'il arrive quelque chose, toi et tes services ne serez pas impliqués.

— Tu plaisantes. Il est hors de question que je te laisse tomber. Non seulement tu fais partie des citoyens que je suis censée protéger, mais en plus, tu es mon amie.

Ted eut l'impression de voir les yeux d'Amelia s'embuer.

— Mes services vont collaborer avec le FBI, continua Rayna. Dès que nous aurons élaboré un plan qui tient la route, nous nous effacerons tous et te laisserons sur le devant de la scène, mais sache que tu ne seras jamais seule.

— Oh ! que non ! ajouta Ted en se levant.

Se sentant obligé de faire lui aussi preuve de courage, il

s'approcha d'Amelia et passa un bras autour de ses épaules. Et lorsqu'elle leva vers lui un regard interrogateur, il l'embrassa. Un baiser langoureux et passionné qui, espérait-il, ne laissait planer aucun doute sur ses sentiments envers elle.

Quand ils se séparèrent, ils avaient tous deux le souffle court.

— Voilà qui fait plaisir à voir ! dit Rayna en riant. Attendez-moi ici. Je vais parler à mes collègues du FBI.

Dès que Rayna se fut éloignée, Amelia demanda :

— Qu'est-ce qui t'a pris ?

— Il m'a pris que je...

— Non, ne dis rien, l'interrompit Amelia en posant un doigt sur ses lèvres. Je préfère ne pas savoir. Il faut que je reste concentrée. C'est plus que jamais une question de vie ou de mort.

— Oui, tu as raison. Tout ce que je te demande, c'est de faire attention à toi, dit Ted.

Son regard rivé au sien, elle hocha lentement la tête.

Rayna revint avec un homme et une femme à la mine sombre portant des coupe-vent noirs siglés FBI.

— Je te présente les agents Smalley et Figeroa, qui sont loin d'être emballés par ton plan, autant que tu le saches.

— Ça tombe bien, déclara Amelia. Parce que je ne tiens pas à ce qu'ils soient impliqués.

— Vous n'avez pas vraiment votre mot à dire, répliqua Figeroa. Si nous décidons d'intervenir, je vous demanderai de suivre nos directives à la lettre. Nous avons un plan à vous proposer, bien meilleur et beaucoup moins risqué que le vôtre.

Amelia ouvrait la bouche pour protester mais Rayna lui coupa l'herbe sous le pied.

— Il faut leur faire confiance, Amelia. Ils savent ce qu'ils font. Avec eux – et moi, accessoirement –, tu es pratiquement sûre de réussir ton coup. Et surtout, de ne pas y laisser ta peau.

— Absolument, dit l'agent Smalley. Si vous devez servir d'appât, il va falloir mettre en place un dispositif qui garantisse avant tout votre sécurité.

— Simon va flairer le piège à cent lieues, objecta Amelia.

— Pour déjouer sa méfiance, nous devons faire comme si de rien n'était. Tu vas retourner au ranch et…

— Non, coupa Ted. J'ai deux filles de quinze ans. Il est hors de question de les mettre en danger.

Les deux agents échangèrent un regard.

— Où sont-elles, en ce moment, monsieur Sanders ?

Mal à l'aise, il les regarda tour à tour.

— À la maison. Pourquoi ?

L'agent Figeroa jeta un coup d'œil à sa montre.

— Il faut aller les chercher. Je me trompe peut-être mais il y a de grandes chances pour que Simon Barron ait déjà eu connaissance de l'endroit où vit Mme Fergusson.

Ted se figea.

— Comment ? demanda-t-il dans un souffle.

— Via les réseaux sociaux. Ces fichus lycéens ont publié une photo du ranch avec la légende « C'est là qu'Amelia a trouvé refuge. »

Au bord de la nausée, Ted déglutit.

— Il a raison, murmura Amelia. Simon est sans doute déjà en route pour le ranch.

Ted ne fit ni une ni deux. Tournant les talons, il courut vers la sortie avant de se souvenir que son pick-up n'était pas là.

— Rayna ! cria-t-il. Ramenez-moi vite chez moi.

Rayna conduisait pied au plancher, gyrophare allumé et sirène hurlante. En la voyant brûler tous les feux, Amelia comprit qu'elle était aussi inquiète que Ted et elle pour les jumelles et faisait tout pour arriver au ranch avant Simon.

— Combien de temps faut-il pour venir en voiture de La Nouvelle-Orléans ? demanda Amelia.

Rayna la fixa dans son rétroviseur intérieur.

— Il y a huit heures de route jusqu'à Fort Worth et bien trois ou quatre de plus pour venir jusqu'ici. En fonction de la circulation, je dirais entre onze et douze heures. Il ne peut pas être déjà là, même s'il a appris la nouvelle dès sa diffusion.

Dès sa diffusion. Respirant à fond pour essayer de se calmer,

Amelia réfléchit. Il était 2 heures du matin lorsque Jacob l'avait prise en photo avec le journal dans les mains. Jacob voulait que le scoop soit annoncé au premier flash d'info, c'est-à-dire à 4 ou 5 heures du matin à La Nouvelle-Orléans. Simon ne serait donc pas à Getaway avant 16 heures.

Étant donné que le soleil n'était même pas encore levé, ils disposaient d'une marge de manœuvre assez confortable.

À moins que Simon n'ait vu la publication de Jacob sur les réseaux sociaux, songea Amelia en frissonnant. En supposant qu'il soit tombé dessus dès sa publication, il n'arriverait pas avant 14 heures. Il n'y avait donc pas péril en la demeure.

— C'est toujours d'accord pour la conférence de presse dans une heure ? demanda Rayna en cherchant du regard son approbation.

Ils avaient décidé de mettre Amelia sous le feu des projecteurs pour que tout le monde sache où elle se trouvait. Après la conférence, qui devait se tenir devant les locaux du bureau du shérif, ils avaient prévu d'escorter Amelia en grande pompe jusqu'à un véhicule banalisé censé l'emmener « hors de la ville ». Sauf que Rayna avait mis sur pied un plan machiavélique : sa collègue du FBI se substituerait à Amelia et monterait à sa place dans la voiture. Deux autres agents les suivraient discrètement sur les routes traversant les grandes plaines du Texas.

Le but était d'éloigner Simon du ranch et des jumelles. Lorsqu'il passerait à l'action, ils seraient tous prêts à faire ce qu'il fallait pour le coincer.

Pendant ce temps, Amelia serait en sécurité dans les locaux du bureau du shérif, entourée de policiers armés. Cela semblait être un plan sans faille, mais Amelia voulait pouvoir parer à toute éventualité.

— Quand nous arriverons au ranch, faites immédiatement sortir les jumelles, dit-elle à Rayna. Et mettez-les sous la protection du FBI. Assurez-vous qu'il y ait quelqu'un avec elles vingt-quatre heures sur vingt-quatre. Il faut qu'elles soient en sécurité.

Ted opina du bonnet.

— C'est promis, dit Rayna, concentrée sur la route. Le FBI est juste derrière nous.

Lorsqu'ils tournèrent en direction du ranch, la voiture de patrouille dérapa sur le gravier. D'un coup de volant, Rayna reprit le contrôle du véhicule et leur évita de finir dans le fossé. Ils s'arrêtèrent devant le ranch dans un nuage de poussière.

— Allons-y ! dit Amelia en sautant de la voiture en même temps que Ted.

Ils coururent jusqu'à la porte. Un grand silence régnait dans la maison, ce qui n'avait rien de surprenant en pleine nuit. Le samedi matin, les jumelles traînaient au lit jusqu'à 11 heures.

— Yolanda ! Yvonne ! appela Ted en se précipitant dans le couloir qui menait à leur chambre, allumant toutes les lumières au passage.

Il frappa à la porte doucement car il se doutait qu'elles dormaient. Malgré l'urgence, il ne voulait pas les brusquer.

Derrière lui, Amelia reprenait son souffle. Rayna et les agents du FBI attendaient au salon, les laissant expliquer tranquillement la situation aux filles.

Il tambourina sur la porte mais n'obtint pas davantage de réponse.

— Je rentre ! annonça-t-il en tournant la poignée.

Il alluma la lumière. La chambre était vide. Les lits étaient faits, comme si personne n'avait dormi dedans.

Amelia crut que son cœur la lâchait. Puis il se remit à battre à coups sourds contre ses côtes.

Ted sortit son téléphone pour les appeler. Ses doigts tremblaient.

— Où sont-elles, bon sang ? Je leur avais pourtant bien recommandé, avant de partir, de fermer les portes à double tour et de ne pas bouger. En pleine nuit, où ont-elles pu aller ?

Folle d'inquiétude, Amelia se répétait comme un mantra : *Non, c'est impossible. Il ne peut pas être déjà là...*

Ted insista, laissant sonner le téléphone. Sans résultat.

— Elles ne répondent pas, dit-il d'une voix d'outre-tombe.

— Rayna ! appela Amelia en s'efforçant de ne pas paniquer.

Le shérif les rejoignit et comprit tout de suite qu'il y avait un problème.

— Les jumelles ne sont pas dans leur chambre, dit Amelia.

— Je vais appeler chez leurs copains, chez les voisins, partout où elles sont susceptibles d'être allées, déclara Ted en consultant fébrilement la liste de ses contacts.

Dix minutes plus tard, il rempocha son téléphone en secouant la tête.

— Personne ne les a vues.

Malade de peur, Amelia prit la main de Ted.

— Elles ont peut-être laissé un mot.

Ils cherchèrent dans toute la maison. En vain.

— Je soupçonne qu'Yvonne est là-dessous, se lamenta Ted. Elle a dû recevoir un coup de fil d'un copain qu'elle a décidé de rejoindre. Après avoir essayé de l'en empêcher, Yolanda a fini par l'accompagner.

— Alors que les deux meneurs sont en garde en vue ? s'étonna Rayna.

— Le reste de la bande a peut-être un plan de secours, suggéra Amelia. Bien que je ne voie pas du tout Yvonne ou Yolanda continuer à frayer avec ces voyous.

— Je sais ! s'exclama Ted. Yvonne pense que tout est sa faute. Que si elle n'était pas entrée dans cette bande, personne n'aurait prêté attention à Amelia. Elle essaie peut-être de se rattraper.

Amelia sentit le sang se retirer d'un coup de son visage.

— Si les jumelles se sont mis dans la tête d'attirer Simon pour le détourner de moi, elles sont en danger.

Ted serrait les dents à s'en briser les mâchoires. Il essaya à nouveau d'appeler ses filles.

— Pourquoi diable ne répondent-elles pas ? rugit-il, hors de lui.

— Calmez-vous, Ted, dit Rayna. Respirez un bon coup et réfléchissez. Nous ne savons pas si Simon va venir ici, ou s'il ira là où les jeunes lui ont donné rendez-vous. S'il vient au ranch, c'est une bonne chose que les filles ne soient pas là.

— Mais s'il va d'abord sur le lieu du rendez-vous, elles sont en première ligne, conclut Ted.

Un bruit venant de derrière attira leur attention. Levant son arme, Rayna leur fit signe de se taire. La porte de derrière s'ouvrit et les jumelles entrèrent, surprises de tomber sur eux.

— Amelia ! s'écrièrent-elles, folles de joie.

— Nous sommes si contentes de te savoir saine et sauve ! ajouta Yvonne dont la voix se brisa.

Ted ne disait rien. Les bras croisés sur la poitrine, il attendait visiblement des explications. Les jumelles comprirent qu'elles allaient prendre un savon. Voyant qu'il y avait de l'orage dans l'air, Rayna regarda sa montre et fit signe à Amelia.

— Il faut que tu ailles préparer tes affaires.

— J'y vais, dit Amelia.

En moins de dix minutes, elle avait vidé sa penderie et entassé ses vêtements dans un sac. Lorsqu'elle retourna à la cuisine, Ted et ses filles semblaient être dans une impasse.

— En route, Amelia ! dit Rayna. Un agent du FBI va attendre ici mon premier adjoint, Larry. C'est lui qui se chargera de Ted et des jumelles. Il sera là dans cinq minutes. Mais nous, il faut qu'on y aille. Il paraît que le parking du bureau est rempli de journalistes qui attendent avec impatience la conférence de presse.

Les jumelles voulurent savoir ce qui se passait et commencèrent à bombarder Rayna de questions.

— Votre père va se faire un plaisir de tout vous expliquer.

Sur ce, Rayna prit Amelia par le bras et la guida vers sa voiture de patrouille. Au moment de monter dedans, Amelia ne put s'empêcher de jeter un coup d'œil derrière elle.

— Tu es sûre qu'ils ne risquent rien ? demanda-t-elle.

— Un agent du FBI va monter la garde jusqu'à ce que Ted et les jumelles soient partis.

Lorsqu'elles arrivèrent dans la Grand-Rue, Amelia fut surprise par le nombre de véhicules de presse stationnés le long des trottoirs.

— Waouh ! Je ne m'attendais pas à ce qu'il y ait autant de monde, confia-t-elle en sentant le trac l'envahir.

— Le Tueur de la cafétéria passionne le public, dit Rayna. Tous les grands médias nationaux ont envoyé des reporters.

— Super. Je n'ai rien préparé. Je ne sais pas ce que je vais leur raconter.

— Raconte-leur ce qui t'est arrivé, tout simplement. Comment tu as atterri ici, après l'évasion de Simon. Tu peux évoquer ton enlèvement par Jacob et Lincoln, mais ne cite pas leurs noms. Tu parleras dix minutes, puis les journalistes te poseront quelques questions avant que nous t'exfiltrions vite fait bien fait.

— D'accord, dit Amelia. Je vais faire de mon mieux.

Rayna se gara sur un emplacement réservé et coupa le moteur. Dès qu'elles sortirent de voiture, une nuée de reporters leur tomba dessus, les uns avec des micros qu'ils collaient sous le nez d'Amelia, les autres avec d'énormes caméras. Ils se bousculaient et parlaient tous en même temps.

— Pas de commentaires, ne cessait de répéter Rayna. Vous pourrez poser des questions après la conférence de presse.

Lorsqu'elles furent à l'intérieur, Amelia exhala un long soupir. Comparé à l'ambiance surexcitée qui régnait dehors, le calme des bureaux semblait presque surréaliste.

— Je n'aurais jamais imaginé devenir aussi célèbre juste parce que j'ai failli être la victime d'un tueur en série, plaisanta-t-elle d'une voix dans laquelle perçait sa nervosité.

— Tout va bien se passer, assura Rayna.

Un adjoint passa la tête dans l'entrebâillement de la porte.

— En piste dans cinq minutes ! annonça-t-il.

— Ça va aller, promit Rayna en tapotant l'épaule d'Amelia. Si tu as été capable de témoigner au tribunal, ce n'est pas une conférence de presse qui va te faire peur.

— Je suis prête, dit Amelia en carrant les épaules.

Juste à ce moment-là, le maire fit irruption dans le hall, en mode relations publiques.

— Je vous accompagne, décréta-t-il de sa grosse voix en attrapant la main d'Amelia pour la lui serrer. Il faut que tout le monde sache que vous et les services du bureau du shérif avez le soutien total de Getaway.

Amelia lança un regard à Rayna, qui leva les yeux au ciel.

Un employé du maire poussa la porte et la tint grande ouverte pour laisser passer son patron, Amelia et Rayna. Le brouhaha des conversations cessa lorsque Amelia monta sur le podium et se posta devant le micro.

Elle scruta la foule avec appréhension, s'attendant à reconnaître parmi tous ces visages celui d'un homme qu'elle espérait ne plus jamais revoir.

14

Ted ne se calma pas après le départ d'Amelia et de Rayna. Incapable de rester en place, il maudissait les deux idiots qui avaient crevé les pneus de son pick-up et il attendait avec impatience que Larry arrive pour les emmener, ses filles et lui. Malgré la protection d'un agent du FBI, en planque devant le ranch, il ne se sentait pas complètement en sécurité.

— Comment as-tu retrouvé Amelia ? demanda Yvonne. Et où Rayna l'emmène-t-elle ?

Les jumelles ne semblaient pas plus perturbées que ça par la situation. Ted leur enviait presque leur sang-froid.

— Je répondrai à vos questions quand vous m'aurez dit où vous étiez et pourquoi vous ne répondiez pas au téléphone.

Leur brève disparition l'avait rendu fou d'inquiétude.

— Désolée, murmura Yvonne, l'air penaud, en extirpant son téléphone de sa poche. On les avait coupés pour qu'on ne puisse pas nous localiser.

— Et où étiez-vous ?

Les jumelles se concertèrent du regard.

— On préparait quelque chose dans la grange, répondit Yolanda. On peut te montrer, si tu veux.

— Le shérif adjoint va arriver d'une minute à l'autre. On n'a pas le temps de s'amuser.

— On ne s'amuse pas, répliqua Yvonne. Bien au contraire. D'ailleurs, peux-tu nous dire ce qui se passe ? Pourquoi Amelia est-elle partie si précipitamment ?

— Parce qu'elle est en danger. À cause de ces deux petits crétins, son visage et son nom circulent sur Internet et apparaissent dans tous les médias. Le Tueur de la cafétéria sait maintenant où la trouver. Nous en reparlerons dans la voiture. Vous avez entendu Rayna : Larry Newsome va venir nous chercher. Alors allez vite prendre quelques vêtements de rechange et vos affaires de toilette avant qu'il arrive.

Au lieu de filer dans leur chambre, elles restèrent plantées devant lui, comme pétrifiées.

Prenant soudain conscience de leurs regards remplis d'effroi, il sentit les poils de sa nuque se hérisser.

Il se retourna lentement et se retrouva nez à nez avec Simon Barron, qui braquait un pistolet sur les jumelles. Le tueur lui parut plus petit que sur les photos qu'il avait vues dans les journaux. Mais son teint blafard, ses paupières lourdes, ses cheveux clairsemés et cette mèche qui lui retombait sur le front ne laissaient aucun doute sur son identité.

— Amelia n'est pas là, déclara Ted, la peur au ventre.

Il était lui-même armé et tant que le tueur ne remarquait pas son pistolet, sous sa veste, il était en mesure de se défendre. Ou tout du moins de tenir le tueur en respect jusqu'à l'arrivée du shérif adjoint.

D'ailleurs, où était-il passé, celui-là ? Et que fabriquait l'agent du FBI censé monter la garde devant la maison ?

— Ah bon ? dit Simon en haussant les sourcils.

Il détailla les jumelles de la tête aux pieds.

— Alors je vais l'attendre. Et m'amuser avec ces deux mignonnes jusqu'à son retour.

Qu'il essaie un peu ! songea Ted en serrant les dents.

Prêt à dégainer son arme, il devait trouver un moyen d'écarter ses filles de la ligne de tir.

Peut-être qu'en incitant Simon à parler...

— Comment avez-vous fait pour arriver aussi vite ? Il y a plus de dix heures de voiture depuis La Nouvelle-Orléans.

— Qui a dit que j'étais venu en voiture ? J'ai un ami qui a un Cessna. Le vol a duré moins de trois heures.

Simon se mit à rire, visiblement content de lui.

— À La Nouvelle-Orléans, j'ai vraiment pris mon pied. Je me suis surpassé, se vanta-t-il.

— D'autant plus que vous avez réussi à échapper à la police, fit remarquer Ted pour le flatter.

— Parlons-en de la police ! Elle n'a pas encore compris que j'avais des milliers de fans dans tout le pays, tous prêts à me donner un coup de main.

Des *fans*. Comme ces crétins de lycéens. N'empêche que cela expliquait pas mal de choses.

— Il y avait un agent du FBI, dehors, dit Ted. Que lui avez-vous fait ?

— Oh ! cet abruti ? Il est inconscient. Ou peut-être mort, allez savoir ! Je l'ai eu par surprise. Il était sur son téléphone. La barre de fer que j'ai trouvée dans votre grange m'a été bien utile.

Ted déglutit, en proie à la nausée.

— J'adore jouer de l'élément de surprise, poursuivit Simon, qui jubilait. Vous non plus, vous ne vous attendiez pas à me voir. Vous auriez vu vos têtes ! Elles valaient vraiment le déplacement. Mon seul regret est d'avoir manqué Amelia. Où est-elle, au fait ?

Ted jeta un coup d'œil à sa montre, affichant une désinvolture complètement factice.

— Dans cinq minutes, elle va tenir une conférence de presse devant les locaux du bureau du shérif.

— Une conférence de presse ?

— Oui. Vous devriez y aller. Elle va parler de vous, bien sûr.

Ted savait que narcissique comme il l'était, Simon serait tenté. Mais le tueur était plus malin qu'il ne le pensait.

— Allez allumer la télé ! ordonna-t-il à Ted, son arme toujours pointée sur les jumelles. Je suis curieux d'entendre ce que ma petite Amelia va raconter.

Sa petite Amelia. Serrant les dents, Ted alla récupérer la télécommande pour allumer la télé. Contre toute attente, la conférence de presse était retransmise sur les chaînes nationales.

Amelia venait de s'avancer vers le micro.

— Voilà ma petite chérie, roucoula Simon en jetant un coup d'œil à l'écran tout en gardant les jumelles en joue.

Blotties l'une contre l'autre, Yolanda et Yvonne semblaient vraiment terrorisées. Ted brûlait d'envie d'aller les rassurer mais si l'occasion d'abattre Simon se présentait, il préférait que ce cinglé reste le plus loin possible d'elles.

— Papa ? dit soudain Yvonne. Tu voulais savoir où on était, tout à l'heure. On était occupées dans la grange. Il y a plein de trucs à faire, là-bas.

Elle le lui avait déjà dit. Ted sentit sa bouche s'assécher. Yvonne cherchait-elle à piquer la curiosité de Simon ? Pourquoi voulait-elle qu'ils aillent dans la grange ?

Les yeux brillants, Simon la dévisagea.

— Quels trucs ? demanda-t-il.

Yvonne déglutit.

— Je...

— Ça suffit ! coupa Ted en s'armant de courage car il avait conscience que la partie qu'ils étaient en train de jouer était ultra-risquée. Ne lui dis rien, ma chérie.

Les yeux étrécis, Simon éclata de rire.

— Je serais plus tranquille pour m'amuser avec vos jumelles, si je vous tuais tout de suite, dit-il en penchant la tête sur le côté, comme s'il réfléchissait. Mais ce sera plus marrant si vous assistez à nos ébats. En fait, vous venez de me donner une idée de torture.

Sur l'écran, la conférence de presse avait commencé. Ted monta le son, espérant ainsi capter l'attention de Simon, qui portait sur les jumelles un regard de plus en plus concupiscent.

En entendant la voix d'Amelia, calme et posée, Simon tourna la tête. Subjugué, il se mit à fixer l'écran, mais comme il pointait toujours son arme sur les filles, Ted jugea plus prudent de ne rien tenter pour l'instant.

Des phares balayèrent la fenêtre en façade. Le shérif adjoint venait d'arriver. Ted espérait qu'en voyant l'agent du FBI à terre, il comprendrait ce qui se passait et appellerait du renfort.

La portière de la voiture claqua. Ted retenait son souffle, plein d'espoir. Mais il entendit un cri étouffé suivi d'un bruit sourd.

— Adjoint K.-O., commenta Simon avec un sourire. Vous ne pensiez tout de même pas que j'étais venu seul. Si ?

Ted jura intérieurement. La présence d'un complice allait lui compliquer les choses. À supposer qu'il réussisse à neutraliser Simon, il faudrait qu'ensuite il descende son complice, tout cela sans mettre en danger ses filles.

Tout en écoutant Amelia expliquer qu'elle avait été enlevée et séquestrée par deux lycéens malavisés, les jumelles n'arrêtaient pas de se lancer des regards. Ted se demanda ce qu'elles mijotaient.

Interceptant son regard, Yvonne essaya de lui dire quelque chose à voix basse. Il essaya de lire sur ses lèvres mais le seul mot qu'il déchiffra était *grange*. Elles voulaient apparemment que Simon aille dans la grange.

— Elle s'en va, marmonna Simon. Le FBI l'emmène pour la mettre à l'abri dans une planque connue d'eux seuls. Le moment est donc venu pour moi d'agir.

Il se tourna vers Ted, qu'il ramena vers les jumelles.

— Je vais tirer sur l'une de vos filles. Pas pour la tuer, mais pour la blesser grièvement. Laquelle choisissez-vous ?

Yolanda poussa un cri et s'agrippa à sa sœur. Yvonne jeta un regard noir à Simon.

— Choisissez ! ordonna Simon en plaquant le canon de son arme contre la tempe de Yolanda. Sinon, je m'en charge.

— Mais à quoi cela rime-t-il ? protesta Ted. Amelia est en sécurité. Ce n'est pas en vous en prenant à nous que vous allez la faire revenir.

— Ah oui ? C'est ce qu'on va voir. Appelez le shérif et dites-lui que si elle ne ramène pas Amelia tout de suite, vos filles vont mourir. Mourir dans d'atroces souffrances, cela va sans dire. Est-ce que c'est ce que vous voulez ?

— Ne l'écoute pas, papa, dit Yvonne d'un ton péremptoire.

Simon pressa la détente de son pistolet, touchant Yolanda dans le haut du bras. Elle poussa un hurlement déchirant. Ted se précipita vers elle, attrapant au passage un essuie-main en éponge qu'il se mit à presser fébrilement sur son bras pour arrêter l'hémorragie.

Yvonne alla se planter devant Simon.

— Espèce de lâche ! cracha-t-elle d'une voix chargée de mépris. Vous n'avez pas honte de tirer sur une adolescente sans défense ?

— Yvonne... reviens ici, dit Ted, qui craignait que Simon ne tire à nouveau.

Assise par terre, dos au mur, Yolanda gémissait tandis qu'il compressait sa blessure. Il avait plus que jamais envie de sortir son pistolet et d'abattre Simon Barron d'une balle dans le cœur. Mais tant que le tueur braquait son arme sur Yvonne, Ted ne pouvait rien faire.

— Vous cédez à la facilité, déclara Yvonne. J'ai fait un exposé sur vous, qui va sûrement me valoir une bonne note. Autant que je sache, vous n'avez jamais tiré sur vos victimes.

— Tu me plais bien, toi, dit Simon, sarcastique. Je te réserve une mort particulièrement atroce.

— Tiens donc ! répliqua Yvonne, nullement impressionnée. J'ai un peu de mal à vous croire, mais si vous voulez me montrer de quoi vous êtes capable, j'ai recréé dans la grange votre atelier.

L'atelier dans lequel, pendant des années, Simon avait séquestré, torturé et tué ses victimes.

— Vous faites partie de mon fan-club ? demanda-t-il en se rengorgeant.

— J'en suis l'instigatrice, figurez-vous !

Tout en continuant de s'occuper de Yolanda, Ted observait la scène. Il tremblait pour Yvonne, qui n'avait décidément pas froid aux yeux. Il s'apprêtait à intervenir lorsque Yolanda lui toucha le bras. Sur ces lèvres, il lut son avertissement. *Attends.*

— Non, pas question ! rugit Simon, qui l'avait lu aussi. Appelez le shérif et faites ce que je vous dis ou je lui tire dans la jambe, cette fois.

— Mais le shérif ne pourra rien faire, dit Ted. Comme vous l'avez vu, Amelia est sous la protection du FBI.

— Appelez le shérif, je vous dis !

Pour rien au monde Ted ne voulait mettre la vie d'Amelia en danger.

— Vous vous doutez bien que quand le shérif et le FBI sauront que vous êtes là, ils vont cerner le ranch. Jamais ils ne vous laisseront en sortir vivant.

— Je m'en fiche. Je ne veux pas retourner en prison. Tant qu'Amelia meurt avec moi, ça me va.

Simon fit un pas vers Yolanda, qui se plaqua contre le mur. L'essuie-main qu'elle pressait sur sa blessure était tout imbibé de sang.

— Si vous ne voulez pas que je lui tire une balle dans la jambe, appelez le shérif. Et mettez le haut-parleur. Je veux lui parler.

Les reporters la bombardaient de questions. Amelia prit peur et recula. Rayna s'approcha du micro en secouant la tête.

— Soyez raisonnables, voyons ! Si vous voulez que Mme Fergusson vous réponde, il va falloir faire preuve de discipline. Levez la main et attendez que je vous invite à poser votre question.

La plupart des questions portaient sur Simon, comme Amelia l'avait prévu. On lui demanda ce qu'elle ferait s'il débarquait à Getaway et comment elle prenait tout ça, si elle avait des projets et si, avec Ted Sanders, c'était sérieux. Elle éluda la plupart de ces questions en répondant « sans commentaire », comme Rayna le lui avait recommandé.

Puis Rayna lui prit le bras et la guida vers deux fourgons dépourvus de fenêtres stationnés un peu plus loin. L'un appartenait au FBI, l'autre au bureau du shérif.

Le moment le plus délicat était venu. Une femme, agent du FBI, qui avait la même couleur de cheveux qu'elle et qui portait exactement les mêmes vêtements, attendait dans le fourgon du bureau du shérif. Elle tendit à Amelia une casquette et une veste du FBI. Amelia enfila la veste et fourra ses cheveux sous la casquette, puis elle chaussa une paire de lunettes de soleil aviateur très foncées.

— Je suis prête, dit-elle en s'asseyant sur la banquette arrière pour attendre Rayna.

Sa doublure sortit du fourgon et, tête baissée, se dirigea vers l'autre véhicule. Elle monta à l'avant, du côté passager. Un agent du FBI était assis au volant et il y en avait deux autres à l'arrière. Toutes les caméras filmèrent le fourgon lorsqu'il démarra.

Pendant ce temps, Amelia se faisait toute petite à l'arrière de l'autre fourgon, conduit par Rayna. Le shérif suivit sur quelques dizaines de mètres le fourgon du FBI mais dans la Grand-Rue, elle tourna dans la direction opposée.

— Ne te relève pas tout de suite, dit Rayna en faisant un signe à ses collègues du FBI. À eux de jouer, maintenant ! dit-elle. Moi, je me charge de ta sécurité.

— Comment as-tu fait pour les convaincre d'accepter ?

— Je leur ai dit que tu n'accepterais qu'ils s'en mêlent qu'à cette seule condition.

Amelia alluma le téléphone tout neuf que Rayna lui avait donné en lui interdisant formellement d'entrer en contact avec qui que ce soit tant que Simon n'aurait pas été arrêté. Ted et les jumelles lui manquaient déjà mais elle ne pouvait pas risquer de tout faire foirer juste pour entendre la voix de Ted.

Elle était triste et sentait confusément que quelque chose clochait. Jusque-là, pourtant, le plan avait parfaitement fonctionné.

— C'est bizarre, dit Rayna. Je n'arrive pas à joindre Larry, qui était censé aller récupérer Ted et ses filles.

Le téléphone de Rayna sonna juste à ce moment-là.

— C'est Ted ! s'exclama-t-elle, soulagée.

— Ted, que se...

Rayna se raidit et changea de ton.

— Oui, je comprends. D'accord, mettez le haut-parleur. Je fais la même chose de mon côté.

Lançant un regard à Amelia, elle leva l'index, lui indiquant de garder le silence. Amelia acquiesça.

Rayna mit le haut-parleur et une voix qu'Amelia avait espéré ne plus jamais entendre de sa vie emplit l'habitacle.

— Bonjour, shérif, lança Simon. L'agent du FBI et votre adjoint sont hors service. Sachez aussi que j'ai tiré dans le bras d'une des jumelles. Et que je m'apprête à recommencer. À moins que vous ne fassiez ce que je vous demande.

— Ted ? Pouvez-vous demander aux filles de me dire quelque chose ? demanda Rayna. Je veux m'assurer qu'elles sont en vie.

Après un silence, le rire sardonique du tueur résonna.

— Vas-y, dit-il. À toi d'abord.

— C'est moi, Yvonne. Yolanda a reçu une balle, dit l'adolescente.

— Dans le bras, précisa Simon. Mais la prochaine fois, je vise le cœur.

Salopard ! songea Amelia en serrant les dents. Il allait les tuer. Il n'y avait aucune pitié à attendre de ce cinglé.

— Yolanda, tu peux me dire quelques mots ? demanda Rayna en ignorant Simon.

— Je vous entends, dit Yolanda d'une voix chevrotante qui déchira le cœur d'Amelia.

— D'accord, dit Rayna. Que voulez-vous, Simon ?

— Ramenez-moi Amelia.

En l'entendant prononcer son nom, Amelia frissonna.

— Elle est désormais sous la protection du FBI, qui va la mettre en lieu sûr. Je ne peux rien faire.

— C'est bien dommage.

Un coup de feu retentit, suivi d'un cri effroyable.

— Enfoiré ! hurla Ted. Je vous tuerai !

Amelia retenait ses larmes, absolument horrifiée. Être séquestrée et torturée par Simon était une chose. L'entendre faire du mal aux jumelles en était une autre.

— C'est juste une égratignure, déclara Simon, très fier de lui. Trois fois rien. Juste un avertissement.

Ted jura mais quelques instants plus tard, lorsqu'il reprit la parole, le soulagement s'entendait dans sa voix.

— Elle n'a rien de grave, acquiesça-t-il.

— Pour l'instant, ajouta Simon d'un ton plein de sous-entendus.

Amelia en avait assez entendu. Tout cela était sa faute.

— C'est moi, Amelia. Je suis là, Simon, dit-elle. Avec le shérif. Laissez partir les filles et je serai à vous.

Rayna secouait la tête en signe de désapprobation, mais Amelia n'en avait cure.

— Ma petite Amelia, roucoula Simon. Je suis si content de t'entendre. Est-ce que tu es loin ?

La familiarité du tueur la révulsait. Et dire qu'à une époque, elle avait cru pouvoir l'aider ! Elle ne savait pas à qui elle avait affaire. Après son arrestation et sa condamnation, elle avait pensé qu'il n'était pas près de sortir. Là encore, elle avait eu tort. Plus jamais elle ne le sous-estimerait.

— Pas si vite, Simon, intervint Rayna. Je ne vous fais pas confiance. Il va nous falloir un peu plus que juste votre parole.

— Je me contrefiche de ce que vous pensez, répliqua Simon. Cela ne concerne qu'Amelia et moi.

Amelia déglutit.

— Je ne vous fais pas confiance non plus. Laissez partir Ted et ses filles, et après, nous discuterons des modalités de nos retrouvailles.

— Négatif, ma jolie. Si je les libère, tu n'auras plus aucune raison de te livrer à moi. Arrête de me prendre pour un imbécile. Puisque c'est moi qui ai les cartes en main, voilà comment ça va se passer. Je vais emmener mes trois otages dans la grange et m'amuser avec eux. J'arrêterai dès que tu seras là. Alors fais vite, mon cœur. Leur salut est entre tes mains.

Sur ce, il mit fin à la communication.

En proie à la nausée et toute tremblante, Amelia passa à l'avant du fourgon.

— Allons-y, dit-elle à Rayna. Je ne laisserai pas ce cinglé faire du mal aux jumelles ou à Ted.

— Tâchons de rester calmes, répliqua le shérif. Céder à la panique serait contre-productif. Je vais commencer par appeler le FBI pour les mettre au courant. Nous sommes confrontés à une prise d'otages, or ils disposent de négociateurs expérimentés.

— Il n'y a pas de négociation possible avec Simon. Je le connais. Il va opter pour un final en apothéose dès lors qu'il peut m'emmener avec lui. Peu importent les dommages collatéraux. Il risque même de vouloir en faire le plus possible, de se surpasser car ce sera son dernier exploit. Jamais Simon ne retournera en prison. Il préférera crever.

— C'est bon à savoir. Je te demande juste un instant ; j'appelle le FBI.

Amelia en profita pour respirer à fond et recouvrer son sang-froid.

— Nous prenons la direction du ranch, dit Rayna au téléphone. D'accord, nous vous attendons pour entrer. Faites vite !

Après avoir écouté les dernières instructions du FBI, Rayna mit fin à l'appel.

— Ils appellent une équipe spéciale et nous rejoignent au ranch, dit-elle. Ils y seront sous peu.

Sous peu. Pendant ce temps, la vie de trois innocents était en jeu.

— Je fonce, dit Rayna, comme si elle avait lu dans ses pensées.

— Parfait. Pour info, je n'ai pas l'intention d'attendre sagement l'arrivée du FBI.

— Moi non plus, répondit Rayna aussi sec. Nous allons tout faire pour les tirer de là avec le moins de casse possible.

15

En voyant le sourire d'Yvonne lorsque Simon prononça le mot grange, Ted se demanda à nouveau ce que ses filles avaient pu fabriquer dans les dépendances du ranch. Comment avaient-elles su que Simon allait venir ? À moins que…

Yvonne n'avait-elle pas dit au psychopathe qu'elle était l'instigatrice de son fan-club ? Ted en était malade rien que d'y penser.

— Passez devant ! leur ordonna Simon en agitant son pistolet.

— Pitié ! supplia Yolanda, en levant vers lui ses yeux pleins de larmes. J'ai trop mal.

— Tu veux que je tire sur ta sœur ? Ou sur ton père ? Que dirais-tu de le voir prendre une balle dans le ventre ?

Yolanda tenta tant bien que mal de se mettre debout. Ted se précipita pour l'aider.

— Doucement, ma chérie. Fais attention à ton bras.

La prenant par la taille, il la guida vers la porte de derrière. Yvonne était devant et Simon fermait la marche. Ted fut tenté de faire volte-face et d'envoyer valdinguer son pistolet.

— Pas d'entourloupe. Vous n'avez aucune chance de réussir à me désarmer avant que je tire, déclara le tueur.

Ted lui jeta un regard noir par-dessus son épaule et continua d'avancer. Dehors, le vent s'était levé. La saison des orages allait commencer. En prévision, Floyd avait ramené le bétail dans les pâturages alentour, qui étaient pourvus d'abris.

Yvonne poussa la porte de la grange et alluma la lumière. Lorsque Ted et Yolanda entrèrent à leur tour, Ted regarda autour de lui. Tout avait l'air normal. Les bottes de foin étaient entassées dans un coin, les chevaux étaient dans leurs box.

Du canon de son pistolet, Simon leur fit signe de fermer la porte. Yvonne s'empressa d'obéir.

— Où est l'endroit dont vous m'avez parlé ? demanda-t-il.

Yvonne tendit la main.

— Venez, je vais vous montrer. Nous avons transformé l'un des box.

Simon hésita, méfiant. Il finit par secouer la tête.

— Passe la première. Je vous veux tous les trois devant moi. Le premier qui fait un pas de travers, je le descends. C'est compris ?

Yolanda tenait à peine sur ses jambes et son bras s'était remis à saigner.

Lorsqu'ils passèrent devant les box, deux ou trois chevaux sortirent leurs têtes, en quête d'une friandise ou d'une caresse.

— Ta-da ! fit Yvonne en ouvrant grand les bras comme Monsieur Loyal, au cirque.

Elle ouvrit la porte du box et s'effaça pour laisser passer Simon.

— Vous d'abord, ordonna-t-il. Tous les trois.

Ils entrèrent l'un derrière l'autre dans le box. Ted découvrit que les jumelles avaient installé d'un côté une grande table de laboratoire en métal, et empilé de l'autre côté des bottes de foin qui servaient de support à différents outils tout droit sortis des décors d'un film d'horreur.

— Où avez-vous eu tout ça ? demanda Ted, abasourdi.

— J'en avais besoin pour mon exposé, expliqua Yvonne. Tout ce bric-à-brac provient du laboratoire de sciences et de l'atelier de bricolage du lycée.

Simon passa la main sur le plateau de la table en métal poli.

— Beau boulot ! dit-il avec une petite moue appréciative.

Il avait encore son pistolet à la main mais il ne le braquait plus sur l'un d'eux. Ted songea que c'était peut-être sa chance.

Tandis que Simon examinait les outils, Yvonne tira sur une corde épaisse qu'elle avait dû attacher aux poutres de la grange. Deux énormes bottes de foin dégringolèrent du fenil, renversant Simon.

Ted en profita pour s'emparer de son pistolet. Yvonne sauta à pieds joints sur les bottes de foin, espérant réussir ainsi à maintenir Simon au sol. Mais elle ne faisait pas le poids. Le tueur n'eut aucun mal à se dégager. Fou de rage, il essaya d'attraper Yvonne, avec l'intention évidente de l'étrangler.

Ted lui cria de s'éloigner. Tandis qu'elle bondissait sur le côté, il tira sur Simon avec l'arme de celui-ci, priant pour que le projectile atteigne sa cible.

Le coup de feu effraya les chevaux, qui se mirent à piaffer. Yvonne poussa un cri et Yolanda fondit en larmes. Le cœur au bord des lèvres, Ted vit Simon s'effondrer et une tache de sang fleurir sur sa poitrine. Il l'avait abattu d'une balle en plein cœur. C'en était bel et bien fini du Tueur de la cafétéria.

Ted appela Rayna.

— Nous arrivons dans moins de cinq minutes, annonça-t-elle avant même qu'il ait dit quoi que ce soit. Le FBI est également en route.

En quelques mots, Ted lui expliqua la situation.

— Nous sommes au fond de la grange. Nous avons besoin d'une ambulance pour Yolanda, qui a perdu pas mal de sang.

— Je m'en occupe.

— Merci, dit Ted avant de raccrocher.

Il prit ses filles dans ses bras et les serra contre lui en veillant à ne pas toucher le bras de Yolanda.

— Rayna va arriver. Elle prévient les secours.

— Et Amelia ? Comment va-t-elle ? demanda Yvonne. C'est pour elle que Simon est venu ici, je suppose que tu l'as compris ?

— Je m'en doutais. Est-ce que c'est toi qui lui as donné notre adresse ? demanda Ted en regardant sa fille dans les yeux.

— Non, je te le jure. Mais quand j'ai vu ce que Lincoln et Jacob avaient publié sur les réseaux sociaux, je savais que Simon rappliquerait. Alors Yolanda et moi avons passé des heures à mettre en place ce piège. Le foin que tu stockes là-haut nous a bien aidées. On a juste découpé le sol en contre-plaqué puis tiré les bottes de foin au-dessus du box et enroulé une grosse corde autour.

— C'est très ingénieux, dit Ted.

— C'est Yolanda qui a eu l'idée, dit Yvonne en jetant des coups d'œil furtifs en direction de Simon. Est-ce qu'il est… ?

Pour s'en assurer, et la rassurer, Ted s'approcha du corps et se baissa pour prendre le pouls du tueur.

— Il est mort, déclara-t-il. Vous ne risquez plus rien. Et Amelia non plus.

— OK. Pour le fan-club, papa, c'est la vérité, confia Yvonne, les larmes aux yeux. Je l'ai créé avant de savoir toutes les choses horribles que Simon avait faites. C'est comme ça que je me suis fait ma nouvelle bande de potes. J'ai essayé de le dissoudre quand j'ai compris qui était le Tueur de la cafétéria, mais Jacob et Lincoln étaient à fond dedans, si bien que le club a perduré. Tout est ma faute. Je suis désolée.

— Mais non, voyons, assura Ted en l'étreignant à nouveau. Je suis content que ton discernement t'ait ouvert les yeux.

Blottie contre sa poitrine, Yvonne se mit à sangloter sans bruit. Elle était épuisée, à bout de nerfs, mais saine et sauve. Il espérait de tout cœur que ses petites chéries ne seraient pas traumatisées à vie par les événements de ces dernières semaines et par la mort sous leurs yeux du Tueur de la cafétéria.

Il croisa le regard larmoyant de Yolanda, qui s'était laissée glisser sur une botte de foin, à l'opposé de là où gisait le corps de Simon. Dans ce box, Ted se sentit soudain à l'étroit et eut l'impression d'étouffer.

— Allons attendre dehors, proposa-t-il.

— D'accord, dit Yvonne en s'approchant de sa sœur pour l'aider à se relever.

— Non, j'ai trop mal, gémit Yolanda. Je ne bouge plus d'ici. Sortez sans moi.

— Comme si on allait te laisser, répliqua Yvonne en s'asseyant à côté de sa jumelle.

Une sirène retentit au loin.

— Voilà l'ambulance, dit Ted. Courage, ma chérie ! Ton calvaire sera bientôt fini.

Rayna et Amelia arrivèrent avant l'ambulance. Amelia sauta à bas du fourgon et se précipita dans la grange.

— Est-ce que ça va ? demanda-t-elle en s'agenouillant devant Yolanda.

Sous les yeux ébahis de Ted, Yvonne s'accroupit à côté d'elle et la prit par la taille.

— Il est mort, annonça Yolanda. Papa l'a tué. Nous ne risquons plus rien, maintenant.

— Tiens bon, ma puce. L'ambulance arrive.

La sirène se tut et une minute plus tard, deux urgentistes firent irruption dans le box avec tout leur fourbi. Amelia, Ted et Yvonne sortirent pour les laisser s'occuper de Yolanda.

Puis le FBI débarqua à son tour. La grange fut soudain pleine de monde, de bruit et d'agitation. Yolanda sortit du box sur une civière. Ted voulut monter avec elle dans l'ambulance, mais il fut sommé de rester sur place. Yvonne ne pouvait pas partir non plus. Du coup, Amelia proposa de l'accompagner.

— Je vais bien m'occuper d'elle, promit-elle à Ted en pressant sa main dans la sienne.

Ted eut du mal à réprimer une folle envie de l'embrasser. Après s'être contenté de la remercier, il la regarda grimper dans l'ambulance, à côté de Yolanda.

— Nous allons avoir besoin de vous à l'intérieur, dit Rayna.

— Et de moi aussi ? demanda Yvonne, qui avait voulu assister au départ de l'ambulance. Je voulais rentrer à la maison pour désinfecter mon éraflure.

— Laisse-moi y jeter un coup d'œil, dit Rayna en remontant d'autorité la manche de l'adolescente. Rien de grave, mais tu aurais pu demander aux urgentistes de te mettre un pansement.

— Ma sœur avait plus besoin d'eux que moi.

— Rayna ! cria quelqu'un. Nous avons besoin de vous.

Le FBI avait investi la grange, dérangeant les chevaux qui ne cessaient de piaffer et de s'agiter.

Le corps de Simon ne pouvant être déplacé tant que le légiste n'avait pas constaté le décès, un ruban jaune interdisait l'accès au box. Ted et Yvonne furent interrogés séparément. En tant qu'auteur du coup de feu qui avait provoqué la mort de Simon, Ted dut raconter très précisément ce qu'il s'était passé à un agent du FBI mal embouché, qui avait visiblement décidé de lui chercher la petite bête.

Lorsqu'il eut terminé, Rayna le prit par le bras et l'entraîna à l'écart.

— Pourquoi me traite-t-il comme un criminel ? demanda-t-il, assez contrarié.

— Ce n'est pas le cas. Ils font juste leur boulot. Vous n'avez rien à vous reprocher, Ted. Vous n'avez fait que protéger vos filles.

Tandis que Rayna allait s'entretenir avec ses collègues du FBI, il rejoignit Yvonne, qui l'attendait, assise dans un coin.

Le stress était retombé et la fatigue était en train de prendre le dessus.

— Tout est bien qui finit bien, dit-il.

— Oui, mais toi, comment te sens-tu ? demanda Yvonne en le scrutant d'un air soucieux. Tu as tué quelqu'un et même si c'était de la légitime défense, ça ne doit pas être évident à assumer.

— Ne t'en fais pas pour moi, dit Ted. J'ai fait ce que j'avais à faire. Je n'avais pas le choix.

— Je sais. Mais je suis sûre que ça va te hanter.

— C'est possible. Pour l'instant, le soulagement est plus fort que la culpabilité. On verra bien par la suite.

Ted n'était pas sûr de regretter un jour son geste. S'il ne lui avait pas tiré dessus, le psychopathe s'en serait pris aux personnes qu'il aimait le plus au monde : ses filles et Amelia.

Rayna revint vers eux.

— Puisque plus rien ne vous retient ici, je vous emmène à l'hôpital, dit-elle. Yolanda doit vous attendre avec impatience. Yvonne, tu en profiteras pour faire soigner ton bras.

Pour pouvoir rester avec Yolanda, Amelia s'était fait passer pour sa tante. Lorsque l'adolescente avait été emmenée au bloc pour extraire la balle qu'elle avait dans le bras, Amelia avait été invitée à aller dans la salle d'attente.

Une heure plus tard, une infirmière vint la chercher.

— Nous allons la garder un jour ou deux car avec ce genre de blessures, le risque d'infection n'est pas négligeable. Elle est sous perfusion ; elle reçoit en continu un antibiotique et un antalgique. Pensez-vous que ses parents seront bientôt là ?

— Son père devrait arriver d'une minute à l'autre.

— Tant mieux. Nous avons des papiers à lui faire remplir. Je reviendrai tout à l'heure.

Amelia s'assit dans le fauteuil à côté du lit.

— Comment te sens-tu, ma puce ?

— Beaucoup mieux, répondit Yolanda d'une voix pâteuse. Où sont papa et Yvonne ?

— Ils ne vont pas tarder.

Yolanda avait le plus grand mal à garder les yeux ouverts.

— Réveille-moi quand ils seront là, marmonna-t-elle.

Amelia la regarda dormir, le cœur rempli d'émotion. Elle adorait les jumelles et elle était amoureuse de leur père. Les Sanders l'avaient accueillie comme si elle avait fait partie de la famille. Elle se sentait bien chez eux et n'avait pas envie de quitter le ranch. Ni Getaway, ce patelin au nom improbable. Ni non plus le Texas. Amelia avait trouvé son port d'attache. Et elle était enfin libre. Elle pouvait à nouveau vivre normalement, sans se cacher. Cette pensée lui fit monter les larmes aux yeux. Mais c'étaient des larmes de joie, qu'elle ne chercha pas à retenir.

La porte s'ouvrit et Ted, Yvonne et Rayna entrèrent. Amelia se sécha vite les yeux du dos de la main. Mais son geste n'échappa pas à Ted.

— Qu'y a-t-il ? Il y a un problème ? demanda-t-il en se précipitant au chevet de Yolanda.

— Il n'y a aucun problème, répondit l'infirmière qui avait emboîté le pas au petit groupe. La balle a été extraite avec succès et la blessure recousue. Votre fille est sous antibiotique et sous antalgique. Vous êtes bien ses parents, n'est-ce pas ?

— Je suis son père.

— Parfait. On va vous apporter des papiers à remplir.

Amelia eut brusquement besoin de prendre l'air. Elle se

leva et sortit de la chambre en trombe. Elle longea le couloir en courant, passa devant la salle d'attente et traversa le hall d'accueil comme si elle avait le diable à ses trousses. Les portes automatiques s'ouvrirent devant elle et elle fut enfin dehors.

— Amelia, ça va ? cria Ted, derrière elle.

— Retourne voir ta fille, répondit-elle sans se retourner.

Elle ne voulait pas craquer devant lui.

— Elle dort.

Il s'approcha et la prit dans ses bras. Elle résista, dans un premier temps, mais la chaleur de son corps se communiqua au sien et elle finit par se blottir contre lui.

— C'est fini, dit-il en déposant un petit baiser sur sa tempe. Tu es libre, désormais. Une nouvelle vie s'offre à toi.

Au ranch ? Amelia avait beau s'y plaire, et les aimer, lui et ses filles, elle ne pouvait renoncer à ses rêves. D'autant plus que, vu le prix des loyers à Getaway, elle n'aurait aucun mal à s'installer comme psychothérapeute.

Elle voulait tout à la fois vivre avec Ted et ses filles et reprendre ce métier pour lequel elle se sentait une vraie vocation. À un moment ou à un autre, il lui faudrait faire un choix mais pour l'instant, elle n'avait pas envie d'y penser.

— Retournons à l'intérieur, dit Ted. Tu frissonnes.

Ils trouvèrent Yolanda assise dans son lit en train de bavarder avec sa sœur et Rayna.

— Papa ! s'exclama-t-elle en tendant les bras à son père qui s'approcha pour l'embrasser. Quand est-ce que je rentre à la maison ?

Ted se tourna vers Amelia et l'interrogea du regard. Elle leur répéta ce que l'infirmière lui avait dit.

Yolanda parut déçue.

Une femme arriva avec un ordinateur et des paperasses.

— J'ai des papiers à vous faire signer, dit-elle. Le médecin passera voir votre fille dès que possible.

— D'accord. Mon autre fille est légèrement blessée et aurait besoin de soins.

— Je vais vous envoyer une infirmière.

Laissant Ted avec ses filles, Rayna et Amelia sortirent faire quelques pas. Dans la salle d'attente, du café était en libre-service. Rayna en remplit deux gobelets et en tendit un à Amelia, après y avoir ajouté de la crème et du sucre.

— Assieds-toi. Tu tiens à peine debout.

— Ça se voit tant que ça ? En tout cas, merci pour tout ce que tu as fait pour moi aujourd'hui, dit Amelia.

Rayna sourit.

— J'aime mon métier, alors j'essaie de le faire le mieux possible.

Ces paroles suscitèrent chez Amelia un nouvel accès de mélancolie. Elle aussi adorait son métier. Et elle aussi l'avait exercé avec beaucoup de sérieux et un grand dévouement.

Jusqu'à ce que Simon devienne l'un de ses patients. Quand elle s'était rendu compte qu'il l'avait dupée, roulée dans la farine en falsifiant sa personnalité, elle s'était mise à douter de ses compétences. Simon lui avait prouvé qu'elle n'était pas aussi perspicace qu'elle le croyait. Il avait au final complètement sapé sa confiance en elle. Comment, dans ces conditions, pouvait-elle envisager d'exercer à nouveau ?

— Qu'est-ce qui te tracasse ? demanda Rayna, à qui rien n'échappait.

Après une courte hésitation, Amelia se lança. Connaissant mieux que personne le pouvoir libérateur de la parole, elle fit part à Rayna de ses craintes, de ses doutes et de son dilemme. Mais de ses sentiments pour Ted, elle ne dit pas un mot.

Rayna hocha la tête et but une gorgée de café.

— Simon est mort. Tu n'as plus à te soucier de lui. Mais il va sans doute te falloir un peu de temps pour en prendre pleinement conscience.

— Oui, j'imagine.

Rayna reposa son gobelet vide sur la table basse.

— Ted est au courant ?

— Au courant de quoi ? demanda Amelia, déconcertée. Je lui ai parlé de mon projet d'ouvrir un cabinet en ville, mais il ne sait pas que je doute de moi-même.

— Ma question portait sur les sentiments que tu as pour lui. Est-il au courant ?

— Suis-je à ce point transparente ? demanda Amelia.

— Impossible d'ignorer les étincelles que vous générez quand vous êtes ensemble. Elles éclairent toute la pièce !

— Vraiment ?

— Il faudrait être aveugle pour ne pas les voir, dit Rayna en riant. Surtout quand on sait ce que c'est que de tomber amoureux. Parker et moi aussi avons longtemps tourné autour du pot.

— Je l'aime, en effet. Et je suis très attachée à ses filles, admit Amelia après un silence. Mais pour tout dire, ça me terrifie.

— Cela prouve que tu es mordue, affirma Rayna en se levant. Nous ferions mieux d'y aller. Ils vont se demander où nous sommes passées.

Touchant le bras d'Amelia, elle lui lança un regard en coin.

— Entre rousses, on doit s'entraider.

— Oui, sauf que...

— Tu n'es pas rousse, je sais. Mais cette couleur de cheveux te va très bien.

— Merci. N'empêche que je vais apprécier de ne plus être obligée de me teindre.

En regagnant la chambre de Yolanda, elles croisèrent le médecin des urgences, qui venait d'en sortir.

Dépitée de devoir passer la nuit à l'hôpital, Yolanda boudait.

— Je vais rester avec toi, dit Ted. Je dormirai dans le fauteuil.

— Non, pas question ! Il faut que tu te reposes, papa. Reviens me chercher demain matin.

Ted acquiesça à contrecœur.

— On y va ? suggéra Rayna d'un ton enjoué en le prenant par le bras, le sentant visiblement réticent à partir.

— Allons-y, dit Ted,s dont le regard croisa celui d'Amelia. Il est grand temps de rentrer à la maison.

La maison. Dieu que ces mots faisaient plaisir à entendre ! songea Amelia, aux anges.

16

Ted avait espéré un retour à la normale dès que le FBI aurait bouclé l'enquête et que les médias seraient passés à autre chose. En attendant, il avait fallu supporter pendant quelques jours la présence au bout de l'allée de plusieurs fourgons et de reporters tellement insistants que Ted avait dû débrancher le téléphone fixe.

Ils avaient peu à peu tous repris leur routine quotidienne. Les jumelles en retournant au lycée, Amelia en assurant l'intendance et Ted en s'occupant du ranch avec l'aide de Floyd. Il n'arrivait plus cependant à entrer dans la grange sans avoir la nausée et sentir ses poils se hérisser.

Cela l'obligea à faire quelques travaux car après ce qui s'était passé dans le dernier box, il savait que plus jamais il n'y mettrait un cheval. Il décida donc de s'en servir pour entreposer des céréales et du matériel.

Plusieurs fois par semaine, il faisait des cauchemars terrifiants. Il se réveillait en sursaut, trempé de sueur et le cœur en surrégime. Avec ses filles, il se montrait un peu trop protecteur, mais avec le temps, sa vigilance finirait sans doute par se relâcher.

C'était Amelia, cependant, qui l'inquiétait le plus. Elle avait changé. Bien que souriante, très active dans la maison et toujours disponible pour les jumelles, elle semblait être ailleurs. Ted se demandait si elle n'allait pas, un jour ou l'autre, leur annoncer qu'elle partait.

Même les jumelles avaient remarqué son air absent. Ne

sachant pas trop à quoi attribuer ce changement, elles supposèrent qu'Amelia subissait le contrecoup de ce qui s'était passé, et décidèrent de prendre les choses en main.

— Ce n'est pas comme si elle buvait ou se droguait, objecta Ted, un soir où ils discutaient de cela tous les trois, pendant qu'Amelia prenait sa douche. Il faut peut-être juste lui parler.

C'est parce qu'elles avaient parlé librement de ce qui leur était arrivé avec leurs copains, en particulier avec Donella et Heather – dont elles étaient devenues très proches, qu'Yvonne et Yolanda avaient pu rapidement tourner la page.

— Et attendre que ça lui passe, continua Ted. Après tout ce que Simon lui a fait subir, entre son kidnapping, sa séquestration et sa traque, il va sans doute lui falloir un peu plus de temps qu'à vous pour oublier.

— Le temps n'efface pas toutes les blessures, déclara doctement Yvonne.

— Et si on tenait un conseil de famille ? suggéra Yolanda.

Il n'était apparemment pas venu à l'esprit des jumelles qu'Amelia ne souhaitait peut-être plus faire partie de leur famille.

— Et si je lui parlais d'abord ? proposa Ted.

— D'accord, s'exclamèrent-elles de concert. Il faut qu'elles sachent que nous l'aimons et que nous sommes là pour elle, ajouta Yvonne, qui semblait tenir, plus encore que sa sœur, à ce qu'Amelia se sente bien au ranch.

Ted n'eut pas le courage de leur dire qu'elle avait peut-être d'autres projets et qu'elle ne resterait sans doute pas éternellement leur gouvernante. D'ailleurs, lui aussi avait d'autres ambitions. Il rêvait de donner à Amelia une place bien plus gratifiante au sein de leur famille.

Mais tout d'abord, il fallait demander à Amelia ce que, *elle*, elle voulait. D'un commun accord, les jumelles et lui décidèrent de lui poser la question dès son retour de la douche.

Ted se leva de son fauteuil pour aller baisser le son de la télévision. Le bruit du sèche-cheveux leur parvenait de la salle de bains. Stressé par l'attente, Ted décida qu'il laisserait les jumelles s'exprimer, mais qu'il attendrait d'être seul avec Amelia pour lui dévoiler ses sentiments.

Au bout de ce qui lui sembla être une éternité, Amelia revint nonchalamment dans la salle de séjour.

— Qu'est-ce qui vous arrive ? Vous avez tous l'air si sérieux !

— Nous sommes inquiets pour toi, dit Yolanda. Tu n'es plus toi-même depuis… tu sais quoi.

Amelia s'assit sur le canapé.

— Je n'ai pas encore digéré tout ce qui était arrivé. Ce n'est pas facile, croyez-moi, mais cela n'a rien à voir avec vous.

Ted prit une grande inspiration.

— Moi aussi j'ai du mal à gérer le contrecoup, admit-il tout de go. Je ne peux pas m'empêcher de vous surveiller, toutes les trois. J'ai tout le temps peur qu'il vous arrive quelque chose. Et je n'arrive plus à entrer dans la grange sans flipper.

— Pareil pour moi, dit Yolanda. En fait, je n'ose même pas la regarder.

Yvonne fit elle-même écho à ces propos.

— Il faudrait peut-être envisager une psychothérapie, suggéra Amelia.

— Tous ensemble ? demandèrent les jumelles d'une même voix.

Amelia eut une brève hésitation.

— C'est à votre père de décider, répondit-elle en le fixant.

— Je suis partant, si vous ne voyez pas d'inconvénient à aller à Abilene ou Midland-Odessa.

— Je vais essayer de trouver quelqu'un, déclara Amelia.

— Le plus tôt sera le mieux, dit Yolanda. J'en ai marre de faire des cauchemars presque chaque nuit. Et de ne pas pouvoir dormir parce qu'Yvonne pleure dans son oreiller.

Ted sentit son cœur se serrer. Il n'était pas au courant.

— Nous allons trouver quelqu'un rapidement, promit-il.

— En tout cas, merci de vous inquiéter pour moi, dit Amelia en les gratifiant d'un sourire rassurant.

— C'est normal. Nous t'aimons beaucoup, répliqua Yvonne.

— Moi aussi, je vous aime beaucoup.

Se levant d'un bond, les jumelles allèrent l'embrasser, sous le regard humide de Ted, ému par ces effusions.

Puis elles se retirèrent dans leur chambre pour faire leurs devoirs, les laissant tous les deux en tête à tête.

Ted déglutit. Debout, Amelia contemplait ses mains, dont elle ne savait visiblement pas quoi faire. Le silence s'installa. Si Amelia avait accepté de suivre avec eux une psychothérapie, c'était parce qu'elle avait l'intention de rester, non ? se demandait Ted, à part lui. Il était plus que temps de parler de l'avenir. De *leur* avenir à tous les deux.

Lui désignant le canapé, il lui fit signe de venir s'asseoir. Mais elle secoua la tête.

— J'ai à te parler, dit-elle, et pour ce faire, je pense que je préfère rester debout. J'ai entrepris les démarches qui vont me permettre d'exercer au Texas. J'espère pouvoir ouvrir mon cabinet sous peu. Le seul problème, c'est que je ne pourrai plus travailler ici.

— Je m'en doute. Est-ce que c'est ce qui te tracasse ?

— Cela m'embête de vous laisser tomber, les filles et toi, mais ce projet me tient vraiment à cœur.

— Je comprends. Avec les diplômes et l'expérience que tu as, ce serait dommage que tu ne le réalises pas. Tu es vraiment faite pour ce métier.

— Merci pour ces encouragements.

Ted respira un bon coup, prêt à se jeter à l'eau.

— Je n'ai pas envie que tu partes, dit-il. Je veux nouer avec toi une relation plus personnelle.

Elle garda le silence si longtemps qu'il craignit qu'elle ne l'envoie promener.

— D'accord, dit-elle avec un sourire si sexy qu'il en eut presque le souffle coupé. Je te paierai un loyer, si tu veux.

— Pas la peine. Le plaisir de ta compagnie me suffit.

— Nous devrions demander aux jumelles ce qu'elles en pensent. Quand Yvonne nous a surpris en train de nous embrasser, elles en ont fait toute une histoire, je te rappelle.

— Oui, mais maintenant, c'est différent. Elles t'aiment. Et moi aussi, je t'aime.

À ces mots, il la vit tiquer, incrédule. Puis ses beaux yeux bleus s'emplirent de larmes.

— Je t'aime, Amelia. Plus que je ne pourrais jamais le dire.

— Je t'aime aussi, dit-elle en l'attirant à elle. Nous ne nous connaissons pas depuis longtemps, mais il y a des rencontres, comme ça, qui sont évidentes.

Il l'embrassa longuement, passionnément.

Lorsqu'ils se séparèrent, tous deux haletants, il prit sa main.

— Allons l'annoncer aux filles, dit-il.

Devant la porte de la chambre des jumelles, Ted marqua une pause.

— Toi aussi, tu appréhendes ? demanda-t-il.

— Sans doute encore plus que toi.

Ted frappa trois petits coups secs. Yolanda entrouvrit la porte. Quand elle les vit plantés tous les deux sur le pas de la porte, main dans la main, elle haussa les sourcils.

— Pouvez-vous venir au salon, ta sœur et toi ? demanda Ted. Nous voulons vous parler.

— Il y a un problème ? lança Yvonne, dans la chambre.

— Non, aucun. Venez au salon. On va vous expliquer.

En reprenant le couloir dans l'autre sens, Ted se retint de gambader comme un gamin.

Amelia et lui venaient juste de s'asseoir sur le canapé quand les jumelles firent irruption dans la pièce.

En les voyant blottis l'un contre l'autre, leurs doigts entrelacés, elles échangèrent un regard.

— Je le savais ! s'exclama Yvonne d'un ton triomphant. Aboule les dix dollars, Yolanda.

— Vous avez parié ? demanda Ted, abasourdi.

— Oui. Je soutenais que vous étiez ensemble alors qu'elle pensait que vous étiez juste amis.

— Nous sommes peut-être les deux, dit Amelia. Cela vous pose-t-il un problème à l'une ou à l'autre ?

— Non, pas du tout. Du moment que Yolanda me file mes dix dollars.

Yolanda lui tira la langue.

— Mais ce n'est pas tout, continua Amelia, un peu hésitante. Je ne vais bientôt plus pouvoir travailler ici.

— Comment ça ? demanda Yolanda en fronçant les sourcils.

— Je vais m'installer en ville en tant que psychothérapeute. C'est mon métier, comme vous le savez.

Les jumelles acquiescèrent mollement.

— Mais je vais continuer d'habiter ici et de vous cuisiner de bons petits plats, s'empressa-t-elle d'ajouter. Il faudra juste que vous donniez un coup de main à votre père pour les tâches ménagères et la lessive.

— Tu sais déjà où va se trouver ton cabinet ? demanda Yvonne.

— Non, il faut que je me renseigne. Quand j'aurai trouvé un local à louer, je devrai encore l'aménager et le meubler, puis recruter des collaborateurs. Tout cela risque d'être chronophage. C'est pourquoi je compte sur vous pour contribuer au bon fonctionnement de la maison.

Les jumelles hochèrent à nouveau la tête.

— Je suis contente pour toi. Pour vous deux, dit Yvonne. Vous méritez d'être heureux.

Souriant à travers ses larmes, Amelia lâcha la main de Ted et tendit les bras.

— Venez, dit-elle. Il me semble qu'un gros câlin s'impose.

— Un câlin collectif, précisa Yolanda.

Les jumelles se précipitèrent dans ses bras, incluant Ted au passage, qui exultait, comblé au-delà de toute espérance.

Amelia ne vit pas passer les deux semaines suivantes, tant elle était occupée. À ses moments perdus, elle avait commencé à apprendre à cuisiner aux jumelles, qui se révélèrent plutôt douées, Yvonne bien plus que Yolanda.

Un jour où elle avait prévu d'aller en ville, et où elle devait retrouver Ted pour déjeuner, Amelia décida de rendre visite à Serenity, qu'elle n'avait pas vue depuis un bon moment.

Lorsqu'elle poussa la porte de la boutique, elle eut un petit pincement au cœur. L'odeur entêtante de l'encens lui chatouilla les narines. Elle sourit en voyant les amoncellements de pierres et de cristaux qui disputaient l'espace aux livres sur les présentoirs.

— Amelia ! s'exclama la maîtresse des lieux en se précipitant vers elle dans un cliquetis de bracelets. Je suis contente de vous voir. Vous êtes resplendissante, dites-moi !

— Il faut croire que le bonheur donne bonne mine.

— Venez donc vous asseoir et boire une tisane. Vous allez me raconter tout ça, dit Serenity en l'entraînant vers le fond du magasin.

Pendant que Serenity préparait la tisane, Amelia, nostalgique, repensa à tout le chemin parcouru depuis son arrivée à Getaway.

— Je ne vous remercierai jamais assez, dit-elle à Serenity lorsqu'elle revint avec un plateau sur lequel étaient posées une théière et deux tasses. De m'avoir tendu la main, proposé un emploi et aidée à m'installer ici.

— Dès que je vous ai vue, j'ai su, dit Serenity d'un ton docte.

Intriguée par ces paroles sibyllines, Amelia attendit qu'elle développe, mais occupée à servir la tisane, Serenity gardait le silence.

— Vous avez su quoi ? demanda Amelia.

— Que vous étiez destinée à vivre ici. Tenez, buvez tant que c'est chaud et racontez-moi tout.

Elles bavardèrent pendant plus d'une heure. La conversation qu'elle eut avec son ancienne patronne fit un bien fou à Amelia.

— Vous êtes sur la voie de la guérison, déclara Serenity. L'amour va vous aider à cicatriser.

Interloquée de l'entendre parler d'amour alors qu'à aucun moment, elle n'avait évoqué sa relation avec Ted, Amelia demanda :

— Comment avez-vous deviné ?

— Je suis médium, au cas où vous l'auriez oublié, répondit Serenity en lui tapotant le bras. Ted et vous serez très heureux ensemble.

Amelia sourit.

— Je ne demande qu'à le croire.

Se penchant vers elle, Serenity ajouta :

— Je vous prédis aussi une jolie petite famille.

Comme elle prononçait ces mots, le carillon de la porte tintinnabula et Ted entra, son stetson baissé sur son visage buriné.

— Bonjour, mesdames, lança-t-il cérémonieusement.

— L'amour vous réussit, Ted Sanders, déclara Serenity en gloussant.

— Pas autant qu'à Amelia, répliqua-t-il avec un grand sourire.

Il tendit la main à Amelia, qui se leva pour l'embrasser.

— On y va ? demanda-t-il.

Elle acquiesça, prête à le suivre au bout du monde. D'un coup de menton, Serenity leur fit signe de filer.

Ils sortirent de la boutique tendrement enlacés et se dirigèrent vers le pick-up de Ted, garé un peu plus loin.

— De quoi parliez-vous quand je suis entré ? demanda-t-il. Tu avais l'air ravie. Je parie que Serenity t'a fait des prédictions ?

— En effet.

— Des bonnes, j'espère. Elle a un don pour ça. Ses prédictions se réalisent toujours.

— Ah bon ? En ce cas, il vaudrait mieux que je te pose la question. Que dirais-tu d'avoir d'autres enfants ?

S'apprêtant à lui ouvrir la portière, côté passager, il se figea et elle le vit passer tour à tour de la perplexité à l'incrédulité avant qu'un sourire radieux n'illumine son visage.

Fou de joie, il prit Amelia dans ses bras et la fit tournoyer dans les airs.

Lorsqu'il la reposa par terre, ils s'embrassèrent. Puis il la considéra d'un air grave, le regard rempli d'amour.

— Il est peut-être temps d'envisager l'avenir, dit-il.

— Je suis d'accord.

— Tu dis oui ?

Amelia éclata de rire.

— Tu ne m'as pas encore posé la question.

— Mais si je te la pose, tu diras oui ?

Elle se hissa sur le siège passager.

— Tu verras bien. Ce sera la surprise.

Ted s'assit au volant en secouant la tête.

— Allons manger. Nous en reparlerons plus tard.

Le Tumbleweed Café était bondé, comme d'habitude, mais ils eurent droit à une banquette au milieu de la salle. Tandis qu'ils étudiaient le menu, Amelia eut l'impression que tous les regards étaient braqués sur elle. Mais comme on l'avait pas mal vue aux infos, récemment, elle ne fut pas plus étonnée que cela de susciter la curiosité des autres clients.

— Amelia ? dit Ted en se levant tandis qu'autour d'eux, un grand silence se faisait.

S'agenouillant devant elle, il sortit de la poche de son jean un petit coffret en velours noir.

— Cela fait un moment que je le trimballe, dit-il. J'attendais que l'occasion se présente. Amelia Fergusson, veux-tu m'épouser ?

Stupéfaite, elle contempla son beau visage marqué par les années et hocha lentement la tête. Elle avait les larmes aux yeux et la gorge nouée, mais elle réussit à répondre oui.

La salle explosa de joie. Tandis que Ted lui passait à l'annulaire un magnifique diamant, une serveuse leur apporta du champagne et des flûtes. Puis deux serveurs arrivèrent en poussant une desserte sur laquelle trônait un énorme gâteau, qu'ils découpèrent pour le distribuer aux clients.

— Mais comment ont-ils su ? demanda Amelia, éberluée.

— Serenity leur a peut-être dit, répondit Ted, les yeux pétillants. À moins que ce ne soit moi.

Il fit sauter le bouchon de la bouteille de champagne et remplit leurs deux verres.

Amelia avait l'impression de vivre un conte de fées.

Lorsqu'elle prit son verre, Ted leva le sien pour porter un toast.

— À nous deux ! dit-il.

— À notre future petite famille ! dit Amelia en trinquant avec son futur mari.

K.D. RICHARDS

Menaces sur le lac

Traduction française de
LUCILE MASSON

BLACK ROSE

HARLEQUIN

Titre original :
DARK WATER DISAPPEARANCE

1

Dominique « Nikki » King engagea sa Camry sur la route familière qui menait vers la maison de son enfance. Cette demeure, où elle n'était pas venue depuis des années, avait toujours été un refuge pour elle. Les arbres centenaires qui bordaient la rue balançaient doucement leurs branches, semblant saluer le retour de leur amie de toujours. Nikki tourna à droite dans l'allée en fer à cheval et, apercevant le modeste corps de ferme, sentit son cœur se serrer.

Lakewood House, baptisée ainsi bien avant que son grand-père ne l'achète. Le nom était resté.

Elle s'arrêta et laissa le moteur tourner. C'était la première fois qu'elle revenait chez son grand-père depuis qu'il était décédé, un an plus tôt. C'était sa maison maintenant.

Son aïeul avait coutume de faire appel aux services d'un homme à tout faire, Pete Bonny, qui habitait dans le coin, et elle l'avait gardé comme gardien après avoir hérité de la maison. Mais, clairement, ce qu'elle lui envoyait chaque mois ne suffisait pas à l'entretien des lieux.

Il n'y avait jamais eu de pelouse dans le jardin car les arbres étaient trop nombreux pour que l'herbe pousse, et comme la maison était située sur un terrain de quatre hectares, aucun voisin ne pouvait s'en plaindre. La façade en bois, autrefois d'un blanc éclatant, était sale et terne, et plusieurs bardeaux étaient abîmés. Les volets, dont la peinture noire avait passé avec le temps, étaient ébréchés. Les fenêtres avaient besoin d'un bon coup de chiffon, et le creux prononcé entre les deux marches qui menaient au porche semblait avertir les visiteurs des risques qu'ils couraient en s'approchant de la porte d'entrée.

« Attention où vous mettez les pieds. »

Un avertissement qu'elle aurait dû écouter dans sa vie de chaque jour. Elle ne se retrouverait pas en ce moment à Carling Lake, dans l'État de New York, sans emploi et éjectée du monde politique alors qu'elle avait travaillé si dur pour y entrer.

Ce n'est qu'un incident passager, se dit-elle pour la millième fois, une rengaine devenue trop familière. De toute façon, cela faisait trop longtemps qu'elle repoussait son retour. Elle avait des décisions à prendre. Vendre la maison ou la garder pour la louer ? Carling Lake étant une ville touristique, il ne lui serait pas difficile de trouver des locataires réguliers. Mais l'idée de voir des étrangers l'occuper ne lui plaisait guère. Elle les imagina en train de dormir dans son ancienne chambre ou de mettre du désordre dans la cuisine impeccable de son grand-père. Elle n'était pas sûre de pouvoir le supporter.

Cela dit, elle avait encore le temps d'y réfléchir. Pour l'instant, elle voulait juste poser ses valises et s'installer.

Sans emploi, elle n'avait plus les moyens de payer son appartement à Washington. C'est pourquoi elle avait rompu le bail et mis toutes ses affaires au garde-meuble. Deux grandes valises de vêtements, trois cartons de bibelots et d'objets divers, et son ordinateur portable étaient à peu près tout ce qu'elle possédait actuellement. C'était une chute vertigineuse pour celle qui, en dernière année de lycée, était considérée comme l'élève la plus susceptible de devenir la première femme noire présidente des États-Unis. En effet, du plus loin qu'elle se souvienne, elle s'était toujours intéressée à la politique, une passion qu'elle avait héritée de son grand-père, qui avait siégé au conseil municipal de Carling Lake pendant près de vingt ans.

Après des années de stages mal payés, voire non rémunérés, et divers postes juniors, elle avait gravi les échelons et finalement décroché un poste d'analyste politique auprès de Thomas Manco, membre de la délégation de New York à la Chambre des représentants. L'emploi de ses rêves : travailler pour un homme qu'elle pensait honnête et sincèrement désireux d'aider les personnes qu'il représentait.

Oh ! comme elle s'était trompée sur ce point !

— Allons, tu as quitté Washington pour t'éloigner de tout ça, dit-elle à voix haute, tentant d'oublier sa carrière ruinée.

La sonnerie caractéristique d'un SMS résonna alors.

Tu es arrivée ?

C'était Carolyn Montgomery, la seule collègue qui n'ait pas rayé Nikki de la liste de ses connaissances. Carolyn était également la seule personne à qui elle avait annoncé son départ de Washington pour Carling Lake.

Je viens d'arriver. Je t'appellerai demain si je survis à cette première nuit.

Nikki jeta le téléphone dans son sac à main, coupa le moteur et sortit de sa voiture.

Elle fit rouler ses valises jusqu'au porche et vérifia que la marche tiendrait avant de les tirer, une par une, jusqu'à la porte d'entrée. Pete lui avait assuré que la propriété, bien qu'un peu abîmée par les années, était parfaitement habitable. Elle espérait que c'était vrai. La vie à Washington D.C. était chère et le peu d'argent qu'elle avait réussi à économiser s'envolerait rapidement, même à Carling Lake, s'il lui fallait trouver un autre logement.

Heureusement, sa clé joua facilement dans la serrure et la porte d'entrée s'ouvrit sur le salon. L'agencement de la maison était inhabituel, mais son grand-père avait abattu un maximum de murs pour que la maison paraisse aussi spacieuse que possible. En plus du salon, le rez-de-chaussée se composait d'une petite salle à manger attenante à la cuisine et du bureau de son grand-père, qui faisait à peu près la même taille que le dressing de l'appartement de Nikki à Washington. Le premier étage comportait trois chambres, une minuscule chambre d'amis et deux grandes chambres qui se partageaient l'unique salle de bains de la maison. Un espace confortable, bien qu'étrangement configuré, et qui leur convenait parfaitement à elle et son grand-père.

Elle se mit au travail, retirant les tissus qui recouvraient les meubles et rapportant toutes ses affaires de la voiture. Elle venait de poser le dernier carton sur le canapé du salon lorsqu'un bruit de moteur retentit à l'extérieur. Elle s'approcha de la porte d'entrée ouverte et vit un pick-up bleu métallisé se diriger vers la maison. Elle reconnut instantanément le bateau attelé à l'arrière.

Annalise. Son grand-père avait donné à son bateau du nom son épouse, la grand-mère de Nikki, décédée l'année précédant sa naissance.

Le camion s'arrêta derrière la Camry rouge et Pete Bonny en sortit.

Pete n'avait que dix ans de plus que Nikki – qui en avait trente-deux –, mais la vie n'avait pas été tendre avec lui et il avait vieilli prématurément. Il n'était que 3 heures de l'après-midi, pourtant ses yeux étaient déjà injectés de sang et ses cheveux bruns clairsemés se dressaient en touffes sur sa tête. Son visage était hâlé, comme s'il avait passé trop de temps sous une lampe UV ou, plus probablement, sur le lac de Carling sans utiliser de crème solaire. La ceinture trop serrée de son jean avait bien du mal à dissimuler son embonpoint. Pourtant, lorsqu'il souriait, Nikki retrouvait en lui le séducteur adoré des adolescentes de la ville, de nombreuses années auparavant.

— Eh ben, en voilà une belle surprise, dit-il en sortant du camion.

— Bonjour, Pete, répondit Nikki avec un sourire.

Elle descendit les marches du porche et il la prit dans ses bras pour une étreinte rapide avant de reculer.

— Ton grand-père vantait toujours ton intelligence et ta beauté, mais il était en dessous de la vérité, ajouta-t-il avec un clin d'œil.

Le cœur de Nikki se serra en entendant ces mots. Son grand-père s'était toujours montré affectueux avec elle. Et il s'était assuré qu'elle sache à quel point il était fier d'elle.

Cela faisait plus d'un an que Bernard King s'était éteint paisiblement dans la maison de retraite en Floride où il s'était installé lorsque les hivers new-yorkais et l'entretien de sa bien-aimée Lakewood House étaient devenus trop pénibles pour lui. Mais elle avait encore du mal à digérer la perte du seul vrai parent qu'elle ait jamais eu. Sa mère et son père étaient plus intéressés par l'idée d'être parents que par le fait de le devenir réellement. Leurs carrières de diplomates américains les faisaient voyager dans le monde entier, et s'occuper de leur fille unique n'était pas une priorité pour eux. Ils l'avaient placée dans un internat dès l'âge de six ans. Cela avait été un sujet de discorde entre son grand-père et son fils, le père de Nikki, pendant des années. Heureusement, elle pouvait toujours passer les vacances à Carling Lake. Peu après son dixième anniversaire, ses parents étaient morts dans un accident de voiture. Son grand-père avait obtenu sa tutelle et l'avait immédiatement retirée de l'internat pour l'emmener vivre avec lui.

Tous deux avaient alors traversé une grosse période de transition. Bernard King avait passé sa vie à développer sa société de transport, King's Trucking. Comme le voulait la tradition à l'époque, c'est la grand-mère de Nikki, Annalise, qui avait élevé leur fils unique. Cette fois, le grand-père de Nikki était déterminé à faire les choses différemment pour sa petite fille qui était désormais sa seule famille.

C'est donc ce qu'il avait fait, assistant à chaque spectacle de danse, à chaque match de basket et à chaque concert de piano auquel elle participait. Il avait soigné les genoux écorchés, fixé des couvre-feux et imposé des punitions lorsque cela s'avérait nécessaire. Il avait été pour elle le père qu'il n'avait pas été pour son fils.

L'idée de ne plus jamais entendre sa voix ou de ne plus pouvoir s'allonger à ses côtés sur l'*Annalise*, flottant sur le lac, lui paraissait presque insurmontable.

Elle repoussa les larmes qu'elle sentait poindre et se concentra de nouveau sur Pete.

—... alors j'ai pensé que tu aimerais avoir le bateau.

— Merci, répondit-elle en se forçant à sourire. Tu n'avais pas besoin de te donner tout ce mal.

Pete balaya ses paroles d'un revers de main.

— Pas de problème. Il est à toi après tout. Ton grand-père m'a permis de l'utiliser quand je le voulais, ça faisait partie de notre accord pour m'être occupé de la maison, alors je l'ai gardé chez moi. Mais puisque tu es de retour, c'est normal de te le rendre.

Pete n'avait pas l'air vraiment ravi de devoir abandonner le bateau, mais il avait raison de dire que l'*Annalise*, ainsi que tout ce qui appartenait autrefois à son grand-père était désormais à elle. Elle aurait peut-être dû lui dire qu'il pouvait le garder, mais quel était l'intérêt de vivre au bord du lac si elle n'avait pas de bateau pour en profiter ?

Pete baissa la tête et recula jusqu'au camion.

— Bon, je vais l'amarrer pour toi.

— Laisse-moi mettre mes bottes, je vais venir t'aider, dit-elle en faisant un pas vers la maison.

Pete sourit sans trop de conviction.

— Non, ce n'est pas la peine. Je peux m'en occuper seul. Va donc t'installer tranquillement.

À vrai dire, même si elle était heureuse d'avoir le bateau, le mettre à l'eau et l'amarrer était la dernière chose dont Nikki voulait s'occuper à ce moment-là. Le trajet depuis Washington l'avait épuisée, et elle voulait déballer ses affaires et faire un tour à l'épicerie avant la tombée de la nuit.

Elle fit un signe de la main à Pete alors qu'il remontait dans son camion et se dirigeait vers le lac à l'arrière de la maison.

Elle erra dans sa maison emplie de souvenirs. Dans la cuisine, alors qu'elle passait la main sur le plan de travail en bois, un bout de papier au sol attira son attention. Il s'agissait d'une carte de visite. Elle ne comportait aucun mot ou gravure, seulement un symbole : une fleur de lys jaune. La seule personne qui avait pénétré la maison au cours de l'année écoulée était Pete. Cela devait lui appartenir.

Elle empocha la carte pour lui en parler lorsqu'il reviendrait et décida de s'atteler à une tâche plus pressante : s'installer.

Mais, après avoir hissé avec peine ses deux valises au premier étage, elle était essoufflée et se demanda si le déballage ne pouvait pas attendre.

La première porte à droite de l'escalier ouvrait sur la petite chambre qu'elle occupait lorsqu'elle rentrait de l'université pour les vacances.

Elle passa devant sans l'ouvrir et se dirigea vers la chambre de son grand-père. Il avait emporté avec lui tous ses objets de valeur lorsqu'il avait déménagé en Floride, laissant la pièce presque vide. Mais ce n'était pas pour cela qu'elle l'avait choisie. C'était la plus grande des deux chambres attenantes à la salle de bains et, contrairement à la petite, elle avait une vue imprenable sur le lac.

Elle ne se souvenait peut-être pas de tous les chemins de Carling Lake, mais la beauté du soleil levant sur le lac restait gravée dans sa mémoire.

Il était trop tard pour assister au lever du soleil, mais elle jeta quand même un coup d'œil par la fenêtre. Le lac demeurait magnifique à toute heure de la journée.

Cependant, ce ne fut pas le lac qui retint son attention.

Pete revenait en courant vers la maison. Elle était trop loin pour voir l'expression de son visage mais, à la façon dont il agitait les bras, elle comprit que quelque chose n'allait pas.

Elle se détourna de la fenêtre et dévala les escaliers pour ouvrir la porte arrière de la maison alors que Pete arrivait sur le porche.

— Que se passe-t-il ? Tu vas bien ? demanda-t-elle en le conduisant vers l'un des vieux fauteuils à bascule qui se trouvaient à l'extérieur.

— Il y a... un... corps, dit-il, hors d'haleine.

Nikki tourna la tête en direction de l'eau. Ses yeux balayèrent les rives du lac jusqu'à ce qu'ils se posent sur quelque chose d'indéfinissable. Un morceau de tissu rouge peut-être ? Quoi qu'il en soit, l'objet était partiellement immergé dans le lac.

Elle sortit son téléphone de sa poche arrière et composa le 911 avant de le tendre à Pete.

— Quand le répartiteur décrochera, explique-lui ce qui se passe. Je vais jeter un coup d'œil.

Elle ignora les protestations de Pete et descendit les marches du porche, se dirigeant rapidement vers l'eau.

Alors qu'elle s'approchait, il devint évident qu'il s'agissait d'une personne. Une femme. Elle avait l'air jeune, la fin de l'adolescence ou le début de la vingtaine, difficile à dire.

Nikki ralentit. Elle savait que la police désapprouverait qu'elle perturbe la scène, pourtant si cette personne avait besoin d'aide, elle ne pouvait pas attendre.

La femme était allongée sur le bord du lac, les jambes dans l'eau. Ses cheveux, sales et roux, cachaient son visage. Vu l'immobilité de son corps, chercher un pouls semblait inutile mais Nikki prit néanmoins son poignet entre ses doigts avant le lâcher, sans surprise. La pauvre femme était morte depuis un certain temps.

Elle recula, prenant soin de marcher dans ses traces de pas afin de perturber le moins possible la scène. Maintenant que le choc initial s'était dissipé, elle pouvait voir que l'étrangère était trempée de la tête aux pieds.

Peut-être qu'elle était tombée à l'eau, s'était noyée et que le courant l'avait ramenée sur la propriété. Elle marmonna une rapide prière, puis se dépêcha de retourner à la maison pour attendre la police avec Pete.

La journée promettait d'être longue et éprouvante pour Nikki, mais contrairement à la pauvre femme au bord du lac, elle au moins était bien vivante.

2

Terrence Sutton se faufila dans les rues de Carling Lake et dépassa le virage menant à la maison de sa tante Charity, tout en restant sur la route qui menait au bureau du shérif. Le respect des bonnes manières lui dictait de saluer la famille en arrivant à Carling Lake mais les mondanités allaient devoir attendre. Il n'était pas en ville pour une visite de courtoisie.

Cela faisait une semaine qu'il n'avait plus aucune nouvelle de sa sœur Jill. S'il n'était pas rare qu'elle le rappelle en retard lorsqu'elle était en reportage, elle n'avait jamais été injoignable aussi longtemps. Elle savait qu'il s'inquiétait des risques qu'elle prenait en tant que journaliste d'investigation, déterrant des informations que beaucoup de gens préféraient garder cachées. Au fil des années, ils avaient établi une sorte de routine. Lorsqu'il l'appelait, elle lui répondait dans les vingt-quatre heures, même si cette réponse n'était qu'un SMS rapide disant qu'elle était trop occupée pour parler. Il en allait de même lorsqu'elle contactait Terrence et lui laissait un message. Son travail d'inspecteur au sein de la police de Trenton, dans le New Jersey, comportait lui aussi son lot de dangers.

C'est pourquoi il savait que quelque chose ne tournait pas rond. Jill ne le laisserait pas s'inquiéter sans raison.

Il gara sa voiture sur le parking adjacent aux bureaux du shérif et vérifia une nouvelle fois son téléphone. Aucun message de Jill. Sa gorge se serra un peu plus.

Carling Lake lui fournirait un indice qui le mènerait à sa sœur. Il le découvrirait et retrouverait Jill coûte que coûte.

Tout d'abord, il allait devoir se mettre dans les petits papiers du shérif de la ville. Il avait déjà décidé de mener sa propre enquête, que cela plaise ou non au shérif Webb, mais cela ne ferait pas de mal d'être en bonne relation avec lui. Qui savait ce qu'il découvrirait ou s'il aurait besoin de l'aide des habitants ? Mieux valait être cordial, du moins au début.

Bien qu'ayant grandi à Carling Lake, Terrence ne s'y rendait pas souvent. Il avait rencontré Lance Webb quelques années plus tôt, lors d'une visite chez sa tante Charity, mais il ne savait pas comment le shérif réagirait à la présence d'un flic de Trenton interrogeant les habitants dans sa juridiction.

Il sortit de son Toyota Highlander et pénétra dans le bâtiment

Un réceptionniste en uniforme attendait assis derrière le bureau d'accueil. Il examina Terrence, l'évaluant de la tête aux pieds alors qu'il s'approchait.

— Puis-je vous aider ?

— Je suis l'inspecteur Terrence Sutton, de la police de Trenton. J'aimerais parler au shérif, s'il vous plaît.

L'expression de l'employé resta impassible.

— Vous avez un rendez-vous ?

— Non, mais j'apprécierais qu'il ait une minute pour me recevoir.

L'homme resta silencieux un moment avant de décrocher le téléphone et de composer quatre chiffres. Il tourna sa chaise et baissa la voix pour que Terrence ne puisse pas entendre la conversation, puis il raccrocha et désigna la rangée de chaises dans le hall.

— Le shérif sera là dans un instant.

Terrence contourna la salle d'attente et se plaça devant un bulletin de petites annonces affichant une douzaine de prospectus divers, allant du prochain festival d'été aux animaux disparus, en passant par une annonce de recherche de baby-sitter. Le tableau résumait Carling Lake, une ville touristique dépendante de ses festivals et autres activités récréatives, tout en restant un lieu de résidence et de vie pour la communauté.

Enfant, et jusqu'à ce qu'il parte à l'université, il avait fait partie de cette communauté. Il avait huit ans et Jill cinq lorsque leur mère les avait déposés, un beau jour d'été, sur le pas de la porte de leur tante Charity et de leur oncle Jarrod. Hope Sutton avait supplié sa sœur de garder ses enfants, disant qu'elle avait besoin de quelques jours de répit dans sa vie de mère célibataire. Même à huit ans, Terrence savait que sa mère n'était pas comme les autres. Hope se fichait éperdument que Jill et lui arrivent à l'heure à l'école, et elle n'avait jamais vérifié leurs devoirs ni préparé un seul repas équilibré.

Aussi, quand la semaine s'était muée en un mois, il n'avait été ni surpris ni inquiet. Ce n'était pas la première fois que leur mère disparaissait ainsi. Au moins, cette fois-ci, elle les avait laissés avec deux adultes responsables. Leur tante leur préparait toujours des repas maison, et Jarrod avait appris à Terrence à faire des ricochets sur le lac. Et bien que ce soit l'été et qu'il n'y ait pas école, Charity insistait pour qu'ils lisent pendant une demi-heure chaque jour, ce qui agaçait prodigieusement Terrence. Il avait dû accepter de ne pas pouvoir faire ce qu'il voulait quand il le voulait, mais cela s'était révélé plus agréable que prévu, comme si le poids invisible qui pesait sur ses épaules s'était enfin envolé.

Au fil des semaines, il avait fini par redouter le retour de sa mère. Mais plus la fin de l'été approchait, plus il devenait difficile pour Charity de joindre sa sœur au téléphone. Lorsqu'elle y parvint enfin, elle posa un ultimatum à Hope : soit elle se reprenait en main et devenait la mère que ses enfants méritaient, soit elle cédait leur tutelle, à elle et à Jarrod. Cinq jours après cet appel, Charity avait en main les papiers signés lui accordant la garde de Jill et Terrence. Leur mère avait même payé un supplément pour que les documents soient expédiés rapidement. En huit ans, il ne l'avait jamais vue payer un supplément pour quoi que ce soit.

Hope Sutton était réapparue de temps en temps dans les années qui avaient suivi, surtout lorsqu'elle avait besoin d'argent. Lorsqu'elle décéda des suites d'un anévrisme, l'année des vingt ans de Terrence, il dut organiser ses funérailles car il était son plus proche parent, même si cette femme qui l'avait mis au monde n'avait jamais réellement été une mère pour lui.

Un grésillement le tira de ses pensées.

Un homme grand, vêtu d'un uniforme brun foncé, franchit les portes métalliques derrière le comptoir de la réception. Le shérif Webb et Terrence travaillaient tous les deux pour les forces de l'ordre. Pourtant ils n'auraient pu être plus différents sur le plan physique. Le shérif, qui mesurait un bon mètre quatre-vingts, était plus grand que Terrence et avait un corps svelte par rapport au physique plus trapu et plus musclé de Terrence.

— Inspecteur Sutton, s'exclama le shérif en s'avançant, la main tendue. C'est un plaisir de vous revoir. Que puis-je faire pour vous ?

— Je vous en prie, appelez-moi Terrence. Y a-t-il un endroit où nous pourrions parler en privé ?

— Allons dans mon bureau. Et vous pouvez m'appeler Lance, ajouta le shérif avant de se retourner et de l'entraîner à sa suite.

Lance entama la conversation une fois qu'ils furent installés dans son bureau.

— Je suppose que vous n'êtes pas à Carling Lake pour rendre visite à Mlle Charity.

— Non. Ma tante n'est même pas encore au courant de ma présence en ville.

Lance leva un sourcil dubitatif, un petit rictus au coin de la bouche.

— Vraiment ?

Il était vrai que les rumeurs allaient bon train à Carling Lake et n'avaient rien à envier à la rapidité d'Internet, il était donc tout à fait concevable que sa tante soit déjà au courant de son arrivée.

— Je vais reformuler. Je ne suis pas encore allé voir ma tante. Mais c'est mon prochain arrêt.

Lance s'adossa contre sa chaise, une curieuse expression sur le visage.

— Eh bien, ce qui vous amène doit être important si vous

avez décidé de risquer les foudres de Mlle Charity en venant ici avant de passer chez elle.

— En effet.

L'anxiété et la peur que Terrence ressentait actuellement étaient devenues bien trop familières ces derniers jours.

— Je suis ici pour essayer de retrouver ma sœur, Jill, poursuivit-il.

— Pour autant que je sache, personne ne loge chez votre tante en ce moment. Qu'est-ce qui vous fait penser que votre sœur est à Carling Lake ?

— Je ne suis pas certain que Jill soit en ville pour rendre visite à tante Charity. Ou même qu'elle soit ici. Je n'arrive plus à la contacter depuis une semaine. Ce n'est pas son genre de m'ignorer.

L'expression de Lance devint pensive.

— Une semaine, ce n'est pas si long.

— Peut-être pas pour certaines personnes, mais c'est le cas pour Jill et moi. Comme nous sommes tous les deux célibataires, que nous vivons seuls et que nous avons des emplois à risque, nous avons convenu de toujours nous répondre dans les vingt-quatre heures. J'admets que nous ne discutons pas plus d'une fois par mois, et encore, mais nous sommes souvent en contact par texto.

— Et Jill a rompu ce contact.

Le visage de Lance devint soucieux.

— Aucune réponse à plusieurs de mes appels et messages, acquiesça Terrence. Il m'a fallu un peu de temps pour réaliser que Jill n'avait pas répondu à mon dernier appel dans les vingt-quatre heures convenues.

Il sentit son estomac se retourner sous l'effet d'une vague de culpabilité. Il aurait dû s'en apercevoir, mais il s'était laissé distraire par une grosse enquête sur un réseau de trafic de drogue. L'opération avait été un fiasco, et trois jours s'étaient écoulés avant qu'il se rende compte qu'il n'avait aucune nouvelle de Jill. Trois jours au cours desquels sa carrière s'était rapidement détériorée et quelque chose était sans doute arrivé à sa sœur.

— D'accord, dit Lance, visiblement en pleine réflexion. Je suppose que vous avez appelé tous ses amis ? Vous avez parlé à ses collègues ? Vous êtes passé chez elle ?

— En effet, acquiesça Terrence. Jill est une journaliste d'investigation. J'ai discuté avec son rédacteur en chef et plusieurs de ses collègues. Aucun n'a eu de ses nouvelles. Ses voisins ne l'ont pas vue depuis des jours, bien qu'ils aient tous dit que ce n'était pas inhabituel. J'ai également contacté sa meilleure amie, mais elle n'a pas parlé à Jill depuis deux semaines.

Lance tapota de son stylo le sous-main de son bureau.

— Et son appartement ?

— Elle voyage beaucoup pour son travail mais elle a un pied-à-terre à Washington. J'y suis allé hier pour vérifier. Tout avait l'air normal, à part ceci.

Il sortit un sachet en plastique de la poche de sa veste. À l'intérieur se trouvait un morceau de papier sur lequel était écrit « Carling Lake », entouré plusieurs fois. Un dessin griffonné en dessous représentait une sorte de fleur.

— L'écriture est celle de Jill. J'ai demandé à un ami de la police de Philadelphie de vérifier les empreintes mais il n'a trouvé que celles de ma sœur.

— D'accord, je comprends que vous soyez inquiet, mais vous n'avez pas beaucoup d'éléments à votre disposition.

Lance posa le papier plastifié sur le bureau. Terrence sentit la frustration monter.

— Je sais, mais je n'arrive pas à me débarrasser du sentiment que quelque chose cloche.

— Et c'est votre sœur, donc vous ne laisserez pas tomber tant que vous n'aurez pas la certitude qu'elle va bien. Je comprends. Que puis-je faire ?

Une vague de soulagement envahit Terrence. Il aurait fait cavalier seul s'il l'avait fallu mais le fait d'avoir le shérif de son côté serait d'une grande aide si, comme il le craignait, Jill s'était mise dans une situation périlleuse.

— Pour l'instant, je ne sais pas. Je n'y avais pas vraiment

réfléchi avant de me rendre à Carling Lake et voir si Jill s'y trouvait ou si elle était passée par ici.

— Bien, dit Lance avec un soupir. Comme je l'ai mentionné plus tôt, je n'ai pas entendu dire qu'elle était en ville, mais j'ai peut-être manqué les dernières nouvelles. Votre tante Charity en revanche… rien ne lui échappe. Si Jill est venue dans la région, elle le saura.

Le téléphone posé sur le bureau du shérif sonna avant que Terrence ne puisse répondre. Lance décrocha le combiné.

Son visage s'assombrit en écoutant la personne parler à l'autre bout du fil.

Terrence ne pouvait pas entendre ce qui se disait mais ce n'était manifestement pas une bonne nouvelle.

Lance mit fin à l'appel et se leva.

— Je dois y aller. Quelqu'un a trouvé un corps.

Terrence se redressa à son tour.

— À Carling Lake ? s'écria-t-il alors que les battements de son cœur s'emballaient. L'avez-vous identifié ?

Le shérif s'arrêta avant d'atteindre la porte. Le silence s'abattit sur la pièce tandis qu'il se demandait manifestement s'il devait répondre.

— Je n'essaie pas de m'immiscer dans votre affaire, shérif, dit Terrence. C'est juste que…

Il ne pouvait se résoudre à dire ce qu'il pensait. Que le corps pouvait être celui de sa sœur. Mais vu le regard compatissant de Lance, il n'avait pas besoin de le dire. Ce dernier comprenait ce qu'il traversait.

— Je n'ai pas encore d'identité.

Il ouvrit la porte du bureau.

— Savez-vous s'il s'agit d'un homme ou d'une femme ? demanda Terrence.

— C'est une femme, répondit sobrement Lance.

Le cœur de Terrence se serra mais il emboîta le pas au shérif.

— Je viens avec vous.

3

Nikki se souvenait de Pete comme d'un homme peu loquace, aussi apprécia-t-elle le fait qu'il n'ait pas changé au fil des ans. Ils s'étaient installés sous le porche en attendant la police. Pete tenait un verre d'eau, mais il semblait sur le point de tourner de l'œil à tout moment. Il était indéniablement secoué et elle ne pouvait pas lui en vouloir. Elle n'était pas sûre elle-même de pouvoir oublier un jour la vue de cette pauvre femme.

Pete pencha la tête et elle entendit le bruit d'un véhicule qui approchait. Un 4x4 noir avec le logo du shérif sur la portière s'arrêta à côté de sa Camry. Elle avait rencontré brièvement le précédent shérif lors d'une de ses visites à Carling Lake avant que son grand-père ne déménage. Il descendit de la voiture côté conducteur et elle songea que, bien qu'il lui soit familier, elle était certaine de ne jamais lui avoir été présentée. Il mit sa casquette de shérif et contourna le véhicule tandis que la porte passager s'ouvrait.

Nikki retint son souffle en apercevant l'homme qui descendait de la voiture.

Terrence.

Une vague d'émotions l'envahit. Colère. Exaltation. Remords. Désir.

Ils avaient été inséparables, ils étaient les meilleurs amis du monde, et même plus que cela. Mais tout avait changé en l'espace d'un instant, lorsqu'ils avaient dix-sept ans.

Terrence ne semblait pas les avoir vus, elle et Pete. Il s'éloigna du 4x4, l'air déterminé.

Lance Webb le saisit par le bras.

— Restez ici. C'est une scène de crime potentielle.

Terrence se libéra de l'emprise du shérif.

— Je suis flic.

— Pas dans mon unité.

Les deux hommes se mesurèrent du regard pendant un long moment avant que le shérif n'ajoute plus doucement :

— Il vaudrait peut-être mieux que vous attendiez ici.

Il se passait clairement quelque chose entre Terrence et le shérif. Mais pour l'instant, Nikki avait une question plus importante à poser.

— Terrence.

Il se retourna. Ses yeux bruns s'écarquillèrent de stupeur lorsqu'ils se posèrent sur elle. Le moins qu'on puisse dire, c'est que le sentiment était réciproque.

Elle descendit les marches du porche et s'arrêta devant lui.

— Nikki.

Son prénom prononcé par sa voix grave de baryton lui envoyait toujours un délicieux frisson au creux des reins.

— Qu'est-ce que tu fais ici ?

— Grand-père m'a légué la maison et je compte m'y installer.

L'expression du visage de Terrence s'adoucit.

— J'ai entendu dire qu'il était décédé. Toutes mes condoléances.

La sincérité de son ton la surprit, vu ce qu'il ressentait à l'égard de son grand-père lorsqu'il était en vie.

— Merci. Que fais-tu ici ?

L'expression de Terrence resta la même et, si Nikki ne l'avait pas aussi bien connu, elle aurait pu manquer sa réaction. Un éclair de surprise qui se transforma rapidement en mécontentement.

— J'étais avec le shérif quand on a appelé pour un corps. Je suis en ville à la recherche de Jill…

Le cœur de Nikki fit un bond dans sa poitrine.

— Jill ? Que se passe-t-il avec Jill ?

Bien que sa relation avec Terrence se soit dégradée à la suite des conflits qui avaient opposé son grand-père et l'oncle de Terrence, Jill et Nikki, ayant toutes deux grandi à Carling Lake et vivant à Washington, étaient restées en contact et étaient même devenues amies.

— Personne n'a de nouvelles d'elle depuis plus d'une semaine, et j'ai des raisons de penser qu'elle est peut-être à Carling Lake. J'étais dans le bureau du shérif Webb quand on a appelé pour signaler la découverte du corps d'une femme…

Il déglutit difficilement.

Sa détresse visible tempéra un peu l'agacement de Nikki. Elle n'avait pas vraiment examiné le corps mais elle en avait vu assez pour savoir qu'il ne s'agissait pas de son amie.

— Ce n'est pas Jill, Terrence.

— Comment peux-tu… ?

Sans réfléchir, Nikki lui prit la main.

— Je me suis approchée du corps pour chercher un pouls. Et j'ai dîné avec Jill il y a trois semaines quand elle était à Washington pour un article. Ce n'est pas elle, là-bas.

Terrence laissa échapper un soupir de soulagement.

Le shérif, qui était resté en retrait, s'avança.

— Je suis heureux que notre victime ne soit pas votre sœur, mais elle doit bien avoir une identité, et je dois faire avancer cette enquête. Je crois savoir que c'est Pete Bonny qui a appelé le bureau du shérif.

Nikki lâcha la main de Terrence et recula, inclinant la tête vers le porche où Pete était toujours assis.

— Il est un peu secoué.

— C'est compréhensible, acquiesça le shérif. Je souhaite jeter un coup d'œil à la scène. Restez ici tous les trois.

Le shérif lança à Terrence un regard qu'il ignora, ou ne remarqua même pas. Il n'avait pas quitté des yeux le visage de Nikki mais son expression s'était transformée en quelque chose d'indéchiffrable, une fois qu'elle lui avait assuré que Jill n'était pas l'inconnue du lac.

Elle ne pouvait pas voir le corps depuis l'endroit où elle se tenait devant la maison mais elle vit le shérif traverser la pelouse à grandes enjambées, s'arrêter et incliner la tête avant de s'accroupir.

— Je croyais que tu travaillais pour un politicien à Washington, dit Terrence.

Nikki fronça les sourcils, bien qu'elle ne soit pas surprise par le mépris qu'elle perçut dans sa voix. Il avait toujours vu le monde en noir et blanc. Le bien d'un côté et le mal de l'autre. Compromis et diplomatie ne faisaient pas partie de son vocabulaire.

Elle ignora sa question et lui en posa une autre.

— Pourquoi penses-tu que Jill a des problèmes ?

— Je n'ai pas dit ça.

— Tu n'en as pas eu besoin. Tu es à Carling Lake alors que tu y viens rarement. Et te voilà à Lakewood House, où tu avais juré ne plus vouloir mettre les pieds, c'est plus qu'il n'en faut pour me dire à quel point tu t'inquiètes pour Jill.

À une certaine époque, le grand-père de Nikki et Jarrod, l'oncle de Terrence, étaient les meilleurs amis du monde. Charity et Jarrod Jackson avaient été d'une grande aide lorsque Bernie était devenu le tuteur de sa petite-fille, orpheline de dix ans, désespérée et furieuse contre le monde entier.

Leurs deux familles recomposées étaient restées proches pendant de nombreuses années. Si proches que Nikki avait considéré Charity comme sa propre tante en grandissant. Mais tout avait changé lorsque l'usine automobile située à l'extérieur de la ville avait fermé ses portes et que Jarrod avait perdu son emploi. Les Jackson avaient pris du retard dans le remboursement de leur prêt immobilier, au risque de perdre Lakewood House et tout ce pour quoi ils avaient travaillé. Nikki devant partir à l'université l'année suivante, son grand-père, qui trouvait sa demeure coloniale trop grande, avait proposé aux Jackson d'acheter leur propriété au prix du marché. Un arrangement qui leur permettait de rembourser leur prêt et d'avoir encore un peu d'argent pour repartir de zéro.

La vente semblait avoir été une bonne affaire pour tout le monde mais l'amitié que les liait avait commencé à se dégrader peu de temps après la signature des papiers. Jarrod Jackson avait fini par en vouloir au grand-père de Nikki et l'accusait de l'avoir piégé pour qu'il vende Lakewood House. L'hostilité de Jarrod s'était rapidement transmise à son neveu.

C'est pendant leur dernière année de lycée que Nikki avait commencé à regarder Terrence Sutton d'un autre œil. Pendant sept ans, il n'avait été que son ami. Le garçon avec qui elle nageait dans le lac. Celui avec qui elle allait à la pêche. Mais elle avait soudain remarqué la façon dont ses muscles bougeaient lorsqu'il soulevait Jill sur la jetée avant de la balancer dans l'eau. Ses yeux bruns pétillaient et la fossette sur sa joue gauche le rendait irrésistible quand il souriait. Elle avait vu que d'autres filles s'intéressaient à lui. Et elle n'aimait pas cela du tout.

Heureusement pour elle, ses sentiments naissants pour Terrence étaient réciproques. Leurs longues promenades et leurs discussions au clair de lune au bord du lac prirent une tournure résolument romantique. À la fin de l'été, ils s'étaient promis de rester en contact, puis Terrence l'avait embrassée doucement. Elle était revenue à l'école sur un petit nuage.

Lorsqu'elle était rentrée à Carling Lake pour les vacances de Noël, les mails de Terrence étaient devenus laconiques, quand il prenait encore la peine de lui écrire. Elle avait pensé – espéré – que ses cours à l'université en étaient la cause. Mais ce n'était pas le cas, et une grosse dispute avait éclaté entre eux le premier jour du retour de Nikki. Terrence avait laissé libre cours à sa colère envers son grand-père qui lui aurait volé leur héritage familial. Il avait été impossible de le raisonner et elle avait fini par perdre patience. Ils ne s'étaient plus adressé la parole pendant le reste des vacances. Nikki appréciait que Charity et Jill ne semblent pas ressentir la même fureur que Jarrod et Terrence. Mais leur amitié à eux deux s'était fracturée. Peut-être irrévocablement.

— Tu n'as pas à t'inquiéter pour ma sœur. Je peux m'en occuper seul.

— Oh ! pour l'amour du ciel, souffla Nikki en sortant son portable de sa poche.

— Qu'est-ce que tu fais ?

— J'appelle Jill.

— Je t'ai dit qu'elle ne répondait pas au téléphone.

— Elle ne répond pas lorsque tu l'appelles et, après cinq minutes passées avec toi, je comprends pourquoi.

Le téléphone de Jill sonna, puis Nikki tomba sur le répondeur. La messagerie était pleine. Elle remit son portable dans sa poche.

— Je t'avais prévenue, dit sombrement Terrence.

Elle posa une main sur sa hanche, l'inquiétude lui serrant le cœur. Terrence n'était pas la personne qu'elle préférait, loin de là, mais il adorait sa sœur. S'il était inquiet, c'était suffisant pour qu'elle le soit aussi.

— Quel est ton plan ?

— Écoute, j'apprécie ta sollicitude...

— Non, toi, tu m'écoutes, dit Nikki. Toi et moi, on ne s'apprécie peut-être pas, mais Jill est mon amie. Si elle a des problèmes, je veux aider.

Terrence la toisa du regard pendant un moment avant de lever les mains en signe de reddition.

—Bon, d'accord. Si tu veux m'aider, raconte-moi ton dîner avec Jill. Comment était-elle ? Était-elle inquiète ou anxieuse à propos de quelque chose ou de quelqu'un ?

— Au contraire, dit Nikki en secouant la tête. Elle était enthousiaste à propos d'une nouvelle histoire pour laquelle elle venait d'avoir un tuyau.

Terrence fronça les sourcils.

— Une nouvelle histoire ? De quoi s'agit-il ?

— Je n'en ai aucune idée. Elle n'a pas voulu entrer dans les détails. Elle a juste dit que si la piste se confirmait, l'article pourrait être un tremplin pour sa carrière.

— J'ai discuté avec son rédacteur en chef. Il ne m'a rien dit sur une enquête de cette ampleur.

— Peut-être qu'elle ne lui en avait pas encore parlé.

Elle repensa à son dîner avec Jill.

— Elle a dit qu'il y avait encore beaucoup de travail à faire. C'est pourquoi elle n'a pas voulu trop m'en révéler.

— A-t-elle mentionné autre chose ? A-t-elle dit sur quoi portait l'histoire ?

— Non, rien. Je suis désolée, Terrence.

Il serra les poings, la frustration qu'il ressentait se lisant pleinement sur son visage.

— Je vais devoir déclarer qu'il s'agit d'une mort suspecte, annonça le shérif. Une partie de la propriété sera interdite d'accès jusqu'à nouvel ordre.

— Quelle partie ?

Nikki jeta un coup d'œil à la maison. Elle pourrait probablement obtenir une chambre dans le gîte local, mais son compte en banque n'apprécierait guère cette dépense supplémentaire. Après tout, économiser était la raison principale de son retour à Carling Lake. L'idée de rentrer à Washington et de dormir indéfiniment sur le canapé d'une amie était trop humiliante pour qu'elle l'envisage sérieusement.

Le shérif sembla comprendre son inquiétude.

— Tant qu'il n'y a rien laissant à supposer que la victime est entrée dans la maison, vous devriez pouvoir y loger ce soir. Consentiriez-vous à une fouille de la maison et de la propriété ?

— Absolument, acquiesça immédiatement Nikki. Je peux vous dire que la maison était bien fermée quand je suis arrivée. On aurait dit que personne n'y était entré depuis plusieurs semaines.

Le shérif se tourna vers Pete, toujours assis dans le fauteuil à bascule sous le porche.

— Et vous, Pete ? Quand êtes-vous venu faire le tour de la maison pour la dernière fois ?

Pete rougit. Il était censé vérifier la propriété au moins une fois par semaine, conformément à l'accord passé avec le grand-père de Nikki. Mais vu la culpabilité qui se lisait sur son visage en ce moment, il n'avait probablement pas respecté sa part du contrat.

— Oh ! eh bien, il se peut que je ne sorte plus autant qu'avant. C'est que je ne suis plus aussi fringant.

À leur expression, Nikki comprit que, comme elle, le shérif et Terrence n'en croyaient pas un mot. Pete n'avait pas sourcillé à l'idée de mettre le bateau à l'eau sans son aide.

— Je crois que je suis venu ici il y a une semaine et demie. Peut-être un peu plus, répondit finalement Pete.

Le son des sirènes se fit entendre.

— Ce seront mes adjoints et la police scientifique, dit le shérif en observant Nikki et Pete. Je vais demander à un agent de prendre vos dépositions. Restez assis et, s'il vous plaît, soyez patients.

Le shérif s'éloigna à grands pas vers les voitures qui s'approchaient.

Nikki jeta un coup d'œil à Terrence. Il suivait le shérif du regard. « Patience », avait dit le shérif. Plus facile à dire qu'à faire.

Terrence tenta de se concentrer sur la scène de crime, mais il ne pouvait empêcher son regard de dériver vers Lakewood House. C'était la maison où vivaient sa tante Charity et son oncle Jarrod lorsque sa mère les avait abandonnés, Jill et lui. Et c'est dans cette maison qu'il avait appris ce que signifiait vraiment faire partie d'une famille. Jusqu'à l'automne de sa première année d'université, c'était la seule maison qu'il ait jamais connue. Et elle appartiendrait toujours à sa tante si Bernie King, qui était autrefois le plus proche ami de son oncle, n'avait pas profité de leurs difficultés financières pour la racheter.

Son oncle avait appris à ses dépens que Bernie n'était pas l'ami qu'il croyait. Et leur relation n'avait pas été la seule victime. Nikki et lui avaient commencé à sortir ensemble au cours de leur dernière année de lycée et, bien qu'ils soient partis dans des universités différentes, ils avaient réussi à entretenir leur relation pendant les quelques mois qui les séparaient. Jusqu'à la vente. Nikki ne pouvait pas – ou ne voulait pas – voir en quoi les actions de son grand-père constituaient une trahison. Puis, au cours de sa première année, son oncle Jarrod était mort d'une crise cardiaque. Terrence était convaincu que la honte d'avoir perdu la demeure familiale et le fait d'avoir été poignardé dans le dos par son meilleur ami avait conduit à son décès.

Terrence étudiait maintenant la bâtisse. Après avoir pris la déposition de Nikki, Lance avait fouillé la maison et donné le feu vert pour y pénétrer à nouveau. Nikki avait disparu à l'intérieur sans lui accorder un seul regard. C'était sans doute mieux ainsi. Leur dernière conversation remontait à quatorze ans mais il en gardait encore un souvenir amer. De toute manière, il n'était pas venu à Carling Lake pour ressasser le passé.

L'adjoint Clarke Bridges avait recueilli la déclaration officielle de Terrence et filmait maintenant la scène de crime. Un second adjoint avec de grandes bottes en caoutchouc fouillait la rive du lac à la recherche d'indices. Aucun d'entre eux ne s'interrogea sur la présence de Terrence, et il s'efforça de rester discret tandis qu'il examinait le corps de loin, l'odeur de décomposition flottant dans la brise.

La femme était allongée sur le sable, les jambes flottant encore dans l'eau. Ses cheveux sombres étaient emmêlés, et sa peau cuivrée paraissait marbrée et grise à cause de son séjour dans l'eau. Elle portait un jean noir et une chemise à manches courtes qui laissait apparaître ses bras. Il ne pouvait pas voir ses traits, mais il soupçonnait qu'elle était hispanique ou peut-être métisse.

— Je croyais vous avoir dit de rester devant la maison, dit Lance en s'arrêtant à ses côtés.

Terrence ignora la question et désigna le poignet de la femme.

— Vous avez vu ça ? On dirait un bleu.

Lance s'accroupit près du corps.

— Il y en a un sur l'autre poignet aussi. On dirait qu'elle a été ligotée.

— Ou menottée. Regardez la partie supérieure de son bras, ici et là. D'autres ecchymoses.

— Et quelques brûlures, déclara Lance d'un ton plein de colère. Cette femme a été torturée.

Terrence aurait aimé pouvoir le contredire sur ce point.

— Vous allez probablement trouver d'autres ecchymoses sur d'autres parties de son corps.

— Je m'assurerai que le médecin légiste les répertorie et recherche des signes d'agression sexuelle, dit Lance avec un lourd soupir.

Ils restèrent tous deux silencieux pendant un long moment. Le corps oscillait au gré des ondulations du lac.

— Je suis sûr que vous avez vu les ecchymoses autour de son cou.

Lance lui jeta un regard.

— Bien sûr. Mais là encore, le médecin légiste devra nous dire si la strangulation est la cause du décès. Si on prend en considération les autres bleus sur son corps, la strangulation pourrait avoir fait partie de la torture sans causer sa mort.

— Quelqu'un s'est vraiment acharné sur elle, lâcha Terrence, mâchoire crispée. Il est possible qu'elle se soit noyée en essayant d'échapper à celui qui lui a fait ça.

Lance fronça les sourcils.

— Possible. En ce qui me concerne, je pense tout de même que c'est ce qui a causé sa mort.

Terrence était parfaitement d'accord. Il balaya la rive du regard. Lakewood House était la seule maison en vue. L'intimité et l'isolement étaient appréciables à Carling Lake. Surtout au bord du lac. La plupart des terrains recouvraient plusieurs hectares et il était possible de ne pas croiser un voisin pendant plusieurs jours, à moins d'y tenir absolument.

— Une idée de l'endroit où elle a pu tomber à l'eau ?

— Aucune. Nous ferons de notre mieux pour le découvrir mais cela restera peut-être impossible à dire. Surtout si elle est tombée d'un bateau.

— Quelqu'un à Carling Lake doit la connaître. C'est une petite ville.

Terrence sentit la frustration monter. D'abord, la disparition de Jill, et maintenant cette jeune femme retrouvée morte au bord du lac. Ce genre de choses n'arrivait pas à Carling Lake. Et certainement pas sans que personne ne se rende compte de rien.

— Mes hommes font du porte-à-porte en ce moment même. Si quelqu'un dans cette ville la connaît, nous le découvrirons bientôt.

Lance fit signe à l'adjoint muni de la caméra de s'approcher.

— Aidez-moi à la retourner, voulez-vous ?

Terrence fit ce qu'on lui demandait. Ils saisirent le corps et le remontèrent doucement sur la terre ferme pendant que l'adjoint prenait des clichés de leurs moindres faits et gestes.

Lance fouilla les poches arrière de la victime.

— Aucune pièce d'identité.

L'eau avait fait de gros dégâts sur le cadavre, et les animaux du lac avaient manifestement commencé leur travail.

— Vous la reconnaissez ? demanda Terrence.

— Non, répondit Lance en secouant la tête. Je ne l'ai jamais vue.

— Avez-vous reçu de nouveaux signalements de personnes disparues récemment ?

Nouvelle dénégation.

— Pas à Carling Lake ni dans les villes environnantes. Je vais lancer un appel mais cela risque de prendre du temps.

— Une idée du temps qu'elle a passé dans l'eau ?

Il faisait partie de la police depuis onze ans et était inspecteur depuis près de cinq ans mais il avait surtout travaillé dans la brigade des stupéfiants.

— Le corps est gonflé, donc au moins quelques jours. Le médecin légiste pourra être plus précis.

Lance désigna du menton une camionnette blanche qui remontait l'allée. Le médecin légiste était arrivé.

Terrence se redressa.

— Cette femme est jeune. Si elle est dans l'eau depuis des jours, comment se fait-il que personne ne soit à sa recherche ? Ses parents. Des amis. N'importe qui. Elle doit bien manquer à quelqu'un.

— Je ne sais pas, dit Lance alors qu'ils se dirigeaient vers la camionnette du médecin légiste. Mais je m'occuperai de faire la lumière sur ce meurtre. N'oubliez pas que vous n'avez aucune autorité ici. Vous n'êtes qu'un simple citoyen de Carling Lake.

Lance lui jeta un autre regard perçant.

— Je comprends. De toute façon, j'ai bien assez à faire. Je dois retrouver ma sœur.

Il s'arrêta de marcher.

— C'est juste que...

Il jeta un coup d'œil vers la maison. Il ne pouvait pas voir Nikki à travers la fenêtre mais il savait qu'elle était à l'intérieur.

— Travaillez vite ! D'accord ? J'ai l'impression que quelque chose d'inquiétant plane sur la ville. Et je pense que personne ne sera en sécurité tant que vous n'aurez pas fait toute la lumière sur cette affaire.

4

Terrence partit peu après l'arrivée du médecin légiste. Il s'arrêta chez sa tante après avoir quitté Lakewood House et découvrit qu'elle était déjà au courant de sa présence en ville. Il ne pouvait pas lui mentir à propos de la disparition de Jill mais il fit de son mieux pour masquer son inquiétude. Elle sembla y croire, mais il savait que cela ne durerait pas s'il ne retrouvait pas Jill rapidement. Il resta pour le dîner, bien que la petite maison où tante Charity avait emménagé quelques années plus tôt ne soit pas vraiment adaptée à recevoir des invités.

Il avait eu la prévoyance de réserver une chambre à l'hôtel de Carling Lake même s'ils ne pouvaient lui garantir qu'une seule nuit. Avec le début du festival de printemps, ils étaient complets pour la semaine.

Il arriva à l'hôtel épuisé physiquement et mentalement. Il se ressaisit cependant et passa quelques heures à appeler de nouveau les amis de Jill, pour savoir si quelqu'un avait eu de ses nouvelles, en vain. Lorsqu'il se sentit complètement exténué et s'allongea enfin pour dormir, ce fut pour trouver un sommeil fuyant et peu réparateur.

À six heures et demie, il renonça à dormir. Douché et habillé, il descendit au restaurant de l'hôtel et, trouvant que le menu laissait à désirer, il se dirigea vers le seul endroit de la ville qui ne l'avait jamais déçu. Le Lakeside Diner était un pilier de la communauté, un endroit où les habitants de Carling Lake et les touristes se réunissaient.

Il ne fut pas surpris de constater que le restaurant était déjà presque plein lorsqu'il arriva juste avant 7 heures. Il repéra l'adjoint Bridges, assis avec un autre homme et un jeune garçon à une table près de la fenêtre. Les adjoints du shérif étaient encore en train de fouiller Lakewood House et de passer la propriété au peigne fin à la recherche d'indices lorsqu'il avait quitté les lieux la veille au soir, ce qui expliquait pourquoi la grande tasse de café que tenait l'adjoint semblait peu efficace à lutter contre l'épuisement qui se lisait sur son visage.

Terrence le salua d'un signe de tête et s'assit au comptoir sur l'un des rares tabourets encore libres.

Rosie Whitmer, la propriétaire du Lakeside Diner, s'approcha à grands pas. Son visage s'éclaira d'un sourire joyeux lorsqu'elle posa les yeux sur lui.

— Eh bien, on n'est jamais au bout de nos surprises ! Terrence Sutton, le fils prodigue de Carling Lake, est de retour en ville.

Terrence sourit à celle qui tenait ce restaurant depuis toujours. Comme ses voyages à Carling Lake se limitaient aux fêtes et ne duraient qu'un jour ou deux, il n'avait pas mangé chez Rosie depuis des années.

Les cheveux roux et bouclés de cette dernière viraient maintenant au gris et sa silhouette était plus ronde que dans son souvenir, mais son sourire éclatant et sa personnalité avenante n'avaient pas changé du tout.

— Je ne suis pas certain de mériter le titre de fils prodigue, répondit-il en se penchant sur le comptoir pour déposer un baiser sur la joue de Rosie. Comment vas-tu ?

— En pleine forme, comme tu le vois. Ta tante Charity ne m'a pas dit que tu arrivais.

— C'était une décision de dernière minute.

— Bon, dis-moi d'abord ce que tu veux manger. Et puis tu pourras me donner des nouvelles de ta vie depuis la dernière fois que je t'ai vu.

— Oh ! je pense que tu sais exactement ce que je veux manger, dit-il en souriant. Le petit déjeuner complet avec tes célèbres pancakes aux myrtilles, s'il te plaît. Et je n'ai pas fait grand-chose à part travailler plus que je ne veux bien l'admettre. Je crains que ma vie ne soit pas assez intéressante pour les ragots de Carling Lake.

— Nous verrons bien, dit-elle en écrivant sa commande avant de la donner au cuisinier.

— Dis-moi, Rosie, quand as-tu vu ma sœur pour la dernière fois ?

Rosie se retourna pour lui faire face.

— Jill ? Euh, ça devait être à Noël. Elle est venue rendre visite à sa tante, comme une bonne nièce.

— Je sais, je sais, tante Charity m'a bien rebattu les oreilles avec cela. Mais si les célibataires comme moi ne prenaient pas de gardes pendant les vacances, les flics qui ont une famille ne pourraient pas passer Noël avec leurs enfants. Ce n'est pas ce que tu souhaites, n'est-ce pas ?

— Oh ! tu ne crois pas que tu en fais un peu trop ? s'esclaffa Rosie.

— J'ai été à bonne école.

La cloche au-dessus de la porte du restaurant tinta et le visage de Rosie s'éclaira à nouveau. Terrence jeta un coup d'œil par-dessus son épaule pour voir qui avait suscité une telle réaction et aperçut Nikki entrer à grands pas dans le restaurant. Son regard le survola rapidement et son sourire s'estompa sensiblement.

— Comme au bon vieux temps ! s'exclama Rosie.

Elle s'approcha du comptoir et prit Nikki dans ses bras pour une étreinte qui dura une bonne demi-minute.

— J'ai appris que tu étais de retour en ville et j'ai entendu parler de cette malheureuse affaire à Lakewood House. Comment vas-tu, ma belle ?

Visiblement, les rumeurs allaient toujours bon train. Et l'affection de Rosie pour Nikki n'avait pas diminué. Le manque de modèles féminins dans l'enfance de Nikki, combiné à l'instinct maternel de Rosie, expliquait pourquoi cette dernière s'était prise d'affection pour la jeune Nikki, lui permettant même d'obtenir son premier travail en tant que serveuse l'été de ses quatorze ans. Leur lien avait tout d'une relation mère-fille, et il semblait que cela n'avait pas changé malgré les années.

Nikki se dégagea doucement de l'étreinte et renvoya un sourire rayonnant à Rosie. Quiconque ne la connaissant pas aussi bien que lui aurait pu croire que le chaos de la veille ne l'affectait pas vraiment. Mais il remarqua les cernes sous ses yeux.

Nikki n'était cependant pas sa principale préoccupation. Il n'était à Carling Lake que pour retrouver Jill. Définir sa relation pour le moins tumultueuse avec Nikki n'était pas sa priorité.

— Trouver cette pauvre fille dans le lac a été un choc mais je vais bien, dit-elle. Je suis triste pour sa famille mais je suis sûr que le shérif va l'identifier et permettre à ses proches de récupérer son corps pour qu'elle puisse reposer en paix.

— Le shérif Webb est le meilleur. Il ira au bout de cette affaire, je n'en doute pas. Es-tu de retour en ville pour t'occuper enfin de Lakewood House ?

Nikki acquiesça.

— Il est temps. Je dois prendre des décisions. La vendre. La louer. C'était un voyage de dernière minute, alors je me suis dit que j'allais passer et te faire la surprise.

Rosie glissa un regard entendu de Nikki à Terrence.

— Dernière minute, hein ? D'après ce que j'ai cru comprendre, tu n'es pas la seule.

La cloche au-dessus de la porte du restaurant tinta, attirant l'attention de Rosie. Elle gémit en apercevant la personne qui franchissait le seuil.

— Oh ! bon sang.

Terrence se tourna vers la porte.

Cela faisait plus de dix ans qu'il n'avait pas vu Melinda Hanes, mais elle n'avait pas beaucoup changé. Elle entra dans le restaurant en tailleur-pantalon vert émeraude et talons aiguilles. Ses cheveux auburn étaient coiffés en un chignon serré sur la nuque et son maquillage était impeccable. Elle se dirigea vers les hommes assis à la table la plus proche de l'entrée avec un sourire digne des plus grands concours de beauté.

— Cette femme est insupportable, dit Rosie. Elle vient deux

ou trois matins par semaine discuter avec mes clients afin de recueillir des votes.

Terrence se retourna vers Rosie et Nikki.

— Des votes ?

— Vous savez ce qui s'est passé avec notre dernier maire ?

Terrence acquiesça. Ses retours à Carling Lake avaient été brefs et peu nombreux au cours des dernières années, mais il s'était abonné au journal local en ligne et était donc parfaitement au courant de l'arrestation du précédent maire pour fraude, corruption et une multitude d'autres délits.

— Apparemment, Melinda veut prendre la suite de son frère, dit Rosie. Du moins, en ce qui concerne la candidature au poste de maire. Et il semble qu'elle ait de bonnes chances de l'emporter.

Nikki pencha la tête, l'air sceptique.

— Vraiment ? Ce n'est peut-être pas juste mais j'aurais pensé que les électeurs hésiteraient à voter pour elle étant donné les actions de son frère.

— Oh ! les électeurs de Carling Lake sont très hésitants, réplique Rosie avec un petit rire sec, mais pour l'instant, elle est la seule candidate. Je pense que c'est la raison pour laquelle le conseil municipal traîne à fixer la date de l'élection, ils espèrent que quelqu'un d'autre se présentera, mais ils ne pourront plus attendre bien longtemps.

Terrence jeta un coup d'œil par-dessus son épaule. Melinda était passée à une autre table, discutant avec un homme et une femme.

— À présent que tu es de retour à Carling Lake, tu ferais une excellente candidate, dit Rosie à Nikki.

— Tu plaisantes ? répondit celle-ci en riant. Cela ne fait que vingt-quatre heures que je suis en ville.

— Cela n'a rien à voir, rétorqua Rosie. Tu es une fille du coin. Tu as beaucoup plus d'expérience politique que Melinda et tu te soucies vraiment de la ville. Melinda ne se préoccupe que des affaires de sa famille. Et je garantis que certaines personnes voteront pour toi justement parce que tu n'es pas Melinda. Dis-lui, Terrence. Est-ce qu'elle n'est pas la candidate idéale ?

Terrence ne doutait pas que Nikki serait excellente dans tout ce qu'elle entreprendrait. Elle l'avait toujours été. Mais il doutait qu'elle veuille l'entendre de sa bouche, aussi se garda-t-il bien de donner son avis.

Rosie fronça les sourcils devant son silence. Nikki secoua la tête.

— C'est bon à savoir mais je ne suis pas celle qu'il vous faut.

— Eh bien, assieds-toi et laisse-moi t'apporter quelque chose à manger.

De son chiffon, elle tapota le tabouret à côté de Terrence.

Nikki évalua rapidement la situation et choisit de s'asseoir à deux tabourets de lui.

Rosie se glissa derrière le comptoir.

— Tu prendras le petit déjeuner habituel aussi, ma belle ?

— Ça serait parfait, répondit Nikki.

— Je t'apporte ça tout de suite.

Rosie passa la commande et s'empara de la cafetière. Elle retourna les tasses blanches qui se trouvaient à sa place et à celle de Nikki et les remplit presque à ras bord.

— Je dois faire ma tournée. Je reviens.

Le bourdonnement des conversations des autres convives mêlé au tintement de l'argenterie contre la porcelaine combla le silence entre Terrence et Nikki. Il jeta un coup d'œil à celle qui avait un jour été sa meilleure amie et plus encore.

Si Nikki avait toujours été jolie, elle était maintenant d'une beauté à couper le souffle. Ses cheveux châtains coupés au carré encadraient son visage et mettaient en valeur un cou long et gracieux. D'après les cernes qu'il discernait sur sa peau couleur caramel, il devina qu'elle avait dormi à peu près autant que lui. Malgré le manque de sommeil, ses yeux marron restaient vifs et pleins d'intelligence.

Terrence sirota son café noir tandis que Nikki versait quatre crèmes dans le sien, avant d'ajouter trois cuillerées de sucre. Certaines choses ne changeaient pas.

— As-tu eu des nouvelles de Jill ? lui demanda Nikki, le tirant de la rêverie.

— Non, répondit-il avec un pincement au cœur. J'ai passé la moitié de la nuit à appeler tous mes contacts dans les forces de l'ordre ainsi que toutes les personnes auxquelles je pouvais penser.

— Qu'en est-il de la police de Washington ? Ont-ils ouvert une enquête ?

— Pas en tant que telle.

Les mots résonnèrent comme un grognement. Malgré tous ses efforts, la police de Washington avait refusé de commencer officiellement à rechercher Jill. Rien ne manquait dans son appartement, mis à part un petit sac de voyage et quelques vêtements, ce qui confirmait leur conviction que Jill était partie pour le travail ou en vacances et qu'elle avait oublié de prévenir ses amis et sa famille. Aucune explication sur le fait que Jill ne ferait jamais rien d'aussi négligent n'avait fait changer d'avis le lieutenant à qui il avait parlé. C'est pourquoi il avait utilisé une partie des congés accumulés au fil des ans et s'était mis lui-même à sa recherche.

En tant que policier, il comprenait le point de vue de la police de Washington. Il y avait toujours plus de travail que d'agents disponibles, et chaque unité devait établir ses priorités. La plupart des adultes portés disparus étaient retrouvés sains et saufs à un moment ou à un autre.

Mais il connaissait Jill. Elle n'aurait pas disparu sans laisser un mot.

— Je pensais ce que j'ai dit hier. Jill est mon amie, et notre... relation mise à part, je ferai tout mon possible pour t'aider. Tu n'as qu'à demander.

— J'ai la situation bien en main, mais merci.

Le silence s'installa à nouveau entre eux. Rosie tournait toujours dans la salle du restaurant avec une cafetière, s'arrêtant à chaque table pour remplir les tasses et discuter avec les habitants et les touristes. Un serveur déposa une assiette de pancakes aux myrtilles devant Terrence avant de s'en aller à toute vitesse, les bras chargés d'autres commandes.

Une petite foule s'était formée près de la porte où les clients faisaient maintenant la queue, attendant une table libre, mais aucun d'entre eux ne prit le siège vide entre Nikki et Terrence. Le serveur revint et glissa une assiette pleine devant Nikki avant de s'éclipser à nouveau. Elle attaqua son repas de bon appétit.

— Tu n'as pas répondu à ma question hier.

Terrence pivota de façon à lui faire face.

Nikki lui lança un regard et réfléchit.

— Quelle question ?

— Pourquoi n'es-tu pas à Washington ?

— Je dois m'occuper de Lakewood House.

— Tu as bien choisi ton moment. Je sais parfaitement que le congrès est en session en ce moment, ce qui signifie que les analystes comme toi sont généralement débordés.

Nikki parut surprise.

— Qu'y a-t-il ? demanda Terrence, je suis juste un citoyen informé.

Il saisit une fourchette et porta un morceau d'œuf à ses lèvres avec un sourire.

— Je prends un peu de repos, répondit-elle, l'air crispé.

Elle enfourna une nouvelle bouchée en évitant de le regarder.

Il n'avait pas besoin d'être un expert en langage corporel pour savoir que ce « repos » n'était qu'une excuse. Cela ne le concernait pas mais il n'était pas du genre à laisser un mystère non résolu, raison pour laquelle il avait le meilleur taux de réussite de son commissariat.

— Je suis surpris que tu aies gardé la maison. Je pensais que tu la vendrais, puisque tu vis à Washington.

Nikki avala la bouchée qu'elle était en train de mâcher.

— J'y ai pensé. J'y pense encore. Elle contient tellement de souvenirs.

— Oui, dit-il d'un ton moqueur, je peux comprendre que ça soit désagréable de voir quelqu'un d'autre vivre dans la maison que l'on aime.

Elle laissa tomber sa fourchette dans son assiette avec un bruit sourd et tourna vers lui un regard désolé.

— Enfin, Terrence. Tu ne crois pas qu'il est temps de laisser tomber ces vieilles histoires ?

Il savait qu'il se comportait comme un imbécile. Quelles qu'aient été les actions de son grand-père, elle n'y était pour rien. Elle et lui n'étaient que des enfants à l'époque. Mais la voir sur la propriété qui aurait dû être celle de tante Charity lui faisait encore mal.

— Laisser tomber ? Tu ne comprendras jamais ce que cette maison représentait pour mon oncle, n'est-ce pas ? Ce que cette perte leur a coûté à lui et à ma tante.

— Je comprends que c'était difficile pour ta famille de vendre la propriété…

— Difficile ? En voilà un euphémisme ! Oui, c'était difficile pour mon oncle de voir son meilleur ami racheter sa maison sous son nez. En le faisant passer pour un raté aux yeux de tous.

— Personne n'a acheté Lakewood House sous le nez de ton oncle et ta tante. Il s'agissait d'un accord équitable que ton oncle a accepté.

— C'est parce qu'il n'avait pas réalisé que…

Rosie apparut devant eux avec un air courroucé.

— Ça suffit, maintenant. Je vous aime tous les deux mais je ne veux pas de cela dans mon restaurant. Vous dérangez mes clients.

Terrence cligna des yeux et jeta un coup d'œil autour de lui. Il n'avait pas remarqué à quel point leur dispute était devenue bruyante. Tous les yeux étaient rivés sur eux.

Nikki rougit. Elle déposa un billet de vingt dollars sur le comptoir à côté de son assiette presque pleine avant de sauter de son tabouret et de se précipiter vers la sortie sans un mot de plus.

La porte se referma derrière elle et les conversations reprirent.

Terrence se tourna vers son assiette et découvrit que Rosie le regardait avec colère de l'autre côté du comptoir.

— Toi aussi, dit-elle en prenant son assiette, le laissant avec sa fourchette à la main. Sors d'ici.

— Mais je n'ai pas encore fini.

— Tu en as assez eu. Et si ce n'est pas le cas, la prochaine fois, tu y réfléchiras peut-être à deux fois avant de venir chez moi et de te donner en spectacle.

— Écoute, je suis désolé.

— Dehors !

Rosie montra la porte du doigt.

Il lui avait déjà vu ce regard quand ils étaient plus jeunes. Aucune supplication ne la ferait changer d'avis.

Il se leva, grommela quelques mots sur le service client et déposa suffisamment d'argent pour couvrir l'addition.

La voiture de Nikki tournait à gauche dans la rue principale lorsqu'il franchit les portes du restaurant donnant sur le parking. Il n'avait pas beaucoup avancé dans sa recherche mais son instinct lui disait que Carling Lake avait quelque chose à voir avec la disparition de sa sœur. Il allait sans doute être en ville pendant un certain temps. Il ne pouvait pas laisser ses sentiments à l'égard du passé interférer avec son enquête pour localiser Jill.

Cela signifiait qu'il devait mettre les choses au clair avec Nikki. Qu'elle le veuille ou non.

Il grimpa dans son Highlander et emprunta les routes familières pour se rendre à Lakewood House. Sa tante l'avait toujours réprimandé à propos de sa conduite trop rapide, mais pour une fois, elle lui était bien utile. Il s'arrêta derrière la Camry de Nikki alors qu'elle en sortait à peine.

— Tu te moques de moi ? s'écria-t-elle en se dirigeant vers sa voiture alors qu'il en descendait. Tu m'as suivie jusqu'à la maison ?

— Manifestement, nous allons tous les deux rester en ville pour un petit bout de temps, et nous ne pouvons pas continuer nous disputer comme ça en public. Nous devons mettre les choses au clair.

— Il n'y a rien à mettre au clair. C'est toi qui te comportes comme un idiot depuis quatorze ans, en nous reprochant, à mon grand-père et à moi, des fautes qui n'existent que dans ta tête.

— Tu sais très bien que ce n'est pas vrai, répliqua-t-il en serrant les dents. Ton grand-père savait exactement...

Le reste de sa déclaration fut étouffé par le choc et la peur qu'il aperçut soudain dans les yeux de Nikki.

Sa main droite se dirigea instinctivement vers le pistolet qu'il portait habituellement à sa hanche avant qu'il ne se souvienne qu'il n'était pas en service. Son arme reposait dans la boîte à gants de sa voiture. Malgré tout, il se déplaça pour que Nikki se trouve derrière lui et se retourna pour voir ce qui avait attiré son attention. Il sentit son rythme cardiaque s'accélérer lorsqu'il vit le message peint à la bombe sur la porte du garage attenant à la maison. Ce n'était pas la menace la plus originale, mais elle n'en restait pas moins redoutablement efficace.

PARS OU TU DISPARAÎTRAS, TOI AUSSI.

5

Nikki resta un moment pétrifiée, respirant profondément pour maîtriser ses émotions. Le choc. La peur aussi. Qui pouvait bien avoir fait une chose pareille ? Les mots étaient inscrits à la peinture blanche sur le noir délavé des portes du garage.

Le vandalisme n'était pas très grave en soi. Quelques couches de peinture et les portes seraient comme neuves. Mais le message était manifestement destiné à l'effrayer. Pourquoi ? Et plus inquiétant encore : que voulait dire le vandale par « tu disparaîtras, toi aussi » ? S'agissait-il d'une référence au corps de la pauvre femme retrouvée hier ? À la disparition soudaine de Jill ? Ou y avait-il quelqu'un d'autre qui avait disparu ?

En un clin d'œil, une autre émotion se joignit à la peur et au choc qu'elle ressentait : la rage.

Terrence n'était pas le seul à ressentir un attachement particulier pour cette maison. Bien que son achat ait causé la perte de son meilleur ami, le grand-père de Nikki aimait sincèrement Lakewood House. Rien que pour cela, elle aurait pu hésiter à vendre, mais elle avait aussi ses raisons. Des années de joyeux souvenirs de l'époque où les Sutton et les King étaient proches, et où les deux familles se retrouvaient pour des pique-niques le week-end et pendant les vacances. Elle avait passé beaucoup de temps à jouer avec Terrence dans cette maison lorsqu'elle appartenait encore à son oncle et à sa tante.

Elle se rapprocha de Terrence. Il l'entraîna vers sa voiture et ouvrit la portière côté passager, la poussant presque à l'intérieur.

— Donne-moi les clés de la maison.

Elle les avait déjà en main puisqu'elles étaient sur le même trousseau que sa clé de voiture. Elle les lui remit sans poser de questions.

Terence ouvrit la boîte à gants et en sortit un revolver.

— Verrouille la porte et appelle le shérif.

Il accrocha l'étui à sa ceinture et dégaina l'arme avant de claquer la portière et de se diriger vers la maison.

Une partie d'elle voulait le suivre. Après tout, c'était sa maison, mais sa raison lui soufflait qu'il valait mieux qu'il y aille seul. Ils ne savaient pas si le coupable était encore dans la propriété et elle n'était pas formée à affronter des criminels. La meilleure chose à faire pour l'instant était d'appeler le shérif Webb et de demander du renfort au cas où Terrence en aurait besoin.

Elle actionna la fermeture centralisée et composa le numéro du bureau du shérif. Elle expliqua la situation et le répartiteur lui annonça que quelqu'un était en route et lui demanda de rester en ligne.

Carling Lake était une petite ville, mais la plupart des maisons, en particulier celles situées au bord du lac, étaient assez éloignées les unes des autres. Lakewood House se trouvait non loin du centre-ville, du moins selon les critères de Carling Lake, mais il y avait près de dix minutes de route entre sa maison et le bureau du shérif.

Ces minutes lui parurent une éternité. Terrence n'avait toujours pas reparu, et Nikki commençait à se demander si elle allait devoir entrer pour s'assurer qu'il allait bien, lorsqu'un 4x4 des forces de l'ordre s'engagea dans l'allée, sirène éteinte mais gyrophares rouges et bleus allumés.

Quelques secondes plus tard, Terrence apparut à l'arrière de la maison, son arme toujours à la main, mais tenue le long du corps.

Dans le rétroviseur, elle vit le shérif s'arrêter derrière la voiture de Terrence et en sortir, son regard balayant rapidement Lakewood House, la main sur son arme de service.

— La voie est libre, annonça Terrence en s'approchant et en rangeant son arme dans l'étui.

Nikki fit savoir au répartiteur que le shérif était arrivé et raccrocha avant de sauter du Highlander pour rejoindre les deux hommes devant la porte du garage.

— On dirait que quelqu'un s'en est donné à cœur joie, dit le shérif Webb.

— Quelque chose comme ça, soupira-t-elle.

Ils racontèrent rapidement au shérif les événements de la matinée : ils s'étaient croisés au restaurant de Rosie, qui les avait mis à la porte après leur dispute, puis ils étaient retournés à Lakewood House et avaient trouvé le message griffonné sur la porte du garage.

— C'est forcément lié à la disparition de Jill, déclara Terrence.

Nikki perçut le tremblement dans sa voix et comprit que le graffiti l'avait affecté autant qu'elle. Peut-être même plus.

Le shérif Webb regarda Terrence d'un air sévère.

— Nous n'en sommes pas sûrs.

Il contourna Terrence pour avoir une vue dégagée sur le garage.

Terrence se renfrogna.

— Que pensez-vous que « pars ou tu disparaîtras, toi aussi » veut dire ? Pour autant que nous le sachions, Jill est la seule personne de Carling Lake à avoir disparu.

Le shérif tourna le dos au garage pour faire face à Terrence.

— Nous ne savons pas si votre sœur a disparu à Carling Lake, ni même si elle avait l'intention d'y venir. La référence à une disparition pourrait tout aussi bien être liée au corps de la femme que nous avons retrouvé sur cette propriété hier.

— Sauf qu'elle n'a pas disparu, grogna Terrence.

— Elle a certainement disparu de quelque part avant que son corps ne s'échoue ici, rétorqua le shérif en plissant les yeux. Mais surtout, vos conclusions hâtives ne feront qu'entraver l'enquête sur la disparition votre sœur, ainsi que l'enquête sur la mort de cette femme, et je n'ai pas besoin de cela.

Terrence s'avança en direction du shérif jusqu'à n'être plus qu'à quelques centimètres de lui.

— Vous n'avez pas besoin de…

Le shérif Webb se raidit mais campa sur ses positions.

Cet étalage de testostérone devenait à la fois ridicule et agaçant. Nikki frappa dans ses mains et se fraya un chemin entre les deux hommes.

— Ça suffit. Voilà qui était… intéressant, mais pouvons-nous revenir au sujet qui nous préoccupe ? Le message est quelque peu ambigu, mais il est évident qu'il se veut menaçant. Je suis sûre que vous avez des procédures à suivre concernant cet incident, shérif ?

Le shérif Webb et Terrence se regardèrent dans le blanc des yeux pendant encore plusieurs secondes, jusqu'à ce que Nikki soupire bruyamment.

Le shérif lui jeta un coup d'œil et leva les mains en signe d'apaisement.

— Je m'en occupe, dit-il en mettant fin à son combat de coqs avec Terrence et en se dirigeant vers son véhicule.

Nikki éloigna Terrence du garage pour qu'ils puissent parler en toute intimité.

— Qu'est-ce qui t'arrive ?

Terrence fit un geste du menton en direction du shérif Webb.

— Il ne prend pas la disparition de Jill au sérieux.

— Ce n'est pas l'impression que j'ai. Je pense qu'il prend la disparition de Jill très au sérieux, mais il n'est pas son frère.

Terrence la toisa du regard, les yeux brillant de colère.

— Qu'est-ce que tu insinues ?

— Il est plus objectif que toi. Ou même que moi. Il ne voit pas tout ce qui se passe à Carling Lake à travers le prisme d'une sœur ou d'une amie disparue. Mais ça ne veut pas dire qu'il ne fait pas de son mieux pour retrouver Jill. Et tu as besoin de lui. Tu n'as aucun pouvoir ici et l'aide du shérif n'est pas quelque chose dont tu souhaites te passer.

Elle l'observa un instant. Il savait qu'elle avait raison, mais il n'aimait pas ça. Au bout d'un moment, son visage se détendit. Elle acquiesça et retourna au garage où le shérif prenait déjà des photos des portes vandalisées.

Il abaissa l'appareil-photo, le laissant pendre à la courroie autour de son cou alors que Nikki et Terrence s'approchaient.

— Quelle est la prochaine étape ? demanda-t-elle.

— Je sais que Terrence a vérifié à l'intérieur, mais je veux faire un tour rapide avec vous, mademoiselle King, et m'assurer que rien n'a été pris ou déplacé de quelque manière que ce soit. Je pense aussi qu'il vaut mieux que vous séjourniez ailleurs, au moins jusqu'à ce que nous comprenions ce qui se passe ici.

Elle secouait déjà la tête. Non seulement elle devait faire attention à chaque centime maintenant qu'elle n'avait plus de travail et aucune chance d'en retrouver un. Mais sa fierté et son entêtement lui interdisaient en plus de quitter la maison de son grand-père.

— Je me débrouillerai très bien ici.

Les deux hommes la regardèrent avec mécontentement. Au moins, ils étaient d'accord sur quelque chose.

— Ces serrures sont une plaisanterie, dit Terrence. Elles n'empêchent personne de rentrer.

— Et je suis préoccupé par le fait que vous n'étiez pas partis très longtemps. Vous êtes restée chez Rosie à peine quarante minutes, c'est cela ?

— Oui, à quelques minutes près, concéda Nikki.

— Pourtant, quelqu'un a réussi à vandaliser la propriété juste au moment où vous n'étiez pas là ?

Terrence se rapprocha d'elle, l'air protecteur, et elle se demanda s'il s'en rendait compte.

— Pensez-vous que quelqu'un surveille Lakewood House ?

— Peut-être, répondit le shérif en baissant la tête. Et comme le terrain est vaste, quelqu'un campe peut-être dans le coin. Difficile à dire. C'est pourquoi je pense qu'il est préférable que vous logiez ailleurs jusqu'à ce que nous puissions tirer tout cela au clair.

Nikki secoua fermement la tête. Même si elle avait eu les moyens de payer un hôtel – ce qui n'était pas le cas – elle n'aurait eu aucune intention d'y aller.

— Non. C'est ma propriété. Je ne laisserai personne me

déloger. Et puis, nous sommes à Carling Lake. Les hôtels et les gîtes d'ici ne sont pas très bien équipés en matière de sécurité.

Le shérif Webb pencha la tête, l'air pensif.

— En fait, je connais un endroit. Un nouveau gîte qui vient d'ouvrir. Avec la fête du Printemps qui approche, les chambres se remplissent rapidement, mais…

Nikki leva la main pour lui demander de se taire.

— Ce n'est pas la peine. Je ne partirai pas. Je sais comment me protéger si besoin est.

Terrence lui jeta un coup d'œil dubitatif.

— Je n'aime pas les armes, mais grand-père s'inquiétait de me voir vivre dans une grande ville. Il m'a acheté un pistolet quand j'ai déménagé à Washington, et il s'est assuré que je savais m'en servir.

Elle voyait bien que Terrence et le shérif n'étaient pas convaincus, mais elle n'avait pas l'intention de se laisser faire.

— Donc, comme je l'ai dit, quelle est la prochaine étape ? poursuivit-elle.

— Je vais rédiger un rapport, soupira Webb. Vous en aurez besoin pour la déclaration à votre assurance. Vous pourrez le récupérer dans la journée. Je vais également augmenter la fréquence des patrouilles dans cette zone.

— C'est tout ? demanda Terrence d'un ton sec.

— Je suis prêt à écouter vos suggestions, rétorqua le shérif tout aussi sèchement.

Il attendit quelques secondes et, devant le silence de Terrence, reprit :

— C'est bien ce que je pensais. Vous savez comment ça se passe. Nous garderons l'œil ouvert, mais il n'est pas facile d'attraper les vandales à moins qu'ils continuent leurs méfaits. Peut-être s'agit-il simplement d'adolescents qui ne veulent pas perdre leur lieu de drague favori.

Nikki tressaillit à l'idée que des jeunes utilisent la maison de son grand-père pour leurs ébats.

Le shérif gloussa légèrement.

— Désolé de vous avoir mis cette image en tête, mais une

maison vide… dans une petite ville. Je suis sûr que vous vous souvenez de ce que c'était lorsque vous étiez adolescente.

Nikki sentit ses joues s'embraser parce qu'elle se souvenait de ce qu'elle ressentait à l'adolescence alors que Terrence et sa famille vivaient à Lakewood House. Les rendez-vous au bord du lac par de chaudes nuits étoilées. Se faufiler jusqu'à la chambre de Terrence pour l'embrasser, quelques minutes avant que sa tante et son oncle ne rentrent du travail et soudoyer Jill pour qu'elle ne les dénonce pas. Ou simplement s'asseoir sur les chaises longues du porche que Terrence et l'oncle Jarrod retouchaient chaque printemps. Se tenir la main par une chaude soirée d'été.

Elle jeta un coup d'œil vers Terrence, et elle sut qu'il se remémorait les mêmes souvenirs. Elle détourna rapidement le regard, reportant toute son attention sur le shérif.

— D'accord, je passerai plus tard dans l'après-midi, dit-elle au shérif.

Terrence resta à ses côtés et ils regardèrent celui-ci ranger son matériel.

Il se tourna vers elle alors que le 4x4 sortait de l'allée.

— Je pense que tu devrais écouter le shérif et trouver un autre endroit où loger.

Elle balaya le commentaire d'un revers de main et se dirigea vers la maison.

— Tu ne vas pas me faire changer d'avis.

— C'est sérieux, Nikki. Nous n'avons aucune idée de ce qui se passe, mais Lakewood House semble être au cœur de cette affaire. Que se passera-t-il si la personne responsable de ces peintures décide de revenir ?

— Je sais me débrouiller, répéta-t-elle, tout en continuant de marcher.

Il la suivit, la mine renfrognée.

— Je n'ai pas dit que ce n'était pas le cas.

Ils s'arrêtèrent tous les deux au niveau de la porte d'entrée. Il soupira en passant une main dans ses cheveux courts.

— Assure-toi au moins que toutes les portes et fenêtres soient fermées à clé, d'accord ? Et sois prudente.

Le regard qu'il posa sur elle lui coupa le souffle un instant.

— Je serai prudente, dit-elle, une fois qu'elle fut en mesure de parler. Je dois y aller. J'ai un appel pour le travail que je ne peux pas manquer.

C'était vrai, en partie du moins. Carolyn avait envoyé un texto la veille pour dire qu'elle pensait avoir une piste pour un emploi. Elles avaient convenu d'esquisser un plan d'attaque. Nikki savait qu'il lui faudrait être extrêmement convaincante pour que quelqu'un décide de l'embaucher.

— D'accord, dit Terrence. Je vais attendre que tu sois à l'intérieur.

Elle leva les yeux au ciel, mais une petite partie d'elle se sentit réconfortée par ce geste. Plus qu'une petite partie. Malgré la fin de leur histoire d'amour, elle se rendait compte qu'elle tenait toujours à Terrence, et elle ne pouvait nier que cela lui faisait plaisir de voir qu'il se souciait encore d'elle.

Elle entra dans la maison, verrouilla la porte et regarda Terrence monter dans sa voiture et s'éloigner.

6

Après avoir quitté Nikki, Terrence décida d'appeler toutes les personnes avec lesquelles Jill aurait pu être en contact à Carling Lake. Plusieurs de ses amis du lycée vivaient encore en ville ou à proximité. Malheureusement, aucun d'entre eux n'avait eu de nouvelles de Jill ou ne lui avait parlé récemment. La frustration commençait à le rendre fou.

Lorsqu'il sortit de la librairie Lakeside où travaillait une ancienne camarade de classe de Jill, et s'engagea dans la rue principale, l'enseigne du magasin de bricolage attira son attention. Sans nouvelle piste, son enquête sur Jill était au point mort, mais il connaissait une personne à Carling Lake qu'il pouvait aider, qu'elle le veuille ou non.

Il traversa la rue et entra dans la boutique. Trente minutes plus tard, il chargea des bidons de sous-couche et de peinture noire à l'arrière de sa voiture avant de refermer le coffre.

Que faisait-il ?

Il cherchait une raison de se rendre à Lakewood House et de prendre de ses nouvelles, voilà ce qu'il faisait. Malgré lui, il ne pouvait s'empêcher de s'inquiéter pour Nikki seule chez elle. Voilà pourquoi, même si elle avait été claire sur le fait qu'elle ne voulait pas de son aide, il venait de dépenser quatre-vingts dollars en peinture et fournitures pour son garage.

Il crut entendre la voix l'oncle Jarrod : « Tu es un incorrigible crétin. »

Peut-être. Il tenait à Nikki, et cela n'avait pas cessé après que son grand-père lui avait volé sa maison familiale, même s'il avait essayé de s'en convaincre. Même maintenant, il semblait ne pas pouvoir s'empêcher de ressentir… quelque chose pour elle.

De qui se moquait-il ? Il était tombé amoureux de Dominique King à l'âge de quinze ans, et aucune autre femme n'avait jamais pu trouver grâce à ses yeux. Peu importaient les efforts déployés au fil des ans, il avait toujours comparé inconsciemment ses nouvelles conquêtes à Nikki, et il les avait toujours trouvées décevantes. À un moment donné, il s'était rendu compte de l'injustice qu'il leur faisait vivre, et avait décidé de ne plus s'engager dans aucune relation sérieuse. Ce n'était pas leur faute s'il ne pouvait se détacher de cette femme qui ne serait jamais sienne et qu'il lui était même interdit de désirer. Elles ne méritaient pas d'être blessées à cause de cela.

Mais lui, que méritait-il ?

Il repoussa la question et s'engagea dans l'allée de Lakewood House. Raisonnablement, il savait que Lakewood House était destinée à Nikki mais, dans son cœur, ce serait toujours la maison de sa tante Charity et de son oncle Jarrod. Il pouvait presque se voir tous les deux, à différents âges en train de courir dans le jardin, comme autant de petits fantômes. Jouant à cache-cache avec Jill et Nikki. Jarrod lui apprenant à faire du vélo sur l'allée en terre battue. Les longs après-midi d'été au bord du lac, à nager et à se prélasser au soleil. Cet endroit faisait partie de son passé et signifiait beaucoup pour lui, aujourd'hui encore.

La petite enfance de Jill et la sienne avaient été difficiles. Leur mère, Hope Sutton, était instable dans ses meilleurs jours, poursuivant son rêve de… il ne savait pas de quoi, mais ce n'était certainement pas le rêve d'un foyer stable pour ses deux enfants. Les abandonner à sa sœur et à son beau-frère, ironiquement, était la chose la plus maternelle que Hope ait jamais faite. Leur fournir un foyer et les confier à des personnes responsables qui s'occupaient d'eux et leur permettaient enfin d'être des enfants.

Jusqu'à ce que Bernard King les prive de cette sécurité.

Alors que fais-tu ici ?

C'était une excellente question, mais il la chassa également de son esprit alors qu'il se garait et descendait de sa voiture.

Il était en train d'empiler les pots de peinture devant le garage lorsque la porte de Lakewood House s'ouvrit et que Nikki sortit sur le porche.

— Qu'est-ce que tu fais ? demanda-t-elle en le regardant avec méfiance.

— Je t'aide à nettoyer.

— Je t'ai dit que je n'avais pas besoin de ton aide.

Il posa ses mains sur ses hanches et la regarda fixement.

— Tu veux que je ramène tout au magasin, alors ?

Elle inspira profondément et soupira lentement.

— Non. Désolée. Merci.

C'étaient des excuses à contrecœur, mais des excuses quand même. Il les accepta.

— Je vais commencer, à moins que tu n'aies d'autres objections.

Elle prit un petit air renfrogné qu'il ne put s'empêcher de trouver mignon, voire un peu sexy.

— Pas d'objection. Donne-moi une minute pour me changer et je t'aiderai.

Nikki disparut.

Le garage n'était pas aussi vieux que la maison, mais il l'était suffisamment pour ne pas avoir été équipé de portes automatiques lorsque Terrence y vivait. Le grand-père de Nikki avait dû faire installer un nouveau système, car lorsqu'il voulut tirer la poignée pour relever les portes, il se rendit compte qu'il ne pouvait pas les soulever.

Il se déplaça sur le côté et essaya la porte latérale. Lorsqu'il vivait à Lakewood House avec son oncle et sa tante, la porte du garage était bancale. Quoi que fasse l'oncle Jarrod, elle ne s'ouvrait jamais correctement, ce qui signifiait qu'elle ne se verrouillait pas bien non plus. S'il secouait la poignée juste assez… gagné. Quel que soit le problème, Bernard King ne l'avait jamais résolu. Il entra et attrapa un seau vide, du produit nettoyant et quelques chiffons pour laver les portes avant de les peindre.

Il venait de finir de remplir le seau lorsque Nikki le rejoignit à l'extérieur. Ce n'était que le début du mois de mai, techniquement pas encore l'été, mais mère nature semblait en avoir décidé autrement. À 2 heures de l'après-midi, le soleil était déjà haut. La chaleur traversait la canopée des arbres et réchauffait suffisamment Carling Lake pour que Nikki ait enfilé un vieux T-shirt du lycée et un short gris. Il reconnut son haut. C'est lui qui le lui avait offert des années auparavant. Le porter maintenant était-il une sorte de message ? Un rappel de ce qu'ils avaient été l'un pour l'autre ? Ou peut-être essayait-elle de lui dire que son cadeau ne signifiait plus grand-chose pour elle, au point qu'elle le portait pour faire de la peinture ?

À moins qu'il ne s'agisse simplement du premier haut qu'elle avait trouvé dans sa commode, lui souffla son esprit rationnel.

Cela n'avait pas d'importance, pensa-t-il en se détournant de Nikki qui s'approchait, mais pas avant d'avoir remarqué la façon dont elle se déhanchait en marchant.

Le lycée de Carling Lake ainsi que leur jeunesse appartenaient au passé, tout comme leur couple. Il ne s'agissait pas de cela. Il aidait juste quelqu'un dans le besoin.

Il essuya les portes pendant qu'elle mélangeait la sous-couche à l'aide du long bâton qu'il s'était procuré à la quincaillerie. Ils prirent chacun une porte et commencèrent à recouvrir le message.

Ils travaillaient sans rien dire, mais en dépit de leurs échanges quelque peu acerbes plus tôt, c'était un silence confortable et familier.

Nikki avait peint à peu près le quart de sa porte lorsqu'elle laissa échapper un petit rire.

— J'ai une impression de déjà-vu.

— Déjà-vu ?

Elle le regarda avec un sourire et son cœur manqua un battement. Elle était si belle.

— Tu ne te souviens pas d'avoir déjà fait ça, une fois ? Quand nous avions quatorze ans ?

Le souvenir lui revint en pleine figure. Il n'en revenait pas de l'avoir oublié.

— Oh si, dit-il avec un gémissement.

Elle riait maintenant.

— J'ai cru que ton oncle Jarrod allait perdre les pédales pour de bon.

— Il a perdu les pédales, crois-moi, grimaça-t-il en se rappelant la fureur de son oncle.

— Qu'est-ce qui t'avait poussé à prendre cette voiture ?

Il se pencha pour appliquer plus de peinture sur son rouleau. La réponse à cette question était complexe. La Mustang GT argentée de son oncle avait toujours été un fruit défendu. Jarrod le laissait rarement monter dans la voiture, réservant ce plaisir pour les grandes occasions, alors la conduire ? Personne, pas même sa tante Charity, ne conduisait la Mustang, à part Jarrod. Cela aurait suffi à l'inciter à braver l'interdit, éventuellement. S'installer chez son oncle et sa tante lui avait apporté la discipline et la stabilité dont il avait tant besoin, mais il avait hérité du tempérament de sa mère et de sa propension à prendre des risques. Néanmoins, ce qui l'avait poussé à bout ce jour-là, c'était Nikki. Ou plutôt le désir d'impressionner Nikki, car il avait récemment réalisé qu'il l'aimait plus qu'une simple amie.

— Oh ! tu sais, les garçons de quatorze ans qui vivent dans des petites villes où il ne se passe rien ont tendance à avoir des idées stupides.

— C'était une sacrée affaire, dit-elle en riant. Tu avais pourtant bien commencé. On aurait presque dit que tu savais ce que tu faisais.

Il sourit à ce souvenir.

— Comment dire… ce n'était pas le cas.

— Oh ! j'ai compris ça quand tu as mis la voiture en marche arrière au lieu de la marche avant, dit-elle en riant encore plus fort. Quand tu as reculé dans le garage, j'ai cru que tout allait s'effondrer sur toi.

— Tu aurais pu essayer de m'arrêter, dit-il en lui lançant un regard ironique.

Elle haussa les épaules, toujours en riant.

— Je suppose que j'aurais pu, mais les filles de quatorze ans qui vivent dans des petites villes où il ne se passe jamais rien ont tendance à compter sur les garçons de quatorze ans avec des idées stupides pour se divertir.

— Et ça a marché ?

Il rit maintenant parce qu'ils savaient tous les deux comment cette histoire avait fini.

— Pas terrible, dit-elle avec une grimace. Tout l'été passé à trouver tous les petits boulots possibles pour rembourser les nouvelles portes du garage. Ce n'était pas un été très amusant.

Ils riaient tous les deux à présent.

— Le bon côté des choses, dit-il en faisant un geste vers la porte, c'est que nous avons appris à peindre une porte de garage, une compétence qui se révèle utile, une fois de plus.

— C'est une façon de voir les choses.

Le téléphone de Nikki sonna. Il suivit du regard sa main jusqu'à l'endroit où son portable sortait de sa poche arrière. Il détourna les yeux lorsqu'il réalisa qu'il fixait ses fesses, mais pas avant qu'elle ne lui lance un regard indiquant qu'elle l'avait remarqué.

Il sourit d'un air mutin avant de se remettre à peindre la porte.

Elle posa son rouleau dans le bac à peinture à ses pieds et son sourire s'effaça quand elle regarda son écran.

— Bon sang.

Ce n'était guère plus qu'un murmure, mais l'expression de son visage le poussa à mettre son rouleau de côté et à faire un pas vers elle.

— Tout va bien ?

Il étudia son visage, n'aimant pas ce qu'il y voyait. Pas vraiment de la colère. Plutôt de la déception.

— Tout va bien, répondit-elle en glissant le téléphone dans sa poche. En fait, non, ça ne va pas, mais personne ne peut rien y faire.

— Tu veux en parler ?

Elle le regarda un long moment, hésitant manifestement à se confier.

Il fut un temps où ils se disaient tout. Ils avaient été les meilleurs amis du monde. Et même lorsque leur relation avait commencé à dépasser le stade de l'amitié, leur complicité n'en avait pas souffert. Au contraire, elle s'était approfondie, comme des racines s'enfonçant dans le sol.

Ces racines étaient-elles toujours là ? Nikki semblait se poser la même question.

Finalement, elle prit la parole.

— Je suis à Carling Lake parce que j'ai été licenciée.

Il n'était pas sûr de ce qu'il s'attendait à entendre, mais ce n'était certainement pas à ça.

— Toi ? Virée ? Que s'est-il passé ?

Il savait qu'elle travaillait comme analyste politique pour le représentant de New York, Tom Manco. Il ne comprenait pas grand-chose à la politique mais il savait qu'un tel poste était un excellent tremplin pour quelqu'un voulant faire carrière dans ce milieu. Nikki était douée pour cela, elle était diplomate et faisait partie des personnes les plus intelligentes dans n'importe quelle assemblée, il ne pouvait donc pas concevoir qu'elle soit renvoyée.

— C'est en partie à cause de moi. Tu sais, je croyais en Tom. C'est pour cela que j'avais accepté de travailler sur sa campagne alors qu'il n'avait que peu de chances d'être élu.

Elle faisait maintenant les cent pas devant lui.

— Mais bosser à Washington D.C. l'a changé. Ou peut-être que cela a révélé qui il était au fond. N'est-ce pas ce que Michelle Obama dit ? Le pouvoir ne vous change pas, il révèle qui vous êtes.

— Quelque chose comme ça, ajouta Terrence, mais il n'était pas sûr que Nikki l'ait entendu.

— Tom est devenu obsédé par l'idée de se faire réélire. Lever des fonds pour sa prochaine campagne. Faire ami-ami avec les lobbyistes. Je ne suis pas une néophyte. Je comprends que ce genre de choses est inévitable pour avoir l'espace et le réseau nécessaires pour faire passer des lois vraiment importantes, mais ce n'était pas pour cela que Tom le faisait, tu comprends.

Elle le regarda comme pour obtenir une confirmation. Il ne comprenait pas bien, mais il acquiesça.

— Quoi qu'il en soit, j'étais désillusionnée et j'envisageais de passer à autre chose lorsque j'ai découvert des anomalies dans les rapports de collecte de fonds de la campagne.

Elle s'arrêta de faire les cent pas pour regarder Terrence dans les yeux.

— Je pensais honnêtement qu'il ne s'agissait que d'une erreur... Du moins au début. Je les ai rapportées à la cheffe de cabinet qui m'a dit qu'elle s'en occuperait. Plusieurs semaines ont passé et aucune modification n'a été apportée, alors j'ai de nouveau soulevé la question. Cette fois, elle m'a dit de laisser tomber, et j'ai compris qu'il ne s'agissait pas d'une erreur. Tom utilisait abusivement les fonds de la campagne. Il payait les frais de sa voiture. L'hypothèque de sa maison. Ses vacances.

Elle fixa le sol.

— Je l'ai signalé. Tom a dit que c'était un malentendu. Il a fait les corrections. Il a remis l'argent sur les comptes et m'a licenciée. Il m'a licenciée et il a ruiné ma réputation, ajouta-t-elle avec un rire sans joie. Personne à Washington ne veut plus m'embaucher.

Terrence s'approcha et leva le menton de Nikki d'un doigt.

— Je n'ai jamais été aussi fier de toi. Tu as fait ce qu'il fallait. Tu as su garder la tête haute et rester fidèle à tes convictions.

Il sentit comme une décharge le traverser et tenta de lire dans ses yeux. Son cœur s'emballa.

Le désir de l'embrasser à ce moment-là était presque irrésistible, et il aurait pu parier qu'elle ressentait la même chose.

C'est pourquoi il faillit pousser un juron lorsqu'un bruit de pneu crissant sur l'allée de gravier gâcha le moment.

Nikki hésita avant de faire trois pas en arrière.

Il soupira et se tourna vers l'intrus.

— Tu attends quelqu'un ?

— Non.

L'homme qui sortit de la voiture ne lui était pas familier. Petit et trapu, il portait un costume marron bien coupé malgré la chaleur et ses cheveux blonds clairsemés laissaient apparaître la peau blanche et brillante de son crâne.

Terrence se déplaça pour se trouver entre Nikki et l'étranger.

— Bonjour, dit l'inconnu.

L'expression de l'homme était polie, son sourire ouvert. S'il n'avait pas été au XXIe siècle, Terrence se serait préparé à un discours sur les encyclopédies ou les Tupperware.

— Mademoiselle King ? ajouta le type en fixant son regard sur Nikki.

— C'est moi-même. Et, vous êtes ?

— Albert Chester, avocat.

Terrence jeta un coup d'œil à Nikki pour voir si ce nom lui disait quelque chose. Elle haussa les épaules, indiquant que ce n'était pas le cas.

— Que pouvons-nous faire pour vous, monsieur Chester ? dit Terrence.

Nikki lui en voudrait probablement de parler le premier, mais vu les événements récents, il ne souhaitait prendre aucun risque avec un visiteur surprise.

Le sourire de Chester s'assombrit un peu.

— J'espérais parler à Mlle King d'un sujet urgent dont m'a chargé l'un de mes clients. Une affaire privée.

Nikki s'avança en bousculant légèrement Terrence. En effet, elle n'était pas contente. Rien de nouveau sous le soleil.

— Quel genre d'affaire urgente et privée ? demanda-t-elle.

Les yeux de Chester oscillèrent entre Nikki et Terrence, semblant décider si cela valait la peine d'insister.

Il n'était pas question que Terrence laisse Nikki seule avec un inconnu.

Chester dut s'en rendre compte.

— Mon client m'a autorisé à faire une offre sur cette propriété.

Nikki haussa les sourcils sous l'effet de la surprise.

— Quelqu'un veut acheter Lakewood House ?

— Tout à fait.

Chester sortit une fine enveloppe de la poche intérieure de sa veste de costume et la tendit à Nikki.

— Je pense que vous trouverez l'offre plus que généreuse.

—Lakewood House n'est pas à vendre, répondit Nikki sans prendre l'enveloppe.

— Je sais que vous n'avez pas mis la propriété sur le marché, mais je pense que si vous considérez l'offre de mon client...

— Qui est votre client ?

Comme Nikki ne faisait toujours pas mine de toucher l'enveloppe, Terrence la prit de la main tendue de Chester.

L'avocat fronça les sourcils.

— Eh bien, c'est que je ne peux pas partager cette information, dit-il.

Terrence jeta un nouveau coup d'œil à Nikki.

— Je suppose que cela n'a pas d'importance puisque, comme je l'ai dit, Lakewood House n'est pas à vendre, dit celle-ci. J'aimerais que vous partiez maintenant, monsieur Chester.

— Mademoiselle King, je suis sûr que cette maison vous rappelle de bons souvenirs...

Terrence lui coupa la parole.

— La dame vous a demandé de partir. Vous êtes maintenant officiellement en infraction.

Chester fronça les sourcils, et Terrence put presque voir les rouages de ses pensées tourner à toute vitesse. Chester avait-il vraiment cru qu'il viendrait et conclurait un accord pour l'achat de Lakewood House en quelques minutes ? Comme la maison était restée vide pendant si longtemps, lui et son client avaient peut-être eu l'impression que Nikki n'en voulait pas.

Mais il y avait quelque chose d'étrange dans tout ça. Lakewood House était vide depuis plusieurs années. Pourquoi cette offre d'achat arrivait-elle maintenant ? Le retour de Nikki à Carling Lake avait-il déclenché une sorte de réactions en chaîne ? La disparition de Jill avait-elle sa place dans ce puzzle ?

Il se passait quelque chose, et Terrence n'aimait pas ne pas comprendre de quoi il s'agissait.

— Peut-être qu'après avoir examiné l'offre, vous changerez d'avis. Ma carte de visite est dans l'enveloppe. N'hésitez pas à m'appeler si vous avez des questions. Je suis disponible de jour comme de nuit.

Chester leur adressa un autre sourire de marchand de tapis avant de retourner à sa voiture.

— Qu'est-ce que ça peut bien vouloir dire ? demanda Nikki en regardant la voiture de Chester s'éloigner.

— Je ne sais pas. Mais je compte bien le découvrir.

7

— Et tu comptes découvrir quoi exactement ? demanda Nikki.

Que Terrence se soit immiscé dans la conversation avec Albert Chester comme si la maison – et elle-même – lui appartenaient était déjà suffisamment problématique. Que voulait-il maintenant ? Lancer sa propre enquête sur les étranges événements de Lakewood House ?

Terrence fronça les sourcils.

— Tu ne peux pas penser que tout ce qui s'est passé ici ces derniers jours n'est qu'une coïncidence.

— Bien sûr que non, répondit-elle, les mains sur les hanches. Mais Lakewood House, c'est *mon* problème.

Le froncement de sourcils de Terrence s'accentua.

— Et Jill est ma sœur. Tout cela est lié. Je le sens dans mes tripes. Si j'arrive à démêler tout ça, je pense que je trouverai Jill.

Elle l'étudia un instant.

— D'accord. Dans ce cas-là, *nous*, souligna-t-elle en les désignant tous les deux du doigt, mènerons l'enquête ensemble.

— Pas question, refusa-t-il en secouant la tête. Je n'ai aucune idée de ce qui se passe. Ça peut être dangereux. C'est d'ailleurs probablement le cas.

Elle sourit, mais sans chaleur.

— C'est touchant de croire que je demandais ta permission.

Pas vraiment touchant. Arrogant serait plus juste. Dommage qu'il ne se soit pas débarrassé de ce trait de caractère peu attrayant.

Elle s'éloigna de lui, jeta l'enveloppe de l'avocat sur les pavés menant à la maison, ramassa son rouleau de peinture et se remit au travail sur la porte du garage. Terrence la suivit mais ne fit aucun geste pour continuer à peindre.

— Tu es toujours aussi têtue, alors que tu n'as aucune formation pour faire face à ce qui peut arriver.

— C'est pourquoi travailler ensemble est une excellente solution. Ta formation de policier sera sans doute utile, mais tu n'as aucun sens de la diplomatie, si j'en crois ton tête-à-tête avec le shérif tout à l'heure. Ensemble, nous sommes parfaits.

Ses joues s'enflammèrent.

— Je veux dire que nous formons l'équipe parfaite pour retrouver Jill et faire toute la lumière sur ce qui se passe ici, à Lakewood House.

Elle lui jeta un regard en coin pour voir s'il avait relevé sa remarque sur le fait qu'ils soient parfaits ensemble ; après tout, elle avait été à deux doigts de l'embrasser avant qu'Albert Chester n'arrive. Au moins, l'apparition inopinée de l'avocat l'avait empêchée de commettre cette erreur.

Terrence saisit le rouleau de son bac à peinture et se mit à recouvrir agressivement les dernières taches noires délavées.

Il n'appréciait peut-être pas ce qu'elle avait dit, mais elle le soupçonnait de savoir qu'elle avait raison. Leurs points forts et points faibles respectifs se complémentaient mais il avait toujours besoin d'un peu de temps avant de finir par voir les choses à sa manière. Plus important encore, il ne pouvait rien faire pour l'empêcher d'enquêter de son côté, alors autant le faire ensemble. S'il avait raison sur le lien entre le vandalisme et la disparition de Jill – et elle pensait que c'était le cas – elle avait autant intérêt que lui à découvrir ce qu'il se passait.

Elle lui jeta un autre regard en coin. Il ne lui faudrait pas longtemps pour comprendre que faire équipe avait ses avantages.

Cinq minutes plus tard, il reposa le rouleau et lui fit face.

— Si nous voulons pouvoir travailler ensemble, nous devons nous faire confiance. Pas question de partir quelque part sans dire à l'autre où nous allons, ajouta-t-il en la suppliant du regard. Je ne sais pas ce qui se passe exactement, mais j'ai un très mauvais pressentiment.

— D'accord.

Elle tendit sa main droite. La chaleur de sa paume contre la sienne lui fit l'effet d'un électrochoc, et l'odeur de son eau de toilette boisée lui chatouilla le nez.

— Et, pour info, je n'ai jamais cessé de te faire confiance.

Il soutint son regard pendant un moment intense avant que le bruit d'une autre voiture tournant dans l'allée de graviers ne le fasse reculer. Il haussa les sourcils.

— Lakewood House est drôlement fréquentée aujourd'hui.

— En effet, marmonna-t-elle.

Le shérif Webb s'arrêta derrière la voiture de Terrence et descendit de son véhicule.

Nikki profita de l'occasion pour mettre un peu de distance entre elle et Terrence et se dirigea vers le shérif.

— J'étais sur le point de prendre une douche avant de me rendre au commissariat.

— J'ai pensé vous épargner un voyage.

Le shérif Webb lui tendit une enveloppe brune.

Elle jeta un coup d'œil à l'intérieur et trouva le rapport d'incident pour vandalisme.

— Merci. Sait-on qui est la pauvre femme qu'on a trouvée hier ? Était, se corrigea-t-elle.

— Pas encore, répondit le shérif avec une grimace. Le médecin légiste a déterminé que la cause du décès était la strangulation, c'est donc un homicide. Elle situe l'heure de la mort à environ vingt-quatre heures avant que vous ne la trouviez.

— Elle ne peut pas être plus précise ? demanda Terrence.

— Elle y travaille. L'eau rend les choses plus compliquées. Nous aurions au moins un point de départ si nous pouvions l'identifier, mais j'ai fouillé les rapports des personnes disparues du comté au cours des deux dernières années, et rien ne correspond.

— Elle pourrait venir de n'importe où, dit Terrence en secouant tristement la tête.

— C'est malheureusement vrai. Trop de jeunes femmes disparaissent chaque année, soupira Lance. Et c'est pourquoi je m'inquiète que vous restiez seule à Lakewood House, Nikki. Cette propriété est isolée et a un accès direct au lac, il est donc facile de s'y introduire.

— J'en ai déjà parlé avec Terrence, soupira-t-elle.

— Vous devriez l'écouter, déclara le shérif Webb.

Un sourire satisfait se dessina sur le visage de Terrence. Évidemment, les deux flics étaient d'accord. Mais elle n'était pas une demoiselle en détresse sans défense, et elle ne se comporterait pas comme telle.

— Depuis que nous avons trouvé la menace peinte sur les portes du garage, une autre idée me trotte dans la tête, dit Terrence au bout d'un moment. L'accès au lac ne permet pas seulement à quelqu'un de se faufiler dans la propriété. Il est également idéal pour en sortir sans se faire repérer.

— Comment cela ? demande-t-elle.

— Par exemple, quelqu'un qui utiliserait l'accès au lac pour des activités criminelles, comme le transport de produits de contrebande. Les opiacés et autres drogues font des ravages dans les petites villes rurales comme Carling Lake depuis des années, même si les médias et les politiciens semblent seulement commencer à s'en rendre compte. Je sais que vous êtes le shérif, mais il serait stupide de penser que Carling Lake a échappé à ce genre de problèmes.

Le shérif Webb acquiesça tristement.

— Non, vous avez raison. Nous avons notre part de crimes et d'incidents liés à la drogue. Ils ont augmenté au fil des ans, mais j'ai du mal à imaginer que quelqu'un ait pu transporter régulièrement de la drogue dans cette ville sans que je m'en aperçoive.

— Peut-être que ce n'est pas assez régulier pour que vous le remarquiez. Et peut-être qu'il ne s'agit pas de drogue, dit Terrence. Mais je vais vous dire une chose. Si Jill a entendu parler de quelque chose comme ça – une opération criminelle organisée dans la ville où elle a grandi – elle est venue enquêter tout de suite.

Nikki pouvait voir que l'idée germait bien vite en lui.

L'expression du shérif Webb s'assombrit.

— Et si son nez est plus fin que le mien, elle a pu se retrouver dans le pétrin.

— C'est pourquoi nous devons la retrouver rapidement.

— Nous faisons tout notre possible, répéta le shérif avant de changer de sujet. Je ne suis pas venu ici uniquement pour Nikki. Je vous cherchais, vous aussi.

— Eh bien, vous m'avez trouvé, dit Terrence. Mais j'aimerais bien savoir comment vous avez su que j'étais à Lakewood House.

— Ce n'était pas difficile à déduire, fit remarquer le shérif avec un sourire. Vincent Laureano m'a dit que vous étiez passé dans sa quincaillerie pour acheter de la peinture.

Terrence leva les yeux au ciel.

— Bien sûr. J'ai vécu trop d'années en ville. J'avais oublié à quel point tout le monde se mêle des affaires des autres dans cette ville.

— Cela fait partie du charme de ce lieu, dit le shérif Webb, toujours souriant. Quoi qu'il en soit, je voulais vous dire que j'ai vérifié le symbole que vous m'avez montré, mais je n'ai rien trouvé.

Le regard de Nikki passa d'un homme à l'autre.

— Quel symbole ?

— Quand Jill a cessé de répondre à mes appels et à mes SMS, j'ai fouillé son appartement à la recherche d'indices sur l'endroit où elle aurait pu aller. Et j'ai trouvé ça.

Terrence sortit son téléphone de sa poche et chercha une photo avant de la montrer à Nikki.

— Un morceau de papier sur lequel est écrit « Carling Lake » et une sorte de symbole ou de fleur.

— J'ai déjà vu ça, dit Nikki en agrandissant le dessin sur la photo. J'ai trouvé une carte de visite sur le sol de la cuisine le jour de mon arrivée à Lakewood House avec cette fleur de lys dessus et rien d'autre.

Le shérif fronça encore un peu plus les sourcils.

— Une fleur de lys ?

— C'est ainsi qu'on l'appelle. C'est un symbole qui a été utilisé en politique, en religion, en architecture – et j'en passe – pendant des milliers d'années et dans toutes les cultures. Il est assez courant, en particulier dans les villes d'influence française comme La Nouvelle-Orléans, où il fait partie du drapeau officiel de la ville.

— OK, alors pourquoi Jill l'a-t-elle griffonné sur ce papier, et pourquoi est-il apparu à Lakewood House ? demanda Terrence.

— Excellentes questions, déclara Webb, la main sur le menton. Avez-vous toujours la carte ?

— Je pense que oui.

Nikki se retourna et se dirigea vers la maison à grands pas. Terrence et le shérif suivirent à un rythme à peine plus lent.

À l'intérieur, elle balaya du regard le comptoir de l'îlot central où elle avait vu la carte pour la première fois, puis le reste de la cuisine. Rien. Elle ferma les yeux pendant un moment, se remémorant ce qu'elle avait fait après avoir trouvé la carte, la veille. Elle se souvint que Pete était là avec le bateau de son grand-père. Elle avait monté ses bagages à l'étage, puis elle avait aperçu Pete qui revenait en courant vers la maison après avoir trouvé le corps de la jeune femme.

Qu'avait-elle fait de la carte avant tout cela ?

Elle remonta dans ses souvenirs. Son arrivée à Lakewood House. La découverte de la carte sur le comptoir.

— Je l'ai mise dans ma poche.

Elle fila vers l'escalier et se précipita à l'étage.

Son pantalon de la veille se trouvait au milieu de la pile de linge sale qui grossissait dans le coin de la pièce. Elle trouva la carte de visite, un peu plus abîmée, dans sa poche et la ramena en bas.

— La voici.

Le shérif Webb voulut s'en saisir, mais Terrence fut plus proche. Il lui prit la carte des mains et la manipula en ne touchant que les bords.

— Il n'y a pas grand-chose. Juste le symbole de la fleur de lys. Pas de nom, d'adresse ou de numéro de téléphone.

Il la prit en photo avec son téléphone avant de la tendre au shérif.

— Il est probablement inutile de chercher des empreintes, mais je vais quand même essayer, déclara Webb, en prenant lui-même la carte par les bords avant de la glisser dans le sachet en plastique qu'il avait sorti de la poche de son manteau.

— Je vais également élargir les recherches au-delà des frontières du comté, mais les résultats risquent de mettre un peu de temps à arriver. Surtout avec la fête du Printemps qui commence dans quelques jours. Toutes mes équipes seront occupées.

Terrence serra les poings.

— C'est plus important que le festival. Jill a peut-être de gros ennuis.

— Je comprends, et mon service fait tout ce qu'il peut pour retrouver votre sœur, répéta le shérif en serrant les dents. Mais cela ne peut pas être notre seule préoccupation, c'est pourquoi j'ai une suggestion.

Nikki pouvait lire sur le visage de Terrence les pensées qui lui traversaient l'esprit. En l'occurrence l'endroit exact là où le shérif Webb pouvait se mettre sa suggestion.

— Que nous suggérez-vous, shérif ? dit-elle avant que Terrence ne puisse intervenir.

Le shérif tourna son regard vers elle, intrigué à l'utilisation du mot « nous ».

— Je pense que vous devriez aller parler au nouveau résident de Carling Lake, James West. Il possède la galerie d'art sur Main Street. Il partage le bâtiment avec le journal *Carling Lake Weekly*.

— Vous me suggérez de m'adresser à un marchand d'art ? grommela Terrence. En quoi cela va-t-il m'aider à retrouver Jill ?

— James West n'est pas un galeriste comme les autres, dit le shérif avec humeur. Faites-moi confiance. Allez lui parler.

Terrence semblait sur le point d'exploser. Nikki posa une main sur son bras et secoua un instant la tête avant de se retourner vers le shérif Webb.

— Merci pour le conseil. Nous irons le voir cet après-midi.

Le shérif se dirigea vers la porte, ignorant les grognements de Terrence sur le temps qu'il leur faisait perdre.

En vérité, elle ne voyait pas en quoi un marchand d'art pouvait les aider, mais si le shérif leur suggérait de parler à James West, c'est qu'il devait y avoir une raison. Et à ce stade, ils n'avaient aucune autre piste et rien à perdre à suivre celle-ci.

8

La structure de pierre et de brique qui abritait les bureaux du *Carling Lake Weekly* n'avait pas changé. Au fil des ans, l'hebdomadaire avait partagé le bâtiment avec une foule d'autres entreprises, mais Terrence était presque certain qu'il s'agissait de la première galerie d'art.

Le bâtiment s'étendait sur tout un pâté de maisons dans la rue principale. Il se gara dans un parking voisin, puis Nikki et lui contournèrent le bâtiment, passèrent devant les grandes portes vitrées du journal et se dirigèrent vers l'entrée plus modeste de la galerie, à l'autre bout du pâté de maisons. Un panneau discret annonçait en lettres dorées qu'il s'agissait de l'entrée de la West Gallery.

À l'intérieur se trouvaient un vaste espace ouvert de deux étages aux colonnes de soutien apparentes et une paire d'escaliers courbes au fond à gauche. L'éclairage était discret, mais grâce aux grandes baies vitrées le long de la façade ainsi qu'au puits de jour, la lumière naturelle était largement suffisante pour inonder toute la galerie, accentuant élégamment les détails des œuvres d'art accrochées aux murs.

Près d'une douzaine d'œuvres étaient exposées de chaque côté, et d'autres étaient suspendues sur des cloisons amovibles dressées dans l'espace ouvert.

De là où il se trouvait, Terrence voyait que les œuvres avaient été réalisées sur différents supports – dessins à l'encre, aquarelle ou encore peinture à l'huile – mais avec une habileté, un talent et un style unique qui transparaissaient dans chaque toile.

Nikki et lui s'arrêtèrent devant l'œuvre située près de l'entrée. Une femme et un jeune enfant les regardaient depuis une toile si vivante que si la petite plaque à côté n'avait pas indiqué « dessin à l'encre », il aurait cru qu'il s'agissait d'une photographie. Ce que Terrence n'avait pas besoin de lire pour le deviner, c'est que cette femme et cet enfant, quels qu'ils soient, représentaient beaucoup pour l'artiste.

— C'est... incroyable, dit Nikki, l'émerveillement perçant dans sa voix.

— Merci.

L'homme qui descendait l'escalier circulaire ne ressemblait en rien à l'image que Terrence se faisait d'un artiste. D'abord, il était grand. Il mesurait plus d'un mètre quatre-vingt-dix et était doté d'une musculature que même son pantalon très bien coupé et sa chemise sur mesure ne parvenaient pas à dissimuler. Il arborait un sourire décontracté, mais ses yeux reflétaient la sagesse d'un homme qui avait vécu de nombreuses expériences – pas toutes joyeuses – indiquant qu'il n'était pas bon de le sous-estimer. Terrence n'avait pas besoin de demander pour savoir qu'il avait été dans l'armée. Tout chez cet homme respirait l'ordre, l'honneur et le sacrifice.

— Ma femme et mon fils.

Terrence et Nikki rejoignirent l'homme au centre de la galerie. Terrence lui tendit la main.

— Inspecteur Terrence Sutton. Je ne connais pas grand-chose à l'art, mais même moi, je peux dire que vous êtes extrêmement talentueux.

L'homme la serra et lui adressa un sourire en coin.

— James West. Et je vous remercie. Cette pièce est l'une de mes meilleures, mais elle n'est pas à vendre, bien entendu.

— Nikki King, dit Nikki en lui offrant également sa main. Votre amour pour votre famille transparaît à travers elle.

— Ils sont tout pour moi, répondit James en lui serrant

rapidement la main avant de se retourner vers Terrence. Lance m'a dit que vous alliez passer.

Terrence ne put s'empêcher de faire la moue.

— Oui, eh bien, je ne sais pas s'il vous a expliqué la raison pour laquelle je suis à Carling Lake. Sans vouloir vous manquer de respect, je ne vois pas en quoi un artiste peut m'aider à retrouver ma sœur.

Nikki lui donna une légère tape sur le biceps tout en lui lançant un regard exaspéré.

Il savait bien qu'il se comportait comme un éléphant dans un magasin de porcelaine. C'était une critique qu'il avait souvent entendue de la part de ses collègues et de plusieurs haut gradés de la police. Et c'était probablement la raison pour laquelle il n'avait pas encore été promu au-delà du grade d'inspecteur. Mais c'était aussi l'une des raisons pour lesquelles il avait le meilleur taux d'élucidation de tous les inspecteurs du département. Ce n'était peut-être pas très joli, mais il obtenait toujours des réponses.

Le sourire de James s'agrandit.

— Je pense que Lance vous a adressé à moi à cause de mon autre activité. Ou plutôt, à cause de l'activité de ma famille. Que diriez-vous de monter dans mon bureau ? Vous me donnerez tous les détails et je verrai si nous pouvons vous aider.

Nikki et lui suivirent James jusqu'à un long bureau étroit. Le côté de la pièce dont les fenêtres donnaient sur la rue principale aurait pu rivaliser avec la suite de n'importe quel P-DG. Un grand bureau haut de gamme et un fauteuil en cuir à haut dossier dominaient l'espace. Mais ce n'était pas le plus impressionnant. De l'autre côté de la pièce se trouvait une table en forme de U avec trois écrans connectés, un ordinateur portable et plusieurs autres appareils électroniques que Terrence ne reconnaissait pas.

— Waouh ! En voilà une sacrée installation. Ce n'est pas ce à quoi je m'attendais dans un bureau d'artiste, s'exclama Terrence.

— Mon studio se trouve de l'autre côté de l'étage. Il doit ressembler exactement à ce que vous imaginez.

James leur fit signe de se diriger vers le petit salon séparant les deux parties de la pièce.

Terrence s'installa à côté de Nikki sur l'un des canapés beiges tandis que James prenait place en face d'eux sur un canapé assorti.

— C'est ici que je gère l'aspect commercial de la galerie et que je travaille un peu pour l'entreprise familiale, West Security and Investigations.

Le nom disait quelque chose à Terrence. Il n'avait pas immédiatement fait le lien entre James West et cette société d'élite de sécurité et d'investigation privée. La suggestion de Lance de parler au propriétaire d'une galerie d'art prenait maintenant tout son sens.

— West Investigations. J'ai entendu parler de vous.

— C'est l'affaire de mes frères maintenant, mais j'y participe encore de temps à autre. Surtout quand il s'agit de la sécurité de ma femme et de mon fils.

Terrence pencha la tête sur le côté, se demandant pourquoi la femme de James West avait besoin des services d'une entreprise comme West Security and Investigations. Mais comme cela ne le concernait pas, il s'abstint de poser la question.

James l'étudia comme s'il pouvait lire dans ses pensées.

— Alors comme ça, vous êtes un détective privé ? demanda Nikki en s'éclaircissant la voix.

— Pas moi, non. C'est pour cela que je n'y travaille que de temps en temps. Tout ce que je fais est supervisé par l'un de mes jeunes frères. Ils adorent ça, ajouta James avec ironie. Mais Carling Lake est ma maison maintenant, et si, comme Lance l'a suggéré, il se passe quelque chose de louche, je veux le savoir. (Ses yeux s'étrécirent jusqu'à n'être plus que deux fentes.) Et j'y mettrai un terme.

Terrence avait côtoyé suffisamment d'hommes dangereux pour en reconnaître un quand il le croisait, mais, pour l'instant, si James était prêt à mettre les ressources de West Investigations au service de la recherche de Jill, il était plus que disposé à accepter cette aide.

Il jeta un coup d'œil à Nikki. Elle fit un léger signe de tête, tout à fait imperceptible, pour lui signifier qu'elle était d'accord.

Terrence s'avança au bord du canapé.

— Je recherche ma sœur, Jill.

Il raconta à James qu'il n'avait pas eu de nouvelles d'elle depuis des jours, qu'il était allé chez elle et qu'il avait trouvé le bout de papier sur lequel étaient écrits les mots Carling Lake et le dessin de fleur de lys. Nikki reprit alors l'histoire, parlant du corps de la femme qu'ils avaient trouvé sur sa propriété, le message de menace écrit sur les portes de son garage et la carte de visite avec le même symbole de fleur de lys.

Au fil de leur récit, l'expression sur le visage de James s'assombrit, et ses yeux se mirent à briller d'inquiétude. Lorsque Nikki et lui eurent fini de parler, le trio resta assis en silence pendant quelques instants, ressassant l'enchaînement des événements, essayant de faire en sorte que les pièces du puzzle s'emboîtent de façon logique et sensée. James finit par prendre la parole.

— Il se passe clairement quelque chose d'inhabituel. Appelons mes frères, décida-t-il en se levant. J'aimerais savoir ce qu'ils nous conseilleront de faire en premier.

Et c'est ainsi que leur petite enquête bénéficia soudain d'une véritable force de frappe.

Une minute plus tard, James lança un appel vidéo sur le plus grand des trois ordinateurs de son bureau.

Le visage d'un homme apparut à l'écran. Il était plus jeune que James, mais ils avaient suffisamment de points communs pour que personne ne doute de leur lien de parenté. Il semblait lui aussi assis dans un bureau entouré d'écrans d'ordinateur.

— Salut, frangin, dit le jeune homme avec un sourire sincère. J'ai essayé de te joindre.

— Je sais. Désolé de ne pas avoir rappelé. J'ai été débordé par l'exposition de la galerie qui arrive.

Le sourire du jeune homme s'élargit encore.

— Nadia a vraiment hâte. Sean et Addy aussi. Je suis désolé qu'on ne puisse pas venir plus tôt pour t'aider à installer, mais on sera là pour l'ouverture.

James fit signe à son frère que ce n'était pas grave.

— Pas de souci. Erika s'en occupe, et personne n'est mieux

placé que ma femme pour organiser un événement. Mais ce n'est pas pour cela que j'appelle.

Il jeta un coup d'œil à Terrence et Nikki et ajusta l'ordinateur pour qu'ils apparaissent à l'écran.

— Ryan, voici Nikki King et l'inspecteur Terrence Sutton. Ils ont besoin de notre aide.

James mit rapidement son frère au courant des détails de la situation. Tout comme James plus tôt, l'expression de Ryan s'assombrissait au fur et à mesure du récit.

— Comment pouvons-nous aider ? demanda-t-il une fois que James eut terminé son explication.

— J'ai déposé un avis de disparition auprès de la police de Washington, car Jill est officiellement résidente là-bas, bien qu'elle voyage tellement qu'elle soit rarement dans son appartement. Ils ont fait tout ce qu'ils pouvaient, et plus encore, puisque je suis également policier, mais c'est une adulte et il n'y a aucun signe d'acte criminel...

— Ils ont donc les mains liées, ajouta Ryan.

— Exactement, dit Terrence. Ils ne peuvent pas consulter ses relevés téléphoniques ou essayer de la retrouver par GPS.

Ryan tapa sur le clavier devant lui.

— Ce n'est pas vraiment légal de notre côté non plus, mais je vais voir ce que je peux faire.

— Merci.

Terrence donna le numéro de téléphone portable de sa sœur et le nom de l'opérateur.

— Maintenant que tu mentionnes le nom de l'opérateur téléphonique, je pourrais peut-être aider aussi, dit Nikki, en se mordant la lèvre inférieure, comme si elle n'était pas tout à fait sûre de la véracité de sa déclaration. Je connais quelqu'un qui y travaille. Leur politique en matière de communication d'informations est assez stricte, mais vous pouvez lui parler.

Les trois hommes la regardèrent, intrigués.

— Mon patron – mon ancien patron – faisait partie de la sous-commission des communications et technologies. J'ai rencontré beaucoup de bureaucrates et de lobbyistes sur le terrain.

— J'apprécie tous les contacts que vous pouvez m'envoyer, déclara Ryan.

Nikki sortit son téléphone de son sac à main et envoya le numéro de son contact à Ryan.

— Encore une chose, commença Terrence alors que Nikki rangeait son téléphone. Le symbole de la fleur de lys. Son apparition à Carling Lake et dans l'appartement de Jill ne peut pas être une coïncidence. Le shérif l'a entré dans son système et n'a rien trouvé. J'imagine que vous pouvez effectuer une recherche plus large. C'est peut-être une sorte de signature. Si c'est le cas, cela nous indiquerait au moins par où commencer.

— C'est possible.

Au ton de Ryan, Terrence comprit qu'il n'était pas convaincu.

— Jill est une journaliste d'investigation. Elle fouille dans les secrets de gens puissants. Son dernier gros article a permis de démanteler un vaste réseau d'opioïdes et de faire tomber plusieurs membres du conseil du comté de Virginie Occidentale qui, a minima, fermaient les yeux sur les ravages que causait la drogue parmi leurs résidents. Elle a tendance à se mettre à dos les mauvaises personnes. Lance est un bon shérif, mais quiconque se prête à une activité criminelle dans cette ville s'efforcera de le lui cacher. Pourtant, quelqu'un doit bien être au courant.

— Je vais tâter le terrain, mais cela pourrait prendre un certain temps, déclara Ryan.

— Je vais aussi voir ce que je peux trouver, dit James. Les gens seront peut-être plus enclins à parler à quelqu'un de local, non pas que vous ne soyez pas de Carling Lake, mais cela fait un moment que vous n'avez pas habité ici, d'après les rumeurs de la ville.

Ryan sourit.

— Tu n'as pas encore vécu une année entière à Carling Lake. Aurais-tu déjà séduit tout le monde au point qu'ils te considèrent comme un enfant du pays ?

James renvoya à son frère un sourire éclatant.

— Que veux-tu ? Je suis un homme charmant.

— Nous acceptons toute l'aide possible, dit Nikki avec un petit sourire. Merci.

Ryan concentra à nouveau son attention sur Terrence.

— Je suis sûr que vous n'avez pas l'intention de rester assis et d'attendre. Quelle est votre prochaine étape ?

— Vous avez raison, acquiesça Terrence. Mon instinct me dit que Jill ne peut pas se permettre que nous attendions sans rien faire. Cela fait déjà une semaine.

Il n'osa pas leur dévoiler le fond de sa pensée. À savoir qu'il pourrait déjà être trop tard. Il ne voulait pas penser de cette façon. Il ne pouvait pas se le permettre.

— Je suis sûr que ce sur quoi Jill travaillait l'a amenée ici, à Carling Lake. J'ai vérifié auprès de ma tante, qui ne l'a pas vue, et des amis de Jill, alors je vais commencer à fouiller le reste de la ville. Quelqu'un doit l'avoir aperçue. Lui avoir parlé. Je ferai du porte-à-porte s'il le faut.

Une détermination brute irradiait de lui. Il parlerait à tous les habitants de cette ville et fouillerait toutes les maisons s'il le fallait.

Nikki posa une main sur la sienne.

— La moitié de la ville sait que tu es ici à la recherche de Jill, et l'autre moitié le saura d'ici à la fin de la journée. Toutes les personnes ayant des informations ou voulant aider se sont certainement déjà manifestées.

Surpris, il se tourna vers Nikki.

— Qu'est-ce que tu racontes ? Tu penses que Jill n'est pas venue à Carling Lake ?

Si elle ne pensait pas qu'ils pouvaient retrouver Jill, pourquoi avait-elle insisté pour l'aider ?

Elle secoua la tête.

— Ce n'est pas ce que je dis.

James interrompit doucement.

— Je pense que Nikki veut dire que la personne que votre sœur est venue voir à Carling Lake ne souhaite pas que vous sachiez qu'elle était ici. Si vous parvenez à identifier cette personne, vous aurez de grandes chances de retrouver votre sœur.

9

— Ce n'était pas du tout ce que j'imaginais, dit Nikki alors qu'elle et Terrence sortaient sur le trottoir.

Elle ne savait pas à quoi s'attendre lorsque le shérif Webb les avait envoyés dans une galerie d'art, mais ce n'était certainement pas à la rencontre d'un ancien tireur d'élite, spécialiste de la sécurité.

Terrence adopta une expression faussement choquée.

— Quoi ? Tu veux dire que les galeristes de Washington n'ont pas de contacts avec des sociétés de sécurité privées ?

— Je ne connais aucun galeriste à Washington, s'esclaffa Nikki, mais je vais prendre le risque de dire non.

La ville regorgeait de culture et d'art, mais son travail ne lui laissait que peu de temps pour en profiter.

— Tu as probablement raison, dit-il en se laissant aller à sourire. J'ai le sentiment que James West est unique en son genre, mais je suis heureux qu'il soit de notre côté.

Ils se dirigèrent vers le parking où Terrence avait garé la voiture.

— Quel est notre prochain arrêt ? demanda Nikki, marchant un peu plus vite que d'habitude pour suivre sa longue foulée.

— Je voudrais parler au gardien de Lakewood House, Pete Bonny. Il a peut-être remarqué quelque chose sortant de l'ordinaire à Lakewood House ou dans ses environs.

— C'est une bonne idée. Je dois lui demander de ramener le bateau de grand-père à la maison. Le shérif Webb ne l'a pas laissé le mettre à l'eau l'autre jour à cause de la scène de crime, mais maintenant que j'ai le feu vert, j'aimerais vraiment reprendre l'*Annalise* sur le lac.

Ils s'approchèrent du Highlander. Terrence ouvrit la porte passager pour Nikki le temps qu'elle se glisse à l'intérieur.

— Nous avons passé de bons moments sur ce bateau. Tu te souviens de la fois où mon oncle et ton grand-père nous ont emmenés pêcher et où nous avons attrapé cet énorme poisson ?

Elle lui lança un regard incrédule.

— Euh... nous ? Si je me souviens bien, c'est moi qui ai pêché cette beauté.

Il se pencha en avant, dans l'espace créé par la porte ouverte.

— Et si je me souviens bien, tu n'aurais jamais pu la remonter si je ne t'avais pas aidée.

Ses yeux bruns pétillaient d'amusement.

— Je pense que ta mémoire est défaillante. Tu devrais aller consulter.

Les souvenirs d'une époque où il était si facile pour eux d'être proches l'un de l'autre – quand c'était tout ce dont ils avaient besoin pour être heureux et satisfaits – l'envahissaient. À cet instant, alors que Terrence se tenait si près d'elle, il était difficile de se rappeler comment ou pourquoi tout avait si mal tourné. Comment ils avaient pu laisser leur relation déraper ainsi. Peut-être pourraient-ils arranger les choses ? Récupérer ce qu'ils avaient perdu. Son oncle et son grand-père n'étaient plus là. Peut-être qu'elle et Terrence pourraient trouver un moyen de revenir l'un vers l'autre.

Elle devina qu'une partie de ce qu'elle pensait se reflétait sur son visage. Il avait toujours pu lire en elle facilement.

L'amusement qui brillait dans ses yeux, quelques instants plus tôt, avait disparu, remplacé par un désir manifeste.

Elle se pencha vers lui, l'envie d'être plus proche, physiquement et émotionnellement, étant trop forte pour qu'elle puisse y résister.

Terrence recula, rompant le moment.

— Nous devrions y aller, dit-il en fermant la porte.

Elle respira profondément pour tenter de ralentir les battements de son cœur et d'endiguer la honte provoquée par son rejet. Il avait senti l'attirance entre eux, elle en était certaine. Et sa réaction montrait clairement qu'il n'avait pas l'intention d'y céder. Très bien. Elle n'insisterait pas non plus.

Le temps qu'il contourne la voiture et s'installe sur le siège conducteur, elle avait retrouvé un semblant de dignité. Elle sortit son téléphone de son sac à main pendant qu'il démarrait.

— Je vais appeler Pete pour lui dire qu'on arrive.

— Pas de problème, mais ne mentionne pas notre intention de le questionner. Laisse-le croire que notre visite concerne le bateau. J'ai un crochet de remorquage, je peux donc ramener l'*Annalise* à Lakewood House et t'aider à le mettre à l'eau.

— D'accord.

Il continua à exposer son plan, apparemment insensible à l'intensité du moment précédent.

— Et peut-être pourras-tu demander un verre d'eau ou aller aux toilettes une fois là-bas ? Une excuse pour entrer dans la maison et fouiller un peu ?

Elle lui jeta un regard sceptique.

— Pete est un vieux grincheux.

— Cela vaut la peine d'essayer. Au pire il dira non. Je le ferais bien, mais je pense qu'il sera plus enclin à te laisser entrer.

— Tu ne penses quand même pas que Pete a quelque chose à voir avec la disparition de Jill ou la mort de cette fille, si ?

Terrence avait l'air pensif.

— Je n'en sais rien. Mais il avait accès à la maison, ce qui, selon moi, le place sur la liste des suspects.

Nikki n'était pas très à l'aise à l'idée d'envahir la vie privée de Pete, mais s'il avait utilisé la maison de son grand-père pour des activités criminelles ou, pire encore, pour commettre un meurtre, elle s'assurerait qu'il en paye le prix.

— D'accord. J'essaierai.

Terrence lui renvoya un sourire de l'autre côté de l'habitacle.

— Super. Et pendant ce temps, je vais essayer de savoir s'il a vu quelque chose de suspect à Carling Lake ces derniers temps.

Elle fronça les sourcils.

— Comme je l'ai dit, Pete pourrait ne pas apprécier d'être assailli de questions.

Terrence parut contrarié mais resta concentré sur la route en sortant du parking.

— Ne t'inquiète pas. J'ai affronté pas mal de vieux grincheux.

Elle passa l'appel. Pete n'avait pas l'air heureux de recevoir des visiteurs, mais il lui dit que le bateau serait prêt pour eux à leur arrivée.

Depuis toujours, la famille Bonny possédait plusieurs centaines d'hectares de terres dans les montagnes de Carling Lake. Bien que résidents de longue date, les Bonny, ou ce qu'il en restait, étaient au mieux des membres périphériques de la communauté. Nikki ne se souvenait pas qu'ils aient jamais participé aux activités sociales de Carling Lake et ils ne se comportaient pas comme les autres résidents, qui s'efforçaient de faire le plus d'achats possible en ville. Elle savait, d'après ce que lui racontait son grand-père, que Pete préférait rouler cinquante kilomètres vers l'ouest et faire ses courses en grande surface. Les gens les plus généreux de la ville faisaient remarquer que s'occuper de Lakewood House et de quelques autres maisons de vacances de la région était la seule source de revenus de Pete et que c'était la raison pour laquelle il achetait en gros. Ceux qui étaient plus réticents à l'égard de cet homme s'offusquaient qu'il ne fasse pas ses courses dans les commerces locaux.

Pete Bonny n'aurait probablement pas été le premier choix de Nikki pour s'occuper de Lakewood House, mais son grand-père avait toujours eu à cœur de soutenir tous les membres de la communauté de Carling Lake, et elle n'avait donc pas été surprise lorsqu'il lui avait annoncé avoir demandé l'aide de Pete pour la maison familiale.

Ils quittèrent l'autoroute et prirent une petite route secondaire s'enfonçant dans une zone densément boisée. Quelques kilomètres plus loin, Terrence tourna à droite sur une route non goudronnée, les pneus du Highlander soulevant un nuage de poussière qui les suivit jusqu'à leur destination.

Terrence gara la voiture entre le pick-up de Pete et un grand érable sur lequel étaient cloués les panneaux « Propriété privée » et « Défense d'entrer ». Les arbres projetaient des ombres renforçant l'aspect de délabrement de la petite maison préfabriquée, dont la cour était jonchée d'une quantité de ferraille si importante que la propriété ressemblait plus à une décharge qu'à un lieu de vie. Parmi ces détritus, toujours sur sa remorque, se trouvait le bateau de Bernie.

Nikki descendit de la voiture, se sentant de plus en plus mal à l'aise.

Pete sortit de la maison et franchit le petit porche d'entrée tandis que Terrence contournait sa voiture et s'arrêtait à côté d'elle.

— Ça va ? demanda-t-il.

— Oui, acquiesça-t-elle. Ça ira.

Elle ne savait pas ce qui, chez Pete, l'avait toujours mise mal à l'aise. Elle n'était venue qu'une seule fois sur son terrain quand elle était plus jeune, et elle s'était sentie en sécurité car elle était alors avec son grand-père. Nikki jeta un coup d'œil à Terrence. Bernie n'était pas la seule personne avec qui elle se sentait en sécurité étant plus jeune.

— Je t'ai préparé le bateau, s'exclama Pete, interrompant les pensées de Nikki.

— Super. Merci beaucoup, Pete. Euh... désolée de m'imposer, mais pourrais-je utiliser les toilettes ?

Pete fronça les sourcils.

— Ouais, OK, répondit-il après un moment.

L'intérieur de la maison était sinistre, dépouillé et impersonnel. Une petite cuisine ouvrait sur le salon où un canapé gris usé et délavé faisait face à un téléviseur. Pete avait fabriqué une table de fortune avec deux cageots en plastique et un morceau de carton. Une petite assiette sale et une bouteille de bière vide étaient posées dessus.

Nikki parcourut l'espace des yeux, à la recherche d'un signe de Jill – un bout de vêtement, son téléphone, n'importe quoi qui pourrait indiquer qu'elle avait été dans la maison – mais elle ne trouva rien.

Sur le côté, il y avait un petit couloir. Elle passa devant la cuisine et se dirigea vers la première porte. Une salle de bains sans aucun signe que quelqu'un d'autre que Pete l'ait utilisée depuis un moment.

Elle se dirigea vers la deuxième porte dans le hall, mais hésita. Prendre note de ce qui se trouvait à la vue de tous après avoir été autorisée à entrer dans la maison était une chose, mais entrer dans la chambre de Pete revenait à fouiner dans ses affaires. Elle n'était pas aussi convaincue que Terrence que Pete savait quoi que ce soit sur la disparition de Jill, sur la femme trouvée dans le lac ou sur les raisons pour lesquelles quelqu'un aurait voulu qu'elle quitte Lakewood House. Mais peut-être qu'elle se trompait et qu'il y avait un indice sur l'endroit où se trouvait Jill dans cette maison.

Il n'en fallait pas plus pour qu'elle pousse la porte de la chambre. Le décor était aussi dépouillé dans cette pièce que dans le séjour. Un lit et une commode étaient les seuls meubles. Elle fouilla sous le lit et dans chacun des tiroirs, en prenant soin de ne rien déranger, mais elle ne trouva rien.

Terrence ne serait peut-être pas heureux de l'entendre, mais pour autant qu'elle puisse en juger, rien dans cette maison n'indiquait que Jill y avait pénétré.

Elle rejoignit Terrence et Pete à l'extérieur. Terrence avait déplacé sa voiture, la faisant reculer jusqu'à la remorque pour pouvoir l'atteler.

— Rien d'anormal ?

La voix de Terrence résonna dans la cour tandis que Nikki s'approchait des deux hommes. Terrence était accroupi d'un côté du bateau, attachant les chaînes de sécurité et le câble de frein.

Pete se tenait de l'autre côté, le regard brillant.

— Je vous l'ai déjà dit, je ne vois rien de bizarre. Je fais juste le travail pour lequel j'ai été engagé.

— Et j'apprécie vraiment tout ce que tu as fait, dit Nikki en s'arrêtant à côté de Terrence.

Il leva vers elle des yeux remplis d'espoir.

Elle secoua légèrement la tête pour indiquer qu'elle n'avait rien trouvé à l'intérieur de la maison. Il fronça les sourcils, tout comme Pete.

Ce dernier lui lança un regard noir.

— Je suppose que tu n'auras plus besoin de moi puisque tu emménages ?

Elle n'y avait pas pensé avant, mais il avait raison. Elle n'avait pas besoin de lui pour surveiller la propriété, mais elle se doutait qu'il avait besoin de cet argent.

— Je n'ai pas besoin d'un gardien à proprement parler, mais Lakewood House est vieille et n'a pas été occupée depuis longtemps. Je suis sûr qu'il y a un tas de choses que je ne vais pas pouvoir gérer. Pourquoi ne pas me laisser un peu de temps pour m'installer, et je t'appellerai ensuite ?

Pete n'avait pas vraiment l'air heureux de cette offre, mais il accepta d'un hochement de tête bourru.

Terrence se redressa.

— On a fini ici.

— T'auras pas fini tant que t'auras pas vérifié que les feux de freinage fonctionnent et que t'auras pas fait le tour complet du bateau, fiston. J'ai vu plus d'une personne perdre un bateau sur l'autoroute parce qu'elles n'avaient pas fait ce petit tour.

Terrence se raidit.

— Vous avez raison. Cela fait un moment que je n'ai pas remorqué de bateau.

Pete fit un signe de tête à Nikki.

— Monte dans la voiture et appuie sur les freins, veux-tu ?

Elle s'exécuta pendant que Terrence et Pete faisaient le tour du bateau.

Elle sortit de la voiture et rejoignit Pete à l'arrière du Highlander, côté conducteur.

— Tout est bon ?

Pete tapota la proue du bateau, son visage s'adoucit.

— Tout est bon, oui.

— Tu sais que si tu veux le sortir, tu n'as qu'à me le dire, dit Nikki.

Pete lui adressa un petit sourire.

— Peut-être bien que je le ferai.

Terrence les rejoignit.

— Écoutez, je sais que vous avez dit que vous n'aviez rien vu d'étrange à Lakewood House, mais qu'en est-il de ça ?

Il tendit son téléphone, montrant une photo de la carte de visite avec la fleur de lys.

Pete se pencha vers le téléphone, les yeux plissés. Pendant un instant, Nikki crut apercevoir un éclair de reconnaissance dans ses yeux, mais une seconde plus tard, ils étaient redevenus vides.

— Qu'est-ce que c'est ?

— C'est une carte de visite que j'ai trouvée dans la cuisine de Lakewood House, avança Nikki. Tu l'as déjà vue auparavant ?

— Ça me dit rien. C'est plutôt drôle pour une carte de visite. C'est pour quel genre d'entreprises ?

— Nous ne savons pas, dit Terrence en changeant la photo sur l'écran pour faire apparaître la note de Jill. Mais j'ai trouvé ce morceau de papier dans l'appartement de ma sœur, Jill. Vous vous souvenez peut-être d'elle.

Pete haussa les épaules, ce que Nikki interpréta comme un non.

— C'est une journaliste et elle a disparu, expliqua Terrence. Je pense qu'elle est venue ici à Carling Lake, peut-être pour suivre une histoire qui a quelque chose à voir avec cette fleur de lys.

— Fleur-de-quoi ?

Pete semblait confus sans que Nikki puisse dire s'il était sincère ou non.

— Fleur de lys. C'est comme ça que ça s'appelle, dit Terrence avec une pointe de frustration. Regardez encore. Êtes-vous sûr de n'avoir jamais vu une carte comme celle-ci ou ce symbole auparavant ?

Pete ne regarda même pas l'écran du téléphone.

— J'vous ai déjà dit. J'ai jamais vu de fleur-du-lit comme ça.

Il fit quelques pas vers la maison.

— Vous avez attaché votre bateau. Il est temps pour vous de rentrer. J'ai des choses à faire.

La porte d'entrée se referma avec un claquement.

Terrence et elle grimpèrent dans le Highlander.

— Il a reconnu la fleur de lys, déclara Terrence.

— C'est ce que je pensais, mais c'est difficile d'en être sûr, vu son attitude.

Il mit la voiture en marche et commença à avancer lentement. Le Highlander pouvait emprunter le chemin de terre sans problème, mais le bateau et la remorque étaient moins adaptés.

— Je pense qu'il l'a reconnue, renchérit-il sans quitter des yeux la route devant lui. Quant à savoir s'il sait ce que cela signifie, c'est une autre question.

Elle étudia son visage, y trouvant de la détermination et quelque chose d'autre qu'elle n'arrivait pas à nommer.

— Tu n'as pas insisté pourtant ?

— Non, en effet.

Sa voix était à peine plus audible qu'un murmure. L'expression qu'elle n'avait pas pu nommer auparavant lui apparut alors. Il avait l'air hanté.

— Pourquoi pas ?

Il resta silencieux pendant si longtemps qu'elle crut qu'il n'allait pas répondre.

— Il y a quelques années, un garçon de huit ans a disparu. J'étais en charge de l'affaire. Nous avons eu de la chance, nous avons obtenu rapidement une description du kidnappeur et nous avons trouvé un homme qui y correspondait et qui vivait dans le même quartier que le petit garçon. Il avait des antécédents de violence domestique à l'encontre de sa femme et de son enfant. Une arrestation pour agression envers une ancienne petite amie qui n'avait abouti à rien lorsqu'elle avait refusé de témoigner. Une autre pour atteinte à la pudeur. Mon instinct me soufflait que c'était notre homme. Je l'ai interrogé pendant des heures, mais ce type connaissait le système. Je n'avais pas assez d'éléments pour le retenir, alors nous l'avons laissé partir. Nous avons chargé un adjoint de le surveiller, mais il y a eu une erreur de communication. Le temps qu'on comprenne, il s'était enfui. Il n'est pas allé bien loin. Une patrouille l'a arrêté avant qu'il ne quitte l'État. Le petit garçon était dans le coffre, mais il était trop tard.

Un silence pesant s'abattit dans la voiture, Nikki eut la sensation qu'une chape de plomb l'empêchait de respirer. Elle tendit la main à travers l'espace qui les séparait et la posa sur le bras de Terrence.

— Je suis vraiment désolée.

— Qu'as-tu dit tout à l'heure ? Que je manquais de diplomatie ? Peut-être que si j'avais été plus diplomate, si j'avais adopté une approche plus douce…

— Apparemment, ce type avait l'air d'être un psychopathe. Rien de ce que tu as dit ou pas n'aurait pu l'empêcher de faire ce qu'il a fait. Il est le seul responsable de la mort de cet enfant.

Elle lui serra le bras.

Terrence secoua la tête comme s'il essayait de chasser l'horreur de ses souvenirs.

— Peut-être bien, mais en attendant, je ne prendrai aucun risque avec la vie de Jill. Nous avons besoin de plus d'informations. Si Pete a reconnu la fleur de lys, quelqu'un d'autre à Carling Lake le fera aussi. Nous devons juste trouver ces personnes.

10

Terrence ne savait pas pourquoi il avait parlé à Nikki de l'affaire Brian Malroy. Cela faisait presque trois ans maintenant, et il pensait encore à cet enfant de huit ans tous les jours. Son capitaine l'avait forcé à consulter le psychologue du service lorsqu'il était devenu évident que sa façon de gérer la perte du petit garçon était d'ingurgiter une bouteille de rhum chaque soir. Son psy lui avait dit qu'il était normal de se sentir coupable, mais qu'il devait se pardonner s'il voulait être utile à toutes les autres personnes qui avaient besoin de son aide. Cela avait suffi pour qu'il arrête l'alcool. Quant à se pardonner, il n'avait pas encore trouvé comment le faire.

Il jeta un coup d'œil à Nikki, de l'autre côté de l'habitacle de la voiture. Ils roulaient en silence depuis plusieurs minutes. Il se demandait si son aveu avait fait resurgir les souvenirs de toutes les fois où ils s'étaient confiés l'un à l'autre lorsqu'ils étaient adolescents. S'inquiéter des examens ratés, des professeurs difficiles et des problèmes d'admission à l'université semblait tout à fait ridicule face aux problèmes d'adultes auxquels ils étaient confrontés aujourd'hui.

Et pourtant, ils étaient là, une quinzaine d'années plus tard, avec leurs souvenirs. Sans parler du moment qu'ils avaient partagé après avoir quitté la West Gallery. D'où lui venait cet élan ? Il n'en avait aucune idée. Non, ce n'était pas vrai. Il l'avait senti dès qu'il avait posé les yeux sur Nikki, à Lakewood House. L'attirance qu'ils ressentaient l'un pour l'autre était toujours là, aussi puissante que jamais. Peut-être même plus puissante. Mais cela ne signifiait pas qu'ils devaient y céder. Rien de ce qui les avait séparés quatorze ans plus tôt n'avait changé. Tout cela n'était qu'une trêve temporaire pour aider Jill. Rien ne pouvait changer le fait que Bernie King avait volé la maison de sa tante et de son oncle, et qu'il ne le lui pardonnerait jamais.

Mais la petite-fille méritait-elle d'être tenue pour responsable des fautes de son grand-père ? Cette pensée le taraudait.

Il la repoussa en entrant dans la propriété de Lakewood House. Il avait d'autres chats à fouetter pour l'instant, comme déterminer la prochaine étape dans leur recherche de Jill.

Nikki sauta de la voiture et le guida pendant qu'il opérait un demi-tour avec précaution dans l'allée et qu'il faisait lentement reculer le bateau vers le lac.

Alors qu'il commençait à craindre de s'approcher trop près de l'eau, elle lui cria de s'arrêter.

Il mit la voiture au point mort, serra le frein d'urgence et sortit.

Elle avait déjà relâché les sangles et tendait la main vers la manivelle du bateau.

— Je peux le faire, déclara-t-il.

— Ce n'est pas un problème. Je l'ai fait des milliers de fois lorsque mon grand-père et moi sortions le bateau.

— Tu es sûre ? C'était il y a longtemps.

Elle lui lança un regard qui en disait long.

— Parce que tu fais beaucoup de bateau à Trenton ?

Il n'essaya pas de retenir son sourire.

— Touché.

Elle lui rendit son sourire, et son cœur manqua un battement.

Le bateau se glissa dans l'eau, formant une petite vague.

— Si tu veux m'aider, dit Nikki tout en gardant la ligne à l'avant de la proue, tu peux détacher le crochet d'attelage pour moi.

Il s'en chargea et le remonta pendant qu'elle attachait le bateau.

— On dirait que Washington ne t'a pas fait perdre tous tes réflexes de Carling Lake.

— Ha ha !

Elle lui envoya une bourrade et, pendant un moment, il eut la sensation d'avoir à nouveau quinze ans.

Le sourire qu'il arborait s'évanouit cependant lorsque quelque chose au-dessus de l'épaule de Nikki attira son attention.

De la fumée. Provenant d'une fenêtre de Lakewood House.

Son changement d'expression interpella Nikki.

— Que se passe-t-il ? demanda-t-elle en se retournant et en suivant son regard. Oh non !

Elle s'élança vers la maison.

— Nikki, attends !

Elle ne ralentit pas.

— Il faut essayer de l'arrêter, cria-t-elle par-dessus son épaule.

Il poussa un juron et accéléra, courant après elle.

Les pompiers de Carling Lake étaient des bénévoles. Il faudrait du temps pour mobiliser tout le monde. Un temps que Lakewood House n'aurait peut-être pas. Quels que soient ses différends avec Nikki, Terrence aimait cette maison. Il n'était pas plus disposé qu'elle à la laisser brûler.

Il la rattrapa au moment où elle s'apprêtait à franchir la porte de derrière.

— Attends une minute.

Il lui saisit le poignet, la forçant à s'arrêter.

Si un regard avait pu tuer, il serait déjà six pieds sous terre.

— Il faut tester la poignée et s'assurer qu'elle n'est pas chaude. Et nous devons nous tenir à l'écart lorsque nous ouvrirons la porte. L'oxygène de l'extérieur pourrait alimenter le feu si nous ne faisons pas attention.

— D'accord, faisons comme ça alors.

Le téléphone de Terrence était toujours dans le Highlander.

— Tu as ton portable ? demanda-t-il.

— Non, il est dans mon sac à main dans la voiture.

— Tu devrais le prendre et appeler le 911.

Et cela lui éviterait à Nikki de se retrouver dans le feu de l'action, littéralement.

Il connaissait déjà la réponse avant qu'elle n'ouvre la bouche.

— Certainement pas. Je sais où se trouve l'extincteur. Tu vas avoir besoin de mon aide.

Il pensa à lui faire remarquer qu'elle n'avait qu'à lui dire où le trouver, mais se disputer avec elle maintenant leur ferait perdre du temps.

Il posa sa main sur la poignée de la porte. Elle était froide. C'était bon signe. La fumée semblait provenir d'une fenêtre située sur le côté de la maison, près de l'entrée. L'espace que Bernie King utilisait comme bureau, si sa mémoire était bonne. Si le feu était circonscrit à cette pièce, on pouvait probablement y pénétrer.

Il fit signe à Nikki de s'éloigner de la porte, puis il l'ouvrit.

Un nuage de fumée avait envahi la maison. Il tira le col de sa veste pour se couvrir le plus possible le visage et entra dans la maison.

Nikki fit de même et se dirigea vers la cuisine.

— Grand-père gardait un extincteur sous l'évier, dit-elle.

Terrence se tourna vers l'avant de la maison. L'origine du feu semblait bien se trouver dans le petit bureau. La fumée y était plus épaisse, mais heureusement, il ne voyait pas de flammes. Il se dirigea prudemment vers la pièce.

La porte du bureau était ouverte. Il fallut un moment avant que ses yeux ne s'accoutument à la fumée, mais il vit alors que le feu semblait provenir d'une corbeille à papier et qu'il grimpait maintenant sur les rideaux.

Il se débarrassa de sa veste et s'attaqua aux flammes qui jaillissaient de la poubelle. L'ourlet du vêtement prit vite feu, puis sa manche. Il laissa tomber sa veste et recula, sentant une douleur cuisante au bras.

Nikki se précipita dans la pièce et le poussa sur le côté.

— Recule.

Elle tira la goupille, pointa l'extincteur vers le feu et pressa la poignée, envoyant un jet de mousse blanche à la base du brasier. Puis elle remonta le long de la fenêtre jusqu'à ce que toutes les flammes soient éteintes.

Ils quittèrent le bureau en titubant, encore enfumés, et sortirent sous le porche. Le bras de Terrence le faisait terriblement souffrir

Nikki le regarda avec des yeux remplis d'inquiétude.

— Oh ! mon Dieu, tu es blessé.

Elle traversa le porche jusqu'à lui.

— Je vais bien, dit-il en serrant les dents.

— Non, tu ne vas pas bien. Cette brûlure a l'air grave. Reste ici.

Elle sauta du porche et courut vers le côté de la maison. Elle revint moins d'une minute plus tard, son téléphone portable à l'oreille.

— Oui, Lakewood House. Le feu est éteint, mais nous avons besoin d'une ambulance.

— Ce n'est pas si grave.

Le regard qu'elle lança à Terrence était sans équivoque.

— Et le shérif. Je ne pense pas que ce soit un accident.

Il entendit le répartiteur promettre que l'aide était en route avant que Nikki ne mette fin à l'appel.

— Je n'ai pas besoin d'ambulance.

La seconde d'après, une douleur fulgurante lui traversa le bras, le faisant grimacer.

— Oui, je vois ça, dit-elle.

Nikki avait le visage maculé de suie et ils sentaient tous les deux la fumée. Leurs vêtements étaient probablement bons pour la poubelle.

— Je suis presque sûre que tu devrais aller à l'hôpital pour faire nettoyer et panser tout ça. Pas de discussion, ajouta-t-elle, coupant court à ses protestations avant même qu'il ne commence. Tu dois être en un seul morceau si tu veux aider Jill.

Le bruit des sirènes l'empêcha de protester.

Sa soirée venait de prendre une tournure nettement plus sombre. La déclaration de Nikki au répartiteur des secours lui trottait dans la tête tandis qu'il regardait l'ambulance débarquer en hurlant, suivie de près par le 4x4 du shérif.

— Tu as dit que tu ne pensais pas que l'incendie était accidentel.

Elle détacha son regard des véhicules pour le regarder.

— Pas toi ?

— Si, je suis d'accord avec toi. Ce n'était pas un accident.

Il l'avait su dès le moment où il avait vu les flammes jaillir de la poubelle. Il doutait fort que Nikki ait pu y jeter négligemment une allumette enflammée ou tout autre objet incendiaire. Mais il aurait presque voulu croire qu'elle l'avait fait. Parce que si ce n'était pas un accident...

— Quelqu'un veut que tu quittes Lakewood House, et il semble qu'il soit prêt à aller jusqu'au bout pour y parvenir.

Et cela l'effrayait plus qu'il ne voulait l'admettre.

11

Les ambulanciers insistèrent pour transporter Terrence à l'hôpital. Comme pour confirmer la gravité des brûlures de son bras, il ne protesta pas. Nikki suivit dans sa voiture et arriva juste après l'ambulance dans une clinique relativement calme. Il n'y avait qu'un seul autre patient dans la salle d'attente, et il semblait simplement avoir la grippe.

Terrence fut immédiatement conduit dans une salle d'examen. Nikki le suivit, lançant un regard qui ne souffrait aucune contestation à l'infirmière du bureau des admissions.

Pendant que le médecin examinait Terrence, elle s'efforça de maîtriser le frisson d'angoisse qui ne cessait de la parcourir depuis qu'elle avait remarqué la blessure de Terrence. En entrant dans le bureau et en voyant le feu engloutir la manche de sa chemise, elle avait ressenti un niveau de terreur inédit qu'elle espérait ne plus jamais avoir à éprouver.

Elle inspira avec un frémissement et repoussa les images. Il allait s'en sortir.

Comme s'il avait lu dans ses pensées, le médecin prit la parole.

— Vous avez eu beaucoup de chance. Ces brûlures sont loin d'être aussi graves qu'elles auraient pu l'être. Je vais nettoyer la plaie et la recouvrir d'un pansement. Vous devrez répéter le processus à la maison pendant la cicatrisation, mais je vous laisserai une feuille d'instructions. Je vous ferai également une ordonnance pour un analgésique.

— Je me contenterai de quelques aspirines, répondit Terence.

Le médecin, un homme d'un certain âge dont les cheveux grisonnaient et dont les yeux semblent avoir tout vu, releva la tête.

— Les brûlures peuvent être des blessures délicates, monsieur Sutton. Suivez mes instructions et la vôtre devrait guérir sans séquelles.

Le ton de la voix du médecin rendait évident ce qu'il n'avait pas dit : si vous ne suivez pas mes instructions, c'est à vos risques et périls.

— Ne vous inquiétez pas, docteur, acquiesça Terrence. Je ferai ce que vous me direz. Je n'ai aucune envie de vous revoir. Sans vouloir vous offenser.

— Il n'y a pas de problème, répondit le médecin avec un sourire. J'aimerais que mes patients soient plus nombreux à suivre votre exemple.

Il rangea sous son bras la tablette sur laquelle il avait pris ses notes.

— Donnez-moi quelques minutes pour rassembler tout ce dont j'ai besoin, et je reviens tout de suite pour m'occuper de cette blessure.

Le médecin se dirigea vers la porte, s'arrêta pour saluer le shérif Webb et s'écarta pour le laisser entrer dans la chambre, avant de disparaître dans le couloir.

— Comment allez-vous ? demanda le shérif en s'approchant du lit.

Nikki comprit que la question s'adressait à eux deux. Elle avait la sensation qu'un tourbillon d'émotions faisait rage en elle au point qu'elle n'était pas sûre de savoir comment répondre à sa question, alors elle laissa Terrence prendre la parole en premier.

— Le médecin dit que les brûlures ne sont pas si graves. Il va les panser et je devrais sortir d'une minute à l'autre.

— Heureux de l'entendre, dit le shérif avant de se tourner vers Nikki.

— Je vais bien. Je n'ai pas une seule égratignure.

Elle tenta un sourire rassurant, mais au vu de l'expression du shérif Webb, elle fut certaine d'avoir échoué.

— Vous devriez vous faire examiner pendant que vous êtes ici, dit-il.

— Ce n'est pas une mauvaise idée, ajouta Terrence.

Son inquiétude pour elle se lisait également sur son visage. Elle doutait que le médecin puisse faire quoi que ce soit pour elle et, de toute façon, elle n'avait plus d'assurance santé pour couvrir un séjour à l'hôpital.

Physiquement, elle n'était pas blessée, mais mentalement et émotionnellement, elle avait l'impression de marcher sur des œufs.

En guise de réponse, elle haussa les épaules. Au bout d'un moment, le shérif changea de sujet de conversation.

— Le chef des pompiers a dit que l'incendie était d'origine criminelle, mais je ne pense pas que ce soit une surprise pour vous.

— Les flammes jaillissant de la poubelle nous avaient vaguement mis sur la piste, dit Nikki d'un ton pince-sans-rire.

Le shérif Webb leva les mains au ciel, rappelant qu'il n'était que le messager.

— On a retrouvé une empreinte sur la corbeille à papier. On aura peut-être un résultat, dit-il. La bonne nouvelle, c'est que grâce à votre rapidité d'action, les dégâts sont restés limités au bureau. Vous allez devoir effectuer quelques travaux, mais le reste de la maison est en bon état. Même si cela ne me plaît pas, il n'y a aucune raison pour que je vous empêche de rentrer. Cela dit, je pense que vous devriez envisager de trouver un autre endroit où loger jusqu'à ce que nous ayons fait toute la lumière sur cette affaire.

— Il n'en est pas question.

Au contraire, l'attaque de la maison avait renforcé sa détermination à rester. Elle se devait d'être présente pour protéger Lakewood House en cas de nouvelle attaque et, avec un peu de chance, elle pourrait apercevoir celui qui s'en prenait à sa maison. Le shérif Webb soupira lourdement et secoua la tête d'un air résigné.

— Le médecin légiste a également terminé l'autopsie et reçu

les résultats toxicologiques. Il semblerait que notre inconnue ait consommé de l'héroïne, mais cela n'a pas joué un rôle dans sa mort, selon le médecin légiste. Le médecin s'en tient à l'hypothèse de la strangulation et estime son âge à dix-neuf ans environ. J'ai demandé à un agent de rechercher les avis de disparition dans la région avec une nouvelle fourchette d'âge.

— Pauvre enfant, dit Nikki en songeant à la perte tragique d'une si jeune vie.

Un coup d'œil au visage empreint de colère de Terrence lui indiqua qu'il pensait la même chose.

— Nous avons rencontré James West et parlé avec son frère Ryan. Ils vont essayer d'en apprendre plus sur le symbole de la fleur de lys et de voir s'il est lié à quelqu'un ou à quelque chose à Carling Lake ou dans ses environs.

— Je suis content que vous m'ayez écouté, dit le shérif Webb avec un sourire.

Terrence se redressa sur son lit d'hôpital.

— Vous auriez pu nous dire pourquoi vous vouliez que nous le contactions. J'avais entendu parler de West Security and Investigations, mais je n'avais pas tout de suite fait le rapport avec le nom quand vous l'avez mentionné.

— Il est bon d'avoir ces personnes de votre côté.

— C'est vrai, acquiesça Terrence. Et avec un peu de chance ils trouveront quelque chose d'utile.

— Nous avons également montré la fleur de lys à Pete et lui avons demandé s'il savait quelque chose à ce sujet.

Terrence lui lança un regard qu'elle ignora.

— Nous pensons qu'il l'a reconnue, mais il a fait semblant de ne pas savoir de quoi il s'agissait.

— Cela ne m'étonne pas, dit le shérif. Pete est la définition même d'une tête de mule. Ce type peut se montrer carrément méchant quand il a bu quelques verres, bien qu'il soit loin d'être aussi vicieux que son neveu.

Nikki chercha dans ses souvenirs.

— Je ne me souvenais pas que Pete avait un neveu.

— Dana, dit Terrence. Il est plus jeune que nous de quelques années. Il était dans la classe de Jill, ou peut-être un an derrière elle. C'est le fils du frère aîné de Pete, je crois.

— Ses parents l'ont appelé Dana Bonny ?

— Oui, il s'est fait beaucoup charrier pour ça jusqu'à ce que les autres enfants réalisent, comme Lance l'a dit, que c'était une vraie raclure. Les taquineries se sont arrêtées rapidement après cela. Une brute typique. Il s'en prenait aux plus jeunes, aux plus faibles. Il mentait. Il trichait. Il volait. Il s'en tirait en grande partie parce que son père était encore plus méchant que lui et que personne ne voulait l'affronter au sujet de son fils.

Nikki essaya à nouveau de faire surgir une image de Dana dans son esprit mais elle n'y parvint pas.

— Je ne me souviens pas du tout de lui.

— C'est mieux comme ça. J'ai surpris Dana en train de harceler Jill une fois. Je lui ai fichu une trouille monstre. Comme la plupart des brutes, c'est un lâche au fond, mais il ne vaut mieux pas lui tourner pas le dos.

Terrence reporta son attention sur le shérif.

— Savez-vous où il est maintenant ?

Le shérif Webb lui lança un regard interrogateur.

— Quand il n'est pas en cellule, je ne sais jamais ce qu'il fait, mais je peux deviner que ce n'est probablement rien de bon. Pourquoi ?

— Je veux lui parler. Peut-être qu'il nous dira ce que Pete nous cache.

Le shérif Webb secoua lentement la tête.

— Vous l'avez dit vous-même. Dana Bonny est un homme dont il faut se méfier.

— Je ne craignais pas Dana quand nous étions enfants, et je n'ai pas plus peur de lui maintenant, répliqua Terrence en toisant le shérif. Et s'il sait quelque chose qui pourrait m'aider à trouver Jill, il a plutôt intérêt à me le dire.

Un brouhaha dans le hall attira leur attention, empêchant le shérif de réagir.

Charity Jackson fit irruption dans la pièce, son parfum tourbillonnant dans son sillage.

— Oh ! mon Dieu ! Terrence, tu vas bien ? Je suis venue dès que j'ai su que tu étais blessé. Qu'a dit le médecin ? Tu as intérêt à avoir une sacrée bonne raison de ne pas m'avoir appelée, mon garçon.

Elle l'entoura de ses bras tout en l'assaillant de questions, plus vite qu'il ne pouvait y répondre.

— Je vais bien, tante Charity. C'est juste une petite brûlure. Je n'ai pas appelée pour ne pas t'inquiéter.

Elle recula d'un pas et lui donna une légère tape sur le bras qui n'était pas blessé.

— Je me suis inquiétée parce que tu n'as pas appelé.

Elle lui envoya une nouvelle claque sur le bras.

— Peut-être ne devriez-vous pas agresser le patient, suggéra le shérif Webb.

Nikki se souvenait qu'il était difficile de déclencher la colère de Charity mais, une fois qu'elle était sortie de ses gonds, il valait mieux rester en retrait et laisser la tempête passer. Apparemment, le shérif n'était pas au courant.

Charity lui lança un regard par-dessus son épaule qui le fit reculer de deux pas.

— Et pourquoi ne m'avez-vous pas appelée ? N'est-ce pas la procédure normale de la police d'avertir le plus proche parent ?

— Je ne suis pas mort, tante Charity, dit Terrence, exaspéré. Tiens, assieds-toi.

Il désigna le tabouret à roulettes dans le coin où Nikki se tenait à l'écart.

Celle-ci saisit le siège et le fit rouler jusqu'à l'endroit où Charity se tenait à côté du lit de Terrence.

— Merci, ma chérie, dit-elle. C'est bon de te voir, même dans ces circonstances difficiles.

— C'est bon de te voir aussi, Charity, répondit Nikki.

Charity se retourna vers son neveu en se tordant les mains avec anxiété.

— D'abord Jill, maintenant toi. As-tu eu des nouvelles de ta sœur depuis la dernière fois où nous nous sommes parlé ?

— Pas encore.

— Je sais que tu ne veux pas que je me fasse du souci, mais je commence à m'inquiéter quand même. Jill a toujours été imprévisible, mais elle n'a jamais coupé le contact aussi longtemps. Et il est évident que tu penses que quelque chose ne va pas.

Ses mains se crispaient de plus en plus.

— Tante Charity, ne t'inquiète pas. Le shérif et moi recherchons tous les deux Jill, ajouta Terrence avec un signe de tête. Je suis sûr qu'on va la retrouver et qu'elle va nous dire qu'on est trop protecteurs et qu'on a réagi de manière excessive.

Il marqua une pause et fixa sa tante.

— J'espère que tu n'as pas conduit dans cet état.

— C'est moi qui l'ai conduite.

Tous les regards se tournèrent vers la porte. Une jeune femme noire se tenait debout sur le pas de la porte. Nikki passa mentalement en revue les filles qu'elle avait connues à Carling Lake, mais elle ne trouva pas de qui il s'agissait.

— Oui, Talia est passée à la maison pour déposer tes bagages et elle a présenté ses vœux de prompt rétablissement. Imagine donc ma surprise.

— Désolée.

Talia semblait souhaiter être n'importe où dans le monde, sauf dans cette salle d'examen.

— Mlle Melinda a emballé vos affaires dans votre chambre et m'a envoyé les porter chez votre tante, car nous avions entendu parler de l'incendie et de votre blessure. Elle dit qu'elle est désolée de ne pas pouvoir prolonger votre séjour, mais l'hôtel est complet.

Nikki supposa que la Mlle Melinda à laquelle Talia faisait référence était Melinda Hanes, et que Talia travaillait pour elle.

— Il n'y a pas de quoi être désolée, dit Terrence en lui jetant un sourire. Je suis navré que vous ayez dû vous déplacer.

— C'est très gentil de votre part, dit le shérif Webb.

Talia rougit.

— Je vais laisser vos affaires.

Elle déposa le sac près de l'armoire à côté de la porte, et sortit de la pièce en reculant.

— Merci, cria Terrence alors qu'elle battait en retraite.

Le shérif se dirigea vers la porte.

— Il fait nuit dehors, je vais m'assurer qu'elle puisse rejoindre sa voiture en toute sécurité.

Charity fit la grimace.

— Si cet homme ne lui propose pas un rendez-vous bientôt, je pourrais bien le faire pour lui. Ces deux-là se tournent autour depuis des mois.

Terrence secoua la tête.

— Lance est un adulte. Je suis sûr qu'il peut se débrouiller tout seul.

— Je n'en suis pas si certaine. Il semble aussi doué que toi pour garder une femme à ses côtés, rétorqua tante Charity en levant les yeux au ciel.

Son regard se posa sur Nikki qui se sentit rougir.

— Tante Charity..., commença Terrence.

Il marqua une pause, s'arrêta, prit une grande inspiration et la relâcha lentement.

— Écoute, est-ce que je pourrais rester avec toi ? Comme tu l'as entendu, l'hôtel n'a pu m'accorder qu'une seule nuit.

— Je suis désolée, Terrence, répondit Charity en secouant la tête. Tu sais bien que mon appartement est trop petit. C'est pourquoi toi et Jill descendez à l'hôtel ou au gîte quand vous venez me rendre visite.

— Oui, bien sûr, tu as raison, dit Terrence, frustré. Ne t'inquiète pas pour ça. Je vais trouver une solution.

— Tu devrais venir à Lakewood House.

Nikki crut déceler un soupçon de sourire sur le visage de Charity.

— Je ne suis pas certain que ce soit une bonne idée.

Terrence jeta un regard interrogateur à Nikki. Certes, ils n'avaient fait qu'une trêve temporaire, pour le moins délicate. Mais si elle était tout à fait honnête avec elle-même, le message sur le garage et l'incendie l'avaient effrayée. Elle ne voulait pas laisser celui qui était derrière ces attaques la chasser de Lakewood House, cependant elle n'était plus tout à fait à l'aise à l'idée d'y dormir seule. Laisser la chambre d'amis à Terrence pourrait résoudre leurs problèmes. Bien sûr, étant donné les sentiments qu'il avait éveillés en elle, cela risquait de créer d'autres soucis mais elle était prête à prendre le risque.

— Je pense que si, dit-elle avant de pouvoir changer d'avis.

Charity et Terrence la regardèrent avec surprise.

— J'ai une chambre libre à Lakewood House et, si l'hôtel est complet, les gîtes de la ville le sont probablement aussi. Il n'y a pas d'autre option.

— Tu vois, c'est parfait, dit Charity avec un sourire.

— J'apprécie l'offre, mais... commença Terrence en la fixant du regard un long moment.

— Oh ! allez, Terrence. Nikki ne peut pas rester seule à Lakewood House avec un vandale et un pyromane en liberté. De cette façon, tu peux t'assurer qu'elle est en sécurité.

— Je n'ai pas besoin de protection, dit Nikki avant que Charity ne la transforme en damoiselle en détresse. Cela dit, nous devons élaborer un plan pour trouver Dana et lui parler. De cette façon, nous pourrons établir une stratégie et je pourrai m'assurer que tu te reposes.

— Tu parles de Dana Bonny ? demanda Charity.

Terrence se retourna vers sa tante.

— Oui. Tu le connais ?

— Tout le monde le connaît. Il n'y a pas de mystère quant à l'endroit où il sera. Il a hérité de la maison de son père, située à la périphérie de la ville, mais au moins trois ou quatre soirs par semaine, vous pouvez le trouver assis au bar Whistler's à Stunnersville.

Stunnersville se trouvait à une quinzaine de kilomètres à l'ouest de Carling Lake. Le Whistler's était un tripot où se retrouvaient parfois les motards de la région et qui attirait en permanence des gens peu fréquentables. Ce qui était apparemment le genre de personnes que Dana préférait.

Si Charity savait que Dana fréquentait le Whistler's, il y avait fort à parier que le shérif le savait aussi. Peut-être avait-il pensé qu'il valait mieux ne pas les encourager à chercher

Dana, surtout pas dans ce bar, mais le fait qu'il leur ait caché cette information irrita Nikki. Vu l'expression sur le visage de Terrence, il ressentait la même chose.

— J'irai là-bas dès que le médecin me laissera sortir d'ici.

Terrence fit mine de se lever

— Certainement pas aujourd'hui, dit Charity.

Elle appuya fermement sa paume sur la poitrine de Terrence, le maintenant sur le lit.

— Tante Charity, je sais que tu t'inquiètes pour moi, mais je vais bien. Je te le promets. Nous ne savons toujours pas ce qui est arrivé à Jill, et je ne veux pas perdre plus de temps.

— De toute façon, Dana ne sera pas au Whistler's ce soir, dit-elle. C'est fermé le lundi.

Terrence lâcha un juron et sa tante lui jeta le même regard que lorsqu'ils étaient jeunes et que l'un d'entre eux jurait devant elle.

— Pardon, dit-il.

— Ce soir, tu te reposes à Lakewood House. Si Jill ne s'est pas manifestée d'ici demain, tu pourras toujours trouver Dana et lui poser tes questions.

Charity tapota la cuisse de Terrence comme si tout était réglé.

— Et il n'y a aucun problème pour que tu loges dans la chambre d'amis, dit Nikki.

Elle n'avait pas envie d'admettre sa faiblesse, mais après les événements de la journée, l'idée de rester seule à Lakewood House l'inquiétait.

— J'apprécierais vraiment que tu viennes.

Terrence jeta un regard interrogateur à Nikki.

— D'accord. Merci pour ton offre.

— Il n'y a pas de quoi.

Elle poussa un soupir de soulagement. C'était réglé. Demain soir, ils affronteraient tous les dangers potentiels qui les attendaient au Whistler's.

Ce soir, ils seraient confrontés à une menace d'un tout autre genre : dormir sous le même toit.

12

Terrence songea que le bandage de coton blanc recouvrant la majeure partie de son bras était quelque peu exagéré, mais il garda ça pour lui. Il aurait tout accepté pour sortir de cet hôpital.

— Très bien, j'ai terminé. Je reviens dans un instant avec votre ordonnance et vos papiers de sortie.

Le médecin retira ses gants et les jeta dans la poubelle avant de quitter la pièce à grandes enjambées.

— Est-ce que tu te sens réellement bien ? Peut-être que le médecin devrait te garder ici cette nuit en observation ?

Tante Charity pressa le dos de sa main sur son front, comme elle le ferait pour un enfant malade.

— Je vais bien, la rassura-t-il en lui prenant la main. Les brûlures ne sont pas si graves, et le médecin m'a assuré qu'il n'y aurait pas de séquelles.

Nikki tapota l'épaule de Charity alors qu'une sonnerie retentissait.

— Je m'assurerai qu'il se repose ce soir.

Elle sortit son téléphone de son sac à main et fronça les sourcils en regardant l'écran.

— Je suis désolée, je dois prendre cet appel.

Elle sortit de la pièce.

— Promets-moi d'y aller doucement, dit Charity alors que Nikki se retirait dans le couloir.

Il hésita. Son instinct lui soufflait que le temps était compté s'il voulait retrouver Jill saine et sauve.

— Je vais faire attention ce soir.

Elle fit une grimace.

— Je suppose que je vais devoir me contenter de cela. Je sais que Nikki prendra bien soin de toi.

— J'aurais préféré que tu ne la pousses pas à me proposer de rester à Lakewood House. Je ne suis pas sûr que ce soit une bonne idée.

— C'est une excellente idée. Je pense que tu interprètes mal la situation, mon petit. Cette fille est terrifiée. Avoir quelqu'un d'autre dans la maison sera un réconfort.

Sa tante avait-elle raison ? Autrefois, il connaissait les humeurs de Nikki mieux qu'elle-même. Mais plus maintenant.

— Comprends bien que même si Nikki et moi avons décidé de faire équipe pour retrouver Jill, cela ne fait pas de nous de bons amis, affirma-t-il.

— Bien sûr que vous êtes amis. Vous l'êtes devenus alors que vous étiez hauts comme trois pommes. Et vous avez été un peu plus que des amis pendant un certain temps, si ma mémoire est bonne.

— Ce que nous étions il y a quinze ans, nous ne le sommes certainement plus aujourd'hui, répliqua-t-il en pinçant les lèvres. Trop de choses se sont passées. Trop de choses ont été perdues.

Sa tante soupira lourdement.

— J'ai laissé couler pendant trop longtemps, mais ton oncle et toi vous vous ressemblez vraiment. Têtus et bornés.

— Tante Charity, de quoi parles-tu ? demanda-t-il, la mâchoire serrée.

— Je parle de la colère que Jarrod et toi éprouvez à l'égard de Bernie King et, par extension, à l'égard de Nikki.

— Oncle Jarrod avait le droit d'être en colère. Et moi aussi. Bernard King a volé notre maison familiale.

— Non. Non, il ne l'a pas volée.

— De quoi parles-tu ? J'étais là. Bernie King était votre ami à oncle Jarrod et toi, mais lorsqu'il a vu l'opportunité de s'emparer de Lakewood House, il l'a saisie.

— Tu étais là, mais tu ne sais pas tout.

— Je ne comprends pas.

— Bernie a acheté Lakewood House parce que nous le lui avons demandé.

Les paroles de sa tante le stupéfièrent.

— Vous... quoi ?

— Ton oncle aimait cette maison et le terrain qui l'entourait. C'est son grand-père qui l'avait construite et sa mère qui en avait hérité avant lui. Jarrod rêvait de vous la transmettre, à toi et à Jill, le moment venu. Mais l'entretien de la maison et du terrain était trop coûteux. C'était toujours un problème. Plusieurs fois, nous avons envisagé de vendre une partie du terrain, mais Jarrod s'y opposait catégoriquement, et nous nous sommes toujours débrouillés. Jusqu'à ce que ton oncle perde son emploi à l'usine de fabrication d'automobiles.

— Je m'en souviens. C'est à cette époque que Jarrod a commencé à travailler pour King's Trucking.

— Bernie a donné un emploi à ton oncle lorsque nous étions au plus bas, mais ce n'était pas suffisant. Ton oncle avait été le directeur de l'usine automobile, et le métier de camionneur n'était pas aussi bien rémunéré. Et nous avions pris une deuxième hypothèque sur la maison et la propriété, quelques années plus tôt, pour couvrir les soins palliatifs de la mère de Jarrod. La banque menaçait d'envoyer les huissiers. Nous avons demandé à Bernie d'acheter la maison pour éviter qu'elle ne tombe entre les mains de promoteurs. Il avait toujours admiré la propriété, et ton oncle et moi nous nous sommes dit que si Lakewood House ne pouvait plus être à nous, elle irait à quelqu'un qui l'aimerait et qui nous était cher.

Pendant que sa tante parlait, Terrence imaginait mentalement un puzzle qui se mélangeait et se reformait pour créer une image totalement différente.

— Bernie a donc acheté Lakewood House pour vous aider ?

Une mèche de cheveux tomba du chignon désordonné de tante Charity alors qu'elle hochait la tête.

— En effet, et il a payé assez cher pour que nous puissions

rembourser la deuxième hypothèque et avoir un peu d'argent pour t'envoyer à l'université.

— Je ne comprends pas. Pourquoi Jarrod était-il si fâché que Bernie ait acheté Lakewood House ?

Sa tante lui tapota doucement la main.

— Ton oncle était un homme fier et orgueilleux. Il a mal vécu la perte de la maison familiale, même s'il avait convenu qu'il valait mieux la vendre. Je pense qu'il était plus facile pour lui de blâmer Bernie que de se blâmer lui-même.

— Bernie aurait pu nous laisser vivre à Lakewood House et lui payer un loyer.

Tante Charité s'esclaffa.

— Payer le loyer de la maison qu'il possédait un an plus tôt ? Ton oncle ne l'aurait jamais accepté. Non. Nous avons bien fait de vendre, et je pense que ton oncle le savait, même s'il ne voulait pas l'admettre.

Terrence avait l'impression de sortir d'un marasme vieux de quinze ans.

— Pourquoi Bernie n'a-t-il jamais rien dit ? Il n'a jamais donné sa version des faits.

— Parce qu'il était l'ami de Jarrod, même si Jarrod ne le voyait pas.

— Donc, pendant tout ce temps, j'étais furieux contre Bernie King ? Et contre Nikki pour avoir défendu les actions de son grand-père…

Tante Charity le regarda avec des yeux tristes.

— Aucun des deux ne méritait ta colère.

— Mais pourquoi Nikki ne m'a-t-elle jamais dit la vérité ?

— À mon avis ? Je ne pense pas qu'elle la connaissait. Pour la même raison, Bernie n'a dit à personne d'autre ce qui s'est réellement passé. Il ne voulait pas que cela se sache et que cela fasse souffrir Jarrod davantage.

Terrence avait l'impression qu'une brique lui tombait au creux de l'estomac.

— Nikki a toujours défendu son grand-père.

— Peut-être que cela lui suffisait.

— Je lui dois des excuses.

Il espérait qu'elle les accepterait, mais il ne lui en voudrait pas si ce n'était pas le cas.

— Et je m'en veux, reprit Charity. J'aurais dû empêcher ton oncle de te transmettre son ressentiment et te dire la vérité sur tout cela il y a longtemps. Peut-être qu'alors Nikki et toi seriez restés amis ou même...

— Rien de tout cela n'est ta faute.

— Si, j'ai une part de responsabilité. Ton oncle était ce qu'il était, mais j'aurais dû intervenir. Je pensais que tout cela finirait par se calmer, mais ça n'a pas été le cas. Et puis, Jarrod nous a quittés si soudainement. Il était de plus en plus difficile de te dire la vérité. Toi et Nikki aviez quitté Carling Lake et repreniez le cours de votre vie. Il m'a semblé préférable de ne rien dire. Mais maintenant que vous êtes de retour, je me rends compte que j'ai eu tort de ne pas en parler plus tôt.

— C'est bon, tante Charity. Je comprends.

Il se pencha et entoura sa tante de ses bras. Par-dessus son épaule, il pouvait voir Nikki faire les cent pas devant la porte de la salle d'examen, toujours au téléphone, une expression sérieuse sur le visage.

Comment allait-elle réagir lorsqu'il lui dirait la vérité sur la vente de Lakewood House ? Après qu'il avait accusé pendant des années son grand-père d'avoir volé sa maison de famille, pourrait-elle trouver dans son cœur la force de lui pardonner ?

— Tu sais, malgré tout, j'ai toujours gardé l'espoir que Lakewood House pourrait un jour revenir dans la famille.

Son regard se porta à nouveau sur sa tante.

— Je ne me ferais pas d'illusion si j'étais toi. Nikki adore cet endroit et franchement, je ne nous vois pas, Jill et moi, avoir les moyens de racheter la maison.

Elle se tourna à moitié, son regard allant de lui à Nikki.

— Nous verrons bien. Ça ne fait pas de mal à une vieille dame de garder espoir.

— J'ai parlé à mon amie qui travaille sur la campagne de Lyon, déclara Carolyn.

Nikki s'écarta pour laisser passer une infirmière.

— Et ?

— Il n'a pas dit non.

Elle laissa échapper un soupir de déception.

— Super.

Elle se retourna et continua à faire les cent pas. Charity sortit de la chambre de Terrence, suivie par ce dernier qui portait son sac de voyage. Elle l'embrassa sur la joue et se dirigea vers le couloir, dans la direction opposée à la sortie.

— Nous savions qu'il ne serait pas facile de te trouver un nouvel emploi avec Manco qui te casse du sucre sur le dos à la moindre occasion, poursuivit Carolyn. Mon ami m'a dit de lui envoyer ton CV. C'est bon signe, personne n'a autant de références que toi. Puisque Lyon se présente comme un nouveau venu avec les connaissances et le courage de combattre la corruption et les grands donateurs, j'ai décidé de ne pas cacher le fait que tu avais tenu tête à Manco et que tu avais fait ce qu'il fallait au prix d'une lourde perte pour ta carrière. Je pense que ça lui a plu, alors ne perds pas espoir.

— C'est vrai, et si ce travail ne marche pas, je peux toujours me présenter comme maire, dit Nikki, l'amertume teintant sa voix.

— Pardon ?

Nikki soupira en se massant les tempes pour prévenir du mal de tête qu'elle sentait poindre.

— Rien. C'est juste un truc qu'un ami m'a dit. Que l'élection municipale approche et que je devrais me présenter.

Il y eut un temps de silence à l'autre bout du fil.

— Peut-être que tu devrais le faire, en effet.

— Allons, Carolyn. Sois sérieuse.

— Quoi ? Pourquoi pas ? C'est le but, non ? Être élue quelque part.

Ce n'était pas un secret pour ses collègues que Nikki avait l'intention de se présenter à un poste de ce genre un jour, mais elle avait envisagé de ne franchir cette étape que dans plusieurs années.

— Oui, bien sûr, dans dix ou quinze ans.

— Pourquoi attendre ? L'occasion se présente maintenant. Et de nombreux politiciens de renom ont commencé leur carrière en tant que maire d'une petite ville. Michael Bloomberg. Pete Buttigieg. Grover Cleveland.

Nikki éclata de rire.

— Grover Cleveland ?

— Hé, il a été maire de Buffalo, ma ville natale, avant de gagner le bureau du gouverneur de New York et ensuite la présidence, alors ne dénigre pas le vieux Grover.

Elle se retourna et vit Terrence se diriger vers elle.

— Tu sais bien que je démarre toujours au quart de tour. Bon, il faut que j'y aille. Merci, Carolyn. Tu ne peux pas savoir à quel point j'apprécie ton aide.

— Pas de problème. On doit se serrer les coudes dans ce milieu. Je t'envoie par mail les informations de contact de mon ami. N'oublie pas de lui envoyer ton CV dès que possible.

— Tout va bien ? dit Terrence alors qu'elle mettait fin à l'appel.

— Super.

La dernière chose dont elle avait envie à cet instant précis était d'entamer une conversation sur le triste état de sa carrière. Elle balaya le hall du regard.

— Où est Charity ? J'ai pensé qu'on pourrait la déposer chez elle avant d'aller à Lake Wood House.

— Sy Martin, de l'église de tante Charity, est arrivée aux urgences il y a peu. Le médecin pense qu'elle a juste une indigestion, mais tante Charity veut rester avec elle jusqu'à ce que tout soit réglé.

— D'accord. Nous devrions y aller.

Nikki tendit la main et prit son sac de voyage sur son épaule, ignorant le regard courroucé que Terrence lui lança en même temps.

— Ça a été une longue journée, et je dois encore constater les dégâts sur la maison.

— Lance a donné son accord pour que tu rentres, donc les dégâts ne sont probablement pas si préoccupants, dit-il alors qu'ils se dirigeaient vers la sortie.

— J'espère que tu as raison.

Les portes situées à l'avant de la clinique s'ouvrirent à leur approche et ils sortirent dans l'air frais de la nuit.

La clinique partageait un bâtiment commercial de plain-pied avec un bazar et une boulangerie, tous deux fermés depuis longtemps.

Nikki conduisit Terrence jusqu'à la deuxième rangée du parking où elle avait garé sa voiture un peu plus tôt.

— Je n'ai pas d'argent pour rénover, et à ce stade, même la franchise de l'assurance pourrait être hors de portée.

Elle déverrouilla la voiture et ouvrit la portière côté passager, la tenant pour que Terrence se glisse à l'intérieur.

Il sourit ironiquement.

— Tu sais que je vais bien. Je suis parfaitement capable d'ouvrir ma porte.

— J'ai promis à ta tante de veiller à ce que tu te reposes, et je tiens mes promesses, alors monte dans la voiture.

— Oui, madame.

Il lui fit un petit salut militaire. Elle ne voulait pas l'encourager, mais elle ne put retenir un sourire en coin. Sa légèreté avait quelque chose de réconfortant après le stress de la journée.

Elle referma la porte et se précipita vers le côté conducteur de la Camry.

Vingt minutes plus tard, ils étaient rendus à Lakewood House.

Nikki appuya sur l'interrupteur, éclairant l'entrée. La porte du bureau était fermée. Les seuls signes visibles de l'incendie depuis l'extérieur de la pièce étaient des traces de suie autour de la porte.

— Ce n'est pas comme dans mon souvenir, dit Terrence.

Ses yeux parcoururent le salon, la salle à manger et la cuisine.

— Mon grand-père a fait abattre la plupart des murs à cet étage et a fait rénover la cuisine.

— C'est différent mais agréable.

— Eh bien, tu sais déjà où tout se trouve.

Elle posa son sac de voyage près de l'escalier, puis se dirigea vers la cuisine et ouvrit la porte du réfrigérateur.

— Je ne suis pas encore allée au marché, mais j'ai tout ce qu'il faut pour préparer un sandwich, si tu as faim.

Il s'appuya sur le poteau du bas de l'escalier. L'épuisement semblait le rattraper.

— Je n'ai pas faim. Même si je déteste l'admettre, ce que j'aimerais le plus en ce moment, c'est me mettre au lit et dormir huit heures d'affilée.

Nikki ferma le réfrigérateur et se tourna vers les escaliers. Elle le regarda ramasser son sac par terre avant qu'elle ne puisse l'atteindre.

— Viens, je vais te montrer la chambre d'amis.

C'était l'ancienne chambre à coucher de Terrence, ce qui lui donna une autre impression de déjà-vu. Nikki se demanda s'il le ressentait aussi, mais si c'était le cas, il n'en montrait aucun signe.

Elle le conduisit en haut des escaliers et jusqu'à la chambre située de l'autre côté de la salle de bains.

— Je vais te chercher du linge propre.

— Je peux très bien dormir sur le canapé si c'est plus facile.

Mais elle était déjà dans la salle de bains, attrapant des draps propres dans l'armoire à linge.

Elle s'empressa de changer les draps pendant que Terrence se dirigeait vers la fenêtre qui donnait sur le lac.

— C'était ma chambre avant, dit-il à voix basse.

Nikki leva les yeux en lissant les draps.

— Je sais. J'ai toujours dormi dans la petite chambre de l'autre côté du couloir quand je venais vous rendre visite.

— Tu te souviens quand on sortait par cette fenêtre et qu'on s'asseyait sur le toit de la véranda, en été ?

Ce souvenir lui arracha un sourire.

— Bien sûr. On se croyait tellement rebelles à traîner sur ce toit.

C'est là qu'ils avaient échangé leur premier baiser.

Après avoir fait le lit, elle se tint à côté de lui à la fenêtre. Le ciel nocturne était suffisamment dégagé pour que l'on puisse voir jusqu'à l'île du lac Carling.

— Je me rappelle avoir quitté la maison en cachette et avoir ramé jusqu'à l'île.

— Oui, moi aussi.

C'était une des destinations favorites des adolescents du coin. Pour s'embrasser en douce et… parfois plus. C'est en pensant à la partie « plus » avec Terrence que Nikki sentit un frisson la parcourir.

Lequel d'entre eux bougea le premier, elle n'aurait su le dire mais elle fut très consciente du moment où leurs lèvres se trouvèrent. Un désir brûlant la traversa, chassant toute pensée rationnelle. Elle voulait Terrence. Elle s'ouvrit à lui, approfondissant le baiser et les rapprochant au point de perdre complètement le contrôle.

Alors, lorsque Terrence rompit le baiser et recula brusquement, ce fut une terrible douche froide.

— Il faut que je te dise quelque chose.

— Quoi ?

Son cœur battait la chamade, à la fois à cause du baiser mais aussi à cause du sentiment d'inquiétude qui s'installait dans sa poitrine.

Terrence fit un autre pas en arrière, mettant plus de distance entre eux.

— Lorsque nous étions à la clinique tout à l'heure, ma tante m'a dit qu'elle et mon oncle avaient demandé à ton grand-père de leur racheter Lakewood House.

Nikki secoua la tête, tentant de mettre de l'ordre dans ses pensées.

— Je ne comprends pas. Ton oncle adorait cet endroit.

— En effet, mais l'entretien de la maison était devenu trop lourd pour eux et la banque s'apprêtait à saisir la maison. Ils ne voulaient pas que la propriété tombe entre les mains d'un promoteur, alors ils ont demandé à ton grand-père de l'acheter.

— Mais ton oncle était furieux contre mon grand-père !

— Je sais. Apparemment, Jarrod a pris la perte de Lakewood

House plus durement qu'il ne l'aurait cru. C'est du moins ce que pense tante Charity. Il avait besoin d'un coupable, et ton grand-père était tout désigné.

— Pourquoi ta tante et mon grand-père n'ont-ils rien dit ?

Elle avait l'impression d'être prise au piège de véritables montagnes russes émotionnelles. Quelques instants plus tôt, elle ressentait le besoin impérieux d'être avec Terrence. Mais maintenant ? Elle n'était pas sûre de ce qu'elle ressentait au-delà du choc et de la confusion. Rien de ce qu'il disait n'avait de sens, et pourtant tout était logique et justifiait simplement ce qu'elle avait toujours pensé. Que son grand-père était l'homme qu'elle avait toujours su qu'il était.

— Charity pense que ton grand-père avait compris à quel point mon oncle était blessé, et qu'il ne voulait pas en rajouter. Elle pensait que mon oncle Jarrod finirait par recouvrer ses esprits, mais il n'en a pas eu le temps.

Jarrod Jackson était décédé d'une crise cardiaque six mois après avoir vendu Lakewood House. Cela avait été une perte immense pour la famille de Terrence, ainsi que pour la ville. Ce décès avait également sonné le glas de toute possibilité de réconciliation entre Terrence et elle.

Elle le fixa, essayant d'assimiler tout ce qu'il venait de dire. Ses mots lui faisaient l'effet d'un coup de pied dans l'estomac. Pendant des années, il avait cru le pire au sujet de son grand-père et avait détruit leur amitié et leur romance naissante. Même lorsqu'elle l'avait appelé, lui avait envoyé des messages, avait essayé de le raisonner, il l'avait ignorée, allant même jusqu'à la bloquer sur son téléphone et sur ses réseaux sociaux.

— Écoute, je sais que je me suis comporté comme un imbécile et je suis vraiment désolé.

— Désolé ne va pas suffire.

Elle réprima ses larmes de colère.

— Tu as blâmé mon grand-père pendant des années pour une chose qu'il n'avait pas faite. Tu n'as même pas voulu m'écouter quand j'ai essayé de te dire qu'il n'aurait jamais acheté Lakewood House sans l'accord de ton oncle et ta tante.

— Je sais que j'ai été stupide. Tellement stupide. Mais Jarrod était plein de rancœur, et pour être honnête, j'étais en colère de devoir quitter la première vraie maison que j'avais jamais connue.

Nikki se sentait malade. Le remords et les regrets lui tordaient les tripes. Son grand-père était mort en sachant que Terrence, quelqu'un dont il s'était occupé comme d'un fils, le haïssait pour quelque chose qu'il n'avait pas fait. Elle ne savait pas si elle pourrait un jour le lui pardonner.

— Je ne sais pas quoi dire. J'ai besoin de temps pour réfléchir.

Elle se dirigea vers la porte.

— Je ne dirai jamais assez à quel point je suis désolé de ce que j'ai gâché entre nous. J'espère juste que tu pourras un jour me pardonner.

Nikki s'arrêta à la porte et lui lança un regard par-dessus son épaule.

— Honnêtement, je ne suis pas sûre d'en avoir la force.

13

Le soleil s'élevait à peine au-dessus des montagnes lorsque Nikki ouvrit les yeux. Le sommeil l'avait fuie cette nuit, il ne fut donc pas difficile de se lever avant que Terrence ne se réveille. Après avoir quitté la chambre de ce dernier, la nuit précédente, elle avait tenu sa promesse à Carolyn et avait envoyé son CV pour le poste dans l'équipe de campagne de Lyon. Soit l'ami de Carolyn lui devait une immense faveur, soit la campagne était désespérée, car moins de cinq heures plus tard, elle recevait un mail lui demandant de fixer un rendez-vous pour un entretien téléphonique. Cela n'aboutirait peut-être à rien, mais cette petite lueur d'espoir lui suffisait pour l'instant.

Avec tout ce qui s'était passé depuis son retour à Carling Lake, elle n'avait pas trouvé le temps de faire des courses. Elle se mit donc en route vers le restaurant. Malgré l'heure matinale, plusieurs clients y étaient déjà attablés.

Le froncement de sourcils sur le visage de Rosie lorsqu'elle s'approcha lui indiqua clairement qu'elle n'avait ni oublié, ni pardonné la scène que Terrence et elle avaient faite la dernière fois qu'ils étaient venus.

— Je suis désolée, dit Nikki en se glissant sur un tabouret au comptoir. Mon comportement était tout à fait déplacé.

Rosie la toisa du regard.

— C'était un sacré spectacle que vous nous avez donné tous les deux.

— Je sais et je m'en veux, dit Nikki en sentant une nouvelle vague de culpabilité la submerger. Cela ne se reproduira plus jamais. Je te le promets.

— Je me souviens d'une époque où vous étiez inséparables, soupira Rosie.

— C'était il y a longtemps.

Sans compter que les dernières vingt-quatre heures semblaient rendre cette époque encore plus lointaine.

— Pas si longtemps que ça. Tu ne crois pas qu'il soit temps de laisser tomber cette querelle entre ton grand-père et Jarrod ?

C'était un sage conseil et, pendant un certain temps, Nikki avait cru que c'était exactement ce vers quoi Terrence et elle se dirigeaient. Mais maintenant ? Elle n'était pas sûre que cela soit possible. Elle n'était pas prête à en discuter avec Rosie, du moins pas avant d'avoir déterminé ce qu'elle voulait faire à propos de la confession de Terrence.

— Je peux avoir deux petits déjeuners complets ?

Le changement de sujet n'était pas subtil mais tant pis. Rosie soupira à nouveau.

— Tout de suite.

Elle annonça la commande à travers le passe-plat qui séparait la salle à manger de la cuisine avant de se concentrer à nouveau sur Nikki.

— Tu dois avoir terriblement faim, ce matin.

— Ce n'est pas que pour moi, répondit Nikki en toussotant. Je suis sûre que tu as entendu parler de l'incendie à Lakewood House.

— Oui, bien sûr, acquiesça Rosie. Je suis contente que tu ailles bien, et j'ai entendu dire qu'il n'y avait pas trop de dégâts.

— Non, heureusement. Mais Terrence a été blessé.

Rosie eut soudain l'air alarmé.

— Rien de grave. Des brûlures mineures, mais il avait besoin d'un endroit où loger, et, comme il a été blessé en m'aidant, il a dormi dans la chambre d'amis de Lakewood House, la nuit dernière.

Rosie leva un sourcil et esquissa l'ébauche d'un sourire.

— Vraiment ?

— Rosie, ne pense pas que…

La cloche au-dessus de la porte du restaurant tinta, attirant l'attention de Rosie.

Melinda entra dans le restaurant.

— Bonjour, Rosie. Pourrais-je avoir un café, s'il vous plaît ? Nikki !

Melinda se pencha en avant et fit la bise à Nikki.

— Je n'ai pas eu l'occasion de discuter avec toi, la dernière fois que tu es venue au restaurant. Je suis ravie que tu sois de retour en ville.

— Merci, Melinda. C'est aussi un plaisir de te revoir. Comment vas-tu ?

— Je vais très bien.

Melinda replaça ses beaux cheveux bouclés derrière son épaule.

— Tu as probablement entendu dire que j'envisageais de me présenter aux élections municipales.

Nikki eut un petit sourire pincé.

— J'en ai entendu parler. Bonne chance.

— Oh ! eh bien, merci beaucoup, mais je ne pense pas que j'aurai besoin de chance. J'espère pouvoir compter sur ton vote, si tu as l'intention de rester en ville.

— Je ne sais pas vraiment quel est mon plan…

Melinda l'interrompit, réduisant sa voix à un murmure.

— J'ai entendu parler de ton petit échec professionnel. Je suis sûre que tu trouveras quelque chose. Tu sais, si tu es partante, ma campagne va bientôt chercher des volontaires.

Ses mots étaient empreints d'une incroyable condescendance.

— En fait, je pense à me présenter moi-même comme maire.

Les mots étaient sortis tout seuls, surprenant tout autant Nikki que Melinda, à en juger par son air stupéfait.

— Tu veux te lancer dans la campagne municipale ?

La partie rationnelle du cerveau de Nikki lui criait non, mais sa fierté ne lui permettait pas de reculer devant Melinda Hanes.

— C'est possible. J'y réfléchis.

— Tu ne penses quand même pas pouvoir gagner ?

— Bien sûr qu'elle peut gagner, dit Rosie en faisant glisser le café à emporter vers Melinda. Elle a grandi ici et elle a de l'expérience en politique.

— Elle n'a pas vécu ici depuis combien de temps ? Une décennie ? rétorqua Melinda en fronçant les sourcils. Allons, Nikki. Tu ne connais pas la ville comme moi.

— Je pense que je connais très bien la communauté. Et je me préoccupe de ses habitants, dit Nikki.

Melinda sortit quelques billets de son sac à main et les déposa sur le comptoir.

— C'est bien beau, mais qu'en est-il des conditions requises pour se présenter ? Ta résidence principale doit être à Carling Lake.

— J'ai emménagé à Lakewood House, cela ne devrait pas poser de problème.

Melinda saisit son café, le visage crispé comme si elle venait de sentir une odeur nauséabonde.

— Eh bien, que la meilleure gagne.

Elle n'attendit pas sa réponse avant de sortir du restaurant.

— On dirait que tu viens de te faire une ennemie, madame la maire.

Rosie retourna dans sa cuisine en riant.

Terrence n'était pas certain de l'heure à laquelle il s'était enfin endormi, après avoir passé la majeure partie de la nuit à chercher la meilleure façon de dire à Nikki la vérité sur leur querelle familiale. Ne pas l'embrasser avant de lui annoncer qu'il avait fait exploser leur amitié et leur début de relation sur la base d'un mensonge aurait probablement été un bon début. Mais une envie inexplicablement primitive l'avait envahi à ce moment-là. Il n'avait pas pu s'en empêcher. Et si l'on en croyait la douleur qu'il avait lue dans ses yeux lorsqu'elle avait quitté sa chambre, la veille, c'était sans doute la dernière fois qu'il y parvenait. Il sentit son cœur se serrer à cette idée.

Il se doucha et s'habilla avant de descendre les escaliers et de se rendre à la cuisine. Nikki se tenait devant la cafetière, versant du sucre dans une tasse de café fumante.

— Bonjour, dit-il.

Ses épaules se raidirent.

— Bonjour.

Elle ajouta une cuillerée de sucre dans la tasse et remua vigoureusement.

— Je n'ai pas eu l'occasion de faire les courses, alors je suis passée au restaurant et j'ai pris le petit déjeuner à emporter.

Elle désigna le carton au milieu de l'îlot, puis s'assit de l'autre côté. Il ne lui échappa pas qu'elle prenait soin de mettre autant de distance que possible entre eux tout en restant dans la cuisine.

— Merci.

Il sortit un mug du placard et le remplit, ignorant le sucre et la crème que Nikki avait mis à sa disposition. Elle lui avait ramené des pancakes, du bacon et quelques toasts. Un petit déjeuner plus gras que le café et le bagel auxquels il était habitué, mais son estomac grondait déjà, aussi s'y attaqua-t-il sans plus attendre.

Un silence pesant s'installa entre eux, tandis qu'elle évitait de le regarder ou de lui parler. Il soupira.

— Merci de m'avoir laissé passer la nuit, mais je pense qu'il vaut mieux que je trouve un autre endroit où loger.

Nikki posa sa tasse de café sur le comptoir avec une telle force qu'il s'étonna qu'elle ne se brise pas.

— Donc tu as l'intention de me laisser tomber à nouveau.

— Je ne te laisse pas tomber. Tu es manifestement en colère contre moi, et je voulais juste te laisser de l'espace.

— Je n'ai pas besoin d'espace. Je n'en ai pas besoin aujourd'hui et je n'en avais pas besoin à l'époque.

— Que veux-tu alors ?

— Je veux que tu honores ta part de notre accord. Nous travaillons ensemble pour retrouver Jill et pour découvrir qui s'attaque à Lakewood House.

Il l'étudia. Manifestement, elle était toujours en colère contre lui, ce qui deviendrait forcément un problème. Mais le désir d'être près d'elle, de lui prouver qu'il était vraiment désolé, l'emportait sur ses préoccupations. De plus, il n'était pas du tout sûr qu'elle soit en sécurité toute seule.

— Très bien.

— Très bien.

Ils se remirent tous deux à siroter leur café tranquillement pendant un moment.

— Après que tu as quitté ma chambre hier soir, j'ai eu du mal à m'endormir et je me suis souvenu qu'il y avait quelques structures sur l'île de Carling Lake. Tu t'en souviens ?

— Je crois, oui, répondit-elle en fronçant les sourcils. Une maison et un petit hangar ou quelque chose comme ça.

— Oui, eh bien, je pense que nous devrions aller là-bas et y jeter un coup d'œil. Jill a pu aller sur l'île pour une raison ou une autre, et si elle s'est blessée là-bas, elle n'a aucun moyen d'appeler à l'aide. Je me souviens qu'il n'y avait pas de réseau sur l'île.

Avant qu'elle ne prenne la parole, il comprit qu'il ne l'avait pas convaincue.

— Aux dernières nouvelles, même les adolescents du coin ne vont plus sur cette île. Et Jill aurait dû emprunter ou louer un bateau pour s'y rendre. Même si elle s'est rendue sur place toute seule, la personne qui lui a prêté le bateau aurait tiré la sonnette d'alarme si elle ne l'avait pas ramené.

— Peut-être, répondit-il, agacé par le fait qu'elle retoque son plan.

Tout ce qu'elle disait était logique, mais il n'était pas prêt à négliger la moindre piste pour retrouver sa sœur.

— Mais peut-être a-t-elle ramé. Charity avait encore le vieux canoë dans son garage la dernière fois que je lui ai rendu visite.

— Nous devrions lui demander s'il est toujours là.

— Je le ferai, mais de toute façon, je veux aller faire un tour sur l'île. Nous ne pouvons pas nous rendre au Whistler's pour parler à Dana avant ce soir, et je n'ai encore rien reçu des gars de West Investigations, alors l'enquête sur le terrain est tout ce qu'il nous reste.

— Bien. Heureusement que Pete nous a rendu le bateau hier. Nous pourrons l'utiliser pour nous rendre sur l'île.

— Donne-moi juste le temps de me préparer.

Vingt minutes plus tard, il avait lacé ses boots et fixé son arme à sa hanche. Il ne s'attendait pas à rencontrer d'ennuis sur une île déserte, mais vu les événements survenus récemment, il voulait être prêt à toute éventualité.

Il retrouva Nikki sur le ponton derrière Lakewood House. Elle était déjà sur le bateau et avait enfilé un gilet de sauvetage.

— Il y en a un pour toi, dit-elle en lui désignant le gilet orange vif posé sur un siège. J'ai déjà fait les vérifications de sécurité, nous sommes prêts à partir quand tu veux.

Il enfila le gilet pendant que Nikki démarrait le moteur du bateau. Elle les éloigna lentement du quai et les emmena sur le lac.

Le trajet de Lakewood House à l'île prenait près d'une demi-heure en canoë. Il le savait car c'était ainsi qu'ils y allaient lorsqu'ils étaient adolescents. L'*Annalise* les y conduisit en quelques minutes.

Nikki rapprocha le bateau du ponton de l'île. Il était bien plus vieux qu'eux mais, étonnamment, il avait l'air encore en bon état.

Terrence attacha le bateau et jeta un coup d'œil à Nikki lorsqu'elle vint se placer à côté de lui. Il étudiait l'île pour la première fois depuis près de quinze ans. Il était encore assez tôt dans la matinée et un léger brouillard flottait au-dessus de l'eau. L'île formait un gros rocher au milieu du lac, agrémenté d'un petit rivage parsemé de galets. Au sommet de la colline, au centre de l'île, se dressait une vieille maison ravagée par le temps et les intempéries. Elle était restée inoccupée depuis que Nikki et lui étaient enfants. À l'époque, la rumeur disait que cette maison appartenait à un banquier de New York qui aimait l'endroit presque autant qu'il aimait sa maîtresse qu'il gardait cachée dans la propriété. Lorsque sa femme avait découvert la liaison et la maison, elle s'était assurée de l'obtenir lors du divorce et l'avait laissée pourrir par esprit de vengeance. Aujourd'hui encore, Terrence ne savait pas si l'histoire était vraie ou non, mais le propriétaire de la maison n'entretenait clairement pas son bien.

— Je ne vois aucun autre bateau amarré ici, dit Nikki. Pas même un canoë.

Il l'avait remarqué. Même s'il savait que trouver Jill sur l'île n'était pas gagné d'avance, il n'avait pu s'empêcher d'espérer que la réponse à sa disparition serait une simple histoire de randonnée ayant mal tourné.

— Il y a un autre quai de l'autre côté de l'île. Peut-être que son bateau s'y trouve.

C'était possible, mais il était peu probable que Jill ait dû faire le tour de l'île pour accoster.

Au regard que lui lança Nikki, il comprit qu'elle pensait la même chose que lui, mais elle se tint coite.

— Eh bien, nous sommes ici maintenant, alors autant jeter un coup d'œil.

Il sauta sur le ponton, puis tendit la main à Nikki pour l'aider à descendre du bateau. Elle l'ignora, se frayant un chemin sans son aide.

Il retint un juron et s'engagea à ses côtés. La brise les suivit sur la colline jusqu'à la maison. Toutes les fenêtres étaient recouvertes de panneaux de contreplaqué et ils se rendirent compte que la serrure de la porte d'entrée semblait neuve.

— Hum, dit Nikki en la regardant. On dirait que quelqu'un entretient enfin cette propriété.

Terrence inspecta le contreplaqué qui recouvrait la fenêtre la plus proche. Il avait subi quelques dommages mais de toute évidence, il n'était là que depuis quelques mois.

— Oui, c'est ce que je me demande depuis que nous sommes arrivés sur le ponton. Quelqu'un l'a clairement réparé. Il aurait besoin d'un peu plus d'entretien mais il est utilisable en l'état, ce qui serait peu probable si personne n'était venu sur l'île depuis des années.

— C'est un peu bizarre, en effet, dit Nikki d'un ton inquiet.

Terrence descendit du petit porche d'entrée et se dirigea vers le côté de la maison.

— Où vas-tu ? demanda Nikki en le suivant.

— Je veux voir s'il y a un autre moyen d'entrer.

— Tu ne crois pas que tu deviens un peu obsédé par tout ça ? Je veux dire, il est assez évident que Jill n'est pas là.

Il s'arrêta et se retourna.

— Tu peux toujours aller m'attendre sur le bateau. D'ailleurs, c'est peut-être une bonne idée. J'ai un mauvais pressentiment concernant cet endroit.

— Je ne vais pas t'attendre sur le bateau, rétorqua Nikki d'un air maussade. Et ce sentiment que tu as pourrait bien être ton alarme interne qui te hurle de ne pas entrer par effraction.

— Écoute, je vais pénétrer dans cette maison. Fais donc ce que tu veux.

Il se détourna et avança d'un pas rageur vers l'arrière de la maison. Leur alliance se désagrégeait rapidement. Il savait qu'il était en grande partie responsable de cette situation, mais s'ils voulaient continuer à travailler ensemble, ils devaient régler le passé et parvenir à un compromis pour aller de l'avant. Il attendrait qu'ils soient de retour à Lakewood House pour en parler à Nikki, mais il faudrait qu'ils abordent le sujet. Et rapidement.

Le quai situé à l'arrière de la maison était en meilleur état que celui à l'avant, ce qui redoubla son inquiétude et sa curiosité concernant ce qui se tramait sur cette île. Malheureusement, le ponton arrière était lui aussi clairement vide de tout navire.

Une nouvelle serrure avait également été installée sur la porte arrière de la maison. Cependant, la personne qui avait accroché le contreplaqué sur les fenêtres n'avait pas fait un aussi bon travail de ce côté. L'un des morceaux de bois s'était détaché et gisait maintenant dans le jardin. Heureusement, la fenêtre d'où il provenait se trouvait au rez-de-chaussée. Terrence saisit le battant et, avec un peu d'effort, l'ouvrit suffisamment pour que Nikki et lui puissent s'y glisser.

L'intérieur était sombre et vide, à l'exception d'excréments d'animaux et d'une grande quantité d'ordures datant de plusieurs décennies.

Une fois qu'ils furent tous les deux à l'intérieur, il referma doucement la fenêtre, puis sursauta lorsque quelque chose se mit à courir sur son pied.

— Nous dérangeons les rats, dit Nikki en allumant la lampe torche de son téléphone.

Il fit de même et ouvrit la voie au rez-de-chaussée, sans rien repérer d'intéressant.

— Nous pourrions nous séparer. L'un d'entre nous fouille l'étage tandis que l'autre s'occupe du bas. Ça accélérera les choses, déclara-t-il.

Nikki le regarda comme s'il avait soudain deux têtes.

— Hum, je n'ai même pas envie d'être dans cette maison de film d'horreur. Je ne vais certainement pas l'explorer toute seule.

— Très bien, on reste ensemble alors.

Ils se dirigèrent vers le devant de la maison. La grande entrée cathédrale s'ouvrait sur un escalier circulaire menant au premier étage. Il monta les marches en avançant doucement. Quatre portes partaient du couloir. Ils vérifièrent chacune des pièces et trouvèrent d'autres déchets recouverts d'une épaisse couche de saleté et de crasse.

Ils redescendirent l'escalier sur la pointe des pieds. De l'entrée, il n'y avait qu'une seule porte. Il l'ouvrit et découvrit qu'elle donnait sur des marches menant au sous-sol. Ils descendirent, leurs portables levés ne fournissant qu'un petit cercle de lumière autour de l'endroit où ils se trouvaient. Le sous-sol était si sombre qu'il était difficile de distinguer quoi que ce soit.

L'escalier prit fin sur un sol en terre battue. Terrence décrivit un mouvement circulaire avec son téléphone, éclairant l'espace devant lui.

Le sous-sol était totalement vide. Même les détritus vieux de plusieurs décennies et les excréments d'animaux qu'ils avaient trouvés à l'étage étaient absents ici, ce qui le mit immédiatement en alerte. Quelqu'un avait fait le ménage dans cette pièce, c'était évident. Mais pourquoi nettoyer le sous-sol et pas le rez-de-chaussée ?

— Qu'est-ce que c'est que ça ?

Nikki fit plusieurs pas en avant et dirigea la lumière de son téléphone vers un coin de la pièce.

Il lui attrapa le bras et la tira en arrière.

— Attends. Laisse-moi passer le premier.

Il n'était pas sûr de ce qu'il regardait, mais il ne voulait prendre aucun risque. Il tendit le téléphone d'une main et approcha son autre main de l'arme qu'il portait à la hanche. Il s'avança lentement, conscient que Nikki se tenait derrière lui, laissant son cerveau assimiler ce qu'il voyait.

Des menottes. Non, pas exactement. Des fers. Quatre manilles métalliques attachées à des chaînes boulonnées au mur de béton à environ deux mètres d'intervalle.

— Mon Dieu, murmura Nikki derrière lui. C'est comme une prison.

Plutôt un donjon. Il repensa à la jeune fille qu'ils avaient trouvée à Lakewood House. Il soupçonnait fortement qu'elle avait été détenue ici. Ils devaient quitter cet endroit immédiatement.

Il se retourna pour faire face à Nikki et lui transmettre ce message urgent, mais auparavant un craquement sourd retentit au-dessus d'eux, suivi de bruits de pas.

Quelqu'un d'autre se trouvait dans la maison. Ils étaient pris au piège.

14

Le cœur de Nikki battait frénétiquement. Terrence porta un doigt à ses lèvres et éteignit la lumière de son portable. Elle fit de même avec le sien. Il n'y avait aucun moyen de sortir de la maison sans passer par le rez-de-chaussée, et elle doutait fort que le nouvel arrivant soit d'humeur bienveillante. Elle jeta un coup d'œil aux chaînes sur le sol et frissonna.

— Nous devons sortir d'ici, chuchota Terrence. Suis-moi et, à mon signal, cours au bateau aussi vite que possible. Je serai juste derrière toi.

Il marqua une pause avant de reprendre la parole.

— Et si je ne le suis pas, ne m'attends pas. Fonce. Va chercher Lance.

— Je ne te laisserai pas ici, rétorqua-t-elle en secouant la tête. Nous sommes venus sur cette île ensemble et nous la quitterons ensemble.

Elle soutint son regard jusqu'à ce qu'il finisse par hocher brièvement la tête.

Il lui prit la main et ils commencèrent à grimper les marches, lentement, sur la pointe des pieds, tentant de faire le moins de bruit possible. Ils s'arrêtèrent en haut de l'escalier. La porte était toujours fermée, mais les voix de l'autre côté étaient suffisamment fortes pour qu'on puisse entendre une partie de la conversation.

— Qu'allons-nous faire ?

Le timbre était grave et masculin. Un autre homme, à la voix plus aiguë, répondit :

—… déplacé la marchandise… d'accord pour l'instant mais… ce n'est que temporaire.

Nikki n'avait pas saisi toute la réponse, mais la partie qu'elle avait entendue montrait clairement que, peu importait ce que ces hommes faisaient dans cette maison, ce n'était pas du bon côté de la légalité.

Il semblait toutefois qu'elle et Terrence avaient eu de la chance sur un point. Les voix paraissaient provenir de l'arrière de la maison, là où les hommes avaient dû amarrer leur bateau. Cela expliquerait pourquoi ils n'avaient pas remarqué l'*Annalise* et semblaient ignorer la présence d'autres personnes sur l'île – du moins pour le moment. Cela pouvait changer en un instant si l'un ou l'autre des hommes descendait à la cave ou sortait à l'avant de la maison.

— Et qu'est-ce qu'on va faire pour l'autre problème ?

— Pourquoi me poses-tu tant de questions ? Je ne sais pas. Je trouverai une solution. J'ai juste besoin d'un peu de temps, d'accord ?

Leurs bruits de pas résonnaient sur le vieux parquet.

Terrence chuchota à l'oreille de Nikki.

— Je pense qu'ils sont à l'arrière de la maison. Dirige-toi vers la porte d'entrée puis vers le bateau, aussi vite mais aussi silencieusement que possible.

Elle acquiesça et retint son souffle lorsque Terrence poussa la porte du sous-sol. Elle le suivit dans le petit hall, puis le dépassa et se glissa vers la porte d'entrée. Aucun signe des deux hommes. Soit ils avaient cessé de parler, soit ils s'étaient installés dans une pièce où l'on ne pouvait pas les entendre depuis le couloir.

Nikki fit ce que Terrence lui avait demandé et avança aussi rapidement et silencieusement que possible vers la porte d'entrée. La porte grinça lorsqu'elle l'ouvrit. Elle ne s'arrêta pas pour voir si les hommes l'avaient entendue. Dès que son pied entra en contact avec le porche, elle prit ses jambes à son cou.

La colline ne lui avait pas semblé abrupte ou dangereuse lorsqu'elle et Terrence avaient grimpé jusqu'à la maison, mais s'élancer dans la pente à toute allure l'inquiétait, elle craignait de trébucher et de se briser un os. Ou le cou. La peur de tomber l'empêcha de jeter un coup d'œil par-dessus son épaule pour voir si Terrence la suivait, comme il l'avait promis. Elle marmonna une rapide prière et continua sur sa lancée.

Elle atteignit finalement le ponton, l'adrénaline lui donnant un regain d'énergie supplémentaire alors qu'elle sautait sur le bateau. Elle se précipita vers la corde attachée au quai. Son cœur s'emballa lorsque le bateau se mit à tanguer et qu'elle sentit la présence d'une autre personne à bord. Elle fut rassurée de voir Terrence prendre la barre.

Son soulagement fut de courte durée.

Les hommes de la maison les avaient repérés. Ils dévalaient la colline en direction du ponton, arme au poing.

Le moteur rugit au démarrage, couvrant presque le bruit des coups de feu. Presque. Les balles se perdirent dans l'eau, faisant jaillir des éclaboussures de chaque côté du bateau tandis que Terrence s'éloignait du quai à toute vitesse.

— À terre, cria-t-il en se baissant autant qu'il le pouvait.

Nikki se plaqua au sol et sentit l'*Annalise* s'élancer sur le lac.

Sur le quai, les hommes leur tiraient toujours dessus. Mais le bateau était maintenant trop loin pour que leurs balles aient une chance de les atteindre. Nikki releva la tête par-dessus de la coque du bateau pour jeter un coup d'œil à leurs poursuivants. Il s'agissait de deux hommes blancs d'une vingtaine ou d'une trentaine d'années. L'un d'eux était trapu et, bien qu'il soit difficile d'évaluer sa taille, compte tenu de la distance qui les séparait, il était plus grand que le second. Tous deux portaient des bottes de chantier, des jeans et des coupe-vent sombres. Les cheveux de l'homme trapu étaient noirs, tandis que ceux du plus petit étaient plus clairs, mais pas tout à fait blonds. Le bateau prit soudain un virage et Nikki les perdit de vue.

Elle se releva et se rendit aux côtés de Terrence.

— Je ne nous ramène pas à Lakewood House, dit-il sans la regarder. Juste au cas où.

Le cœur de Nikki battait encore à tout rompre, et l'expression grave du visage de Terrence ne fit rien pour ralentir son rythme cardiaque.

— Au cas où quoi ?

Son expression s'assombrit et il ne répondit pas.

Ses pensées tourbillonnèrent jusqu'à ce que l'une d'entre elles s'impose à elle.

— Oh ! mon Dieu. Tu crois qu'ils se dirigent vers la maison ?

— Le quai public est plus proche du poste du shérif. Je vais nous y amarrer. Lance doit être mis au courant dès que possible, et mon portable n'aura pas de réseau tant que nous serons au milieu du lac.

— Tu n'as pas répondu à ma question.

Il lui jeta un regard mais resta silencieux pendant le reste du court trajet jusqu'au quai.

Une fois qu'ils furent arrivés, elle amarra le bateau tandis que Terrence sortait son téléphone et appelait le shérif avant même de descendre.

Le téléphone de Nikki vibra alors qu'ils se dirigeaient vers le bureau du shérif. Ryan West avait envoyé un mail avec les informations promises, et avait mis Lance Webb et Terrence en copie.

Quelques minutes plus tard, ils se trouvaient dans une petite salle de conférences, face au shérif qui prenait des notes pendant qu'ils faisaient leur rapport. Il avait déjà dépêché deux adjoints sur l'île du lac Carling en leur promettant de les recontacter dès qu'il aurait obtenu les détails de Nikki et Terrence.

— Des fers ?

Le shérif leva les sourcils, visiblement surpris.

— Boulonnés au mur. Quatre paires côte à côte, acquiesça Nikki avec un nouveau frisson. Comme dans un cachot médiéval.

— Pas *comme* dans un cachot. *C'était* un cachot. Construit pour quelqu'un... ou plutôt pour plusieurs personnes, reprit Terrence d'un ton grave.

Le shérif tapota son stylo sur son bloc-notes.

— Vous avez une théorie ?

— Malheureusement, oui.

Nikki redoutait d'entendre ses suppositions. Cette seule pensée lui retournait l'estomac. Instinctivement, elle savait que, quelle que soit la théorie de Terrence, elle n'allait pas l'aimer. Mais elle devait bien admettre qu'un sous-sol rempli de menottes ne pouvait mener à rien de bon.

— Je pense que les hommes qui nous ont tiré dessus font partie d'un réseau de trafic d'êtres humains. La femme morte que nous avons trouvée était probablement l'une de leurs victimes, déclara Terrence.

— Un trafic d'êtres humains à Carling Lake ?

L'incrédulité dans la voix du shérif était palpable. Terrence fronça les sourcils.

— Personne ne pense que cela pourrait arriver dans sa ville, mais ce genre de trafics est bien plus répandu qu'on ne veut bien l'admettre.

— Je sais tout cela, cependant... commença le shérif.

— Écoutez, ces chaînes se trouvaient bien là pour une raison. Et vous ne pouvez pas nier les sévices subis par la femme que nous avons retrouvée. Carling Lake a un accès facile à l'autoroute, et si ces types planquaient des femmes sur l'île, qui le saurait ?

Nikki voyait Webb se préparer à défendre sa ville natale. Elle comprenait ce sentiment, après tout, elle avait été élevée à Carling Lake, et elle considérait toujours la ville comme sienne. Terrence avait de bons arguments, mais plusieurs failles apparaissaient dans sa logique. Elle leva la main.

— La théorie de Terrence a du mérite, mais je ne vois pas comment ces types pourraient transporter des gens sur l'île sans que personne ne s'en aperçoive. Je veux dire, chaque jour, il y a des pêcheurs, des croisières d'une journée pour les touristes et toutes sortes d'autres activités sur le lac.

— Le lac Carling n'est peut-être qu'une étape vers la destination finale, dit Terrence. Une parmi tant d'autres, probablement. C'est d'ailleurs le plus probable. C'est une ville touristique, les habitants sont donc habitués à voir des visages inconnus. Les trafiquants ont généralement différents itinéraires pour déplacer leurs victimes à travers le pays. Et même hors du pays.

Ils modifient ces routes pour éviter d'être repérés. Il se peut que ces types n'amènent leurs victimes à Carling Lake qu'une fois par mois ou tous les deux mois. Et s'ils travaillent de nuit, il est plus que probable que personne ne l'a remarqué. Ou si quelqu'un l'a remarqué, il n'a pas compris ce qu'il voyait ou n'a pas cherché à s'approcher.

Nikki était assise à côté de Terrence, mais elle se retourna pour lui faire face.

— Où Lakewood House s'inscrit-elle dans ta théorie ?

Parce qu'elle savait qu'il existait forcément un lien. Le vandalisme. L'incendie. La découverte du corps de la femme sur la propriété. Son refus de les ramener à Lakewood House après que ces types leur avaient tiré dessus. Terrence la regarda dans les yeux.

— Pour un trafiquant ayant besoin d'un accès privé au lac, existe-t-il un meilleur endroit qu'une maison vide avec un quai ?

Nikki déglutit avec difficulté. Quelque part au fond d'elle-même, elle savait qu'il avait mis le doigt sur le problème, mais elle n'était pas prête à l'accepter.

— Tu penses que des trafiquants d'êtres humains ont utilisé Lakewood House pour faire passer ces pauvres femmes ?

Terrence acquiesça.

Nikki se pencha en avant, luttant pour enrayer une brusque nausée.

Le shérif se leva et se dirigea vers le petit réfrigérateur qui se trouvait dans un coin de la pièce.

— Calmez-vous. Ce n'est qu'une théorie.

Terrence massa le dos de Nikki en faisant de petits cercles.

— Respire. Voilà, comme ça. Écoute, même si j'ai raison, il n'y a rien que tu aurais pu faire pour empêcher cela. Tu n'es pas responsable.

Elle accepta la bouteille d'eau froide que le shérif lui tendait sans lever la tête.

— Comment pourrais-je ne pas être responsable ? Je suis propriétaire de Lakewood House. J'aurais dû savoir ce qui s'y passait. J'aurais dû installer un système de sécurité, des caméras vidéo, une alarme, quelque chose.

Terrence cessa de lui masser le dos.

— Tu as engagé Pete Bonny comme gardien.

Elle sentit plus qu'elle ne vit le regard que les deux hommes échangèrent. Elle se redressa.

— Vous pensez que Pete a quelque chose à voir avec… avec ça ?

Elle ne pouvait se résoudre à prononcer ces mots à propos de l'homme qu'elle connaissait. Pete était une personne difficile, mais de là à l'imaginer s'attaquant à des femmes vulnérables ? Il fallait être un monstre. Le shérif crispa la mâchoire.

— Je vais l'interroger. S'il n'est pas impliqué, il a peut-être vu quelque chose.

Terrence se leva.

— Je devrais peut-être aller…

Le shérif leva la main.

— Certainement pas.

Terrence lui lança un regard noir.

— Vous savez comment se déroulent ces enquêtes. Il y a un protocole à respecter. Vous n'avez aucun droit à enquêter ici.

— Je pense que Jill a découvert ce réseau de trafic d'êtres humains et qu'elle est venue ici pour enquêter, rétorqua Terrence en toisant le shérif. Si Pete ou quelqu'un d'autre s'est rendu compte qu'elle savait ce qu'ils faisaient et lui a mis la main dessus…

La voix de Terrence se brisa. Nikki prit sa main dans la sienne.

— Nous ne savons pas si c'est ce qui s'est passé.

— Dans la maison, lorsque ces types discutaient, ils ont dit qu'ils devaient « déplacer la marchandise », reprit Terrence en la fixant du regard. Je pense qu'ils parlaient de déplacer leurs victimes vers un autre endroit où elles auraient moins de chances d'être retrouvées. L'un d'eux a également demandé ce qu'ils devaient faire pour « leur autre problème ». Je pense qu'ils parlaient de Jill. De quel autre problème pouvaient-ils parler ?

Le shérif posa une main sur l'épaule de Terrence.

— Il peut s'agir de beaucoup de choses. Ne vous laissez pas emporter par votre imagination. Cela ne nous aidera pas. Avancez avec ce que vous savez. Un bon et solide travail d'enquête, c'est ça qui nous aidera à retrouver votre sœur.

— Le shérif a raison, dit Nikki. West Investigations nous a envoyé ce qu'ils ont trouvé sur la fleur de lys.

Elle se souvint avoir vu le mail pendant que Terrence parlait au shérif après avoir amarré le bateau.

— Passons ça au peigne fin et voyons si ces documents contiennent quoi que ce soit qui pourrait nous aider à retrouver Jill pendant que le shérif poursuit cette affaire.

Elle voyait bien qu'il n'était pas satisfait, mais Terrence finit par acquiescer.

— D'accord.

Lance Webb se détendit un peu.

— Je vais demander à un agent de vous raccompagner à Lakewood House. Ces types sont probablement en train de quitter la ville, mais je ne souhaite prendre aucun risque. Mes adjoints ont pris le bateau du département pour aller sur l'île. Nikki, cela vous dérangerait-il si j'empruntais le vôtre ?

— Bien sûr que non.

Le regard du shérif passa de Nikki à Terrence.

— Cette situation vient de devenir infiniment plus sérieuse. Je pense que vous êtes tous les deux plus en danger que vous ne le pensez. Mon conseil ? Éloignez-vous le plus possible de Carling Lake.

15

Terrence n'avait aucunement l'intention de suivre les conseils de Webb, et bien qu'il souhaitât que Nikki le fasse, il savait que ce serait une perte de temps d'aborder le sujet avec elle. Le shérif avait demandé à l'adjoint Bridges de les raccompagner à Lakewood House, en précisant qu'il resterait pour surveiller la maison jusqu'à ce qu'il revienne avec le bateau de Nikki.

Ils roulèrent en silence jusqu'à ce que Bridges prenne la parole :

— Alors, comme ça, Nikki, j'ai entendu dire que vous alliez vous présenter aux élections municipales ?

Terrence leva un sourcil interrogateur.

— Vraiment ? Tu es de retour depuis quoi, un jour ? Deux ?

— Je connais cette ville aussi bien que n'importe qui ici, répondit Nikki en se renfrognant. J'ai grandi dans cette ville, et contrairement à toi, je rentrais régulièrement à la maison.

— Je n'ai pas dit le contraire. Je suis juste surpris que tu veuilles prendre une telle responsabilité si peu de temps après ton retour.

— Je n'ai pas dit que j'étais candidate, j'ai juste dit que je l'envisageais parce que Melinda Hanes m'avait poussée à bout.

— Ah, vous n'êtes pas la seule dans cette situation, s'exclama Bridges. Cette femme pourrait même faire sortir le pape de ses gonds.

— Je pense que tu ferais un excellent maire, dit Terrence.

Il était sincère. Nikki s'était toujours souciée des gens. Et elle était la personne la plus intègre qu'il connaisse.

Nikki le regarda.

— Il y a deux secondes, tu avais l'air mortifié à cette idée.

— Cela m'a surpris, mais plus j'y pense, plus je me dis que c'est une bonne idée. Tu aimes cette ville. Tu aimes la politique, c'est évident, et tu es une meneuse née.

Elle l'étudia pendant un moment, comme si elle n'était pas tout à fait sûre de ce qu'elle devait penser de son compliment.

— Eh bien, je te remercie. Mais, comme je l'ai dit, je ne sais pas si je vais vraiment me présenter. J'ai des chances d'obtenir un poste à Washington, et si ça marche, ça sera beaucoup plus logique que de me présenter à la mairie.

— Je suis sûr que tu prendras la bonne décision quoi qu'il arrive, dit Terrence, alors que la voiture de patrouille s'engageait dans l'allée de Lakewood House.

L'adjoint laissa son moteur tourner dans l'allée lorsque Terrence et Nikki descendirent de la voiture et entrèrent dans la maison.

Terrence sortit son téléphone en montant les escaliers qui menaient à sa chambre.

— Qu'est-ce que tu fais ? demanda Nikki.

Il se retourna à mi-chemin dans l'escalier.

— Je vais appeler le rédacteur en chef de Jill. Si elle enquêtait sur un réseau de trafiquants à Carling Lake, il le saura. Je lui ai parlé quand je n'arrivais pas à la joindre, mais il m'a envoyé balader. Il m'a dit de ne pas m'inquiéter, que Jill réapparaîtrait, et il n'a pas voulu me dire sur quoi elle travaillait.

— Et tu penses que tu peux le faire parler, maintenant ?

— Oh ! il va lâcher le morceau, crois-moi, répondit-il avec une lueur déterminée dans le regard.

La voix de Colby Marquez retentit au bout du fil après la deuxième sonnerie.

— Ici Marquez.

— Monsieur Marquez, c'est Terrence Sutton. Le frère de Jill Sutton.

— Oh ! monsieur Sutton. Comment allez-vous ? Jill a-t-elle pris contact avec vous ?

— Elle ne l'a toujours pas fait, et je suis plus inquiet que jamais.

— Comme je vous l'ai dit, je ne peux rien dévoiler sur le travail de votre sœur.

— Les forces de l'ordre parlent entre elles, vous savez. Que croyez-vous que vos sources au sein de la police de Washington penseraient d'un rédacteur en chef qui refuse d'aider un officier à retrouver sa sœur disparue ?

— Êtes-vous en train de faire pression sur moi ?

— Pas du tout. Mais je le ferai si je n'ai pas d'autre moyen de retrouver ma sœur. Quand j'en aurai fini avec vous, aucun flic de la région ne parlera à vos journalistes. Est-ce ce que vous voulez ?

— Allons, Jill est une professionnelle. Elle peut se débrouiller toute seule.

— J'ai des raisons de croire que Jill a appris l'existence d'un réseau de trafic d'êtres humains dans notre ville de Carling Lake. Je ne peux pas encore le prouver, mais je pense qu'elle est venue ici, qu'elle a posé la mauvaise question à quelqu'un ou qu'elle a vu quelque chose qu'elle n'aurait pas dû voir. Maintenant, elle a disparu. S'il lui arrive quoi que ce soit parce que vous ne m'avez pas dit tout ce que vous saviez, la perte de vos sources sera le cadet de vos soucis. J'y veillerai.

— Mais enfin, écoutez… s'écria Marquez en élevant la voix.

— Non, c'est à vous de m'écouter. Il n'y a aucune chance pour que Jill ait poursuivi une enquête aussi importante sans vous consulter d'abord.

Un profond soupir retentit à l'autre bout de la ligne.

— D'accord, très bien. En effet, Jill m'a parlé d'un possible réseau de trafic d'êtres humains. Mais ses sources semblaient peu fiables. Une femme l'a contactée en disant que sa sœur, qui s'était enfuie plusieurs années auparavant, l'avait appelée pour lui demander de l'aide. La femme n'a pas voulu donner son nom, mais elle a dit qu'elle avait pu localiser l'appel et qu'il provenait de Carling Lake.

— La femme a-t-elle dit autre chose ?

— Jill n'a rien mentionné d'autre.

— Rien à propos d'une fleur de lys ?

— Une fleur… non. Je vous ai dit tout ce que Jill m'a raconté.

Et je lui ai affirmé que ce n'était pas suffisant pour ouvrir une enquête, compte tenu de ses autres missions.

— Y a-t-il autre chose que vous pouvez me dire qui pourrait m'aider à trouver Jill ?

— Non, rien. Pensez-vous... Pensez-vous vraiment qu'elle ait découvert un trafic de ce genre ?

Terrence ignora la question.

— Y a-t-il quelqu'un d'autre à qui Jill aurait pu en parler ?

— Vous la connaissez. Elle ne divulgue jamais toutes ses informations. Elle ne me dit presque rien, ajouta Marquez avant de marquer une pause. Pensez-vous vraiment que votre sœur a des problèmes ?

— J'en suis persuadé, soupira Terrence. Appelez-moi si vous ou quelqu'un du journal a de ses nouvelles, d'accord ?

Il mit fin à l'appel et jeta un coup d'œil par la fenêtre, donnant sur le petit jardin à l'avant de Lakewood House. La voiture de Bridges était toujours garée dans l'allée. L'appel au rédacteur en chef de Jill avait confirmé ses soupçons sur la raison pour laquelle elle était venue à Carling Lake. Et la peur qu'il ressentait pour sa sœur s'en était trouvée décuplée.

Malgré les arguments de Lance et de Nikki selon lesquels il aurait dû laisser le shérif s'occuper de l'enquête, il ne put s'empêcher de penser qu'il devrait lui aussi aller sur l'île, à la recherche d'indices sur l'endroit où Jill était détenue. Ou mieux encore, à la recherche de Pete Bonny. Il était certain que Pete avait reconnu la fleur de lys et il se reprochait de ne pas avoir insisté auprès de lui. Lance Webb avait promis d'envoyer un adjoint interroger Pete, mais Terrence ne savait pas encore s'il l'avait déjà fait. Il était inutile de l'appeler car il avait dit qu'il ramènerait l'*Annalise* à Lakewood House lorsqu'il aurait terminé son enquête, et il n'y avait pas de réseau sur l'île.

Il allait devoir attendre, ce qui n'était déjà pas son fort en temps normal, et encore moins à présent.

Terrence récupéra son ordinateur portable et redescendit au moment où Nikki sortait du bureau ravagé par le feu, un calibre 22 et un étui à la main.

— Crois-tu qu'il soit prudent d'aller là-dedans ? demanda-t-il.

Elle ne répondit pas et posa l'arme à côté de son ordinateur portable sur la table basse devant le canapé. Puis elle s'assit, leva la jambe et attacha l'étui à sa cheville.

— Je croyais que tu n'aimais pas les armes, dit-il en s'asseyant à côté d'elle.

— En effet. Mais nous parlons d'individus qui sont soupçonnés de trafic d'êtres humains et qui nous ont déjà tiré dessus.

Elle rangea l'arme dans son étui et la couvrit avec le revers de son pantalon.

— Alors, comment devrions-nous procéder ? demanda-t-elle en posant son ordinateur potable sur ses genoux. Nous pouvons nous répartir les informations que West nous a envoyées ?

— C'est probablement le moyen le plus rapide. Il n'y a que quelques dossiers. Tu t'occupes des trois dernières pièces jointes, et je me charge des trois premières. Ensuite, nous pourrons faire un récapitulatif ensemble.

— C'est un bon plan.

Le premier des trois dossiers que Terrence était censé lire contenait des documents Word. Il s'agissait d'un rapport que West semblait avoir rédigé et qui regroupait diverses sources d'information sur un réseau criminel mené dans les États du Sud-Ouest. Ce qui n'était autrefois qu'un partenariat informel entre divers gangs ayant des territoires le long de la frontière au Texas, au Nouveau-Mexique et en Arizona s'était organisé ces dernières années. D'après les informations qu'il lisait, il s'agissait d'une bande de malfaiteurs, tristement célèbres pour leurs activités de trafic de drogue et d'armes, ainsi que d'usurpation d'identité. Ils étaient également connus pour faire passer clandestinement des migrants à la frontière pour des sommes exorbitantes. Le genre de personnes qui n'hésiteraient pas à se lancer dans le trafic d'êtres humains. Mais ce qui était vraiment intéressant, c'est que les membres du gang portaient tous un tatouage.

Il s'agissait de la même fleur de lys que sur la carte de visite. *Jackpot !* Ce devait être les hommes qu'ils cherchaient.

— Je crois que j'ai quelque chose.

Il se rapprocha de Nikki sur le canapé. L'odeur de son parfum lui chatouilla le nez, lui rappelant leur baiser de la nuit précédente. Il chassa ce souvenir et se força à se concentrer.

— Ce rapport concerne un gang du Sud-Ouest dont les membres utilisent le symbole de la fleur de lys pour s'identifier.

Les yeux de Nikki parcoururent l'écran.

— Ce n'est pas un symbole très effrayant pour des gars impliqués un trafic de ce genre, dit-elle en désignant l'ordinateur.

— En effet, mais si tu veux passer inaperçu, c'est moins suspect qu'une tête de mort. Plus important encore, s'ils font déjà passer la frontière clandestinement à des personnes désespérées, ils ont les moyens de transformer ça en traite d'êtres humains.

Nikki détourna son regard de l'écran pour le porter sur la fenêtre.

— Tu sais, même si je ne veux pas croire que quelque chose d'aussi moche puisse arriver à Carling Lake, il semble de plus en plus probable que tu aies raison.

— Je ne veux pas le croire non plus, mais...

Le reste de sa phrase fut interrompu par un bruit de moteur à l'extérieur. Il s'approcha de la fenêtre et reconnut la voiture de l'avocat de la veille.

—Chester est de retour.

— Pourquoi certaines personnes n'acceptent-elles pas qu'on leur dise simplement non ?

— Tu veux que je m'occupe de lui ?

Il ouvrit la porte mais Nikki lui saisit le poignet et l'arrêta.

— Non, je m'en charge.

Elle passa devant lui et sortit sous le porche. Il la suivit à l'extérieur.

L'adjoint s'approchait déjà de la voiture.

— Tout va bien. Je connais cet homme, cria Nikki en se dirigeant vers le véhicule.

Terrence ne serait pas allé aussi loin. Ils ne savaient rien de Chester, mais il comptait bien remédier à cela dès que possible. Il avait presque oublié l'offre d'achat de l'avocat sur Lakewood

House, mais il ne pouvait s'empêcher de se dire que ce n'était peut-être pas juste une coïncidence.

— Mademoiselle King, dit Chester en observant l'adjoint qui retournait à sa voiture de patrouille. J'espère que vous avez eu le temps de réfléchir à l'offre de mon client.

— Je suis désolée si je n'ai pas été assez claire lors de votre première visite, mais je ne vends pas.

— Ne nous précipitons pas. Mon client comprend qu'il peut être émotionnellement difficile de se séparer d'une maison. Nous sommes prêts à augmenter notre offre d'un montant substantiel pour faciliter votre transition.

Il remarqua manifestement la lueur d'intérêt dans les yeux de Nikki.

— Un montant substantiel ?

— Cinquante mille dollars, répondit Chester avec un sourire assuré. Mon client est très impatient de conclure cette affaire et de prendre possession de la maison, il nous faut donc une réponse dans les quarante-huit heures.

— Eh bien, je vous ai déjà donné ma réponse. Lakewood House n'est pas, et ne sera jamais à vendre.

Le sourire de Chester disparut.

— J'ai cependant une question à vous poser. Pourquoi votre client est-il si intéressé par cet achat ?

— Je crains bien de ne pas pouvoir vous le révéler, dit-il d'un ton irrité.

— Alors je pense que nous n'avons plus rien à nous dire. J'aimerais que vous quittiez ma propriété.

— Mademoiselle King... commença Chester en lui jetant un regard noir.

Terrence fit un pas en avant.

— La dame vous a demandé de partir.

Les deux hommes s'observèrent pendant un moment avant que Chester ne reporte son regard, glacial cette fois, sur Nikki.

— Mon client est prêt à attendre encore quarante-huit heures. Je vous suggère de mettre ce temps à profit pour étudier sérieusement leur offre. Je vous assure que c'est dans votre intérêt.

— Tu crois que c'était une menace ? demanda Nikki en regardant Chester sortir de l'allée.

Pour Terrence, cela ne faisait aucun doute. Mais Chester et son client allaient rapidement découvrir qu'il n'appréciait guère que l'on menace ses proches.

16

L'adjoint Bridges reprit sa garde tandis que Terrence suivait Nikki à l'intérieur de la maison.

— Je vais monter ça dans ma chambre. Je te ferai savoir si je trouve quelque chose, dit Nikki en prenant son ordinateur portable et en se dépêchant de monter les escaliers.

Il n'essaya pas de l'arrêter. Il devait passer un appel qu'il ne voulait pas qu'elle entende, de toute façon. Quelques instants plus tard, il était en ligne avec Ryan West.

— J'ai une faveur à vous demander, dit Terrence une fois les premières politesses d'usage échangées.

— Dites-moi tout.

Il donna à Ryan la version condensée des événements de ces deux derniers jours, ainsi que sa théorie sur la possibilité que le gang sur lequel Ryan leur avait envoyé des informations se soit lancé dans le trafic d'êtres humains.

— On est sur du crime organisé à grande échelle, mais ces types sont suffisamment tordus pour être impliqués.

— Et si c'est le cas, ils sont plus dangereux que ce que je pensais. La maison de Nikki est isolée et sans aucun dispositif de sécurité. Je me demandais si vous ne pourriez pas me recommander un système. Quelque chose que je peux obtenir localement et rapidement.

— Bien sûr. Je vais me pencher sur la question aujourd'hui et je reviendrai vers vous dès que possible.

— Merci.

Terrence passa les deux heures suivantes à appeler ses contacts dans la police des États du Sud-Ouest afin d'obtenir le genre d'informations qui ne figurent jamais dans les rapports officiels ou les articles de presse. Tout ce qui concernait les membres présumés d'un gang ou les crimes dont les flics étaient sûrs qu'ils avaient été commis par le gang, mais qu'ils ne pouvaient pas prouver. Les dossiers officieux que tous les flics conservaient dans leur tête ou dans de vieux carnets. Des théories, des intuitions, des rumeurs qui ne pouvaient pas être utilisées au tribunal ou même dans un interrogatoire.

Lance ramena le bateau de Nikki vers la fin de l'après-midi. Il avait examiné le sous-sol qui servait de prison, mais n'avait pas trouvé grand-chose d'autre que des détritus. Il avait pu relever plusieurs empreintes digitales sur les menottes et espérait obtenir un résultat à partir de là. Il partit avec Bridges à la tombée de la nuit

Lorsque Terrence s'arrêta finalement pour déguster les spaghettis carbonara que Nikki avait préparés pendant qu'il était au téléphone, il fut surpris de constater qu'elle avait elle-même passé quelques coups de fil.

Elle lui glissa ses notes manuscrites sur la table

— Les flics ne sont pas les seuls à avoir des sources. J'ai appelé quelques journalistes que je connais au Texas et en Arizona. Voici ce qu'ils savent sur le gang.

C'était le plus grand nombre de mots qu'elle lui avait adressés depuis leur retour du bureau du shérif. Malgré l'expérience éprouvante qu'ils avaient vécue, plus tôt dans la journée, il était clair qu'elle était toujours en colère contre lui. De son côté, Terrence croyait toujours qu'ils avaient besoin de s'asseoir et de mettre les choses au clair afin de pouvoir avancer en tant qu'amis, ou peut-être plus. Le fait de s'être fait tirer dessus par deux truands avait remis une chose en perspective : il tenait toujours à Nikki. Il regretterait le reste de sa vie d'avoir laissé sa fierté s'immiscer entre eux. Pouvait-il arranger les choses ? Les remettre sur la voie qu'ils avaient empruntée avant qu'il ne fasse exploser leur relation naissante ? Il était prêt à se lancer si elle l'était aussi.

Mais ce n'était pas le moment pour cette discussion. D'autant plus qu'il y avait une autre conversation plus urgente sur la table.

Il termina son dîner en un temps record, plus affamé qu'il ne l'avait réalisé. Il reposa sa fourchette sur l'assiette désormais vide et prit la parole.

— Je voudrais aller au Whistler's à 9 heures ce soir. C'est un peu tôt vu le genre de personnes qui fréquente ce bar, mais je veux être sûr de ne pas manquer Dana s'il vient.

Nikki s'essuya la bouche avec une serviette.

— D'accord, je peux être prête à partir à 9 heures.

— À ce propos...

Elle leva la main et le toisa de l'autre côté de la table.

— Je viens avec toi.

— Le Whistler's n'est pas un endroit pour une femme. Bon sang, ce n'est même pas un endroit pour un homme. Les gens qui fréquentent ce lieu sont dangereux même quand ils ne sont pas ivres. Je pense qu'il vaudrait mieux que tu restes ici et que tu me laisses y aller seul.

— Tu me dis depuis des jours que rester seule à Lakewood House n'est pas sûr pour moi. Et maintenant, c'est le cas ?

— Tu sais que c'est différent, répondit-il en serrant les dents. Je peux appeler le shérif et lui demander d'envoyer un autre adjoint ici.

— Cela ne sera pas nécessaire. Si c'est suffisamment sûr pour que tu y ailles, ça l'est aussi pour moi.

Elle se leva et déposa son assiette sur l'évier avant de quitter la cuisine à grandes enjambées. Terrence poussa un soupir, résigné.

— Je suppose que nous partons tous les deux alors.

Nikki l'attendait à la porte d'entrée à 9 heures tapantes. Ils firent les vingt minutes de route jusqu'au Whistler's en silence. Le bar se trouvait dans un bâtiment de plain-pied avec un parking en gravier et un néon rose et jaune à moitié cassé au-dessus de la porte.

Le parking était déjà à moitié plein lorsqu'ils se garèrent.

Quelques motos, deux ou trois gros véhicules de sport et une poignée de camionnettes plus ou moins récentes s'alignaient en rangées désordonnées.

Terrence gara le Highlander en marche arrière dans une place à l'extrémité du terrain, proche de la sortie. Il aurait préféré se garer plus près de la porte au cas où ils devraient battre en retraite précipitamment, mais c'était le seul endroit du terrain en gravier où il ne serait pas bloqué par un autre véhicule. Il faudrait s'en contenter. Avec un peu de chance, Dana serait à l'intérieur et accepterait de répondre à quelques questions. Cela dit, même en y réfléchissant bien, il ne pouvait se résoudre à y croire.

Deux hommes traînaient devant l'entrée. Étant donné que ce n'était pas le genre de bar appliquant strictement les lois sur le tabagisme en intérieur, Terrence ne pouvait qu'imaginer quel type d'activité forçait ces hommes à sortir. Il coupa le moteur et se tourna vers Nikki.

— Tu es sûre de vouloir venir ?

Elle leva les yeux au ciel et tendit la main vers la poignée de la portière.

— Oui. Allons-y.

Il sortit et se dirigea vers le côté passager du véhicule. Les hommes à la porte les regardèrent avec méfiance mais s'éloignèrent de l'entrée, disparaissant de l'autre côté de l'immeuble à leur approche.

Terrence prit une grande inspiration pour se calmer, puis tint la porte ouverte pour Nikki. Seule la moitié des têtes du bar se tourna vers eux lorsqu'ils entrèrent.

Même si c'était la première fois qu'il y venait, le Whistler's existait depuis que Nikki et lui étaient enfants, et sa réputation n'avait pas beaucoup changé au fil des ans. Au contraire, elle avait empiré. Les gens qui se rendaient dans ce type de bars ne souhaitaient généralement connaître ni votre nom ni quoi que ce soit d'autre sur vous ou sur quiconque fréquentant le Whistler's.

Deux types à l'allure patibulaire étaient assis à une table au fond du bar, têtes penchées, absorbés par leur conversation.

Une autre table au milieu de l'espace accueillait quatre hommes vêtus de cuir. Des femmes légèrement vêtues, de cuir également, se prélassaient sur les genoux de deux d'entre eux. Dans un box près de la porte, un homme qui semblait avoir connu des jours meilleurs buvait une bière et fixait sans la voir la télévision au-dessus du bar, bien qu'il lui soit impossible d'entendre quoi que ce soit, entre la musique braillant depuis les haut-parleurs et le bavardage des autres clients.

Nikki et Terrence se dirigèrent vers deux tabourets libres à l'autre bout du bar. Terrence prit le siège le plus proche du mur et s'assit face à la salle. Il n'avait pas l'intention de tourner le dos à qui que ce soit dans cet endroit.

Il balaya du regard les personnes présentes. Ils s'étaient tous désintéressés de Nikki et poursuivaient leurs affaires. Aucun des hommes présents dans le bar ne lui était familier.

Il leva deux doigts lorsque le barman s'approcha et dit :

— Deux whiskies on the rocks.

Nikki leva un sourcil interrogateur lorsque le barman se retourna.

— Crois-moi, tu n'as aucune envie de goûter à la sélection des vins dans un endroit comme celui-ci.

Elle lui adressa un petit sourire en coin et il sentit son cœur manquer un battement.

Il avait sorti son téléphone lorsque le serveur revint avec leurs boissons.

— Avez-vous déjà vu cette femme ? demanda-t-il. C'est ma sœur et elle a disparu depuis quelques jours.

Il tendit le téléphone au barman avant que celui-ci n'ait eu le temps de s'éloigner, espérant attirer sa compassion. Le barman était un homme âgé, légèrement voûté et chauve, qui semblait avoir dans les soixante-dix ans, bien que Terrence le soupçonnât d'être un peu plus jeune que cela. Une vie rude laissait des traces.

Nikki le regarda avec un air interrogateur. Ils étaient au Whistler's pour trouver Dana, mais cela ne ferait pas de mal de demander des nouvelles de Jill.

Le barman regarda longuement la photo de Jill.

— Ça ne me dit rien. Désolé.

Terrence se retint de pousser un juron. Il espérait trouver une preuve concrète qu'il était sur la bonne voie.

Les yeux du barman glissèrent sur Nikki. Elle lui adressa un sourire et, après avoir jeté un regard rapide et méfiant à Terrence, il se retourna vers elle pour lui en adresser un autre, timide.

La jalousie noua l'estomac de Terrence. Il toisa l'homme du regard.

— Et ce symbole ? demanda Nikki en lui donnant un léger coup de coude et en désignant son téléphone.

Il passa à la photo de la fleur de lys, puis tourna l'écran pour que le barman puisse la voir. Il ne regarda pas aussi longtemps cette fois-ci.

— Connais pas. Désolé.

Terrence savait que les chances étaient minces, pourtant il se sentait quand même déçu. Deux tentatives, deux échecs. Si Dana ne se montrait pas, la soirée serait complètement ratée.

— Merci quand même.

Nikki adressa un sourire éclatant au barman.

— Votre prochain verre est offert par la maison, répondit celui-ci avec un clin d'œil.

Terrence reprit son whisky et essaya de raisonner le sentiment de jalousie qui le rongeait de l'intérieur. Si un peu de flirt lui permettait d'obtenir des informations, mieux valait jouer le jeu et rester silencieux.

— C'est gentil de votre part, reprit Nikki en rapprochant son tabouret du bar. Vous savez, j'ai grandi à Carling Lake. Un vieil ami m'a recommandé cet endroit. Il a dit qu'il venait souvent ici et j'espérais le voir ce soir. Il s'appelle Dana Bonny.

— Ah oui, Dana. Il est là-bas, à sa table habituelle.

Le barman fit un geste de la tête en direction de la table où se trouvaient les gars à la mine patibulaire, et Terrence vit ce qui lui avait échappé lorsqu'ils étaient entrés plus tôt. Une petite table, dans un coin sombre, avec un homme seul penché sur son verre.

— Il s'est pointé tôt ce soir, et il était déjà bien murgé.

Nikki se tourna dans la direction indiquée par le barman. Elle écarquilla les yeux et attrapa le bras le Terrence, le serrant assez fort pour le faire grimacer.

— Terrence, c'est l'un des types qui nous a tiré dessus ce matin.

Il se déplaça un peu pour mieux voir. Il était trop occupé à piloter le bateau le plus loin possible de l'île pour bien voir les tireurs, et, bien que l'homme dans le coin du bar corresponde à la description que Nikki avait donnée à Lance, il ne ressemblait pas du tout au Dana d'il y a quinze ans.

— Reste ici, dit Terrence d'une voix qui n'admettait aucune réplique.

Il s'éloigna du bar et redevint le centre de l'attention de plusieurs clients.

Dana leva les yeux.

Terrence ne l'avait peut-être pas reconnu, mais de toute évidence ce ne fut pas le cas de Dana. Il bondit de son siège et balança son verre encore à moitié plein en direction de Terrence. Malheureusement pour lui, il manqua sa cible. Le projectile percuta en revanche le crâne d'un grand escogriffe dont la joue était barrée d'une balafre.

L'ambiance dans le bar se transforma en un clin d'œil.

Terrence leva les mains en signe de reddition lorsque l'homme à la cicatrice se tourna vers lui.

— Hé, mon ami est ivre, dit-il. Il est désolé, mec.

Il n'osait pas quitter le géant des yeux pour voir où était passé Dana.

Ses excuses furent sans effet. L'homme s'avança et lui décocha un coup de poing en pleine figure. Terrence recula d'un pas, mais il se reprit vite et se jeta dans la bagarre. Son adversaire était grand, mais lent et peu entraîné. D'un coup de poing, Terrence l'envoya voler par-dessus une table.

Un autre homme de la table centrale chargea. Les minutes qui suivirent furent chaotiques, les clients distribuant des coups, les esquivant ou se précipitant pour sortir du bar. Terrence se reprocha mentalement d'avoir emmené Nikki avec lui et espéra qu'elle s'était mise à l'abri.

Il jeta un coup d'œil au bar où elle était assise, mais un violent crochet du droit l'empêcha de déterminer si elle s'y trouvait encore. Il balança son poing dans l'estomac de l'homme qui venait de le frapper, puis envoya son coude percuter un autre bougre qui venait de se joindre à la mêlée.

Le shérif avait sans doute déjà reçu un appel au sujet de la bagarre et était en route pour le bar. Résultat des courses pour Terrence : un œil au beurre noir et une sérieuse engueulade en perspective...

Et tout cela pour rien, puisqu'il n'avait pas pu interroger Dana, qui en avait profité pour disparaître.

Il se faufila entre les corps et se dirigea vers le bar. Nikki était accroupie entre les deux sièges où ils étaient assis avant que la rixe ne commence. Il lui prit le bras et l'entraîna vers la porte menant à la cuisine. Il resta près d'elle tandis qu'ils s'enfuyaient par l'arrière du bâtiment, n'étant apparemment pas les premiers à emprunter cette voie puisque le battant était grand ouvert.

Ils contournèrent le bar et foncèrent vers le Highlander. Il sortit en trombe du parking et les dirigea vers Carling Lake au moment où les premières sirènes retentissaient derrière eux.

Nikki se retourna sur le siège passager. Il jeta un coup d'œil dans le rétroviseur. Trois voitures de police entrèrent dans le parking derrière eux.

— Je suppose que Dana ne voulait pas parler, lança Nikki.

— Non, clairement pas.

Dana s'était peut-être enfui, mais il était maintenant persuadé que le neveu de Pete était impliqué dans ce qui se passait à Carling Lake. Il ne le laisserait pas lui échapper aussi facilement la prochaine fois.

17

Malgré la fraîcheur de la nuit, Nikki baissa la vitre et laissa la brise nocturne l'envelopper. Elle sentait encore l'adrénaline courir dans ses veines. C'était la première fois qu'elle se retrouvait au milieu d'une rixe dans un bar, mais si cela devait se reproduire, elle espérait que Terrence serait à nouveau à ses côtés. Il s'était montré indomptable.

— Tu vas bien ? demanda Terrence.

Elle tremblait encore, mais elle ne pensait pas qu'il le remarquerait dans la pénombre de la voiture. Elle prit une grande inspiration et expira doucement.

— Oui.

Du moins, elle espérait que ce serait le cas une fois qu'ils seraient rentrés à Lakewood House. À l'expression qu'elle aperçut sur le visage de Terrence, elle comprit qu'il ne la croyait pas. Elle lui coula un regard entendu.

— C'est moi qui devrais te demander si tu vas bien. C'est sur toi qu'ils ont cogné.

Elle tendit la main de l'autre côté de la voiture et effleura la coupure au-dessus de son œil droit.

Il grimaça et elle retira sa main.

— Je vais m'en sortir. Quelques bosses et des bleus. Ils guériront dans quelques jours.

Nikki lui était reconnaissante d'avoir pris le volant. Elle n'avait aucune idée du chemin qu'ils avaient emprunté pour rentrer mais, à sa grande surprise, ils s'arrêtèrent soudain dans la cour.

Ils entrèrent dans la maison et elle alluma les lumières. Terrence fronça les sourcils, l'air furieux, et jura.

— Tu saignes.

Il lui caressa légèrement la joue.

Elle n'avait rien senti, mais lorsqu'elle se tourna pour se regarder dans le miroir à côté de la porte, elle vit une entaille rouge vif le long de sa joue droite. Comme si le fait de reconnaître la blessure l'avait rendue réelle, elle ressentit soudain une douleur lancinante.

— Viens.

Terrence la conduisit à l'étage, l'aida à s'asseoir sur son lit, puis se dirigea vers la salle de bains qui reliait leurs chambres. Il revint avec une poignée de boules de coton et une bouteille d'eau oxygénée.

— Je n'aurais jamais dû te laisser entrer dans ce bar. Je suis tellement désolé de t'avoir mise en danger.

Il s'assit à côté d'elle et trempa un coton dans le désinfectant.

— C'est juste une égratignure, dit-elle en frissonnant lorsqu'il passa le coton sur sa joue. Et je voulais venir avec toi. Je voulais t'aider.

— Je ne suis pas sûr de mériter ton soutien.

Terrence ne la regarda pas en prononçant ces mots, se concentrant sur la préparation d'une autre compresse.

Elle la lui prit des mains et l'appliqua sur sa coupure au-dessus de l'œil.

Il tressaillit mais ne leva pas les yeux. Elle plaça un doigt sous son menton et releva son visage jusqu'à ce que son regard rencontre le sien.

— Tu le mérites et tu pourras toujours compter dessus.

Sa bouche était à quelques centimètres de la sienne. Elle n'était pas sûre de savoir qui avait fait le premier pas, mais en un instant, ils furent engloutis par une vague de désir irrésistible. Nikki sentit les mains de Terrence sur son visage, en une douce caresse qui glissa le long de ses bras jusqu'à sa taille. Il l'attira sur ses genoux, faisant passer leur baiser de doux et hésitant à affamé. Sa propre ardeur répondit à son désir brûlant.

Les lèvres de Terrence passèrent de sa bouche à sa gorge, tandis que ses mains se promenaient sous son haut en coton.

— Tu es sûre de toi ?

Elle désirait ardemment tout cela. Elle le désirait lui, malgré des signaux d'alarme qui se déclenchaient dans son cerveau. Elle savait qu'elle aurait dû en tenir compte, mais elle savait aussi qu'elle ne le ferait pas. Ce soir, elle voulait tout oublier. Il ne s'agissait que d'une nuit. Et demain ? Demain, elle se débrouillerait avec les conséquences, quelles qu'elles soient, à ce moment-là. À la façon dont les mains de Terrence la caressaient, agrippaient ses fesses pour l'attirer plus près de lui encore, cette nuit en vaudrait la peine et plus encore.

Elle se cambra, se pressant contre son érection.

— Je suis sûre.

Terrence grogna, puis se déplaça, si bien que quelques secondes plus tard, elle se retrouva allongée sur le dos, le corps de Terrence collé contre le sien.

Le désir et la passion crépitaient entre eux. Il retrouva sa bouche et ils s'embrassèrent, se pressant l'un contre l'autre, essayant de fusionner alors même que leurs habits les en empêchaient encore.

Elle attrapa la ceinture de son jean et il se débarrassa rapidement de ses vêtements avant de la déshabiller également. Puis il parcourut son corps de ses mains et de ses lèvres. Elle aimait le sentir si proche. Elle aimait les muscles durs de son corps. L'odeur de son après-rasage. La douceur de ses lèvres.

Leurs baisers devinrent plus tendres alors même que leur besoin de s'unir augmentait de façon exponentielle. Elle aimait ce que son toucher provoquait en elle, ses baisers chauds sur ses parties les plus intimes provoquant en elle des sensations qu'elle n'avait jamais ressenties auparavant. Elle avait été avec d'autres hommes, mais aucun d'eux n'avait jamais déclenché cette vague de plaisirs nouveaux. Son corps palpitait de son désir inassouvi pour Terrence.

— Terrence, s'il te plaît.

Il s'éloigna assez longtemps pour attraper un préservatif et l'enfila rapidement.

Ses yeux restèrent rivés sur son visage tandis qu'il se glissait en elle. Une vague d'émotion pure, la même que celle qu'elle lisait dans les yeux de Terrence, la submergea. Leurs corps bougeaient ensemble, se rapprochant de plus en plus de l'extase. L'ampleur des sentiments qui tourbillonnaient au fond d'elle la fit frissonner. Elle laissa ses doigts courir sur son torse puissant et se déplaça pour l'amener plus profondément en elle.

— C'est si bon.

Terrence enfouit sa tête dans sa poitrine, presque comme une prière. Lorsqu'il releva son visage, ses yeux brûlaient d'un désir à peine contenu. Il l'embrassa avec force, un baiser qu'elle lui rendit avec avidité. Des étincelles de plaisir la traversèrent et elle sentit une chaleur intense se répandre dans tout son être. Elle voulait plus, elle avait besoin de plus, même si chaque vague de plaisir l'amenait vers ses propres limites. La tension pulsait entre eux, la liant à Terrence d'une façon qu'elle n'avait jamais éprouvée auparavant.

Elle fut alors certaine qu'elle ne pourrait jamais ressentir cela avec quelqu'un d'autre.

Quand elle finit par basculer, s'abandonnant enfin au plaisir, Terrence l'accompagna.

Par la suite, ni l'un ni l'autre n'osa bouger, ni même parler. La tête de Nikki reposait sur la poitrine de Terrence et elle écouta les battements de son cœur, satisfaite qu'ils restent enlacés aussi longtemps.

Elle n'était pas sûre de comprendre ce qui venait de se passer entre eux, mais cela avait été sincère et puissant.

Et cela pourrait lui briser le cœur une fois de plus.

Nikki fixait du regard l'homme endormi à ses côtés. Ils n'étaient guère plus que des enfants lorsqu'ils étaient sortis ensemble au lycée et à l'université. Il avait été son premier amant, et pendant un temps, elle avait pensé qu'il serait le seul. Bien qu'ils n'aient jamais explicitement parlé avenir, elle pensait à l'époque que leur relation durerait. Cela n'avait pas été le cas, mais elle n'avait jamais oublié ce qu'elle avait éprouvé en faisant l'amour avec Terrence Sutton. Sécurité. Adoration. Le sentiment d'être enfin chez elle. C'était ce qu'elle avait ressenti la nuit dernière. Et la raison pour laquelle elle se sentait mal à l'idée de ne pouvoir renouveler l'expérience.

Terrence ouvrit les yeux et un sourire se dessina sur ses lèvres.

— Bonjour.

— Bonjour.

— Quelle heure est-il ?

— Neuf heures moins le quart.

— Il est tôt, dit-il en bâillant et en tendant sa main vers elle. Surtout vu la nuit qu'on vient de passer.

Nikki se dégagea de l'emprise de Terrence, attrapa sa chemise par terre et l'enfila en haussant les épaules. Elle se retourna pour lui faire face alors qu'il s'était redressé pour s'asseoir.

— Il faut qu'on parle.

— Des mots qu'aucun homme n'aime entendre le lendemain matin.

Elle respira profondément.

— La nuit dernière était incroyable, mais je ne pense pas que cela devrait se reproduire.

— La nuit dernière était incroyable et c'est la raison pour laquelle je pense que cela devrait se reproduire. Je serais ravi si cela se reproduisait maintenant.

Bien qu'elle essaye de ne pas le faire, elle ne put s'empêcher de poser son regard au niveau de son entrejambe. Il n'exagérait pas. Il était plus que prêt à répéter les exploits de la nuit dernière. Elle sentit une vague de chaleur monter au creux de ses reins. Elle reporta son attention sur son visage afin de lutter contre le désir qui montait en elle.

— Je suis sérieuse, Terrence.

Il lui adressa un sourire lascif.

— Je n'ai jamais été aussi sérieux de ma vie.

— Terrence.

— Nikki, reviens au lit.

Il tapota la place qu'elle avait libérée à côté de lui.

— Hier soir, c'était super, mais ça ne change rien à ce qui s'est passé entre nous. Il y a encore des années de blessures entre nous et je ne suis pas certaine que nous puissions les surpasser.

— Je pense que nous en sommes capables. Nous étions amis autrefois. Plus qu'amis. Et nous pouvons l'être à nouveau.

— C'était il y a longtemps.

— Pas tant que ça.

Il se pencha en avant, et le drap autour de sa taille glissa dangereusement vers le bas. Il ne sembla pas le remarquer, ou du moins, il l'ignora.

— Je suis terriblement désolé de ne pas t'avoir écoutée. D'avoir suivi aveuglément la colère de mon oncle. Si je pouvais revenir en arrière et recommencer, je ferais les choses différemment.

— Mais nous ne pouvons pas revenir en arrière.

— Non, mais nous pouvons recommencer. Ici même. Maintenant.

Le bruit d'une voiture s'approchant de la maison interrompit leur conversation.

Terrence attrapa son pantalon sur le sol et sortit du lit. Il l'enfila avant de s'avancer vers la fenêtre.

— C'est James West.

— Je vais m'habiller.

— Nikki, attends. Je comprends ce que tu dis. Mais sache que je vais faire tout mon possible pour te prouver qu'il y a quelque chose de spécial entre nous. Quelque chose qui vaut la peine de se battre.

Nikki se détourna de lui et se précipita dans sa chambre. Elle n'avait pas le temps de réfléchir à la déclaration de Terrence.

Elle prit la douche la plus rapide et la plus froide qui soit et s'habilla d'un jean et d'un pull.

Terrence avait préparé du café et était en train d'en verser une tasse à James ainsi qu'à la jolie femme assise à côté de lui à la table de la cuisine.

— Tu te souviens de James, dit Terrence. Et voici sa femme, Erika.

— Enchantée, Erika. Ravie de vous revoir, James.

Erika pencha la tête et sourit, une lueur espiègle dans les yeux.

— Désolé de vous déranger si tôt, mais je savais que Terrence était impatient de mettre en place un système de sécurité pour la maison. J'ai reçu une recommandation de Ryan, et il nous a fait livrer un système pendant la nuit.

Nikki lança un regard agacé à Terrence. Il ne lui avait rien dit.

— Tu as demandé un système de sécurité pour ici.

— Oui.

Son calme raviva sa colère. Elle savait que son irritation n'était pas due au système de sécurité. Ses sentiments pour Terrence étaient en ébullition, les limites entre eux plus floues que jamais, et elle n'aimait pas ça du tout.

— Tu aurais dû m'en parler d'abord. Je n'ai pas les moyens de me payer un système de sécurité.

— Ne t'inquiète pas du coût. Je m'en occupe.

— Je m'inquiète du coût et il est hors de question que tu t'en occupes. Lakewood House est sous ma responsabilité.

— Peut-être, mais je tiens aussi à cette maison. Et je tiens à toi. Tu as besoin d'un système de sécurité.

— Écoutez, interrompit James. Le système est un cadeau.

— Je ne peux pas accepter.

— Allons, Nikki, tempéra Terrence. Il s'agit juste de quelques caméras et d'une alarme.

— Il ne s'agit pas seulement de quelques caméras et d'une alarme. Le problème c'est que tu prends des décisions sans me consulter.

Terrence leva les mains en signe de reddition.

— Écoute, je suis désolé. J'aurais dû te demander d'abord. Mais il s'agit de ta sécurité. S'il te plaît.

— Très bien, dit-elle finalement, agacée, quelques caméras et une alarme. C'est tout.

— C'est tout.

Terrence prit sa veste sur le dossier du canapé et fit face à James.

— Venez avec moi, nous allons faire le tour de la propriété.

— Je suis désolée si nous avons causé un problème entre

vous deux, dit Erika. J'ai dit à James qu'il fallait appeler avant de venir. Mais pour nous faire pardonner, j'ai apporté des scones.

Elle désigna un tupperware.

— Ça compense largement. Et c'est moi qui devrais m'excuser d'avoir perdu patience devant des invités, dit Nikki.

Elle attrapa une assiette dans un placard.

— Notre relation est tendue depuis environ quinze ans.

— C'est long, répondit Erika en souriant.

— À qui le dites-vous ! s'exclama Nikki.

Elle ouvrit le récipient et posa les scones sur l'assiette.

— Terrence et moi avons été amis longtemps. Puis nous ne l'avons plus été, et maintenant... je ne sais pas ce que nous sommes. Il en veut à ma famille et à moi depuis des années pour une prétendue faute que mon grand-père, en réalité, n'a pas commise. Je le lui avais pourtant dit.

— Et j'en déduis qu'il ne vous a pas crue.

Erika se dirigea vers l'évier et rinça le récipient désormais vide.

— En effet.

Nikki se hissa sur un tabouret de bar. Elle résuma rapidement à Erika son histoire avec Terrence, la querelle entre son grand-père et son oncle, et la façon dont cela avait mis fin à leur relation.

— Et je me rends compte que j'ai fait la même chose, en laissant cette histoire creuser un fossé entre Terrence et moi. Il a pris le parti de son oncle et j'ai pris celui de mon grand-père, mais aucun de nous ne connaissait la vérité.

— Mais vous êtes toujours en colère contre lui.

— Je sais que cela n'a aucun sens, et je ne sais pas pourquoi je vous parle de tout ça. Vous devez probablement penser que je suis folle.

— Pas du tout. Je pense que vous avez besoin de parler à quelqu'un qui écoute. Je suis heureuse d'être cette personne.

— Merci, dit Nikki avec un sourire.

— De rien, répondit Erika en lui rendant son sourire. Puis-je vous offrir un conseil ?

— Je vous en prie.

— La vie est trop courte pour entretenir des querelles. Il est clair que Terrence et vous tenez encore l'un à l'autre. S'il y a un moyen pour vous deux de retrouver votre amitié, ne perdez pas votre temps avec la colère.

Était-ce qu'elle était en train de faire ? Perdre du temps ? Nikki ne pouvait pas nier qu'elle tenait à Terrence. Peut-être même plus que cela. En un peu plus d'un an, elle avait perdu son grand-père et son emploi. Elle avait appris que la vie était imprévisible et qu'il ne fallait rien tenir pour acquis.

Le bruit des pneus sur l'allée en gravier mit fin à leur conversation. Erika regarda par la fenêtre de la cuisine.

— Le shérif est là.

Une minute plus tard, les trois hommes entrèrent à grands pas dans la maison.

— Désolé de vous déranger alors que vous avez des invités, déclara Webb.

— Pas de soucis. Erika et James sont passés me souhaiter la bienvenue dans le quartier avec des scones et un système de sécurité pour la maison.

Le shérif eut un petit sourire.

— Ce n'est pas une mauvaise façon de vous accueillir.

— Voulez-vous un scone ? demanda Nikki en désignant le plateau. Je peux faire plus de café.

— Non, non merci. Depuis hier, je subsiste grâce au café. J'ai reçu un appel matinal de Terrence m'annonçant que vous aviez reconnu Dana Bonny comme étant l'un des hommes qui vous ont tiré dessus, et cela ne m'a pas aidé à trouver le sommeil.

Nikki se tourna vers Terrence, surprise.

— Tu as appelé le shérif ?

— Pendant que tu dormais. Je voulais lui parler de Dana.

— Vous prétendez toujours que vous ne savez rien de la bagarre qui a eu lieu au Whistler's hier soir ?

Le regard de Lance allait de Terrence à Nikki.

— Rien du tout, dit Terrence en gardant un calme olympien.

— Eh bien, on dirait que votre visage, lui, était sur place, à moins que ce ne soit Nikki qui ait fait ça à votre œil, déclara le shérif.

— J'ai trébuché, répondit Terrence en souriant.

— Mais bien sûr. Je vais noter cela pour le moment.

Webb jeta un regard à Nikki. Elle esquissa un sourire crispé. Webb savait manifestement qu'ils étaient allés au Whistler's la nuit dernière, mais si Terrence et lui faisaient comme si ce n'était pas le cas, ce n'était pas à elle de les contredire.

Les expressions de James et d'Erika montraient qu'ils n'étaient pas dupes non plus.

— Nous avons enfin pu identifier la femme retrouvée sur votre propriété, déclara Lance. Elle s'appelait Anna Fernandez Alcalá. Elle a disparu d'un centre d'accueil pour femmes battues à McAllen, au Texas, l'année dernière.

— Et personne ne s'en est inquiété ? dit Nikki.

Il y avait des milliers de femmes vulnérables, mais il était difficile de croire qu'à notre époque, n'importe qui pouvait encore disparaître sans que cela se sache.

— Une conseillère du refuge a signalé la disparition, mais il n'était pas rare que les femmes quittent le refuge sans avertir le personnel.

Nikki secoua la tête avec dégoût.

— C'est exactement le genre de jeunes femmes dont ces monstres font leurs proies.

— Malheureusement, oui, acquiesça le shérif.

— Texas. Cela correspond aux informations sur le gang que West nous a envoyées.

— J'y ai pensé aussi, dit le shérif.

Le visage de James s'était assombri au fil de la conversation. Il semblait maintenant sur le point d'exploser de rage.

— Je pense que je parle au nom de mes frères quand je dis que West Security and Investigation fera tout son possible pour vous aider dans votre enquête, shérif, n'hésitez pas à faire appel à nous.

— Merci. Pour l'instant, nous essayons de suivre les mouvements de Mme Alcalá après qu'elle s'est enfuie du foyer. Je m'attends à ce que cela prenne du temps. Elle avait dix-neuf ans mais ne possédait ni permis de conduire, ni compte bancaire, ni carte de crédit. Pas de téléphone portable à notre connaissance. Nous ne pouvons utiliser aucun de nos moyens habituels pour retrouver sa trace.

— Alors, quelle est la prochaine étape ? demanda Terrence.

Le shérif soupira.

— Comme vous avez reconnu Dana, nous avons pu obtenir un mandat d'arrêt contre lui, mais nous ne l'avons pas encore retrouvé.

— Et Pete ? demanda Terrence.

Lance secoua la tête en signe de dénégation.

— Nous n'avons pas de motif valable pour l'arrêter, ni de preuve qu'il a commis un crime.

— Pete n'était pas le deuxième homme à nous tirer dessus, dit Nikki.

— J'ai envoyé un adjoint chez lui pour voir s'il viendrait volontairement au poste pour être interrogé, mais apparemment, il a disparu, annonça le shérif.

C'était maintenant au tour de Terrence d'avoir l'air furieux. Il lâcha un juron.

Nikki partageait sa frustration. Il semblait que pour chaque pas en avant, ils faisaient deux pas en arrière.

— La famille Bonny possédait un grand terrain. Même s'ils en ont vendu la plus grande partie il y a des années, Pete, et probablement Dana, connaissent ces montagnes mieux que quiconque. S'ils veulent disparaître, il faudra du temps pour les retrouver.

— Et l'autre type qui nous a tiré dessus ? demanda Terrence.

— Je travaille toujours sur son identification.

— Alors nous ne sommes pas plus avancés.

La frustration de Terrence était contagieuse. Le shérif Webb tapa sa paume contre sa cuisse.

— Les enquêtes prennent...

— Du temps. Oui, je sais, cracha Terrence.

— Écoutez, nous faisons tout notre possible.

Le shérif se dirigea vers la porte d'entrée et tous le suivirent. Il sortit sur le perron avant de se retourner.

— Ayez un peu de patience. Pourquoi ne pas jeter un nouveau coup d'œil aux informations que West Investigations vous a envoyées ? Peut-être découvrirez-vous un nouvel élément qui vous a échappé auparavant.

Nikki et Terrence restèrent sur le perron tandis que leurs visiteurs s'en allaient.

— Tu ne vas pas l'écouter, n'est-ce pas ?

— Je n'en avais pas l'intention, dit Terrence en se tournant vers elle. Pourquoi ?

— Parce que j'ai une idée.

18

Le trajet jusqu'au cabinet d'Albert Chester dura un peu plus d'une heure. Terrence n'avait pas protesté lorsque Nikki lui avait expliqué qu'elle voulait parler à l'avocat car il le soupçonnait lui aussi d'être lié aux événements de ces derniers jours. Elle n'arrivait pas à croire que cet avocat, si propre sur lui, puisse être impliqué dans un trafic d'êtres humains, mais tout était possible. Au moins, il savait qui était son client, et cette personne pouvait être impliquée. Nikki désirait connaître son nom et pensait savoir comment l'obtenir.

Le cabinet d'avocat occupait un immeuble entier assez banal, situé au milieu d'autres immeubles tout aussi classiques. La réceptionniste, une jeune femme brune, les accueillit lorsqu'ils pénétrèrent dans le hall.

— Puis-je vous aider ? demanda-t-elle avec un sourire crispé.

— Je m'appelle Dominique King. Je voudrais voir M. Chester.

— Vous avez rendez-vous ?

— Non, mais je suis sûre qu'il trouvera du temps pour me recevoir.

Le sourire de la réceptionniste se crispa un peu plus encore et elle décrocha le téléphone posé sur son bureau.

— Tu ne m'as toujours pas dit comment tu comptais faire avouer à Chester le nom de son client, dit Terrence à voix basse.

— Je vais utiliser ce qu'il désire le plus contre lui.

— Vous avez de la chance, dit la réceptionniste en replaçant le combiné du téléphone. Me Chester a du temps devant lui. Il arrive tout de suite.

L'avocat apparut moins d'une minute plus tard. Il franchit les portes vitrées qui séparaient la réception des bureaux avec un sourire éclatant sur le visage.

— Mademoiselle King, quelle belle surprise ! Puis-je considérer cette visite inattendue comme porteuse de bonnes nouvelles ?

— J'ai beaucoup songé à votre proposition.

Ce n'était pas vraiment un mensonge. Nikki avait réfléchi à l'offre sur Lakewood House. Qui était derrière et pourquoi ? Si un peu de manipulation était nécessaire pour obtenir les informations qu'elle voulait, cela ne la dérangeait en rien.

— Bon, très bien. Allons dans mon bureau pour en discuter, dit l'avocat.

Terrence et elle le suivirent, et Nikki s'efforça d'ignorer le regard méfiant que Terrence lui lança.

Une fois qu'ils furent installés dans son grand bureau, l'avocat entra dans le vif du sujet.

— Comme je l'ai dit, mon client souhaite conclure rapidement cette affaire, mais il est prêt à payer une prime substantielle pour vous dédommager de ce désagrément.

— Avant d'en arriver là, j'aimerais savoir à qui je vais vendre.

Nikki croisa les jambes et s'adossa au fauteuil. Le sourire de Chester s'assombrit.

— Comme je l'ai expliqué, je n'ai pas autorité pour vous révéler cette information.

— Dans ce cas, nous n'avons pas d'accord.

Nikki se leva et Terrence fit de même. Chester bondit.

— Attendez un peu. Vous voulez dire que si je vous donne le nom de l'acheteur, vous vendrez ?

— Je vous dis que je ne vendrai que si vous me donnez le nom de votre client.

Il hésita un long moment.

— Je vais passer un coup de fil. Si vous voulez bien attendre dehors, cela ne prendra qu'un instant.

Nikki et Terrence sortirent ensemble du bureau.

— Il appelle son client, dit Terrence.

— J'espère bien.

Nikki pouvait voir Chester à travers la longue vitre verticale située à côté de la porte de son bureau.

Terrence l'observa d'un œil narquois.

— Tu n'as pas l'intention de vendre Lakewood House, n'est-ce pas ?

Elle s'éloigna avec Terrence. Impossible de l'entendre avec la porte fermée, mais elle ne souhaitait prendre aucun risque.

— Bien sûr que non. Mais j'y ai réfléchi, et je me demande si la personne qui propose d'acheter Lakewood House n'est pas, elle aussi, impliquée dans le réseau de trafiquants. Ce serait logique. Maintenant que je suis de retour à Carling Lake, ils perdraient l'accès au quai privé. Mais s'ils achetaient la maison, leur problème serait résolu. Le vandalisme et l'incendie criminel pourraient n'être qu'un moyen pour me pousser à vendre.

— Peut-être, murmura Terrence qui ne semblait pas très convaincu. C'est logique, mais, même si je n'ai pas une grande estime pour les avocats, Chester semble travailler pour un cabinet réputé. Je ne sais pas s'ils se seraient impliqués avec des trafiquants et des pyromanes.

— Tu crois que les avocats savent toujours tout des activités de leurs clients ?

— Tu marques un point.

La porte du bureau de Chester s'ouvrit.

— Je vous remercie d'avoir attendu. Je vous en prie, entrez et asseyez-vous, ajouta-t-il avec une expression solennelle. Ma cliente n'était pas ravie de votre demande, mais elle m'a donné la permission de révéler qui elle était.

— Elle ?

Nikki ne put s'empêcher d'être surprise. Elle n'avait pas envisagé qu'une femme puisse être derrière tout cela.

— Melinda Hanes est l'acheteur au nom de sa société familiale : Hanes Hospitality Services.

— Melinda Hanes ? répéta Nikki.

— Oui. Je crois qu'étant originaire de Carling Lake, vous connaissez l'hôtel et le gîte de la famille Hanes.

Bien sûr qu'elle connaissait cette entreprise. Mais cela n'expliquait pas l'offre de Melinda.

— Pourquoi Melinda Hanes voudrait-elle acheter Lakewood House ?

Chester poussa un soupir.

— Comme Carling Lake est une destination touristique de plus en plus attrayante, le besoin d'hébergement a augmenté. Plusieurs nouvelles chambres d'hôtes ont vu le jour dans la région et les Hanes veulent s'assurer de conserver leur part de marché. Votre maison bénéficie d'une localisation unique.

— Mais Lakewood House en elle-même est bien trop petite pour être transformée en gîte.

— C'est exact, acquiesça Chester, manifestement mal à l'aise. Bien entendu, l'offre porte sur l'ensemble de la propriété, et une fois vendue, Mme Hanes est libre d'en faire ce qu'elle veut. Mais le domaine est parfait pour ses projets.

Il s'agissait donc de démolir Lakewood House. Si Nikki avait été encline à vendre auparavant, elle ne l'était certainement plus, à présent qu'elle connaissait les plans de Melinda pour la propriété. Lakewood House représentait trop de choses pour beaucoup de gens chers à son cœur pour qu'elle laisse quelqu'un la démolir.

Nikki se leva à nouveau.

— Merci pour votre temps, monsieur Chester.

— Où allez-vous ? Vous aviez dit que…

— J'ai dit que j'envisagerais de vendre si je savais qui était l'acheteur. J'y ai réfléchi et ma réponse est un non catégorique.

Chester contourna son bureau et se dirigea vers Nikki.

— Attendez une minute.

Terrence se leva, se plaçant entre elle et Chester.

— La dame vous a donné sa réponse.

— La dame a menti sur ses intentions, cracha Chester.

— Un de perdu, dix de retrouvés, dit Nikki en haussant les épaules. Dites à votre cliente que je ne lui vendrai jamais ma maison, ni à elle ni à quiconque ayant l'intention de démolir Lakewood House.

Elle quitta le bureau à grands pas, Terrence sur ses talons. Elle était presque sûre que l'offre de Melinda n'était pas motivée uniquement par les affaires. Du moins pas après que Nikki avait mentionné la possibilité de se présenter aux élections municipales. Melinda s'était probablement dit qu'elle pourrait faire d'une pierre deux coups en achetant Lakewood House : se débarrasser d'une rivale potentielle pour la mairie et récupérer une propriété convoitée pour les affaires de sa famille. Eh bien, elle ne pouvait pas dire qu'elle était désolée de la décevoir.

— Tu viens peut-être de te faire un ennemi.

— Ça devient une habitude, dit Nikki, pensant à son ancien patron de Washington. Melinda Hanes n'a qu'à se mettre dans la queue.

19

— Eh bien, en voilà une perte de temps, siffla Nikki avec un air découragé.

— Pas nécessairement, répondit Terrence en changeant de voie et en s'engageant sur l'autoroute.

Nikki lui jeta un coup d'œil.

— Comment cela ?

— Nous savons maintenant que la personne qui essaie d'acheter Lakewood House n'a rien à voir avec le réseau de trafiquants.

Il changea à nouveau de voie et accéléra. Il était au moins soulagé d'avoir éclairci un mystère, même si cela ne l'aidait pas du tout à retrouver Jill. Nikki fit la grimace.

— Melinda est peut-être derrière le vandalisme et l'incendie criminel.

— Je ne pense pas que ce soit le cas, dit Terrence, écoutant ce que son instinct lui soufflait. Essayer d'acheter la maison Lakewood est une chose, mais de là à provoquer un incendie criminel ? Ce n'est pas vraiment le style des Hanes, ajouta-t-il en secouant la tête.

— Tu sais qu'Ellis Hanes est en prison.

— Pour fraude. C'est très différent.

— Peut-être.

Ils roulèrent en silence pendant plusieurs kilomètres. Terrence était sûr que Melinda n'était rien d'autre qu'une opportuniste. Dana Bonny, en revanche, était un acteur clé dans tout ce qui se passait.

— Es-tu d'accord pour faire un détour ?

— Ça dépend. Pour aller où ?

— Chez Dana Bonny. Nous devons lui parler, et nous aurons peut-être plus de chance si nous le trouvons chez lui.

— Sais-tu où il habite ?

Terrence s'engagea sur la sortie de l'autoroute qui les ramenait à Carling Lake.

— Charity a dit qu'il avait hérité de la ferme de son père. Thaddeus Bonny avait une ferme sur l'ancienne route 20. Allons voir s'il est plus disposé à une petite conversation aujourd'hui.

Dana n'était pas la seule personne à qui il voulait parler.

— En parlant de conversation, dit-il, nous n'avons jamais fini celle d'hier soir à propos de ce qu'il s'est passé entre nous.

Elle regardait fixement à travers le pare-brise.

— Je pense avoir été très claire tout à l'heure. La nuit dernière a été formidable, mais cela ne doit pas se reproduire.

— Pourquoi pas ?

Il quitta l'autoroute et s'engagea sur la route 20. Autrefois voie de circulation principale, elle était aujourd'hui utilisée par la poignée de propriétaires qui vivaient à l'écart de la voie rapide.

— Eh bien, parce que jusqu'à il y a quelques jours, nous ne nous étions pas parlé depuis plus de quatorze ans.

— Exactement. Nous avons déjà perdu beaucoup de temps. J'aimerais que nous n'en perdions pas plus.

Nikki tourna son regard vers lui.

— On ne peut pas passer d'une situation où on ne s'est pas parlé pendant des années à... quoi ? Je ne sais même pas ce que tu veux. Le sais-tu seulement ?

Il savait ce qu'il voulait. Il planta son regard dans celui de Nikki.

— Toi. C'est toi que je veux.

Il la regarda encore un moment avant de reporter son attention sur la route.

Elle laissa échapper un souffle tremblant, mais ne répondit pas.

Son silence le blessa, mais il savait qu'il avait plusieurs années de souffrance à rattraper. Il était logique qu'elle ne le croie pas lorsqu'il disait vouloir reprendre là où ils s'étaient arrêtés. Enfin, pas exactement là où ils s'étaient arrêtés. Ils étaient adultes maintenant, et il désirait une relation sérieuse. Et s'il devait travailler pour le lui prouver, il était prêt à relever le défi.

Il quitta la route principale et s'engagea dans une longue allée se terminant devant une maison délabrée de deux étages. Plusieurs voitures hors d'usage dans différents états de délabrement jonchaient ce qui aurait dû être la cour d'entrée. Autrefois ferme en activité, cette vaste parcelle de terre était en friche et à l'abandon. Une grange avec une porte en métal rouillé se trouvait à une vingtaine de mètres derrière la maison et était la seule autre structure visible à des kilomètres à la ronde.

Terrence et Nikki sortirent de la voiture et se dirigèrent vers la porte. Ils frappèrent mais personne ne leur répondit. Il jeta un coup d'œil par les fenêtres de la façade. Elles étaient dépourvues de stores ou de rideaux, mais la crasse et les souillures ne permettaient pas de savoir s'il y avait quelqu'un à l'intérieur.

— Il est peut-être dans la grange ? dit Nikki en désignant la bâtisse.

Ils marchèrent vers le bâtiment, bataillant avec les hautes herbes. Terrence fit signe à Nikki de se tenir à l'écart pendant qu'ils approchaient. Il essaya la porte. Elle était lourde mais il poussa plus fort. La porte grinça et gémit, mais finit par bouger. Il réussit enfin à l'ouvrir suffisamment pour voir à l'intérieur.

Puis il se figea.

— Qu'est-ce qu'il y a ? demanda Nikki en arrivant à ses côtés.

Une Prius rouge était garée au milieu de la grange, recouverte d'une fine couche de poussière.

— C'est la voiture de Jill.

Lance Webb amena Terrence à l'écart pendant que l'adjoint Bridges prenait la déposition de Nikki.

— Qu'est-ce qui vous a pris ?

— Je recherche ma sœur. Et la présence de sa voiture dans la propriété de Dana Bonny justifie qu'on fouille la maison.

— Je suis surpris que vous n'ayez pas pris l'initiative de le faire vous-même, dit le shérif, exaspéré.

— Ça suffit ! J'ai fait ce que j'avais à faire, et maintenant nous avons une piste solide qui relie Bonny à la disparition de Jill.

Une peur glaciale s'était installée en lui dès qu'il avait reconnu la voiture de Jill dans la grange de Dana. Il n'avait pas pu se résoudre à ouvrir le coffre du véhicule, la peur de ce qu'il pourrait y trouver l'emportant sur toute sa formation de policier. Mais lorsque le shérif l'avait informé que la voiture était vide, à l'exception d'une valise, il était presque tombé à genoux de soulagement. Jill n'était pas à l'intérieur.

— Avec un bon avocat, il pourra faire rejeter tout ce que nous avons contre lui au tribunal…

— Je me fiche du tribunal, cria Terrence. Ce qui m'importe, c'est de retrouver ma sœur.

Webb leva les deux mains en signe d'apaisement.

— D'accord, d'accord. Mais vous avez traîné Nikki ici sans savoir ce que vous alliez trouver ni qui vous alliez trouver. C'était imprudent, et l'un de vous deux aurait pu être blessé.

— Je ne ferais jamais rien qui puisse mettre Nikki en danger.

— Vraiment ? Vous avez déjà essuyé les tirs de Bonny. Maintenant vous l'amenez ici. Écoutez, je ne vous connais pas très bien, et je comprends votre désir de retrouver votre sœur. Je comprends. Mais vous êtes un flic. Vous savez comment vous comporter. Ce n'est pas le cas de Nikki. Je sais que je ne peux rien faire pour vous empêcher de foncer tête baissée vers le danger, mais si vous tenez à cette femme, ne l'entraînez pas avec vous.

Il s'éloigna sans lui laisser le temps de répondre.

Lorsqu'il les laissa finalement partir, Nikki insista pour les ramener à Lakewood House. Terrence resta silencieux pendant tout le trajet.

— Tu vas bien ? demanda-t-elle une fois qu'ils furent de retour à la maison.

Il se laissa tomber sur le canapé.

— Bien ? Je ne sais pas. Quand j'ai vu cette voiture, j'ai pensé… commença-t-il, les larmes aux yeux. Nikki, je ne sais pas ce que je vais faire si…

Elle l'entoura de ses bras.

— Hé, il y a encore de l'espoir.

— Tu crois ? dit-il, le visage enfoui dans son épaule. Plus le temps passe après la disparition d'une personne, moins il y a de chances qu'elle soit retrouvée. Je ne sais même pas exactement quand Jill a disparu.

Nikki prit son visage entre ses mains et lui releva la tête jusqu'à ce qu'elle puisse planter son regard dans ses yeux bruns.

— Nous la retrouverons.

Elle déposa un baiser au coin de sa bouche.

— Nous la retrouverons.

Elle embrassa l'autre coin.

Il s'éloigna juste assez pour observer son visage. Du désir brillait dans ses yeux. Le même désir que celui qu'il sentait bouillonner en lui. Il la voulait. Il avait besoin d'elle et tout de suite.

Il se pencha lentement en avant, lui donnant l'occasion de reculer.

Très légèrement, elle caressa sa mâchoire avec son pouce et répondit à son baiser avec la même ferveur. Elle glissa ses mains autour de son cou, esquissant un sourire tandis qu'ils s'embrassaient encore.

Il approfondit leur baiser, et elle se déplaça de façon à le chevaucher. Il gémit. Il luttait de toutes ses forces pour ne pas lui sauter dessus. Il n'y avait rien au monde qu'il désirait plus que de lui refaire l'amour. Il voulait faire l'amour avec elle chaque jour pour le reste de sa vie, il en était certain, même s'il savait qu'il était trop tôt pour partager cette pensée avec elle. Mais elle avait été catégorique sur le fait que coucher ensemble avait été une erreur. Il ne voulait pas qu'elle fasse quelque chose qu'elle regretterait. Sa conscience l'en empêchait… et il en était désolé.

Il rompit le baiser, haletant.

— Attends.

Elle secoua la tête et posa ses lèvres sur son cou.

— Non. On n'attend plus.

Il gémit à nouveau, ses pensées s'embrumant alors que son sang se précipitait vers d'autres parties de son corps.

— Je ne veux pas que tu regrettes…

Elle se redressa légèrement pour que son regard croise le sien.

— La seule chose que je regretterais, c'est de ne pas être avec toi. De ne pas t'avoir en moi maintenant. C'est ce que je veux. Je veux que tu arrêtes de réfléchir et que tu commences à agir.

Il ne put contrôler le frisson de désir pur qui le traversa en entendant ces mots.

Nikki joignit à nouveau ses lèvres aux siennes.

Il passa un bras autour de sa taille et se leva, la tenant contre lui. Elle l'entoura de ses jambes. Son érection se pressait contre elle. Bon sang. Il n'était pas sûr qu'ils atteignent le lit.

Elle est à moi. À moi. À moi.

Cette pensée défilait dans son cerveau, moitié chant, moitié prière, alors qu'il portait Nikki en haut des escaliers et l'asseyait doucement sur le lit.

Il s'allongea à côté d'elle et réclama à nouveau sa bouche. Même s'il brûlait d'être en elle, la sensation de leurs bouches l'une contre l'autre était grisante, addictive. Elle frémit contre lui, se déplaçant pour qu'il soit entre ses jambes.

Un par un, ils se débarrassèrent de leurs vêtements, leurs baisers passant de la fougue à la douceur et vice versa.

— Tu es belle, murmura-t-il avec révérence, en regardant son corps nu.

Elle lui adressa un sourire lascif et tendit ses deux bras vers lui.

— Viens ici et montre-moi à quel point tu me trouves belle.

Elle arqua ses hanches et les dernières bribes de contrôle qu'il possédait encore cédèrent.

Il enfila rapidement un préservatif, puis en équilibre sur ses coudes, il regarda Nikki dans les yeux et la pénétra lentement.

Elle était... parfaite. Absolument parfaite. Alors qu'il s'enfonçait complètement en elle, il frissonna de plaisir.

Nikki s'agrippa à ses épaules et fit rouler ses hanches.

— Encore.

Il s'exécuta, se glissant en elle lentement et régulièrement, puis plus rapidement, la conduisant vers l'extase mais veillant à ne pas la laisser basculer. Il entrelaça leurs doigts, leva ses mains au-dessus de sa tête et ralentit le rythme, voulant faire durer l'expérience le plus longtemps possible.

Les yeux fermés, Nikki scandait son nom, et il perdit presque le contrôle. Il ne tiendrait pas longtemps. Il accéléra le rythme, sentant son orgasme monter.

Les jambes de Nikki se resserrèrent autour de lui, ses yeux s'ouvrirent et se fixèrent sur les siens.

— Terrence.

Elle gémit. Il lâcha ses mains et saisit ses hanches, la faisant basculer pour pouvoir s'enfoncer plus profondément en elle, et les conduisant plus vite et plus fort vers l'orgasme, toute tendresse disparaissant au profit d'un besoin plus impérieux.

Les yeux fermés, elle jouit en criant son nom. Il renversa la tête en arrière alors que son propre orgasme le submergeait.

Il se laissa tomber sur le lit à côté de Nikki, encore tremblante. Il l'attira à lui et elle posa sa tête contre son torse nu.

Il dessina de petits cercles sur son dos tandis que son pouls retrouvait lentement un rythme normal.

— Comment te sens-tu ?

Nikki gloussa doucement et déposa un baiser sur son épaule.

— Je pensais que tu savais exactement comment je me sentais.

— Ce n'est pas... pas ce que je voulais dire.

Une sensation de chaleur s'empara de lui tandis que Nikki se redressait sur un coude.

— Je sais ce que tu voulais dire. Et je t'ai dit que je voulais que tu me fasses l'amour. Je vais bien.

Il était heureux de l'entendre dire qu'ils avaient fait l'amour, plutôt qu'un terme plus cru, mais ce n'était pas suffisant. Il voulait plus d'elle, et il avait besoin qu'elle le sache.

— Je sais que je t'ai fait du mal, et je comprends qu'il faudra du temps avant que tu me fasses à nouveau pleinement confiance, mais c'est ce que je veux. Je veux que nous essayions de faire fonctionner notre relation.

Elle s'éloigna de lui.

— Il ne s'agit pas seulement du passé et de la querelle de nos familles. Nous ne nous connaissons plus vraiment.

— Tu sais que ce n'est pas vrai. Tu me connais mieux que quiconque sur cette terre et ça serait toujours le cas si nous étions séparés pour les cinquante prochaines années.

— Tu vis à Trenton, et je vis… Je ne sais même pas où je vis, reprit-elle en secouant la tête. Je n'ai même pas de travail.

— Ce ne sont que des détails. Nous pouvons régler tout cela.

Il prit sa main dans la sienne et inspira profondément.

— Je veux juste que nous essayions. Il y a quatorze ans, nous étions en bonne voie pour vivre quelque chose d'incroyable, et je pense que nous pouvons encore y arriver. Nous ne pouvons pas changer le passé, mais nous pouvons aller de l'avant. Ensemble. Si tu le veux.

Il retint son souffle. Le temps sembla ralentir avant de se suspendre totalement. La seule chose qu'il désirait à cet instant était d'entendre Nikki dire qu'elle voulait être avec lui, faire sa vie avec lui.

— J'ai besoin de temps pour réfléchir.

Ce n'était pas ce qu'il voulait entendre, mais ce n'était pas un non. Il s'y accrocherait pour l'instant.

— Prends tout le temps qu'il te faut. Je ne vais nulle part.

20

Terrence se réveilla avant l'aube. Nikki dormait paisiblement, lovée à côté de lui. Il effleura du bout des doigts la peau douce de son épaule. Le sentiment de pur bien-être qui le traversa à la vue de son beau visage endormi sur l'oreiller, était tout ce qu'il avait toujours désiré, il s'en rendait compte maintenant. Il n'avait jamais réalisé cela auparavant, ou plutôt, il ne s'était pas permis d'y penser.

Nikki était la femme de sa vie, et Lance avait raison. Il devait tout faire pour la garder en sécurité.

Il commença à se lever, essayant de quitter le lit sans la réveiller. Le bras de Nikki se resserra autour de sa taille.

— Où crois-tu aller ?

Il ne voulait pas commencer leur nouvelle relation par un mensonge, alors il essaya de détourner son attention.

— Chut, susurra-t-il en déposant un baiser sur son front. Je veux juste vérifier quelque chose.

Nikki écarquilla les yeux.

— Vérifier quoi ?

— Il n'y a pas de quoi s'inquiéter. Tu devrais te rendormir. Il est encore tôt.

Nikki se redressa et le fixa du regard.

— Pas de secrets. Pas de cachotterie ou d'exclusion. Je veux essayer de retrouver ce que nous avions. Quelque chose de plus profond et de plus vrai, mais nous ne pouvons y arriver que si nous sommes complètement honnêtes l'un envers l'autre. Complètement, Terrence.

— Je retourne chez Pete Bonny, soupira-t-il finalement. J'espère le trouver chez lui. Il aura peut-être une idée de l'endroit où son neveu se cache.

— Tu ne penses pas que le shérif l'a déjà interrogé à ce sujet ?

— S'il l'a trouvé, j'en suis sûr, mais Lance n'est pas près de partager cette information avec moi, surtout après hier. Et maintenant, plus que jamais, je veux savoir ce que Pete ne nous a pas dit quand nous avons récupéré le bateau, l'autre jour.

Nikki se leva et se dirigea vers la salle de bains.

— D'accord, donne-moi une minute pour m'habiller.

— Non.

Elle se retourna pour le regarder.

— Qu'est-ce qu'il y a ?

— Je ne peux pas te laisser venir avec moi.

— Encore cette rengaine ? dit-elle en se renfrognant.

Il traversa la pièce et prit ses mains dans les siennes.

— Ce n'est plus comme avant. Nous avons affaire à des personnes très dangereuses et potentiellement désespérées qui nous ont déjà tiré dessus. Et puisque nous avons trouvé la voiture de Jill, il est peut-être déjà trop tard pour la sauver et...

Nikki lui serra les mains.

— Tu ne peux pas penser comme ça.

— Le fait de ne pas y penser ne change rien à la vérité. Il se peut que je doive affronter le pire. Mais je ne supporterais pas que tu sois blessée à cause de moi. Je viens de te retrouver. Je ne peux pas prendre le risque de te perdre.

Nikki passa ses bras autour de son cou et l'attira contre elle.

— Tu ne vas pas me perdre. Et tu es fou si tu penses que je vais te laisser enquêter sans moi.

— Nikki...

— Non, tu m'écoutes maintenant. Si nous nous lançons dans cette affaire, nous allons être des partenaires à part entière. Tu me soutiens et je te soutiens. Pour toujours.

Ses paroles étaient passionnées et dans ses yeux brillait une flamme ardente et sincère. Il n'avait aucun doute sur le fait qu'elle pensait chaque mot.

— Pour toujours.

Pendant qu'elle prenait sa douche, Terrence prépara le café. Il n'y avait pas grand-chose à manger dans la maison, alors il leur fit des sandwichs aux œufs et mangea le sien pendant que Nikki s'habillait. Il prit ensuite une douche rapide et ils partirent alors que l'aube commençait à poindre. Pour autant qu'il le sache, Lance et ses adjoints n'avaient pas encore réussi à parler avec Pete. Et puis, Terrence songeait qu'il aurait plus de chance s'il s'approchait de l'homme tôt le matin.

— Tu es sûr que c'est une bonne idée ? demanda Nikki alors qu'ils conduisaient vers la propriété de Pete Bonny.

Le flic en lui répondit mentalement par un non catégorique. Il n'était pas certain que Pete connaisse ou participe à l'activité criminelle de son neveu, mais le fait que Lance n'ait pas réussi à le retrouver n'était pas bon signe.

— C'est mieux que de rester à Lakewood House à attendre.

Il s'arrêta devant la maison de Pete. Ils n'avaient fait que quelques pas vers la porte quand il s'aperçut qu'elle était entrouverte.

— Reste derrière moi, dit-il.

Ils se dirigèrent ensemble vers l'entrée. La porte n'avait pas l'air d'avoir été forcée. Peut-être Pete était-il simplement sorti et avait-il oublié de la fermer complètement. L'adjoint de Lance aurait sans aucun doute remarqué une porte entrebâillée, cela signifiait donc que Pete était passé chez lui au cours des dernières vingt-quatre heures. Y était-il en ce moment ?

— Pete ?

Pas de réponse.

— C'est Terrence Sutton et Nikki King. Vous êtes là ?

Il s'avança vers la porte, Nikki à ses côtés.

— Pete ? Bonjour ? La porte est grande ouverte.

Le silence régnait dans la maison. Terrence senti un frisson de mauvais augure lui parcourir la nuque.

Quelque chose ne tournait pas rond.

Il jeta un coup d'œil par la porte ouverte.

— Pete, êtes-vous là ?

Il franchit le seuil, Nikki derrière lui. Sur la table de la cuisine trônait une assiette sur laquelle se trouvaient encore les restes de croûtes d'un sandwich et quelques miettes. Une porte de placard était ouverte et une chaise renversée sur le côté. Nikki et lui se glissèrent dans la maison jusqu'à la chambre à coucher. Trois des quatre tiroirs de la commode étaient ouverts, leur contenu éparpillé sur le lit et le sol. Le quatrième tiroir, le plus bas, avait été complètement arraché. Il reposait à côté de la commode, les chemises à l'intérieur semblant intactes. La porte de l'armoire béait également et plusieurs cintres vides semblaient avoir été dérangés.

— Il n'y a personne ici, dit-il.

— Je ne sais pas si c'est une bonne nouvelle. Cet endroit a l'air d'avoir été saccagé, dit Nikki.

Il se retourna et la conduisit de la chambre à la salle de séjour.

— Oui, la question est de savoir par qui.

Elle le regarda avec curiosité.

— Que veux-tu dire ?

— Je ne pense pas que l'endroit ait été saccagé, mais plutôt que quelqu'un a décidé de partir précipitamment.

Son regard balaya à nouveau la pièce.

— Vraiment ? Comment le sais-tu ?

— Prends la cuisine, par exemple. Il n'y a qu'une seule porte de placard ouverte, ce qui suggère que la personne cherchait quelque chose de précis et s'attendait à le trouver à cet endroit. La chaise est renversée, mais ça a pu être fait dans la précipitation. Des vêtements jonchent la chambre à coucher, mais le lit est intact, tout comme les tables de nuit. Je pense que quelqu'un a fait ses valises à la hâte.

— Quelqu'un. Tu veux dire Pete. Tu penses qu'il est en fuite.

Terrence tourna lentement en rond, observant chaque centimètre carré de l'espace.

— C'est possible. Peut-être même probable.

Nikki secoua la tête, l'air incrédule.

— Je ne peux pas croire que Pete ait quelque chose à voir avec la traite d'êtres humains.

Il en avait vu suffisamment en tant qu'inspecteur pour que les gens ne le surprennent plus. Des mères de famille qui géraient des opérations de drogue de cent mille dollars par an. Des petites vieilles qui volaient régulièrement pour s'amuser. Des enfants qui n'avaient pas l'âge de voter et qui dirigeaient des gangs organisés. Les gens avaient une capacité apparemment infinie à commettre des crimes, surtout lorsque c'était rentable.

Quelque chose attira son attention. Un bout de papier ressortait de sous le canapé. Il traversa le salon et se pencha pour le ramasser.

— Il n'en fait peut-être pas partie, du moins pas directement.

— Qu'est-ce que c'est ? demanda Nikki en regardant par-dessus son épaule.

— Il s'agit de la liste des maisons pour lesquelles Pete a été engagé comme gardien et de son emploi du temps pour les surveiller. Il s'occupe de trois maisons en plus de Lakewood House.

— C'est l'adresse de l'ancienne maison des Pierce, remarqua Nikki en pointant du doigt la première ligne sur la liste. Et celle-ci est l'adresse de Ricky Tanner. Mais je ne reconnais pas celle-ci, ajouta-t-elle en montrant la dernière adresse.

Terrence se souvenait de cet endroit. Il ne savait pas à qui appartenait la bâtisse, mais l'adresse n'était pas très éloignée de la petite maison de sa tante.

— Je pense qu'il s'agit de ce nouvel immeuble moderne tout en verre qu'un financier ou un gestionnaire de fonds spéculatif est en train de construire non loin de la maison de Charity. Elle m'a fait passer devant la dernière fois que je suis venu lui rendre visite.

Une idée lui vint à l'esprit.

— Je ne peux pas croire que je n'y ai pas pensé plus tôt, s'écria-t-il en secouant la tête, se maudissant mentalement.

— Pensé à quoi ? demanda Nikki en penchant la tête sur le côté.

— Pete a accès à au moins quatre maisons dont il sait qu'elles sont vides à tout moment, dit-il en brandissant le bout de papier. Ces trois maisons et Lakewood House. Pour quelqu'un qui veut déplacer des femmes à travers la ville sans que personne s'en aperçoive, ce sont des cachettes parfaites.

Nikki fouilla dans son sac à main.

— Nous devrions appeler le shérif.

Il secoua la tête.

— Ce ne sont que des suppositions. Il n'y a pas un juge dans l'État qui signera un mandat pour fouiller l'une des trois maisons sur la base de ce que nous avons.

— Mais je suppose que tu as un plan.

— Je vais aller les vérifier moi-même. Comme l'a dit Webb, je n'ai aucune qualification pour enquêter à Carling Lake, donc je n'ai pas besoin de mandat.

— Je ne pense pas que c'est ce que le shérif voulait dire. Tu pourrais être arrêté pour être entré par effraction.

Il se dirigeait déjà vers la porte. Elle le suivit.

— C'est un risque que je suis prêt à prendre. Pete et Dana retiennent peut-être Jill dans l'un de ces endroits. Et d'autres femmes aussi.

Il s'arrêta et regarda longuement Nikki.

— Mais je comprends si tu ne souhaites pas prendre ce risque.

— J'ai dit qu'on irait au bout de cette affaire ensemble, et je le pensais.

Il lui adressa un sourire alors qu'ils montaient dans la voiture. Il entra la première adresse dans son GPS.

— Je pense que nous devrions garder la deuxième adresse pour la fin. C'est la plus proche de la ville et c'est surtout un bâtiment en verre, ce qui le rend moins pratique pour cacher quelqu'un.

— OK, ça veut dire que la maison des Tanner est la première, dit Nikki, en lisant l'adresse qu'il avait sélectionnée dans le GPS.

Il démarra le moteur et se mit en route.

— C'est aussi la plus isolée.

Ils arrivèrent en un temps record.

Sa mémoire était toujours bonne. La grande maison d'aspect

rustique à la façade constituée de pierre et de rondins, semblait avoir été bien entretenue en l'absence de son propriétaire. Elle paraissait également inoccupée. L'allée était vide. À l'approche de la voiture, il n'y eut pas le moindre mouvement à l'intérieur de la bâtisse.

Il rejoignit Nikki devant le capot. Elle avait déjà son arme à la main et il sortit la sienne.

Ils essayèrent la porte d'entrée et la trouvèrent fermée à clé. Ils firent le tour de la maison jusqu'à la porte de derrière et la découvrirent également close. Les stores de toutes les fenêtres étaient baissés, de sorte qu'il était impossible de voir à l'intérieur.

Il se demandait si cela valait la peine d'entrer par effraction et de fouiller la maison ou s'il devrait simplement passer à la deuxième maison sur la liste de Pete lorsque Nikki lui attrapa le bras.

— Attends. Tu entends ça ? On dirait du métal qui s'entrechoque.

Il se figea, ferma les yeux et écouta. Au bout de quelques secondes, il l'entendit. On aurait dit que quelqu'un frappait du métal avec une barre de fer.

— Ça vient de l'intérieur.

Plus question de se demander si ça valait la peine d'entrer.

— Recule.

Nikki se déplaça sur le côté de la porte de derrière. Il donna un coup de pied dans la serrure. Une fois. Deux fois. Au troisième essai, la porte se fissura mais tint bon. Il lui donna un nouveau coup de pied plus violent et elle s'ouvrit.

La lumière du jour pénétra par l'ouverture, projetant des ombres sur les espaces intérieurs. Le rez-de-chaussée de la maison n'était en fait qu'une très grande pièce avec des piliers délimitant le salon, la salle à manger et la cuisine.

Il pénétra dans la maison, Nikki derrière lui, son arme à la main. Il essaya les interrupteurs sur le mur à côté de la porte qu'il avait enfoncée. Rien. L'électricité semblait coupée.

Nikki posa une main sur son épaule.

— Écoute.

Ils s'immobilisèrent tous les deux. Les coups s'étaient intensifiés. Ils venaient clairement de l'intérieur du bâtiment.

— En bas.

Il balaya l'espace du regard jusqu'à ce qu'il tombe sur une porte située sous l'escalier. Il l'ouvrit lentement et jeta un coup d'œil vers l'escalier. Il faisait trop sombre pour apercevoir quoi que ce soit mais en utilisant la lampe torche de son portable, il pourrait prévenir la personne qui se trouvait en bas de son arrivée, si la destruction de la porte d'entrée ne l'avait pas déjà fait.

Le martèlement s'arrêta.

— Au secours.

Les mots n'étaient qu'un murmure rauque, comme si la personne qui les prononçait n'avait pas bu d'eau depuis longtemps. Pourtant, il aurait reconnu cette voix n'importe où.

Jill.

Oubliant toute la formation policière qu'il avait reçue, il se précipita dans l'escalier.

— Jill ? Jill, c'est Terrence. Où es-tu ?

Un gémissement se fit entendre dans le coin le plus reculé du sous-sol. Il sortit son téléphone de sa poche et enclencha la lampe torche.

Jill était recroquevillée sur le sol. Ses cheveux étaient couverts de saleté et sa peau brune, habituellement éclatante, était crasseuse. Un plateau de nourriture vide reposait sur le sol à ses côtés et une couverture de laine miteuse recouvrait ses jambes. Une chaîne métallique, semblable à celles qu'ils avaient trouvées dans la maison sur l'île de Carling, partait d'un crochet dans le mur et était attachée à un fer autour de son poignet. Même dans la faible lumière, Terrence pouvait voir les endroits où la chaîne avait entaillé sa peau, laissant des ecchymoses ensanglantées.

Une vague de rage plus violente et intense que jamais déferla sur lui. Elle ne faiblit pas lorsqu'il s'aperçut que Jill n'était pas seule.

Pete Bonny était allongé à côté d'elle. Il était enchaîné au mur au niveau de la cheville, et ses cheveux étaient couverts de terre et de sang. Il était immobile, peut-être mort.

Le regard de Terrence se porta à nouveau sur Jill. Elle se recroquevilla dans le coin. Puis, lentement, son visage s'illumina lorsqu'elle comprit qui il était.

— Terrence.

Il rangea son arme et fut à ses côtés en deux pas, suivi de près par Nikki. Il attrapa la chaîne qui reliait sa sœur au mur et s'adressa à Nikki.

— Va voir Pete, tu veux bien ?

Nikki s'approcha de Pete et appuya deux doigts sur son cou, tout en glissant son pistolet dans l'étui de sa cheville.

— Il y a un pouls, mais il est faible. Vraiment faible.

Il tapota sur son téléphone et composa le 911.

— Attends, ma puce. On va te sortir de là.

— 911. Quelle est votre urgence ? dit l'opérateur à l'autre bout de la ligne téléphonique.

Avant qu'il ne puisse répondre, une voix différente, plus proche, se fit entendre.

— Raccroche. Tout de suite.

Terrence pivota, lâcha le téléphone et tendit la main vers son arme.

— Je ne ferais pas ça si j'étais toi.

Dana Bonny se tenait près des escaliers, braquant son arme sur eux. L'homme de grande taille qui l'avait accompagné sur l'île de Carling Lake se tenait à côté de lui, son propre fusil pointé dans leur direction.

— Jette ton arme et le portable par ici. Maintenant ! hurla Dana.

Terrence hésita un instant, mais comme Dana les tenait en joue, il n'avait pas le choix. Il fit glisser son arme et le téléphone sur le sol.

— Tout va bien ? Que se passe… ?

Dana piétina le téléphone, coupant la voix qui sortait du portable. Il ne restait qu'à espérer que l'opérateur serait capable de localiser l'appel et d'envoyer les forces de l'ordre pour vérifier ce qu'il se passait.

Jill gémit.

— Maintenant, levez-vous. Mettez vos mains en l'air.

Encore une fois, Nikki et lui obéirent. Ils ne pouvaient pas vraiment faire autrement. Il ne pouvait pas prendre le risque qu'ils commencent à tirer.

Dana sourit de toutes ses dents cassées. Il fit un signe de tête à son compagnon.

— Eh bien, n'est-ce pas un beau cadeau d'adieu ? Nous ne sommes revenus ici que pour régler les derniers détails, dit-il d'une voix mielleuse en désignant Jill et Pete. Mais vous deux...

L'expression de Dana se durcit alors qu'il reprenait la parole :

— C'est à cause de vous que nous avons dû cesser nos activités à Carling Lake et trouver un nouveau centre de transport. Vous avez perturbé mon business et vous m'avez coûté cher. Je vais prendre beaucoup de plaisir à vous tuer tous les deux.

21

Nikki s'efforça de masquer la panique qui menaçait de la submerger.

— Tu ne t'en tireras pas comme ça. Le shérif sait que tu nous as tiré dessus sur l'île et il est au courant de ton implication dans le réseau de traite d'êtres humains.

— Oh ! vraiment ? Il y a une différence entre ce que le shérif sait et ce qu'il peut prouver, ricana Dana. Et une fois que je me serai débarrassé de vous, il y aura beaucoup moins de prétendues preuves.

Il leva son arme de poing un peu plus haut.

Nikki sentit le corps de Terrence se tendre comme un ressort à côté d'elle. Elle le connaissait suffisamment pour savoir qu'il se préparait à faire quelque chose. Quelque chose d'héroïque et d'incroyablement stupide étant donné les deux armes braquées sur eux. Il avait jeté son pistolet à un mètre de distance sur le côté. Son arme à elle était dans son étui, dissimulée à sa cheville sous son pantalon, mais elle ne pouvait pas l'atteindre sans alerter Dana et son sous-fifre.

— Je ne comprends pas, dit-elle. Pourquoi avez-vous attaqué Pete ? Ne fait-il pas partie de votre réseau ?

— Mon oncle Pete ? s'écria Dana avec un rire sinistre. Il n'a pas de cran. Je l'ai utilisé pour savoir quand les propriétaires des maisons dont il s'occupait ne seraient pas là. Elles étaient parfaites pour notre business.

— Pete a besoin de soins médicaux.

— Il aurait dû rester en dehors de mes affaires. Je ne peux rien faire pour l'aider maintenant.

L'homme à côté de Dana grimaça.

— Finissons-en.

— Attendez. Je pense que nous méritons au moins de savoir exactement pourquoi vous voulez nous tuer.

— Tu penses que tu mérites...

Dana rit d'un air moqueur mais Nikki l'ignora.

— Oui, je me souviens de toi quand tu étais enfant, dit-elle.

C'était un mensonge, mais elle ferait tout son possible pour que Dana les considère comme des humains et non comme des obstacles l'empêchant de commettre ses crimes.

— Tu as toujours pris des risques, mais tu n'as jamais été malfaisant. Comment t'es-tu retrouvé impliqué là-dedans ?

— Qu'est-ce que je peux dire ? Les petits risques ont conduit à des affaires plus importantes et plus rentables. N'est-ce pas ainsi que fonctionne la promotion au sein d'une organisation ? Personne n'y réfléchit à deux fois lorsqu'il s'agit de criminels ayant fait des études supérieures qui gravissent les échelons de l'entreprise. Mais je n'ai jamais voulu d'un travail de bureau classique. L'occasion s'est présentée, et l'argent était au rendez-vous, je n'allais pas laisser passer cette opportunité.

— Vous kidnappez et exploitez des femmes, s'emporta Terrence. Ce n'est pas un travail. C'est un crime.

— Tu parles comme ta sœur, là-bas, grogna Dana. Dès qu'elle s'est mise à fouiner dans mes affaires, j'ai su qu'elle allait me causer des ennuis.

— Alors tu l'as kidnappée ? demanda Nikki.

— Elle est trop vieille pour faire partie de mon business. J'avais besoin de temps pour savoir quoi faire d'elle, mais ensuite vous êtes arrivés en ville, répliqua Dana en leur jetant un regard noir.

— Et la fille morte que j'ai trouvée à Lakewood House ? Tu l'as tuée ? demanda Nikki.

Aussi effrayée soit-elle, elle voulait quand même connaître la vérité sur toute cette sordide histoire.

— Mon associé a été un peu trop agressif lorsque la petite a essayé de s'enfuir. Une erreur malheureuse.

Nikki observa l'homme à côté de Dana. Il lui renvoya un regard vide, dénué de toute émotion. Il n'avait pas bronché à l'idée d'être qualifié de meurtrier.

— Qui est-ce ?

Dana jeta un regard en coin à son compagnon.

— Un représentant de notre patron.

— Le véritable chef de l'organisation, dit Terrence. Peut-on savoir de qui il s'agit ?

— Ce ne sont pas tes affaires, d'autant plus que tu ne le rencontreras jamais. Ni personne d'autre, d'ailleurs.

— Assez parlé, grogna l'homme à côté de Dana. Qu'est-ce que tu veux faire d'eux ?

Terrence se rapprocha.

— Je me disais qu'on pourrait les emmener au fond des bois, leur coller une balle dans le crâne et laisser les animaux se régaler, déclara Dana.

— Et le vieux ?

— On s'occupera de lui lorsqu'on reviendra pour nettoyer la maison. Tu as entendu ce qu'elle a dit de toute façon, ajouta Dana en faisant un signe de tête en direction de Nikki. Il est en mauvais état après la raclée que tu lui as donnée. Il faut que tu apprennes à te contrôler. On pourra l'enterrer dans les bois et se tirer d'ici.

L'insensibilité avec laquelle Dana parlait de son propre oncle fit monter en Nikki une colère noire, ainsi qu'une peur terrible à l'idée de ce qu'il avait prévu pour eux.

Dana sortit une clé de sa poche et la lança à Terrence, qui l'attrapa.

— Détache ta sœur et aide-la à se lever. Si tu tentes quoi que ce soit, je colle une balle dans ta tête de ta copine.

Terrence s'approcha de Jill, libéra son poignet et la soutint pour qu'elle se lève.

— Maintenant, nous allons monter ces escaliers et sortir.

Dana et son partenaire se déplacèrent de part et d'autre de la cage d'escalier, laissant un large espace pour les faire passer.

Terrence aida Jill à monter, Nikki les suivit.

En haut de l'escalier, elle scruta le rez-de-chaussée à la recherche d'une arme. Le partenaire de Dana lui saisit le bras et l'attira contre lui.

— Ne te fais pas d'idées, hein ?

Les deux hommes les poussèrent en avant et ils traversèrent la pelouse en direction des arbres qui bordaient la propriété. Bien qu'il fasse encore grand jour, ils se retrouvèrent plongés dans la pénombre. Avec deux criminels endurcis pointant leurs armes sur eux, ils avaient l'impression de se trouver au cœur d'un film d'horreur. Un film qui ne promettait pas une fin heureuse. Ils avancèrent dans le bois pendant près d'une demi-heure avant que Dana ne leur dise de s'arrêter.

— Tournez-vous, ordonna Dana.

Ils obéirent, Jill s'appuyant toujours lourdement sur son frère. Nikki leva les yeux vers Terrence, mais son regard était fixé sur Dana et l'autre homme armé. Ils n'avaient plus le temps. S'ils voulaient s'en sortir, ils devaient agir maintenant.

Dana leva son arme avec un sourire en coin.

— Un dernier mot ?

Il n'était pas question pour Terrence de laisser Dana Bonny et son homme de main tuer Jill ou Nikki. Marcher dans les bois en portant à moitié sa sœur blessée n'était pas vraiment propice à l'élaboration d'un plan pour se débarrasser de deux criminels armés, mais il allait devoir s'en contenter. Alors qu'ils avançaient, il avait réussi à murmurer à l'intention de Jill de suivre son exemple. Il était sur le point de découvrir si Nikki ferait de même.

— Un dernier mot ?

— Maintenant ! hurla Terrence en lâchant Jill.

Elle s'écroula sur le sol avec un geste théâtral, attirant le regard de Dana sur elle.

Il profita de la distraction momentanée de Dana pour se jeter sur lui. Il aperçut un mouvement du coin de l'œil et espéra que Nikki avait profité de l'occasion pour fuir. Il n'avait pas le temps de s'en assurer.

Il saisit le bras de Dana, essayant d'éloigner l'arme de lui et de la faire tomber au sol. Dana était plus fort qu'il n'y paraissait, mais il s'agissait d'un combat pour sa propre vie et celles de Nikki et de Jill. Cela lui donna un regain d'énergie. Dana lui décocha alors un coup de poing dans la figure de sa main libre. L'impact fit basculer Terrence en arrière, mais il ne lâcha ni Dana ni l'arme. Les deux hommes tombèrent au sol, se battant toujours pour le contrôle de l'arme.

Terrence plongea vers le pistolet, mais Dana le plaqua au sol avant qu'il ne puisse l'atteindre. Un nouveau coup de poing l'étourdit momentanément, lui faisant perdre un temps précieux.

Dana rampa vers l'arme et saisit la crosse au moment où Jill s'élançait dans la mêlée, armée d'une épaisse branche d'arbre. La branche s'écrasa sur le bras de Dana avec un craquement écœurant.

Le hurlement de Dana fut interrompu par un nouveau coup de branche, qui l'atteignit sur le côté de la tête. Il tomba à plat ventre par terre, sonné mais pas encore assommé.

Terrence se leva d'un bond. À trois mètres de lui, l'ami de Dana avait apparemment perdu son arme, lui aussi, mais il tenait Nikki par la taille, tentant de l'entraîner dans les bois.

Lorsque l'homme souleva les pieds de Nikki du sol, elle se pencha en avant et enfonça ses dents dans son poignet. Il hurla et la libéra.

À côté de lui, Dana remuait déjà, se remettant rapidement du coup que Jill lui avait porté à la tête. Jill, quant à elle, n'avait pas récupéré aussi vite. Après avoir utilisé le peu d'énergie qu'elle avait emmagasiné, elle s'était accroupie à côté d'un arbre proche, sa branche à la main, visiblement épuisée.

Si Dana récupérait son arme, ils étaient tous morts. Terrence scruta le sol, et ses yeux se posèrent sur le pistolet en même temps que ceux de Dana. Ils se précipitèrent vers l'arme, mais avant qu'ils ne puissent l'atteindre, un coup de feu retentit, le son se répercutant sur les arbres.

Pendant un instant, tout sembla s'être figé. Le temps s'était arrêté. Puis le partenaire de Dana s'éloigna de Nikki en titubant. Ses deux mains étaient pressées contre sa poitrine. Il fit encore deux pas en arrière, puis tomba à genoux avant de rouler sur le dos.

Nikki écarquilla les yeux, une lueur sauvage dans son regard. Elle pointait sur l'homme son arme de poing.

Terrence profita de ce moment pour ramasser l'arme de Dana et le mettre en joue.

— Plus un geste.

Dana lui lança un regard noir.

— Tu n'en as pas le courage.

— Fais donc un pas de travers. Donne-moi juste une bonne raison, dit Terrence dont la voix n'était guère plus qu'un grognement.

Un bruit de moteurs retentit à travers les arbres.

Quelques instants plus tard, trois agents du shérif montés sur des quads se frayèrent un chemin à travers les broussailles.

Le shérif Webb sauta de son véhicule et dégaina son arme, l'adjoint Bridges et un autre policier le suivirent de près.

— Terrence, Nikki, vous allez bien ? Nous avons reçu un appel d'urgence de votre téléphone portable et j'ai pu localiser vos coordonnées GPS avec l'aide de James. Qu'est-ce qui se passe ici ?

Terrence lui donna rapidement les détails et garda Dana en joue pendant que les adjoints lui passaient les menottes ainsi qu'à l'autre homme. Puis il tendit l'arme de Dana au shérif et se précipita aux côtés de Jill.

— Je vais bien, dit-elle d'une voix faible.

Comme il était clair qu'elle n'allait pas bien du tout, il cria :

— Nous avons besoin d'une ambulance au plus vite.

Le shérif Webb et Nikki le rejoignirent à côté de Jill. Le shérif appela les ambulanciers par radio ainsi que d'autres renforts tandis que Nikki faisait de son mieux pour l'aider à installer Jill le plus confortablement possible.

Jill posa sa tête contre son épaule, épuisée par l'épreuve qu'elle venait de subir.

Terrence regarda la femme qu'il aimait et dont il était à nouveau en train de tomber amoureux.

— Tu as fait du bon travail tout à l'heure.

Elle lui sourit, puis reporta son attention sur Jill, dégageant une mèche de cheveux emmêlés de son visage.

— Nous avons toujours formé une bonne équipe.

Il sourit à son tour.

— Oui, toujours.

22

Jill se redressa dans son lit d'hôpital, discutant joyeusement avec l'infirmière qui prenait sa tension artérielle. Elle avait plusieurs bosses et ecchymoses, mais, hormis cela, elle allait bien. Elle s'était même sentie suffisamment en forme pour se disputer avec le médecin lorsqu'il lui avait dit qu'il souhaitait la garder pour la nuit en observation. Terrence avait dû employer les grands moyens afin de réaliser l'exploit de l'obliger à écouter les conseils du médecin. Fidèle à elle-même, Charity avait promis qu'elle ne quitterait pas Jill avant sa sortie de l'hôpital.

Lance et ses hommes avaient fouillé les propriétés dont Pete était le gardien mais, jusqu'à présent, ils n'avaient pas trouvé d'autres victimes. Le FBI avait été appelé, mais avec la façon dont les réseaux de trafiquants fonctionnaient, il allait être difficile de le démanteler car une branche de l'opération ne savait généralement pas ce que faisaient les autres. Le fait de savoir que d'autres victimes étaient encore dans la nature ternissait sa joie d'avoir retrouvé Jill en vie.

Nikki s'arrêta à côté de Terrence devant la porte de la chambre d'hôpital et passa ses bras autour de sa taille.

— Comment s'est passé ton appel ? demanda-t-il.

— Génial, répondit-elle en se déplaçant pour pouvoir le regarder dans les yeux. J'ai retiré ma candidature pour le poste à Washington.

— Tu… quoi ? Pourquoi ?

— Cette ville représentait beaucoup pour mon grand-père.

Et elle compte beaucoup pour moi. J'ai toujours su que je voulais me présenter à des élections et faire ce que je pouvais pour améliorer la vie des gens. C'est un peu plus tôt que prévu, mais je pense que je suis prête. Je vais me lancer dans la course aux élections municipales de Carling Lake.

Terrence la prit dans ses bras.

— Félicitations. Cette ville a de la chance de t'avoir.

— Je n'ai pas encore gagné.

— Tu vas gagner.

Il déposa un baiser sur sa tête. Elle le scruta du regard avant de reprendre la parole.

— J'ai pris une autre décision. Je veux que nous restions ensemble. Je veux être avec toi.

Un sourire s'épanouit sur son visage et il l'embrassa. Après un long moment, elle se dégagea.

— Bien sûr, ma candidature à la mairie signifie que je vais m'installer définitivement à Lakewood House et rester à Carling Lake.

— Nous trouverons une solution. Trenton n'est pas si loin, et la chose la plus importante pour moi c'est notre relation.

Nikki déposa un léger baiser sur ses lèvres.

— Moi aussi.

Elle se blottit contre lui et jeta un coup d'œil dans la chambre d'hôpital.

— Comment va Jill ?

— Le médecin dit qu'elle va bien. Il la garde pour la nuit mais pense qu'elle pourra rentrer demain, à condition qu'elle promette de se reposer quelques jours.

— C'est super, déclara Nikki en lui enserrant la taille. Bien entendu, elle peut rester à Lakewood House si elle n'est pas encore prête à retourner à Washington.

Sa voix semblait hésitante, comme si elle n'était pas sûre de ce qu'il penserait de cette offre. Il plongea son regard dans ses yeux bruns.

— Merci.

— De rien. Jill est mon amie.

— Je pense qu'elle aura besoin d'amis et de famille autour d'elle pendant un certain temps. Le médecin est satisfait de son rétablissement physique, mais il a prévenu Jill que son rétablissement mental et émotionnel serait probablement beaucoup plus difficile. Il lui a suggéré de consulter un psychiatre, mais Jill n'a pas semblé très ouverte à cette idée.

— Laisse-lui du temps. Elle pourrait changer d'avis dans quelques jours.

— J'espère que ce sera le cas. Elle dit que Dana ne lui a pas fait de mal, mais je ne sais pas…

— Hé, chaque chose en son temps. Jill sait que nous sommes là pour elle et nous ferons tout notre possible pour l'aider à surmonter cette épreuve.

— Je ne sais pas ce que je ferais sans toi, dit-il en l'attirant vers lui.

Nikki se recula juste assez pour pouvoir l'observer.

— C'est une bonne chose que tu n'aies pas à t'en soucier alors. Tu sais, parler à quelqu'un ne serait pas non plus une mauvaise idée pour toi, ajouta-t-elle après un instant d'hésitation.

Il haussa les sourcils.

— Tu as traversé beaucoup d'épreuves, toi aussi. La disparition de Jill, ne pas savoir si elle allait bien ou si elle était blessée… Penses-y…

Il acquiesça.

— Bonjour. Comment va Jill ?

Terrence se retourna, Nikki toujours dans ses bras. Lance Webb se tenait derrière eux.

— Elle va s'en sortir.

— Excellent. Je suis heureux de l'entendre, même si je ne suis pas ravi que vous soyez allés chercher Dana Bonny tous seuls, ajouta Lance en plissant les yeux. Mais nous pourrons en discuter plus tard.

Terrence était à peu près sûr que par « discuter », il voulait dire leur passer un savon. Qu'il en soit ainsi. C'était le prix à payer pour sauver sa sœur et il ne regrettait rien.

— Le partenaire de Dana vous a-t-il donné un nom ?

— Oui, William Weigel. Un criminel de carrière.

— L'un d'eux a-t-il fait une déclaration ?

— Pas un mot au-delà de « Je veux un avocat », répondit Lance en secouant la tête. Mais ils vont craquer. Les gars comme eux le font toujours. Cela dit, ce ne sont que des hommes de main. Ils n'en savent peut-être pas beaucoup plus sur l'opération dans son ensemble.

— Et Pete ? demanda Nikki.

— Il est en mauvais état, mais il survivra. Côtes fêlées. Quelques dents cassées. Il a repris connaissance suffisamment longtemps pour me dire qu'il avait contacté son neveu après avoir appris que vous vous étiez fait tirer dessus. Il nie être au courant du trafic, mais il dit savoir que Dana utilisait parfois les maisons dont il était le gardien pour faire la fête.

— Très professionnel, ironisa Terrence.

— Croyez-vous que Pete dise la vérité ? demanda Nikki. Il n'était pas au courant du trafic ?

Le shérif leva les mains en signe d'impuissance.

— Qui peut le dire ? Les gens ont une capacité extraordinaire à ignorer ce qu'ils ne veulent pas voir. Pensez-vous que votre sœur soit prête à faire une déclaration ? Si je peux obtenir quelques détails, je pourrais les utiliser pour faire parler ces types.

Nikki et lui avaient déjà donné leur déposition à Lance, mais les ambulanciers avaient immédiatement emmené Jill. Ils entrèrent tous les trois dans la chambre d'hôpital. Charity était assise à côté du lit, tenant la main de Jill.

L'infirmière finit de taper sur sa tablette et leva les yeux.

— Pas plus de trois visiteurs à la fois.

Charity se redressa.

— Je vais prendre un café. Quelqu'un veut quelque chose ?

Ils refusèrent et elle sortit avec l'infirmière.

— Mademoiselle Sutton, je suis le shérif Lance Webb. Tout d'abord, laissez-moi vous dire à quel point je suis soulagé que vous alliez bien.

— Pas aussi soulagé que moi, shérif, répondit Jill en souriant.

— J'imagine que non, dit-il en lui rendant son sourire.

Il ouvrit son petit carnet à une page vierge.

— Si vous êtes d'accord, j'aimerais vous poser quelques questions.

— Je suis prête.

— D'accord, commençons par le début. Qu'est-ce qui vous a amenée à Carling Lake ?

Jill prit une grande inspiration et expira lentement avant de se lancer.

— J'ai reçu un appel il y a une semaine d'une femme qui disait s'être échappée d'un réseau de trafiquants, mais que son amie était toujours retenue en captivité.

— Avez-vous obtenu le nom de cette femme ? demanda Lance en griffonnant sur son carnet.

— Elle n'a pas voulu me le donner et l'appel provenait d'un numéro masqué.

— D'accord. Qu'a-t-elle dit d'autre ?

— Elle n'a pas voulu m'en révéler trop. Elle était terrifiée, comme vous pouvez l'imaginer. Elle m'a raconté qu'un homme rencontré dans un bar lui avait promis un emploi de nounou à domicile pour une riche famille du nord de l'État. Il était censé la conduire à son nouveau travail, mais au lieu de cela, il l'a emmenée dans un entrepôt où se trouvaient trois autres femmes. Elles ont été battues et agressées, puis transportées ailleurs. La femme n'était pas sûre de l'endroit où elle se trouvait, car elle n'était pas toujours consciente. Mais elle a entendu les hommes parler de Carling Lake. Et elle s'est souvenue qu'ils avaient tous les deux le même tatouage sur le biceps.

Jill fit une pause et respira profondément à plusieurs reprises. Il était clair que raconter l'histoire de cette femme était émotionnellement difficile pour elle.

— Nous pouvons faire une pause si vous en avez besoin, proposa Lance.

— Non, non, ça va. Elle a dit qu'elle avait réussi à s'enfuir après avoir réussi à subtiliser le portefeuille d'un des « clients » – les hommes qui l'ont kidnappée les appelaient ainsi, ajouta Jill avec dégoût. Elle s'est emparée de l'argent et d'une carte portant le même symbole que celui que les hommes avaient tatoué sur leurs bras et elle s'est enfuie en courant. Elle m'a donné la carte quand nous nous sommes rencontrées.

— Comment t'a-t-elle trouvée ? demanda Nikki.

— Je n'en ai aucune idée. Elle a dit qu'elle ne savait pas quoi faire ni à qui se confier. Je ne sais pas pourquoi elle a décidé de me faire confiance, mais je suis heureuse qu'elle l'ait fait.

— Alors tu es venue à Carling Lake pour enquêter toute seule sur un possible réseau de traite d'êtres humains, grogna Terrence.

Lance lui lança un regard d'avertissement.

— Oui, Terrence. Je suis venue à Carling Lake pour enquêter seule parce que c'est mon travail. Je suis journaliste d'investigation, je te le rappelle, cher grand frère, le rabroua sa sœur.

— Je n'ai pas oublié, mais...

Nikki lui prit le bras et le serra.

— Peut-être devrions-nous laisser Jill raconter son histoire.

— Ce serait idéal, dit Lance. Que s'est-il passé lorsque vous êtes arrivée à Carling Lake, mademoiselle Sutton ?

— Vous pouvez m'appeler Jill. Je savais que je devais rester discrète, alors j'ai décidé de loger à Lakewood House plutôt que chez ma tante. Je savais que la maison était vide et je ne pensais pas que cela te dérangerait, Nikki.

— Bien sûr que non, dit Nikki en prenant la main de Jill. Mais vu les circonstances, j'aurais aimé que tu me le dises.

— Je sais que j'aurais dû. Je suis désolée. Quoi qu'il en soit, le soir de mon arrivée, j'étais épuisée. J'ai déposé ma valise dans ton salon et je me suis endormie dans la chambre d'amis. Je n'ai même pas pris la peine de faire le lit, j'étais trop épuisée. À un moment dans la nuit, je me suis réveillée, et ces deux types étaient dans la chambre avec moi. Ils m'ont attrapée et après cela, je suis restée enfermée dans le sous-sol de cette maison. Ils m'apportaient de l'eau et un peu de nourriture une fois par jour.

Terrence bouillait de rage et de fureur contenue. Dana Bonny avait de la chance d'être dans une cellule. Au lieu d'imaginer toutes les différentes façons dont il pourrait faire souffrir Dana, il sortit son téléphone de sa poche et fit défiler l'écran jusqu'à la photo de la carte de visite que Nikki avait trouvée dans la cuisine de Lakewood House.

— C'est cette carte ?

— Oui. Comment l'as-tu trouvée ?

— Tu as dû la faire tomber. Nikki l'a trouvé à Lakewood House.

— Et Dana et Weigel ont tous les deux des tatouages en forme de fleur de lys, ajouta Lance. Les fédéraux prendront probablement le relais pour cette enquête, mais c'est un bon début pour les relier au réseau de trafiquants. C'est suffisant pour l'instant, ajouta-t-il en refermant son carnet. J'aurai peut-être à vous reparler, mais pour l'heure, reposez-vous.

Le shérif se dirigea vers la porte.

— Je vais aller voir votre tante. Cela te donnera un moment seul avec Jill.

Nikki déposa un baiser sur les lèvres de Terrence avant de suivre Webb hors de la pièce.

Terrence s'assit sur le bord du lit d'hôpital de Jill et prit la main de sa sœur dans la sienne.

— Tu m'as fait la peur de ma vie, ma puce.

— Je suis désolée. Vraiment. Cela dit...

Les yeux de Jill s'illuminèrent d'une lueur espiègle.

— Il semble que tout cela ait eu du bon. Toi et Nikki ? demanda-t-elle en haussant des sourcils interrogateurs.

— Je suis heureux de voir que cette épreuve n'a pas émoussé ton talent en matière d'investigation.

— Et je suis heureuse que Nikki et toi ayez enfin retrouvé la raison. Vous êtes faits l'un pour l'autre.

Terrence sourit à sa sœur.

— Tu sais quoi ? Pour une fois, je ne vais pas te contredire.

23

Nikki observait la pile de vêtements sur son lit d'un air dubitatif.

— Je n'ai rien à me mettre pour l'inauguration de cette galerie. Je ne pense vraiment pas pouvoir y aller.

— Tu te moques de moi ? s'écria Jill en s'allongeant sur le lit à côté de la pile.

Elle portait une combinaison noire et des bijoux en or. Une épingle à cheveux en forme de papillon ornait sa courte coupe afro, lui donnant un air très bohème chic.

— Tu as plus de vêtements sur ce lit que je n'en ai possédé dans toute ma vie. Sans parler des robes qu'Erika a apportées pour que tu les essaies.

Au cours de la semaine qui s'était écoulée depuis que Nikki et Terrence l'avaient trouvée dans cette cave, Jill avait retrouvé la plus grande partie de ses forces et de son énergie. Elle avait parlé à son rédacteur en chef et commencé la rédaction du premier article d'une série sur son enquête au sein du réseau de trafiquants. Plus d'une fois, Jill avait prononcé à voix basse le mot Pulitzer d'un ton excité.

— Et tu devrais te sentir libre de porter n'importe laquelle d'entre elles. J'en ai plus qu'il n'en faut, dit Erika en épinglant une mèche de cheveux de Nikki.

Cela faisait une demi-heure qu'elle travaillait à créer une coiffure qui aurait l'air naturel. Nikki devait admettre qu'entre le maquillage que Jill avait appliqué et la coiffure, elle se sentait vraiment mise en valeur.

— Je pense que tu te mets dans tous tes états parce que vous allez avoir votre premier rendez-vous avec mon frère, dit Jill avec un sourire.

— C'est loin d'être notre premier rendez-vous, répliqua Nikki en levant les yeux au ciel.

— C'est le premier en tant qu'adultes. Celui qui compte vraiment.

Même si Terrence et Jill avaient dormi à Lakewood House pendant les sept derniers jours, le temps que Jill se rétablisse, Terrence avait tenu à l'appeler pour lui demander officiellement d'assister au vernissage de la galerie avec lui. Elle devait admettre que ce comportement de parfait gentleman avait quelque chose de grisant.

— Bon, je vais prendre une décision exécutive, dit Jill en se levant du lit. Tu devrais porter la robe rouge.

— Non. Pas question, dit Nikki en s'éloignant du miroir.

— Oh que si, ajouta Erika en frappant dans ses mains. Tu es superbe dans cette robe. Terrence va perdre la tête en te voyant avec.

— Non. C'est beaucoup trop...

— Sexy, dit Jill.

— Irrésistible, ronronna Erika.

— Décolleté, répondit Nikki.

— C'est ce qui la rend parfaite, ricana Jill.

Nikki céda et se glissa dans la robe. L'encolure plongeante révélait bien plus que ce dont elle avait l'habitude, mais elle aimait la couleur rouge vibrante et la jupe ample et fluide qui s'étalait en éventail lorsqu'elle virevoltait.

Cette robe lui allait à ravir. Il n'y avait aucun doute là-dessus. Pendant que Nikki apportait les dernières touches à sa tenue, Erika transféra ses clés, son argent et ses papiers d'identité de son sac de tous les jours à la petite pochette rouge qu'elle avait apportée avec la robe. Jill vint se placer derrière Nikki qui se regardait dans le miroir.

— Terrence va avoir une attaque quand il te verra.

— Espérons que non, dit Nikki d'un ton ironique.

— Il faut que j'aille à la galerie, dit Erika en se dirigeant vers la porte de la chambre. Je passerai demain pour récupérer les autres robes, si ça ne te dérange pas.

— Pas de problème.

Nikki s'empara de la pochette et accompagna sa nouvelle amie jusqu'à la porte d'entrée de la maison, suivie de Jill.

— Erika m'emmène, alors je pars aussi, déclara Jill en prenant son manteau dans l'armoire à côté de la porte d'entrée.

— Tu n'as pas besoin de faire ça. Tu peux venir avec Terrence et moi.

Cette fois, ce fut au tour de Jill de lever les yeux au ciel.

— Je ne veux pas vous déranger, dit-elle en posant ses mains sur les épaules de Nikki. Ne t'inquiète pas. Terrence et toi êtes parfaits ensemble.

Elle embrassa Nikki sur la joue et suivit Erika hors de la maison. Nikki regarda ses amies s'éloigner. Le crépuscule commençait à tomber et les arbres qui entouraient la maison la rendaient encore plus sombre qu'elle ne l'était en réalité. Elle referma la porte et vérifia une fois de plus son image dans le miroir. Elle était vraiment magnifique. Et puis il s'agissait de Terrence. Elle l'avait connu toute sa vie. Elle l'aimait depuis presque aussi longtemps.

Cette pensée lui coupa le souffle.

Elle l'aimait. Malgré les années, les petites querelles et tout le reste, elle l'aimait. Et maintenant, elle savait qu'elle l'aimerait toujours.

La sonnette retentit et elle sursauta.

Expirant profondément, elle fit de son mieux pour calmer son cœur qui battait la chamade, mais en vain.

— C'est parti.

Elle ouvrit la porte.

Terrence se tenait sous le porche, une douzaine de roses rouges à la main et portant un costume noir parfaitement coupé. Il était lui-même très séduisant. Elle laissa ses yeux le parcourir de la tête aux pieds, appréciant la vue.

— Tu es superbe, dit-il en entrant dans la maison et en déposant un baiser sur sa joue.

Il était allé chez James pour se préparer, insistant pour que ce rendez-vous se passe dans les règles de l'art, en venant la chercher chez elle.

— Toi aussi.

Elle lui prit les roses et les mit dans un vase.

— On y va ?

Elle attrapa sa pochette sur la tablette de l'entrée, sous le miroir.

— Pas tout de suite. J'ai quelque chose à te montrer.

Terrence lui prit la main et la conduisit jusqu'à la porte.

— Nous allons être en retard si nous ne partons pas rapidement.

— Ne t'inquiète pas. Ces choses-là ne commencent jamais à l'heure. De toute façon, James comprendra si nous sommes en retard. Il m'a aidé à organiser ça pour toi.

— Organiser quoi ?

— Tu verras.

Il la conduisit sous le porche et fit le tour de la maison. Sur l'eau, le bateau était décoré de guirlandes lumineuses blanches. À mesure qu'ils se rapprochaient, elle pouvait voir une table, dressée sur le pont, avec en son centre deux flûtes et un seau en argent contenant du champagne.

— Qu'est-ce que c'est que tout ça ?

— Nous irons à l'inauguration de la galerie plus tard, mais je voulais m'assurer que ce rendez-vous soit spécial. Qu'on passe du temps ensemble, juste tous les deux.

— Comment as-tu pu organiser tout ça sans que je le sache ? Je suis restée à l'intérieur toute la journée.

— Cela a demandé un peu d'organisation, mais le fait d'avoir ma sœur et Erika dans la confidence m'a beaucoup aidé.

— Elles ont fait du bon travail, dit Nikki en riant. Je n'ai rien soupçonné.

— Parfait.

Terrence saisit la bouteille de champagne ouverte et leur versa un verre.

— À nous.

Nikki ne le quitta pas des yeux pendant qu'elle buvait une gorgée. Elle mit son verre de côté, et il fit de même lorsqu'elle se glissa dans ses bras.

Elle s'oublia sous ses baisers, laissant tout ce qu'elle ressentait pour lui transparaître dans leur étreinte. Lorsqu'elle se recula légèrement, elle jeta un regard en coin sur les banquettes rembourrées.

— Je pense que nous allons être très en retard à cette inauguration.

Un sourire tendre et séduisant se dessina sur le visage de Terrence.

— Ma chérie, être avec toi est tout ce qui compte pour moi.